Las lobas de Pompeya

Elodie Harper

Las lobas de Pompeya

Elodie Harper

Traducción de
Ariadna Molinari

Ediciones Destino
Colección Áncora y Delfín
Volumen 1667

Título original: *The Wolf Den*

Ediciones Destino, un sello editorial de Editorial Planeta, S. A.
Avda. Diagonal, 662-664, 08034 Barcelona (España)
www.edestino.es
www.planetadelibros.com

Primera edición: septiembre de 2024
ISBN: 978-84-670-7467-3
Depósito legal: B. 12.070-2024
Composición: Realización Planeta
Impresión y encuadernación: CPI Black Print
Printed in Spain - Impreso en España

Para mi hermano y mis hermanas
de sangre y por elección,
Eugenie, Ruth y Tom,
con todo mi amor

74 a. C.
Febrero

I

> Los baños, el vino y el sexo hacen
> que los hados lleguen más rápido.
>
> Máxima romana

Tiene las manos en alto, como si estuviera rezando, y de su piel emana vapor. El agua le acaricia el cuello cuando se reclina y se hunde en su calidez. Las risas y las voces femeninas flotan a su alrededor, un enredo de sonidos que hacen eco en las piedras. Ella lo ignora; se enfoca en sus dedos, los gira, ve el agua que gotea de ellos, observa el vapor elevarse. Podrían ser las manos de cualquiera, piensa; podrían pertenecerle a cualquiera. Pero son de Félix.

Luego, otros dedos se entrelazan con los suyos y la sacan del ensimismamiento. Victoria tira de ella hacia arriba para que saque la cabeza del agua.

—¡Amara! ¡Se te está mojando el cabello! ¡No te reclines así! —Victoria le entierra las uñas al intentar dar forma a los rizos que ahora están pegados a los hombros de Amara—. Parecen colas de rata. ¿En qué estabas pensando?

Amara siente una punzada de angustia. Muchas cosas dependen de lo que pase esta tarde; no se puede creer lo inconsciente que ha sido.

—No sé, es que...

—No te queda tan mal —interviene Dido, quien acaba de acercarse a ellas con el ceño ligeramente fruncido, pero con expresión amable—. No se nota mucho.

—Además, los hombres no vienen aquí a vernos el cabello —dice una voz mucho menos amistosa. Pertenece a Drauca, la mujer más valiosa de Simo, quien las observa desde el extremo opuesto de la estrecha piscina. Se levanta para salir del agua, con los brazos en alto, y se contonea. Las ondulaciones oscuras de su propia cabellera resplandecen como el plumaje de un cuervo. Detrás de ella, a través de las ventanas curvadas, se distingue el mar, inmóvil y gris. Es imposible no quedarse mirándola. A Amara le recuerda a la estatua de Helena de Troya que había visto en Afidnas, en una época en la que tenía otro nombre, otra vida.

—¡Venus Pompeyana! —exclama Victoria, con un grito ahogado, y agarra a Amara con un gesto de asombro exagerado—. ¡Pero si la diosa camina entre nosotras! ¡Ay, tanta gloria me deslumbra y me ciega! —Drauca frunce el ceño y golpea los brazos sobre la superficie del agua. Victoria se ríe—. Como si nadie más tuviera un buen par de tetas —agrega, aunque baja la voz lo suficiente como para que Drauca no logre oírla.

—Pero es que es hermosa —interviene Dido, sin dejar de mirar a su rival—. Y ha estado aquí antes, ¿verdad? Tal vez los hombres la prefieran, tal vez...

—Salvo Drauca, ¿qué tienen ellas que no tengamos nosotras? —la interrumpe Victoria, mientras fulmina con la mirada a las tres acompañantes de Drauca. Están acaparando la piscina, y se salpican entre sí con risas teatrales, más fingidas que alegres—. Se nota que son taberneras. Y la tal María tiene brazos de camillera.

Amara no está segura de que tengan derecho a desdeñarlas, dado su propio estatus inferior de prostitutas de burdel. De lobas. Se le hace un nudo en el estómago, lo cual le resulta familiar.

—Me pregunto cómo serán los hombres —dice.

—Serán... —comienza Victoria, pero algo a espaldas de Amara le llama la atención y no termina su enunciado—. ¡Oye! —exclama—. ¡Suéltala! ¡Suéltala! —Empieza a avanzar por el agua hacia una anciana que está tirando del brazo a Cressa para intentar sacarla de la piscina. Victoria se da la vuelta para ver a la vieja justo cuando esta logra sacar a Cressa, empapada, y empujarla hacia un lado.

La mujer se agacha y señala a Victoria con un dedo torcido.

—¿Félix? ¿Eres de Félix? —Nadie le responde, pero la desconocida las mira fijamente. Berenice también se acerca y se queda boquiabierta—. ¡Fuera de aquí, putas de Félix! —grita la anciana con impaciencia y agita la mano hacia la puerta para indicarles que se vayan. Cressa intenta protestar, pero la vieja la empuja. Las mujeres de Simo han dejado de retozar y reír. Sin necesidad de girarse, Amara percibe que han reculado hacia el extremo opuesto de la piscina—. ¡Fuera de aquí, de inmediato, putas de Félix! —repite la vieja, y las señala una por una con el dedo. Al ver que ninguna se mueve, agarra a Amara del brazo—. ¡Fuera! ¡Fuera! —exclama—. ¡Idos ya!

Mientras la anciana arrastra a Amara hacia el borde de la piscina, una piedra le rasguña la piel, y los dedos enjutos de la desconocida se le entierran en el brazo con una fuerza sorprendente. Amara se impulsa hacia los azulejos calientes y logra librarse. Pero la señora sigue gritando y amenazando con llamar a Vibo si no se largan de inmediato. Oír el nombre del administrador de las termas es suficiente para que accedan. Las mujeres de Félix salen desnudas del agua y corren hacia la estancia contigua, donde el cambio repentino de iluminación y temperatura las hace tiritar. Una cascada cae a la piscina fría, con un escándalo que compite con los gritos presurosos de la vieja. Amara se apoya en la pared azul para recuperar el equilibrio y, conforme avanza, se restriega contra las pinturas de criaturas marinas, incluyendo la boca abierta de un pez enorme que le queda a la altura de la cara.

Victoria es la única de las cinco que sigue discutiendo cuando llegan a los vestidores de los baños. No habían entrado por ahí. Las filas de casilleros de madera pulida están adornadas con pinturas de amantes, que se deleitan en toda posición sexual imaginable. Las mujeres encuentran sus prendas apiladas en el suelo.

—¡Deprisa! ¡Deprisa! —insiste su atormentadora mientras le avienta una capa a Berenice, quien todavía parece tan atontada como en el agua.

Amara no necesita que la presionen más. Se inclina y empieza a buscar entre la ropa; le entrega una toga amarilla a Dido, quien no para de temblar, quizá tanto de frío como de miedo. Para Dido, la esclavitud es una novedad, por lo que cualquier humillación le afecta como una puñalada al corazón. Victoria, en cambio, es la única que no se apresura. Termina de atarse la toga mucho después que las demás y mira a la anciana con un odio profundo. Cuando por fin Victoria desvía la mirada, Amara ve que la señora le hace la seña del mal de ojo.

La vieja les da un último empujón con su dedo huesudo, y Amara y las otras salen en grupo al patio privado de las termas. La llovizna les moja la cara y la brisa marina las enfría aún más. Se quedan juntas, ya húmedas bajo las togas y las capas. Amara mira a su alrededor y le sorprende descubrir que están solas. Pero luego ve a dos hombres guareciéndose bajo la columnata; un par de siluetas robustas que no encajan con las ninfas y las rosas pintadas en la pared. Uno de ellos se acerca, con expresión furiosa. Es Thraso, el capataz de Félix.

—¿Qué es esto? ¿Qué ha pasado? —Tiene las manos empuñadas, listas para la pelea. Amara retrocede, pues conoce en persona la fuerza de esos puños.

—Mejor pregúntale a él —contesta Amara, y señala al otro hombre, que se ha quedado en las sombras—. ¿No es uno de los hombres de Simo?

—Alguien ha traicionado a Félix —añade Victoria, mientras Thraso gira sobre sus talones para ver al tipo—. A las mujeres de Simo las han dejado quedarse; a nosotras nos han echado antes de que llegaran los hombres. Qué conveniente, ¿no?

Thraso no espera más explicaciones. Atraviesa el patio dando zancadas y le lanza un puñetazo al otro.

—¡Te voy a matar, Balbus! ¡Mentiroso de mierda!

Balbus esquiva el golpe y se salva de la fuerza imparable de su agresor; el puño solo logra rozarle la oreja, lo cual lo hace tambalearse. Thraso lo agarra de los hombros y le rompe la nariz de un cabezazo. Balbus ruge, se suelta, se agarra la cara ensangrentada. Thraso se le abalanza de nuevo y ambos caen al suelo, entre gritos, puñetazos y mordidas. Las mujeres los observan sin saber bien qué hacer.

—Félix se pondrá furioso —dice Berenice, como si no fuera obvio.

Amara mira de reojo a Victoria, a la espera de uno

de sus habituales comentarios sarcásticos, pero ella desvía la mirada.

En la puerta hay un alboroto. Un grupo de esclavos sale corriendo y obliga a las mujeres a hacerse a un lado. Corren hacia los hombres que pelean e intentan intervenir, pero uno de ellos recibe una patada en la cara. Vibo, el administrador de los baños, sale después, resoplando, con el cuerpo grueso envuelto en una toga verde. Su prisa por llegar a la pelea lo hace atropellar a Cressa para que se aparte de su camino.

—¡Basta! ¡O haré que vuestros amos castiguen sin reparos vuestra desobediencia! —Finalmente, los hombres se separan. Thraso es el primero en ponerse en pie, mientras que Balbus necesita la ayuda de dos esclavos para levantarse—. ¡¿Queréis dejarme en la quiebra?! —grita Vibo—. ¿Cómo os atrevéis a revolcaros en mi puerta como perros rabiosos? ¡Debería mandaros a azotar a ambos! —Balbus murmura algo, pero Amara no logra oírlo—. ¡No me importa! —grita Vibo—. Fuera de aquí, los dos. Y llevaos a vuestras putas pueblerinas.

Las mujeres no esperan a que nadie las empuje, sino que cruzan el patio solas antes de que Thraso las alcance. Amara ve que viene cojeando. A Balbus le ha ido peor, pero eso no significa que no haya logrado asestar unos cuantos golpes. Thraso tiene el labio partido y lleva un brazo apretado contra el pecho. Ninguna de ellas es tan tonta como para preguntarle cómo se encuentra.

Las mujeres suben la escalinata que lleva al portón, encabezadas por Victoria y con Berenice en la retaguardia. Esta última no camina lo suficientemente rápido como para evitar una bofetada furiosa de Thraso.

Todas saben por qué se desquita con ellas: le aterra enfrentarse a la ira de Félix cuando vuelvan al burdel. Amara siente cómo se intensifica el miedo y se le hace un nudo en la garganta que le impide siquiera tragar saliva.

Salir a la calle es como reincorporarse a un río que corre con rapidez. Amara le toma la mano a Dido y juntas se adentran en el mar de gente que sube la colina, hacia la puerta del Foro. Las piedras del camino están húmedas y resbaladizas. La primera vez que Amara fue a Pompeya iba con Dido. Y aunque eso ocurrió hace apenas unos meses, parece que ya haya pasado una eternidad. Transitaron esa calle juntas después de que Félix las hubiese adquirido en el mercado de esclavos de Pozzuoli. En ese entonces, bajo los cielos azules de finales de octubre, el clima era más agradable. Amara recuerda que Félix compró higos maduros para el trayecto. De la fruta emanaba un aroma dulcísimo; al abrirla, reveló su interior rosado y resplandeciente que le dejó los dedos pegajosos. Aquel fue un momento muy parecido a la felicidad, si acaso la felicidad podía existir en un mundo donde a ella la vendían y la compraban. Amara sigue pensando en ese gesto de amabilidad de Félix; en ese momento no tenía ni idea de lo poco frecuentes que serían.

Un hombre que lleva una cesta llena de pescado sobre la cabeza se abre camino entre la multitud, usando los hombros como armas. Las mujeres lo siguen por debajo de los arcos que llevan a un túnel oscuro y resonante, donde el camino se vuelve más inclinado y el ascenso es más pesado. Amara se gira hacia Cressa; va con una expresión resignada por tener que arrastrar a la pobre Berenice, quien se ha quedado sin aliento. Thraso está muy lejos, casi fuera de su vista. Seguro que la pierna le está causando muchos problemas; de otro modo no dejaría de reñir a Berenice por su lentitud. Victoria, como era de esperar, ya se ha adelantado. Es la única de las cinco mujeres de Félix que ha nacido en esa ciudad; y, aunque también es esclava, se mueve como pez en el agua, cosa que las otras nunca lograrán.

Una vez que están dentro de los muros de la ciudad, el camino se vuelve más plano, pero también más húmedo; la corriente de agua que desciende golpea los zapatos de Amara. Dido la ayuda a subir al pavimento elevado, donde dos vendedores de telas refunfuñan por tener que hacerse a un lado. Un hombre cargado de guirnaldas de mirto, que sirven como ofrendas para el Templo de Venus, se les acerca.

—¡Para tu diosa! ¡Para el amor! Dos flores por un sestercio. El mejor precio. Te traerán buena suerte. —Le acerca las hojas a Dido a la cara, quien instintivamente se lleva la mano al rostro para taparse con el velo que hace mucho dejó de usar.

Amara se las quita de enfrente.

—No.

La multitud se disipa cuando llegan al Foro, donde el espacio es mucho más amplio. Los vendedores ambulantes son como rocas que rompen el flujo del mar de gente. Algunos paseantes se asoman a ver su mercancía; otros, en cambio, pasan de largo. En el extremo opuesto de la plaza está el Templo de Júpiter, de cuyos escalones ascienden volutas de humo de incienso. Antes de que se disipe frente a la montaña que flanquea el templo, la mezcla de humo y calor hace que el edificio se vea borroso. Amara recuerda a su padre, quien sonreía cuando ella le preguntaba si creía en los dioses. «Las historias son poderosas, sin importar si creemos en ellas o no.» De inmediato, ahoga el recuerdo de su voz.

Las otras siguen buscando a Thraso con la mirada. Dido lo señala; viene todo sudoroso, abriéndose camino entre la gente.

—¿Le han roto la nariz de nuevo? —pregunta Berenice—. Tiene muy mal aspecto.

—¿Peor que de costumbre? ¿Estás segura? —dice Victoria—. Yo más bien diría que Balbus se la ha enderezado.

Berenice no entiende el chiste.

—¡No, tiene un aspecto espantoso! —insiste, y alza la voz enfáticamente.

Cressa la hace callar.

—Te va a oír.

Thraso las alcanza y les grita que avancen, por lo que ellas continúan hacia el otro lado de la plaza. Un grupo de marineros, que ha debido de atracar en el puerto, le silba a Amara al pasar, y uno de ellos le hace señas de lo que le gustaría hacerle. Ella le sonríe y luego baja la mirada. Los hombres se dan palmadas entre sí y ríen.

El camino que lleva colina abajo desde el Foro es un riachuelo de agua de lluvia; su superficie, hecha de trozos de mosaicos rojos y amarillos, refleja los edificios pintados que enmarcan sus orillas. Las mujeres observan a un grupo de camilleros empapados que, con el agua golpeándoles las rodillas, avanza a contracorriente llevando su preciado cargamento en los aires, resguardado del agua por cortinas gruesas. Amara ve un perro muerto atascado entre dos piedras que ha sido arrastrado por la fuerza de la corriente. La lluvia matutina no es capaz de llevarse consigo toda la podredumbre. Las mujeres avanzan con dificultad por el sendero y giran a la izquierda en el callejón que lleva a la parte trasera del burdel. El camino es cada vez más estrecho, pero también hay cada vez menos gente.

Cuando era niña, a Amara le gustaba llegar a casa después de haberse empapado, sentarse con su madre frente al fuego y beber el vino caliente con especias que les llevaba la criada. Pero la tensión sofocante del burdel nunca la ha hecho sentir como en casa. No las espera ninguna bebida caliente, solo la ira de Félix.

Se reúnen fuera, formando una fila contra el muro para resguardarse bajo el balcón de la planta superior. Thraso parece casi tan nervioso como ellas.

—Vosotras dos —dice, y señala a Victoria y Amara—. Vosotras os habéis ido de la lengua en los baños. Así que se lo explicaréis todo a Félix.

Las otras entran a hurtadillas; Dido mira hacia atrás, con una expresión preocupada. Victoria le pone una mano a Thraso en el brazo sano y le habla al oído.

—Yo le contaré a Félix la fuerza con la que has luchado —dice, y lo mira a los ojos con tal franqueza que hasta Amara está a punto de creerla—. Has defendido su honor. Eso debe servir de algo.

Él es incapaz de darle las gracias a una prostituta, pero al menos asiente con brusquedad. Luego mira de reojo a Amara, de quien es obvio que espera algo similar, pero a ella no se le ocurre nada para congraciarse con él. Victoria la mira fijamente con los ojos bien abiertos en señal de advertencia.

—Sí —afirma Amara al fin, y asiente en dirección a Thraso—. Eso has hecho. Qué valiente has sido. —El miedo hace que se le agudice el acento griego.

Thraso golpea la puerta de madera que lleva a los aposentos de Félix, encima del burdel. Les abre Paris, con su habitual cara de amargura, coronada por una uniceja. Desde el umbral de la puerta, Amara puede ya percibir el olor de la letrina oculta en la oscuridad de la escalera. Solía compadecerse del joven Paris y de su soledad, que transcurría entre fregar los suelos de la planta superior y atender a los clientes del burdel. Pero Paris no ha dado indicio alguno de querer la compañía o la amistad de una loba.

—¡Félix! —exclama Thraso y agita la mano con impaciencia.

—Está con un cliente, así que tendréis que esperar.

Paris se da media vuelta y sube la escalera. Los otros tres lo siguen y salen al estrecho balcón techado que rodea el apartamento de Félix. A Amara le recuerda a una telaraña por la forma en la que el pasillo envuelve las habitaciones de su amo; conduce poco a poco al centro sin ir en línea recta. Amara oye una voz de hombre desconocida, pero le resulta imposible discernir sus palabras. No obstante, logra entender algo: «pagarte». Paris les hace una seña para que esperen en el pequeño salón.

Thraso se deja caer con pesadez en el banco junto a la fogata, y apenas deja espacio a ambos lados para que las dos mujeres se sienten. Ellas hacen lo posible para estrujarse. El balcón permite entrar la luz del exterior, pero también el aire frío. Además, el calor de la fogata es muy tenue. Amara siente que el corazón le va a explotar, y no le sirve de mucho saber que Félix está exprimiéndole hasta el último sestercio a un pobre deudor al final del pasillo. Thraso se queda con la mirada hacia el frente, como embelesado por las llamitas cercanas a sus pies. Amara percibe el miedo que Thraso exuda.

Luego, ella mira las paredes. No hay ninfas ni amantes retozando. Están pintadas de blanco y negro, con un patrón geométrico, y las líneas bien definidas cambian de dirección y se entretejen para formar un laberinto interminable que es difícil seguir con la mirada sin marearse.

Esperan sentados, sin hablar, mientras el tiempo pasa lentamente. La lluvia arrecia, y el agua se cuela por el techo. Es imposible saber si la conversación entre Félix y el cliente continúa siendo de negocios. Luego, Amara ve una silueta que atraviesa la puerta a empujones y la oye tambalearse por la escalera. Pero nadie se levanta del banco.

En ese momento, Paris asoma la cabeza por la puerta.

—Ya os espera.

Thraso se pone de pie y pasa junto a él, seguido de Amara y Victoria.

2

¡Apesta todavía a hollín de burdel!

Séneca, *Controversias*, I, 2

La habitación es amplia, dominada por el color rojo. Su amo está sentado al escritorio. No se pone de pie cuando entran. Si le sorprende que hayan vuelto mucho antes de lo esperado, no lo demuestra. Félix tiene la mitad del tamaño de Thraso, pero el doble de fuerza. Su enjuto cuerpo es puro músculo. Amara sabe que no hay suavidad alguna en ese cuerpo, oculto bajo los pliegues de la toga pálida, ni nada que produzca una falsa ilusión de ternura cuando te tiene en sus brazos.

—Qué orgía más rápida —sugiere—. ¿No han aguantado mucho los niños ricos? Pero han pagado el doble, por supuesto. —Félix mira a Victoria—. Eso es lo que vienes a decirme, ¿verdad, querida? Vienes a contarme cuánto dinero habéis ganado.

Félix está sonriendo, pero Amara percibe la rabia que vibra a través del sarcasmo. La habitación se oscurece. Sin necesidad de girarse, sabe que Paris acaba de cerrar la puerta del balcón.

Victoria abre la boca, pero Thraso interviene.

—Ha sido Simo —dice—. Simo nos ha traicionado...

—Debe de haber estado compinchado con Vibo —sospecha Victoria—. Todas las chicas de Simo se han quedado en la piscina, pero una vieja urraca nos ha sacado a las demás. Nos ha obligado a salir. Ha dicho que eran órdenes de Vibo. ¡Esa gorda babosa! Ni siquiera hemos visto a los clientes...

—Balbus también se ha ensuciado las manos —la interrumpe Thraso—. Lo he apaleado por ti, esa rata mentirosa...

—¡Thraso solo se ha detenido porque Vibo lo ha obligado! —dice Victoria—. Y Drauca se ha burlado de nosotras; ella lo sabía todo, estoy segura de que lo sabía...

Amara observa a Félix mientras Victoria y Thraso parlotean, tropezándose el uno con la otra para lavarse las culpas tanto como sea posible, quitándoselas de encima como quien vacía la mierda de una letrina. Amara sabe que, si el jefe no los interrumpe, pronto comenzarán a culparse entre sí. Félix los escucha en silencio, absorbiéndolo todo, mientras su ira se va acumulando de forma visible. Si existiera una manera de hacerse más pequeña y menos perceptible, ella se encogería hasta alcanzar el tamaño de un ratón.

—¿Y tú? —Félix mira bruscamente a Amara, tomándola desprevenida—. ¿Tienes algo que decir? ¿O te vas a quedar ahí parada como un perro?

—Lo... lo que ellos han dicho —tartamudea. Félix espera a que continúe, irradiando furia. Detrás de él, la pared fulgura en tonos rojos. Solo se oye el pesado tamborileo del agua que cae. Amara sabe que su amo está a punto de estallar. Si no llena el silencio, no habrá nada que la separe de la tormenta de golpes que se avecina—. La anciana nos ha obligado a salir de los baños —dice. Evita el rostro de Félix con los ojos, dirigiendo en cambio la mirada hacia el fresco que enmarca su escritorio. Sigue los zócalos negros hacia arriba, hasta los cráneos de toro pintados cerca del techo.

—Ha dicho tu nombre. Solo quería expulsar a las mujeres que fueran tuyas. Ha sido un insulto dirigido solo a ti. —Victoria deja escapar un silencioso soplido de sorpresa. Amara se gira para mirarla, percibe el terror en su expresión y desvía la mirada a toda prisa—. No creo que haya sido un insulto de Vibo. ¿Qué ganaría con eso? —Nadie responde. Amara continúa y le habla a la bolsita de monedas que está sobre el escritorio, a un lado de la mano derecha de Félix—. Simo debe de haberlo sobornado. Es la única explicación. Simo tiene un buen negocio en los baños. ¿Por qué querría duplicar el número de mujeres y perder la mitad de sus ganancias?

La lluvia sigue cayendo y a Amara casi no le resta valentía. Nadie le ha causado tanto terror como el hombre que tiene enfrente. Levanta la mirada del escritorio. Siempre evita mirarlo directamente a los ojos, por lo que ahora, al hacerlo, su expresión la sorprende. «Me está escuchando.» Por un breve instante, lo ve. Con eso basta.

—No me parece que debas castigar a Vibo —dice con un poco más de firmeza—. Podría ser valioso. Si Simo puede comprarlo, tú también. Así podríamos seguir haciendo dinero en los baños y demostrar que no pueden intimidarnos. —Félix arquea las cejas. Lo ha sorprendido. Amara intenta deshacerse del miedo; se imagina que sale de su cuerpo como vapor—. Y, en cuanto a Simo, estoy segura de que podrías darle una lección. ¿No tiene un bar? Quizá pueda ser menos atractivo para la clientela.

La expresión de Félix apenas ha cambiado, pero Amara sabe que la peor parte de su furia ha quedado atrás.

—¡Ladras mucho para ser una perra tan pequeña! —vocifera. Asiente en dirección del labio henchido y ensangrentado de Thraso—. Y ¿qué le has hecho a Balbus para cobrarle esto?

—Le he roto la nariz.

—Espero que haya sido más que eso.

Félix se levanta de su asiento; las dos mujeres retroceden un paso. Thraso se queda quieto. Félix le chasquea los dedos a Victoria. Ella se le acerca deprisa. Félix le pasa una mano por el cuerpo, sintiéndolo, reacomodándole la ropa, con una mirada inquisidora. No es un hombre tocando a una mujer, sino un comerciante revisando su mercancía. Le da una palmada en el culo, con fuerza, y continúa:

—¿Me vas a hacer tanto dinero como las putas de Simo? ¿Eh? ¿Sí? —Realiza un gesto en dirección a Amara sin mirarla—. Esa piensa que sí, pero no estoy convencido. —Toma la barbilla de Victoria entre sus dedos—. ¿Qué habéis hecho hoy en la piscina? ¿Os habéis paseado boquiabiertas por todo el lugar, como campesinos en los juegos? ¿Habéis pasado el tiempo sentadas sobre esos culos planos? —Victoria no puede mover la cabeza; Félix la tiene cogida con demasiada fuerza—. He visto a Drauca. Esa puta tiene el mejor culo de toda Pompeya. ¿Y tú qué tienes? ¿A esto le llamas tetas? —La suelta, empujándole la cara. Victoria se tambalea, pero no cae—. Simo bien puede haber sobornado a Vibo, pero ¿os habría echado Vibo si creyera que podéis follar como Drauca? —Efectúa una pausa, retándolas a que respondan, pero ninguna de las dos lo hace—. Nuestro amigo Simo no para de alardear sobre cómo vende el mejor coño. Así que vosotras —Félix agita el dedo en dirección a sus dos mujeres— tenéis que mostrarle a Vibo que lo que dice no son más que estupideces. Vibo puede haceros lo que quiera, cuando quiera, sin coste y con todo incluido en el servicio. Si después de eso no sois sus favoritas, sabré por qué. —Amara mira a Victoria, intentando evaluar su reacción, pero su rostro está tan vacío como un pergamino en blanco—. Vamos, ¡moveos! —grita Félix, haciéndolas saltar—. Quiero cinco denarios de cada una de vosotras, putas sucias y holgazanas. Decidles a las demás que más les vale que se esfuercen un poco.

Amara casi se tropieza con Paris por el frenesí de salir por la puerta, pero Victoria sale aún más rápido. Atraviesan el balcón corriendo y descienden la escalera a empujones. Victoria llega primero abajo. Se da la vuelta y bloquea la puerta para que Amara no pueda volver a la calle. Amara se apoya en la pared para recobrar el equilibrio, tan sacudida por la evidente furia de Victoria como por el parón repentino.

—¿Por qué lo has hecho? —susurra Victoria—. Félix se habría olvidado de Vibo. ¿Para qué le has pedido que nos mande de vuelta? ¿Qué clase de idiota eres?

—Piensa en el dinero —le susurra Amara en respuesta. Están apretujadas al fondo de la oscura y hedionda escalera—. ¡Piensa en todos esos ricachones! No como la escoria que viene aquí.

—Estás loca. ¿Qué crees que van a hacer? ¿Crees que irán a los baños con sacos llenos de oro? ¡Van ahí a follar, no a buscar esposa! —Los susurros de Victoria se intensifican con su exasperación—. ¡Y ahora tendremos que soportar a Vibo!

Amara quiere explicarle que está dispuesta a intentar cualquier cosa, sin importar lo descabellado u horrible que pueda ser; con tal de salir del burdel, hará lo que sea. La aguda voz de Paris se oye desde arriba.

—¿Qué hacéis vosotras dos?

—Ya nos íbamos —responde Victoria, tirando de la puerta hacia sí.

Salen a la lluvia y, tras unos cuantos pasos, vuelven a refugiarse en el interior.

A pesar de que el cielo está turbio y nublado, la oscuridad del burdel es mucho mayor. Las persianas en las habitaciones, tan pequeñas que parecen celdas, están cerradas para impedir la entrada de la humedad, y el aire es denso por el humo del incienso y las lámparas de aceite. El espacio inferior no es mucho más pequeño que la vivienda de Félix, pero para Amara es tan estrecho como una tumba.

Fabia está vaciando la letrina, intentando evitar que se desborde con la lluvia. El hedor, que siempre es desagradable en ese lado del pasillo, es peor que de costumbre. Alza la mirada un instante para saludarlas; luego vuelve a su tarea. Fabia solía trabajar ahí como loba antes de volverse demasiado vieja. Incluso dio a luz al miserable Paris en una de las celdas. Fabia a duras penas logra ganarse la vida hoy en día, pero —hasta ahora— Félix no la ha echado a la calle.

—¿Qué ha dicho Félix? —pregunta Cressa, mientras sale de la celda de Berenice junto con las demás mujeres.

—Va a volver a intentarlo con Vibo —dice Victoria—. Quiere convencerlo de que nos reciba de nuevo en los baños. Eso significa que esa bestia apestosa va a venir aquí y tenemos que darle todo lo que quiera.

Se cruza de brazos y Amara espera a que les diga a las demás quién es la culpable de eso. Pero no lo hace.

—¿Vibo vendrá aquí? —exclama Berenice—. ¡No puede ser!

—¿Tan malo es? —pregunta Amara. Cualquier resto de satisfacción que pudo haber sentido por impresionar a Félix se esfuma al instante.

—¿No habéis estado con él? —pregunta Cressa. Amara y Dido niegan con la cabeza—. Es el peor. La última vez casi me estrangula. —Se lleva una mano al cuello, como si recordara la presión de los dedos de Vibo sobre su garganta.

Amara mira a Victoria, llena de arrepentimiento, pero ella la ignora.

—Y lo mejor —dice Victoria— es que tenemos que ganarle a nuestro glorioso amo cinco denarios cada una para mañana.

Cressa deja escapar un quejido.

—¿Es una broma? —pregunta Berenice, con el rostro lleno de esperanza. No es muy buena para entender cuándo alguien bromea.

—No, no es ninguna broma —responde Victoria—. Me atrevo a asegurar que no estaba de muy buen humor.

—¡Pero es imposible! —gimotea Berenice—. Es demasiado.

—Pues más nos vale acercarnos tanto como podamos. —La mirada de Cressa se desvía hacia Fabia, quien sigue lavando la letrina—. Aunque hasta la misma Venus tendría problemas para conseguir clientes con este clima.

—No voy a salir a pescar sin comida —amenaza Victoria—. Podemos comenzar en El Gorrión, comer algo, y tal vez para entonces la lluvia haya aflojado.

Las cinco mujeres se disponen a apagar la mayoría de las lámparas para ahorrar aceite y limitar el humo. La constante bruma hedionda del interior del burdel ha hecho que las pinturas que Félix compró hace poco —una letanía interminable de escenas sexuales que engalanan la parte superior de las paredes— ya estén cubiertas de hollín. La imagen que hay encima de la celda de Amara, de una mujer siendo penetrada por detrás, tiene una nueva sombra de mugre sobre el dibujo de la cama. Amara se agacha para apagar la lámpara de terracota que está debajo de la pintura. Al igual que las demás luces en el burdel, está hecha a imagen y semejanza de un pene, y las flamas parpadean en la punta. Un par de ellas tiene incluso un hombrecito de arcilla pegado a la lámpara, que ostenta una gigantesca erección en llamas. A Félix le parece jocoso; dice que las lámparas ayudan a los clientes a hacer lo suyo. Amara las odia. Como si no tuvieran ya suficientes vergas con las cuales lidiar.

Gallus, el liberto de Félix, está cuidando la puerta principal, justo enfrente de El Elefante. Es alto y de espalda ancha, con mejor aspecto que Thraso, pero igualmente brutal en una pelea. Le toma el brazo a Berenice cuando intentan pasar.

—Un momento —dice—. No podéis salir todas a la vez. Una de vosotras tiene que quedarse. ¿Y si llegara un cliente?

—¿No puedes ir a buscar a una de nosotras a El Gorrión? —pregunta Victoria—. Estamos al final de la calle.

—No —responde Gallus—. Ya conoces las órdenes de Félix. —Le da un empujón a Berenice—. Adentro.

—Pedazo de mierda —masculla Victoria mientras

comienzan a caminar por el pavimento—. Tendremos que traerle algo a Berenice.

—Y a Fabia también —dice Cressa—. Qué delgada se ve.

La presencia de la mujer que apenas se aferra a la vida es como la sombra de un futuro al que ninguna quiere enfrentarse. Amara sospecha que para Cressa, que es varios años mayor que las demás, el destino de Fabia es aún más aterrador.

El ruido de la taberna de enfrente es ensordecedor, incluso a estas horas del día. Un enorme mural colorido resplandece en el muro exterior. Es un elefante rodeado por bailarines pigmeos y adornado con serpientes para la buena fortuna. Debajo puede leerse el alarde: «¡Sittio restauró El Elefante!». Las cuatro mujeres no se detienen frente a él. Conseguir clientes en El Elefante no es imposible, pero Sittio alquila habitaciones además de servir vino y comida. Con el tiempo que hace, es más probable que sus clientes suban con una de las mujeres que trabajan en la posada en vez de aventurarse hacia el burdel bajo la lluvia.

El Gorrión está solo unos pasos más adelante. El letrero del lugar está empapado y oscurecido por la lluvia, pero Amara aún puede distinguir el pajarito rodeado de flores sentado sobre el sugerente mensaje: «El Gorrión está satisfecho, ¡ojalá que tú también lo estés!». Hoy nadie está holgazaneando en la pequeña plaza que hay fuera. En cambio, el agua les da un brillo casi blanco a las piedras. Cuando Amara llegó a Pompeya, casi todos los resquicios de pavimento frente al bar parecían ocupados por bebedores, la mayoría conversando de pie y algunos garabateando mensajes en la pared. Amara ha visto grafitis sobre Félix ahí y hasta algunos comentarios sobre el burdel. Bastantes cosas sobre Victoria. Nada sobre ella. No está segura de si debe estar agradecida o no por ello.

Se apresuran a entrar, dando pisotones sobre el suelo para quitarse la lluvia. Victoria camina hasta la barra. Se apoya en la encimera de mármol, se desabotona la capa y deja que el borde de su toga amarilla se le deslice por el hombro. Se oyen silbidos de una mesa en la esquina.

—¿Mucho que hacer esta mañana, señoritas? —El propietario del lugar, Zoskales, lleva un paño alrededor del cuello, y la cara le brilla por el sudor. Casi no tiene espacio detrás de la barra; la pared está repleta, de suelo a techo, de jarras de vino, pero Amara nunca lo ha visto tirar algo. No tiene ni idea de por qué Zoskales llegó hasta Pompeya desde Etiopía, un lugar tan remoto que imaginar su existencia le es casi imposible. A él le gusta bromear con los clientes que lo hizo por amor a su esposa. Amara casi nunca la ve en el bar, pero sí con frecuencia en la calle, atormentada por sus tres hijos. No tiene pinta de sirena, como para haber atraído a su marido al otro lado del mundo.

—No tanto como quisiéramos —dice Victoria—. ¿Alguien aquí que necesite algo de diversión?

—Estoy seguro de que, si los hay, los encontraréis pronto —responde Zoskales. Los negocios entre la taberna y el burdel están siempre prestos—. Le diré a Nicandro que os lleve vino caliente y estofado.

Las mujeres se dirigen a una mesa cerca de los dos hombres que han silbado. Amara siente una punzada de miedo. En su ciudad natal, habría cruzado la calle para evitar a hombres como estos; su madre la habría empujado para que caminara más deprisa y le habría ordenado que bajara la mirada. Los dos están ebrios ya, vestidos con las ropas manchadas y desgastadas que los delatan como mercaderes itinerantes. Alcanza a ver que al que está más cerca de ellas le faltan los cuatro dientes frontales. Su compañero tiene una barba densa, rizada y bañada en aceite barato para disimular las canas.

Amara toma asiento en un banco junto a la pared; Dido la acompaña. Victoria intenta arrastrar un par de taburetes para Cressa y para ella, pero el hombre sin dientes la coge por la muñeca.

—Hay bastante espacio para ti aquí. —Al hablar, se le acumula saliva blanca en las comisuras de los labios. Abre las piernas y se da una palmada en la rodilla. Su compañero bufa con una risotada.

—Espero que no estéis molestando a las señoritas. —Nicandro llega con la bandeja. Su tono de voz es delicado, pero pasa entre las mesas con decisión, lo cual obliga al hombre a soltar a Victoria.

—Ay, no son molestia. —Victoria le sonríe con dulzura al hombre que la tenía tomada. Se sienta, mueve su capa para que el hombre pueda verle el muslo, antes de cubrírselo de inmediato. Vuelve a sonreírle, y él la mira, sonrojado. «La primera pesca del día», piensa Amara.

Nicandro coloca el estofado de judías frente a Dido.

—Parece que tienes frío —dice.

—Me he mojado en la calle —responde ella.

—Espero que esto te caliente.

Se queda ahí parado, claramente esperando a que Dido diga algo más. Amara ha notado cómo mira Nicandro a Dido, su nerviosismo cuando un cliente agresivo se acerca demasiado a ella. Casi lo aprecia por ello.

—¡Nicandro! —Zoskales aúlla desde el otro lado del bar—. ¡El vino no se va a servir solo!

Dido agacha la cabeza para comer. Es pésima para

pescar. Tan solo unos meses atrás era una chica respetable de un pequeño suburbio de Cartago que no salía de casa sin cubrirse la cabeza, y estaba comprometida con un hombre elegido por su padre. Su destino no albergaba nada más que una vida aislada, dedicada a criar niños y trabajar en el hogar. Amara siente dolor en el pecho. Lleva más tiempo esclavizada que Dido, pero no lo suficiente como para olvidar la agonía de perder su libertad.

—No sois de Pompeya —les dice Victoria a los dos mercaderes. Está devorando su estofado, remojando el pan en los bordes del plato, siempre decidida a no dejar pasar un solo cliente.

—¿Habéis viajado por el mar? —pregunta Cressa—. Siempre he querido viajar por el mar. —Sorbe su vino, mirando al hombre barbado como si fuera el dios Neptuno dignándose a visitar a los simples mortales en tierra firme.

—No. Hemos llegado de Pozzuoli —responde él—. Estamos en el negocio de la carne. De cabra, sobre todo.

—Seguro que a ti te gusta un buen pedazo de carne —interviene su compañero mientras le pincha la pierna a Victoria, y el hilo de saliva en sus labios se alarga cuando sonríe.

Victoria se ríe, cubriéndose la boca tímidamente con una mano, como si el hombre acabara de decir algo de verdad ingenioso. Amara intenta no hacer una mueca de repulsión. Siempre es lo mismo. ¿Por qué los hombres nunca tienen algo original que decirle a una prostituta? Estos dos están a punto de empezar a alardear sobre el tamaño de sus miembros.

El tipo desdentado vuelve a darse una palmada en la rodilla, y esta vez Victoria se sienta sobre ella. Cressa le da un largo trago a su vino hasta terminarse el vaso y luego se pone de pie y se cuelga de su acompañante. Victoria se acurruca un poco más sobre el cuerpo de Desdentado, quien respira con pesadez, pero Amara nota que ella va con cuidado para que no la acaricie demasiado por debajo de la ropa. Hay un límite a lo que Zoskales permite dentro de la taberna.

El hombre de la barba está besando a Cressa, quien se separa de él para tomar otro sorbo de vino, esta vez del vaso de él. Él le da un cachete, quizá de forma juguetona, pero con la suficiente fuerza como para hacer que a Cressa se le derrame el vino encima.

—Una lobita sucia —le dice.

Cressa intercambia una mirada rápida con Victoria, quien se inclina para susurrarle algo al oído a su amante. Tras una breve pausa, los cuatro se ponen de pie —los hombres un poco faltos de equilibrio— y salen del bar.

—Qué rápido —dice Nicandro, acercándose para recoger los platos y vasos—. Aun para Victoria. —Empieza a hablar en griego, su lengua materna y la de Amara. Dido lo habla también, aunque Amara sospecha que Nicandro no se ha dado cuenta de que su lengua materna es el púnico y no el griego.

—Félix nos ha dicho que cada una tiene que ganar cinco denarios para mañana —responde Amara.

Nicandro retuerce la cara.

—¿Y eso?

—No nos ha ido muy bien en los baños esta mañana.

—Siento oírlo —dice él, mirando a Dido, que aún no ha dicho palabra alguna—. Espero que nadie os haya dado problemas.

Dido niega con la cabeza. Nicandro le sonríe antes de volver a la cocina con su pila de platos sucios.

Amara mira a su alrededor para ver si hay más clientes potenciales. Tres hombres absortos en un juego de dados la ignoran; otro que bebe solo en la barra frunce el ceño cuando Amara al fin logra llamar su atención. El almuerzo nunca es la hora más sencilla. Victoria y Cressa han hecho un buen trabajo al encontrar a dos hombres dispuestos.

—Tendremos que irlos a buscar a otro lado, ¿verdad? —pregunta Dido. Los delgados hombros se le caen de tan solo pensarlo.

—Había unos cuantos marineros alrededor del Foro —comenta Amara—. Y la lluvia está amainando. Tal vez no nos tome tanto tiempo.

Dido la mira con sus ojos oscuros. Albergan un dolor lo suficientemente profundo como para ahogarse en él, si uno se permite perder el control ante su mirada. Amara nunca lo hará. Se pone de pie y espera a que Dido la alcance, tendiéndole la mano con el aplomo y la seguridad que fueron suyos en otra vida.

3

> Los demás animales obtienen satisfacción de haberse apareado; el hombre no obtiene casi ninguna.
>
> PLINIO EL VIEJO,
> *Historia natural*

Los sonidos que hace Victoria al atender al hombre sin dientes —y los ruidos de agradecimiento de él— se oyen desde la calle. Félix le dio a Victoria la habitación junto a la puerta principal por esa precisa razón: sabía que sería una buena forma de anunciarse con quien pasara por ahí. Gallus está encorvado junto a la pared, parece aburrido.

—¿Puedes darles esto a Berenice y Fabia? —pregunta Amara, dándole media hogaza de pan—. Vamos a probar suerte en el Foro.

—Claro. —Gallus se mete el pan en un pliegue de la capa.

Amara espera que no se lo coma él.

El aire huele más fresco tras el aguacero, aunque ha provocado que la angosta calle parezca más bien un canal. Amara y Dido caminan con cuidado, alzando las capas para evitar que el dobladillo de su toga se arrastre en el agua. Su profesión es más difícil de distinguir en invierno. Oculta bajo la capa exterior llevan su toga, el uniforme de los hombres y de las prostitutas. Amara solía sentirse desnuda sin montañas de tela que la cubrieran de pies a cabeza, pero sobre un pavimento resbaladizo, donde la agilidad importa mucho, es casi un alivio saber que tiene las piernas descubiertas.

El trayecto se vuelve más sencillo cuando llegan a la ancha calle principal, la Vía Veneria, que lleva de regreso al Foro. Vuelven a caminar la una al lado de la otra en vez de hacerlo en fila. Amara le toma la mano a Dido y se la aprieta con delicadeza.

—No puedes mirar hacia abajo todo el rato —le dice—. Entiendo que es difícil, pero se supone que debemos atraer la atención de los hombres, no evitarla.

—Lo sé —responde Dido—. Pero es muy difícil.

—No tanto. Tu cara hace la mitad del trabajo por ti. Eres sin duda la más hermosa de Pompeya. —Amara jamás ha visto una mujer tan bella como Dido. Aunque es una belleza atravesada por la fragilidad, como la exquisita estatua de cristal de la diosa Atenea que recuerda de su infancia. Tan delicada era que sus padres la mantenían fuera de su alcance.

—Lo odio —suelta Dido—. Odio que los hombres me miren. Odio que... —Se detiene—. Supongo que me acostumbraré en algún momento.

—No. Sopórtalo. Nunca te acostumbres.

Pasan frente a una tienda que vende joyas y se detienen a admirar el cristal cortado y los camafeos.

—Mi madre usaba una piedra como esa —dice Dido y la señala.

—¿La roja?

—Sí. La llevaba puesta la última vez que la vi.

Amara se sabe el resto de la historia: los piratas arrasaron el pueblo de Dido y se llevaron a las personas para venderlas como esclavas. A ella la secuestraron junto con su prima menor; su tío murió intentando defenderlas. Su prima murió en el viaje de Cartago a Pozzuoli. Dido, al igual que Amara, estaba completamente sola cuando se conocieron, alineadas, codo con codo, en el mercado de esclavos. Amara quiere decirle que quizá vuelva a ver a su madre algún día, pero no se atreve. No cree que sea verdad.

Llevan ahí demasiado tiempo. El tendero sale para intentar persuadirlas de que se prueben un collar de cuentas baratas; se ofende cuando ellas se niegan. Siguen deprisa hacia el Foro, en la cima de la colina. Hay más gente que antes; los mercaderes no han perdido ni un segundo para instalarse después de la lluvia. Amara lleva a Dido hacia una de las amplias columnatas que rodean la plaza.

—Solo tienes que sonreírle a todo el mundo —sugiere—. Finge que eres Drauca.

—¿Eso es lo que haces tú? ¿Fingir que eres otra?

—Soy otra. Amara no es mi nombre real, Dido tampoco es el tuyo.

Tomadas de los brazos, caminan despacio por la pasarela pintada de colores brillantes. Más allá de su fanfarronada, el corazón le martilla el pecho a Amara. Nadie les presta mucha atención. Hombres vestidos con ropas caras, que quizá se estén reuniendo para discutir las próximas elecciones, pasan junto a ellas como si fueran invisibles. Los vendedores ambulantes las ignoran, demasiado ocupados con su propio negocio. No tienen tiempo para comprar lo que las mujeres les ofrecen, menos a esta hora del día. Decidida, Amara sugiere que intenten dar otra vuelta.

Caminan de nuevo, haciendo más pausas esta vez. Amara mira a todos a los ojos, conduciéndose sin saberlo con la confianza de un hombre joven y no como una coqueta, mientras que Dido logra cada tanto producir una tímida sonrisa. No aciertan del todo, pues no logran verse como prostitutas ni como mujeres respetables, aunque esta vez unos cuantos hombres se giran para mirarlas con curiosidad. Se detienen en un puesto de zapatos de cuero e inhalan el aroma de la piel recién curtida. El vendedor demuestra la elasticidad de un par de sandalias doblando los tirantes con los dedos. Un hombre empieza a regatear, mientras que otro, quizá amigo del cliente, espera a un lado. Amara lo roza levemente, como por accidente. El hombre alza la vista y ve a Dido, quien logra —de algún modo— no mirar hacia abajo. Amara piensa que el hombre verá a través de la fachada y descubrirá que no son más que dos mujeres asustadas que no tienen idea de lo que están haciendo. Pero eso no es lo que ve. Animado por el hecho de que Dido no se ha ido aún, se acerca a ella.

—Demasiado duras para esos pies tan bellos, estoy seguro.

—No tenemos que caminar muy lejos —responde Amara—. Solo una calle. —Lo mira directo a los ojos para que el mensaje no pueda malinterpretarse de ninguna manera—. ¿Por qué no nos acompañáis?

Están parados tan cerca de ellas que el hombre puede meter la mano por debajo de la capa de Dido. Ella se tensa; le aprieta el brazo hasta que le duele. Amara necesita de toda su fuerza de voluntad para no abofetearlo. Piensa en Félix y en lo que podría hacerles si no tienen nada para darle mañana.

—Suficiente —dice Amara con más firmeza de la que habría querido. El hombre baja la mano, sorprendido. Amara se obliga a regalarle una sonrisa falsa y torcida—. Nadie toca la mercancía gratis, a menos que vaya a comprar algo.

El hombre las mira de arriba abajo.

—Tal vez después, señoritas. —Se da la vuelta.

Ellas se alejan del puesto de peletería. Esta vez es Amara quien le toma el brazo a Dido; siente que las piernas le flaquean.

—¿Necesitas sentarte? —pregunta Dido. Amara niega con la cabeza—. Tenía un mal presentimiento con él —continúa Dido—. Mejor así.

—No debería haber dejado que te tocara —dice Amara—. Tendría que haberlo mandado a la mierda.

Dido se ríe, lo cual toma a Amara por sorpresa.

—Las peores putas de la historia. Qué presentación sería esa: «¡Idos todos a la mierda!».

La risa de Dido es contagiosa, y en unos segundos ambas están sacudiéndose e intentando no resoplar demasiado fuerte, dominadas por la histeria. Entrelazan las manos alrededor de un pilar del que se columpian y en el que se apoyan mientras ríen como niñitas. A ninguna de las dos le molesta atraer miradas desdeñosas; de pronto parece no importarles.

Después de unos momentos, ambas se tranquilizan y se yerguen.

—Vamos —dice Amara—. De vuelta a la cacería.

Esta vez caminan con más seguridad; Dido ni siquiera necesita forzar la sonrisa, aunque los hombres no deben de saber que es a costa suya. Se detienen junto a un grupo de hombres que juega a los dados cerca de un arco que lleva a un pabellón techado donde venden comida. El aire es espeso por el aroma de la carne y las especias. Se paran en el margen del círculo y observan.

—Buen tiro —comenta Amara cuando uno de los

hombres tira un seis y se lleva un montón de monedas. Su amigo le da una palmada en la espalda.

Los jugadores parecen estar divididos en dos equipos. Todos parecen ser mercaderes foráneos que hablan en una infinidad de idiomas y con múltiples acentos mientras discuten por dinero. Amara y Dido fingen estar fascinadas con el juego y se acercan poco a poco al lado ganador para congraciarse con ellos. Un termo de vino comienza a circular, y Dido acepta un sorbo.

—Tira por nosotros. —Uno de los hombres agarra a Amara del brazo—. Anda, tira tú. —Los ganadores tienen buen ánimo. Después del juego, se tendrán que gastar ese dinero en algún lugar.

Amara se acuclilla y coge los dados.

—Por Venus —dice, mirando de reojo al equipo que la ha tomado como suya. Tira un cinco, más de lo que han conseguido sus rivales. Los hombres festejan.

—No cuenta —rechaza uno de los perdedores con el rostro retorcido de rabia, mientras ve cómo los dedos impacientes de su contrincante recogen sus últimas monedas—. No puedes hacer que una puta tire por ti.

—Puedes hacer que una puta haga lo que quieras —replica Amara—. Esa es la cuestión.

Sus nuevos amigos se doblan de risa, y uno la rodea con el brazo mientras se pone de pie. Pero a su oponente no le resulta nada gracioso.

—Griega tramposa —escupe.

El perdedor recoge lo que le queda de dinero y les indica a sus tres compañeros que hagan lo mismo. Se alejan deprisa, y Amara y Dido se quedan con los ganadores: cinco hombres, cuya atención ha pasado de los dados a otros juegos. El pulso se le acelera. Preferiría no estar en esa desventaja numérica.

—Pompeya os ha traído buena fortuna —dice

Dido, inclinando la cabeza de una forma que a Amara le recuerda a Victoria—. Servir a Venus en la ciudad de la misma diosa tiene sus recompensas.

—Eres de África —dice uno de los hombres al notar su acento.

—Los dominios de Venus son vastos —responde Amara—. Y el camino a su casa es corto, por si os apetece acompañarnos.

El hombre que la ha animado a tirar los dados aún la tiene tomada por la cintura con fuerza, sus dedos hundidos en su carne. No hay forma de que Dido y ella puedan quitárselos de encima si el grupo de hombres decide acortar la transacción y tomar lo que gusten sin pagar. El pabellón de comida lo están reparando por los daños del terremoto, y hay varios arcos abandonados en los que el trabajo se ha detenido.

Dido da un paso para alejarse del grupo.

—Compartimos nuestro hogar con otras tres —revela—. ¡Cinco mujeres! Una afortunada coincidencia. Lo tenéis que celebrar con nuestras amigas; la diosa del amor se merece un agradecimiento, a fin de cuentas.

Los hombres intercambian miradas, quizá sopesando la posibilidad de que los estén guiando a una cueva de ladrones con una dulce carnada.

—Tal vez conozcáis nuestro hogar —dice Amara—. Vivimos cerca de El Elefante.

—¡La Guarida del Lobo! —Se ríe uno de ellos—. ¡Una invitación al burdel de la ciudad!

—¿Eso es lo que eres? —El hombre que tiene tomada a Amara afloja un poco la mano y la gira hacia él para poder verle el rostro—. ¿Una pequeña loba griega?

Tiene la piel bronceada y curtida en las mejillas por el tiempo que ha pasado en todo tipo de climas, y tiene una marca en la barbilla que parece el corte de un cuchillo. Amara sabe que este hombre no es ajeno a la violencia, pero nadie lo es. Ella decide lanzar los dados una vez más. Se acerca para besarle los labios y luego lo aleja con un empujoncito hasta quedar fuera de su alcance.

—Lobas de Grecia, Cartago, Egipto e Italia —dice por encima del hombro, invitándolo a que la siga—. Todas devotas de Venus.

Dido se apresura a alcanzarla. Se toman de las manos y caminan por la columnata hacia la Vía Veneria, conscientes de que los hombres las siguen.

—Tenemos que llegar rápido —susurra Dido con los ojos bien abiertos y llenos de miedo.

—No corras —dice Amara. Vuelve a mirar por encima del hombro y le sonríe al hombre que hacía unos momentos la tenía atrapada. Él y los demás jugadores parecen ruborizados por la anticipación más que por la furia, y disfrutan la emoción de la cacería.

Serpentean entre las tiendas y las casas señoriales de la Vía Veneria. La calle sigue inundada. Uno de los jugadores, un hombre bajo y corpulento con una capa remendada, carga a Dido y hace como si fuera a lanzarla. Ella grita y los hombres estallan en carcajadas. El hombre la baja cuando una carreta tirada por una mula pasa frente a ellos. Amara le toma la mano y la empuja hacia delante sobre el pavimento.

Amara nunca ha sentido tanta felicidad al oír el escándalo de El Elefante cuando doblan la esquina del burdel. Está lista para desplomarse de alivio a los pies de Gallus, quien recibe el dinero de los cinco clientes. Cuando Amara cruza el umbral, le mira la mano izquierda a Gallus en espera de la señal. Tres dedos. Solo hay tres mujeres ahí. El corazón se le contrae.

Berenice está esperando en el pasillo, envuelta en el humo de las lámparas.

—¡Ahí está Egipto! —grita el hombre bajo, tomándola con fuerza de las caderas—. ¿Dónde están las otras dos?

—En camino —responde Amara, abrazando al hombre de la cicatriz en la barbilla—. Fabia irá por ellas.

La anciana pasa a toda prisa junto a ella, con la capucha cubriéndole la cara, y sale disparada hacia la calle.

—¡Demonios! ¡Nos habéis prometido cinco! —Los dos hombres sin mujeres están furiosos.

El cliente de Amara ya le ha arrancado casi toda la ropa y está tirando de ella hacia una celda vacía. Deja de besarla para tomar a uno de sus compañeros y darle un empujón.

—¡Deja de quejarte! Ya sabes que siempre comparto.

La cama de piedra se siente dura bajo la espalda de Amara; oye un horrible zumbido en los oídos y percibe el olor del hombre desconocido demasiado cerca de ella. Él la agarra con más fuerza de lo que recuerda en el Foro, y no puede detener ni controlar su movimiento. Se está ahogando.

Amara intenta centrarse en la cortina cerrada del otro lado de la puerta, contar los pliegues hasta que haya terminado, lo que sea para apaciguar el pánico insoportable. Pero el segundo hombre le tapa la vista con el rostro contorsionado. Le toma el muslo para evitar que se aleje de él. No puede gritar. No puede respirar. El terror le saca el aire de los pulmones. En ese momento, la cortina se abre. Cressa entra a la habitación.

—No hace falta esperar —susurra, pasándole los dedos por el cabello al segundo hombre.

Él la aleja.

—La quiero a ella. —Señala a Amara.

Cressa se mueve para interponerse entre ambos.

—No, no la quieres a ella. —Le pone las manos sobre la cintura y lo empuja hacia sí. Él intenta resistirse, pero el encanto del cuerpo desnudo de Cressa lo supera. Cede y permite que ella se lo lleve. Ella mira hacia atrás antes de salir. La bondad en sus ojos habla en otro idioma y llega hasta Amara a través de la oscuridad.

Amara rompe a llorar. El hombre con la cicatriz en la barbilla cae pesadamente sobre ella. Al fin ha terminado. Por un momento se ve obligada a quedarse quieta, atrapada bajo su peso; luego, él se levanta con los codos y da un paso para bajar de la cama. Amara se abraza las piernas, incapaz de dejar de sollozar. El hombre la mira un instante y ella no logra descifrar si el gesto de repulsión es por ella o por sí mismo. Él se va sin decir nada.

4

> Acoge benévola al que te ha de servir mientras aliente con vida, y escucha las protestas del que sabrá guardarte fidelidad inquebrantable.
>
> OVIDIO, *Amores*, I, 3

La noche en el burdel transcurre como una escena del Hades: la interminable procesión de ebrios, el humo, el hollín, los gritos rabiosos, alfarería que se rompe, el sonido del llanto de Dido, el penetrante aroma de la poción de Victoria mientras se lava por dentro, el estruendo de los ronquidos de Berenice. Cuando ya es demasiado tarde para que hasta el pompeyano más dedicado salga a la calle en busca de sexo, Amara se recuesta a solas en la oscuridad de su celda, sin poder dormir, sofocada por la furia.

La despierta el canto de Victoria a la mañana siguiente. Es como música de otro mundo, esa ligera y desenfadada voz esperanzada y rebosante de buen humor. Amara se sienta en la cama.

—¡¿No podrías dejarnos dormir un poco más por una vez en tu vida?! —grita Berenice.

—Mirad el sol —canturrea Victoria en respuesta—. ¡Es como el Festival de Flora!

Amara sonríe en contra de su voluntad. Impulsa los pies hasta el suelo y se envuelve los hombros con la manta. Berenice y Cressa ya están en el pasillo, bostezando y frotándose los ojos. Las tres se dirigen a la celda de Victoria. Amara levanta la mirada al entrar. La pintura de dos amantes sobre la puerta muestra a la mujer encima, un regalo de Félix para su puta más trabajadora.

—¡Nos has despertado! —dice Berenice.

Victoria ya está vestida y arreglándose el cabello que le cae sobre los hombros como una cascada de rizos. No parece una mujer que haya pasado la noche en vela, complaciendo a hombres y sobrellevando la violencia. Los ojos le centellean ante las posibilidades de un nuevo día. Amara nunca ha conocido a alguien como Victoria.

—¿Dónde está Dido? —pregunta Victoria—. No creo que siga durmiendo después de vuestros gritos y quejas, panda de perezosas.

Las cuatro caminan hacia la celda de Dido. Está recostada en la cama, mirando hacia la pared. Cressa se sienta a su lado, se agacha y le besa la frente. No solo son Amara y Nicandro quienes sienten el impulso de proteger a la más joven de las lobas de Félix.

—Ya es de día, cariño —dice Cressa. Dido se sienta. Tiene la cara húmeda y los ojos rojos de tanto llorar. Cressa la abraza y le acaricia la espalda—. ¿Se han portado como imbéciles?

—Uno ha roto todas las lámparas —comenta Dido, y señala una pila de pedazos de cerámica barrida hacia una esquina—. Me ha asustado mucho.

—Pedazo de mierda —la voz le flaquea a Cressa y, por un momento, Amara piensa que tendrá problemas para mantener la compostura.

Victoria se sienta al otro lado de Dido y se apodera de la conversación de inmediato.

—No puedes permitir que te moleste —dice con una sonrisa—. El señor Pedo de Ajo no puede molestarte.

—Qué nombre tan tonto —interviene Berenice, un poco escéptica—. No creo que de verdad se llame así.

—¡Pero así se llama! —insiste Victoria, con expresión y voz solemnes—. ¡Es don Pedo de Ajo quien atiende el puesto de comida rápida que está cerca de los baños!

—Sí, olía un poco mal. —Dido parece alegrarse un poco al participar en el juego.

—A ajo. Y a pedo —asiente Victoria—. Sí, sin duda era él: el señor Pedo de Ajo.

—No sabía que eso podía ser un nombre —dice Berenice, perpleja—. Creía que se llamaba Manlio.

—¡Claro que se llama Manlio, boba! —Cressa resopla.

Todas se ríen, y hasta Berenice esboza una sonrisa. Amara se pregunta por un momento si quizá se ha hecho la tonta a propósito.

—Creo que deberíamos escribirle un mensaje en la pared —dice Victoria—. En caso de que vuelva. —Se agacha y le da un pedazo de cerámica a Amara—. ¿Qué le diremos? ¡Ya lo sé! «DESPACIO, por favor.»

—¿Lo escribo en griego? —pregunta Amara.

—¿A qué viene esa pregunta? —responde Victoria—. Queremos que el idiota apestoso pueda leerlo, ¿no?

Amara graba el mensaje en la pared. Cuando termina, todas se quedan mirándolo con sonrisas de satisfacción.

—¿Sabéis quién sí sabe moverse despacio? —dice

Berenice con una expresión pícara. Hace una pausa para asegurarse de tener toda la atención de las cuatro.

—Tú dirás —la apresura Cressa—. ¿Quién es este Apolo?

—Gallus. —Berenice sonríe de oreja a oreja—. Lo amo.

—¿Gallus? —aúlla Victoria—. ¡Es pésimo en la cama!

—¡Ni siquiera te has acostado con él! —exclama Berenice, herida. Mira a su alrededor y ve las caras de vergüenza de sus amigas—. ¿O sí?

—Todas nos hemos acostado con él, corazón —dice Cressa con dulzura.

Berenice se sonroja.

—Pues a quien ama es a mí. Me ha dicho que un día comprará mi libertad. ¡Me ama! Se va a casar conmigo para que yo ya no tenga que hacer esto. Pasamos una hora entera juntos cuando vosotras salisteis a pescar. Es amable y dulce y cariñoso. ¡Hasta me preguntó qué quería yo!

A Amara le cuesta trabajo imaginarse al tosco Gallus haciendo cualquiera de esas cosas. Está a punto de preguntarle a Berenice si Gallus le dio el trozo de pan ayer, pero concluye que la respuesta podría ser demasiado dolorosa.

—Berenice —dice Victoria con voz grave y ominosa—. No te acostaste con él gratis, ¿verdad? —Silencio. Berenice se enfurruña y no se atreve a mirar a nadie a los ojos—. ¡Estúpida! —sisea Victoria—. ¿Y si Félix se entera? ¡No te puedes pasar el día revolcándote con Gallus por nada! Tiene que pagarle a Félix. Ese imbécil está jugando contigo, ¡está usándote!

—¡No quiere pagar porque está ahorrando para comprarme! —revela Berenice con resentimiento—.

¿Y quién se lo va a contar a Félix? ¡Espero que ninguna de vosotras!

—Por supuesto que ninguna se lo diría a Félix —interviene Amara—. Pero ¿estás segura de que no se está aprovechando de ti?

—Me ama —repite Berenice con terquedad—. Me ha dicho que nunca ha conocido a nadie tan bondadosa como yo, que puede hablar de verdad conmigo porque lo escucho y me preocupo por él. —Victoria hace una mueca de hastío—. ¿Por qué todo contigo tiene que ser oscuro, feo y retorcido? —Berenice estalla contra Victoria—. Por lo menos tengo mejor gusto que tú.

Dice la última palabra con tanto veneno que Amara se sorprende. Pero, antes de que Victoria pueda contraatacar, Cressa las interrumpe.

—Nadie intenta arruinarte las cosas —le dice a Berenice—. Solo queremos que tengas cuidado. Eso es todo.

Berenice frunce el ceño y le da la espalda a Cressa. Aún no está de humor como para dejar que la apacigüen. Cressa mira a Victoria con los ojos bien abiertos y apunta hacia Berenice con la cabeza para animarla a disculparse. Victoria suspira.

—Claro que nos alegra que Gallus te ame —dice—. Pero tienes que hacer que pague. ¡Le está robando a Félix! Es demasiado arriesgado, para él y para ti.

Berenice se ve abatida.

—Típico de Gallus —suspira—. Poniéndose en riesgo por mí.

A Victoria parece que está a punto de estallarle la cabeza al imaginar a Gallus el Héroe, pero entonces Cressa cambia de tema.

—¿Alguien sabe cuánto dinero ganamos anoche?

—Thraso se hizo cargo de la puerta —contesta Victoria—. Hablé con él antes de acostarme. Llevábamos un poco más de dieciséis denarios en la última cuenta.

—Qué alivio —exhala Amara, pensando en Félix—. No estamos tan lejos como creía.

—Pero tenemos que pagar para reponerlas. —Dido señala las lámparas rotas.

Cressa se agacha para observar el montón de pedazos de penes de arcilla rotos.

—Serán al menos tres denarios.

—Cuatro —precisa Dido.

—Vamos a tener que pagarlas nosotras —dice Victoria—. No podemos pedirle el dinero a Félix, menos después de lo que pasó ayer. —Amara siente que algo de la oscuridad de anoche vuelve. Félix les da un estipendio tan miserable que apenas les llega para comer, en especial porque todas contribuyen para mantener a Fabia. De ese modo, ninguna podrá ahorrar lo suficiente como para comprar su libertad—. No hay nada que hacer —continúa Victoria, como si pudiera leer los pensamientos de Amara—. Lo recuperaremos.

Amara lee el grafiti recién grabado: «DESPACIO, por favor». Ya no le parece tan divertido.

Cressa se pone de pie.

—Deberíamos ir a los baños y asearnos. A menos que queráis apestar a hombre todo el día.

La excursión a los baños de mujeres es un ritual de media mañana en el burdel. Amara sospecha que no es la única para quien la limpieza no es solo física, sino también emocional.

—Yo me quedo aquí —dice Victoria—. Pero alguien tiene que ir por las lámparas.

Hay un silencio.

—Ya voy yo —Amara se ofrece.

Está tan desesperada por bañarse como las demás,

pero se lo debe a Cressa por haberla rescatado. Por otro lado, Dido ha tenido una noche terrible y Berenice ha estado encerrada casi todo el día. No obstante, considerando su romance a escondidas con Gallus, tal vez el encierro no haya sido un sacrificio tan grande.

—Llévate mis ahorros —dice Cressa—. Cuando vuelvas dividimos el coste.

Cuando salen al pasillo encuentran a Fabia barriendo el suelo. Amara se pregunta por enésima vez dónde habrá dormido esta noche. Algunas veces la ha encontrado acurrucada junto a la puerta trasera, envuelta solo en su capa. La anciana les sonríe.

—Qué hermosas se os ve hoy —dice. Les ayuda a arreglarse el cabello a las cuatro que van a salir. Aunque no vayan a pescar, Félix detesta que sus mujeres anden por la ciudad todas desaliñadas—. Tú nunca vas a necesitar pasta para los labios —le comenta a Amara mientras le acomoda la toga amarilla y se la abrocha con un pasador barato—. Los tienes más brillantes que semillas de granada. Qué suertuda eres.

Amara se pregunta cómo se veía Fabia cuando era joven. Su cara no tiene arrugas, sino surcos, como los huecos que se hacen en la calle por el paso de las carretas por encima de las piedras. Tener un pedazo de mierda por hijo tampoco puede ser de mucha ayuda.

—¿Quieres que te traiga algo de comer? —pregunta Amara.

—Gallus me trajo algo de pan ayer —responde Fabia—. No te preocupes.

Cuando salen, encuentran a Thraso desplomado junto la puerta, medio dormido. El labio se le ve mejor que ayer, pero todavía tiene la nariz inflamada. Les pregunta adónde van y se levanta con dificultad para asegurarse de que el cuento de las lámparas rotas sea cierto. Una vez que les ha dado su arisco permiso, se van. Amara se despide del resto después de avanzar unos cuantos pasos por la calle, en la entrada de los baños. Luego emprende el viaje hacia la tienda de alfarería en la Vía Pompeyana, con el monedero de cuero de Cressa atado a la cintura.

Anoche no llovió, así que el nivel del agua en la calle ha bajado. Ya no parece un canal. En vez de eso, la superficie húmeda brilla bajo el sol de la mañana. La ciudad ya presenta su ritmo ajetreado. Amara no suele tener pretextos para salir por su cuenta. Se detiene un poco al pasar frente a las puertas de las casas más opulentas de Pompeya y se atreve a echar un vistazo al interior cuando encuentra entreabierto alguno de los largos portones de madera. Alcanza a ver el resplandor de las fuentes, los destellos de los jardines invernales y los complejos mosaicos que se extienden hasta el borde de la calle. La casa de sus padres en Afidnas no era tan majestuosa, pero algunos de los detalles más hogareños —como una mujer tejiendo en el atrio o un perro dormido— le recuerdan lo que ha perdido.

La tienda del alfarero, en la Vía Pompeyana, no está muy lejos. Es inconfundible, con su enorme mural de Venus rodeado por lámparas en el muro exterior. La pintura destaca la calidez de las flamas sobre los rasgos de la diosa, con la luz reflejada en sus ojos. Detrás hay una concha rosada y el azul pálido del mar. Un grupo de alfareros trabaja a sus pies, moldeando lámparas y estatuas, alimentando un pequeño horno. Es una reproducción en miniatura del negocio al que Amara está a punto de entrar.

La parte delantera de la tienda es estrecha y, al parecer, está vacía. A través de un umbral que va hacia la parte trasera distingue a los esclavos y el fulgor rojo de los hornos. Alguien volverá en un momento. A su alrededor, todas las superficies imaginables están cubiertas de lámparas. Da una vuelta por el lugar para mirarlas, cuidadosa de no tirar nada. Algunas son hermosas, mucho más que las que está por comprar. Amara toma una lámpara satinada de la repisa más cercana; le pasa el dedo por encima con delicadeza. Tiene una imagen de Palas Atenea estampada, y en su coraza, la cara de un búho.

—Esa es una de las mías.

Alza la mirada. Un esclavo está observándola. Se apresura a devolver la lámpara, avergonzada.

—Perdón.

—No, quiero decir que yo la he diseñado. —El esclavo se ríe—. Ninguna de las lámparas es mía.

Amara se da cuenta de que es muy apuesto. Esbelto, con el pelo oscuro y un rostro franco y amigable. «No se parece en nada a Félix», piensa. Luego se pregunta por qué sería relevante esa comparación. El esclavo camina hacia ella, vuelve a bajar la lámpara de la repisa y le da la vuelta.

—Este es mi sello —dice al tocar un símbolo en la parte trasera: la M griega. También tiene acento griego. Suena casi como si viniera del pueblo natal de Amara.

—¿Palas Atenea es tu diosa? —pregunta Amara en griego.

Él está encantado de que lo haya hecho.

—¿Ateniense?

—No, soy de Afidnas —le sonríe en respuesta.

—El pueblo con la hermosa Helena de Troya.

—¿Has estado ahí? —Amara mira fijamente al esclavo del alfarero y se pregunta quién habría sido si se hubieran encontrado en sus vidas anteriores. ¿Habría estado alguna vez enfermo y hubiese ido a consultar al padre de Amara? ¿Siempre había sido un esclavo?

—Pasé un tiempo ahí cuando era niño. Hace muchos años. Soy de Atenas. De Ática.

Ática. Tantas cosas contenidas en una sola palabra. Orgullo por su origen, dolor por lo que ha perdido. Hogar. De pronto, junto a este desconocido, se siente más cerca de ese hogar.

—¿Qué te pasó? —suelta de pronto—. ¿Por qué estás aquí?

El hombre parece desconcertado. Los esclavos no suelen preguntarse sobre el pasado sin invitación previa. Nadie quiere que lo obliguen a sacar su dolor a la luz de forma inesperada.

—Mi familia se quedó sin dinero —dice—. Y yo fui lo último que les quedaba por vender. —El tono de voz no le ha cambiado y sigue teniendo el mismo modo amable que antes, pero Amara percibe su tristeza. Quiere decirle que lo entiende, que la historia de su vida es la misma, pero no encuentra las palabras. Él parece avergonzado por su silencio—. ¿Esta es la lámpara que querías? —pregunta.

Amara se sonroja. Su capa oculta la toga provocadora. Él no tiene idea de qué clase de mujer es ella. Y ahora Amara tendrá que pedirle a este bello desconocido ateniense un cargamento entero de lámparas con forma de pene.

—Mi amo vive frente a El Elefante —dice muy despacio. Un destello de reconocimiento se asoma en el rostro del esclavo. Amara continúa—: Mi nombre en este país es Amara. Solía adorar a Palas Atenea, pero, desde que llegué aquí, he sido sometida al culto de Venus. No tengo otra opción. Ella es la diosa a quien sirve mi amo.

—Amara —repite el desconocido. Pone una mano sobre la de ella, evitando que continúe—. Lo entiendo. Nadie aquí tiene otra opción.

Se miran. Luego él se aleja, como si acabara de notar que la estaba tocando.

—¡Menandro! —grita una voz desde la trastienda—. ¿Qué haces ahí? Solo te he pedido... Ah, ya veo, una clienta. Disculpas, disculpas.

Rústico, el alfarero, está parado en el umbral. Le frunce el ceño a Amara mientras intenta ubicarla. Ella lo mira también. En su mente rememora su enorme culo desnudo que rebota de arriba abajo, visto desde una cortina a medio cerrar. Es uno de los clientes frecuentes de Victoria.

—Vaya —suelta una risita, al fin comprendiendo la situación. Se dirige a Menandro—. Con razón estabas tomándote tu tiempo. —Se apoya con un codo sobre el mostrador; su postura servicial y respetuosa se ha esfumado—. ¿Qué podemos hacer por ti, pequeña loba?

Amara está tan enfurecida que siente el cuerpo en llamas.

—Cuatro lámparas, no satinadas, de... —se detiene, no quiere decir las palabras—. De Príapo. —Rústico sonríe, disfrutando la humillación de Amara, y ella siente una oleada de rabia y rebeldía—. Así que serán cuatro vergas, por favor —concluye en voz alta.

Se oye un resoplido. Amara se da la vuelta y mira a Menandro. ¿Está riéndose? Él le ve la cara y su expresión cambia de inmediato.

—Lo siento. No quería...

Amara pasa junto a él y se dirige al mostrador como si no hubiera dicho nada.

—A mi amo no le gusta esperar —le dice a Rústico con frialdad, como si fuera la enviada de un emperador y no de un rufián de poca monta.

—Claro —responde Rústico antes de chasquearle los dedos a Menandro, quien se apresura a tomar las lámparas del pene de un estante en la esquina. Amara no dice nada; se queda muy quieta, erizada por la furia, mientras Menandro envuelve las lámparas en retazos de tela vieja y las ata para que a ella le sea más fácil cargarlas. Intenta desesperadamente llamar la atención de Amara, quien se niega a mirarlo, incluso cuando le entrega el paquete.

—No te preocupes —le dice Rústico a su esclavo con un falso susurro—. Tal vez puedas ahorrar algún dinerillo y hablar más tiempo con esta dulce señorita la próxima vez.

Amara le entrega el dinero de Cressa y sale a toda velocidad de la tienda sin darle las gracias a ninguno de los dos. Camina a toda prisa por la calle, con las lámparas pegadas al pecho, odiándose a sí misma. Nada la distingue de Berenice por tragarse el encanto de Menandro, como si fuera a interesarle hablar con una loba. La vida en el burdel ya es bastante difícil sin que tengas que quedar como una estúpida por tu propio pie.

5

> Toma a tu esclava siempre que quieras: usarla es tu derecho.
>
> Grafiti en Pompeya

Cuando vuelve, es Paris quien está en la puerta. La forma en la que se para, con el pecho escuálido echado hacia delante y las piernas abiertas, le permite a Amara reconocerlo mucho antes de llegar al burdel. Es poco común que Paris esté en la puerta; es demasiado pequeño como para pasar por guardia. Parece varios años más joven de lo que es y está desesperado por tener barba, con la esperanza de que Félix al fin lo libere de sus tareas como prostituto. La única persona en el mundo que lo ama es su madre, Fabia, y él la trata con una crueldad que a Amara le rompe el corazón.

—Félix quiere verte —le dice cuando se acerca.

—¿Te ha dicho por qué?

Paris se encoge de hombros, intentando imitar la tranquila indiferencia de Thraso. Pero, en cambio, solo parece un adolescente petulante.

Amara entra corriendo al burdel.

—Félix ha mandado llamarme —dice mientras le entrega el paquete de lámparas a Victoria antes de que ella pueda siquiera abrir la boca para saludar—. Ni siquiera me he bañado. Félix lo odia. ¡Se va a poner furioso!

—Puedes usar un poco de mi agua de rosas. —Victoria apunta hacia su celda con la cabeza mientras comienza a desenvolver las lámparas—. Tómala. E intenta no preocuparte. Casi nunca pide un servicio completo a esta hora del día.

Amara encuentra la botellita en la celda de Victoria; se pone un poco del perfume de rosas en el cuello. Sabe que uno de los clientes de Victoria le da varios frascos como propina y no quiere aprovecharse. La idea de subir la escalera para volver a ver a Félix le da náuseas. Cuando acababa de llegar a Pompeya, no entendía por qué quería a esas mujeres. A Félix no parecía moverlo el deseo, mucho menos algo más afectivo. Tras unas semanas, lo entendió. Todas lo temen; les aterra ser llamadas, tanto como ser ignoradas. Como todo con Félix, se trata del ejercicio de poder.

Victoria entra a la celda, le pellizca las mejillas para darles más color y le alborota un poco el cabello.

—¿Y si es otra cosa? —pregunta Amara—. ¿Y si está enfadado conmigo?

—Todo va a ir bien —le dice Victoria—. Te lo prometo. Pero no lo hagas esperar.

Paris la deja pasar y saca las llaves de su capa mientras están parados juntos en la calle.

—Ve directa a su estudio —le dice, abriendo la puerta con un empujón y alejándose de inmediato, como si detenerse a hablar con ella le sumara una carga terrible a su atareado día.

Amara se queda sola en el pasillo, sorprendida de que no la hayan enviado al dormitorio. Se pregunta qué significará eso. Sube por la escalera y camina despacio hasta el final del pasillo. Se detiene, toca la puerta con suavidad y luego la abre con mucha cautela. Para sumar más confusión, ve que Félix tiene compañía. Está a punto de volver a salir, pero él levanta la mano y con un gesto le ordena que se quede. Su cliente se da la vuelta para ver quién acaba de entrar. Cuando entiende que una prostituta lo está observando, vacila.

—Pero si no es un buen momento... —dice.

—Continúa, por favor —responde Félix, sin explicar el porqué de la presencia de una de sus mujeres. Amara entra a la habitación—. Estabas explicándome por qué quieres un segundo préstamo sin haber pagado el primero.

—Puedo ofrecerte esto —dice el hombre, sacando un par de pendientes—. Son de mi suegra. Plata pura, hechos en Herculano.

Félix toma los pendientes y los examina por un momento, antes de dejarlos caer sobre su escritorio.

—Esto cubrirá la deuda anterior. ¿Qué hay del nuevo préstamo?

—¡Valen mucho más que solo el primer préstamo! —protesta el hombre—. ¡Deberían cubrir al menos la mitad del segundo también!

—Cubren el primer préstamo, pero no el interés.

—Por favor, Félix —dice el hombre, bajando la voz—. Por favor, sé razonable. Puedo darte más dinero en cuanto llegue el cargamento. Solo necesito más tiempo. Sabes que siempre cumplo.

Félix suspira, como un padre decepcionado.

—Tantos años que llevamos haciendo negocios, Celer, y todavía me tomas por tonto. —Señala los pendientes—. Supongo que Salvia querrá recuperarlos. —Celer guarda silencio—. Y me imagino que sería una sorpresa terrible si mis hombres se presentaran en su tienda de telas sin invitación para tomar lo que me debes en metros de seda.

—Félix, por favor, no puedes... Sabes que yo...

—Te puedes llevar diez denarios —dice Félix—. Hasta que llegue el cargamento. Si para entonces has cumplido con tus pagos, podemos pensar en ese segundo préstamo.

—¡Pero eso no cubre el valor de los pendientes!

—Estos —sostiene Félix, tomando las joyas y sacudiéndolas frente a Celer— son por el primer préstamo. La oferta de diez denarios es pura bondad de mi parte. O lo tomas, o lo dejas.

Amara ve a Celer firmar otro acuerdo, grabando su nombre en la cera. Félix parece aburrido. Al terminar, dobla las tabletas y saca el dinero de un cajón. Celer le da las gracias en un volumen casi imperceptible. Su rostro, al pasar junto a Amara, está bañado en humillación.

Amara se queda a solas con Félix. Él guarda el acuerdo de Celer y la ignora durante unos minutos mientras está ocupado en su escritorio. Amara sabe que no debe abrir la boca.

—Ayer pregunté qué había ocurrido en los baños —dice al fin, alzando la mirada—. No pedí consejos. ¿Por qué me diste uno?

El tono es el mismo con el que le ha hablado a Celer. Amara no logra interpretar su expresión.

—Debo de haber entendido mal lo que querías —contesta.

—No, sé que lo entendiste muy bien. —Desecha la mentira con un gesto de la mano—. Y luego me recomendaste que hiciera un trato con Vibo, un hombre odiado por todas las putas de Pompeya. ¿Por qué?

—Vibo es la única entrada a los baños privados —dice Amara, intentando replicar la expresión impasible de Félix—. Podemos ganar más dinero allí. Los hombres son mucho más ricos.

—Entonces ¿se trata de que quieres chupar una verga de mejor calidad? —Félix se ríe. Amara sabe que lo peor que podría hacer sería reaccionar a su sarcasmo—. Qué puta tan generosa eres. No puedo creer que quieras hacerme más rico. —Mira los pendientes de plata que se han quedado en el escritorio—. No creerás que vas a ver algo de ese dinero extra, ¿o sí? Si crees que voy a compartir esas ganancias, no eres tan inteligente como pareces. —Félix le pide que se acerque, de modo conspirativo—. Dime, entonces ¿de qué se trata?

Amara es cautelosa.

—No lo sé.

—Anda —pide Félix—. No me voy a enfadar. Lo pregunto porque me interesa. Dímelo.

Amara tuerce las manos, aún sin saber qué decir. Nunca habían tenido una conversación así. Por lo general, Félix no le habla, salvo —claro está— para decirle lo mal que lo hace y que no puede imaginarse cómo un hombre pagaría por eso. A pesar de que Amara lo odia, su desprecio no deja de lastimarla. Le duele la forma en que la toca, como si no fuera nada. Y ahora está mirándola a los ojos como si estuviera interesado en lo que tiene que decir, como si lo que ella pensara fuese importante. Todos sus instintos le dicen que es una treta, pero está desesperada por que sea algo verdadero. Quizá pueda hacer que la escuche.

—¿Por qué me compraste? —pregunta—. Me vendieron como concubina. Tengo educación; sé tocar la lira. Sé que eso te costó más. Si no querías esas cosas para ti, ¿para qué, entonces? ¿Qué tipo de inversión soy si paso el resto de mis días allí abajo en las celdas? —Amara piensa en Gallus y la seguridad en su postura cuando está en la puerta cobrándoles a los clientes. Intenta parecer un poco más alta—. Podría hacerte ganar mucho más dinero, si me lo permites.

Félix guarda silencio durante lo que parece una insoportable eternidad. Amara espera; el miedo que ha intentado contener florece en el silencio.

—¿Por qué te compré? —Félix apoya los codos en la mesa y la barbilla sobre sus manos. Es un gesto de familiaridad, casi como si fueran iguales—. No fue por tus tetas espectaculares; seamos honestos, los dos hemos visto mejores. Y tampoco me deslumbró tu belleza. —Hace una pausa y deja que ella procese sus palabras mientras la mira de arriba abajo—. No eras mucho más bella que las demás chicas paradas, desnudas, en la fila. No eres Dido. —La mira directo a los ojos—. Pero, en cuanto te vi, no pude mirar hacia otro lado. Ahí estabas, siendo subastada como una puta cualquiera, pero, con ese porte, podrías haber sido la diosa Diana. Como si en cualquier momento pudieras haber ordenado a tus perros de caza que destrozaran a cualquier hombre que osara verte desnuda.

Félix rodea el escritorio. Amara lo ve caminar hacia ella y se obliga a quedarse muy quieta, aunque quiere salir corriendo. Cuando está ya muy cerca, le pone las manos sobre el cuello con suavidad.

—Y lo harías, ¿verdad? Los destrozarías. —Félix comienza a apretarle la garganta—. ¿Quieres destrozarme? —Amara lucha por respirar; la visión se le comienza a nublar. El pánico la inunda; pone las manos encima de las de Félix, incapaz de suprimir los instintos de arañárselas y quitárselas de encima. Félix la suelta y Amara se desmorona sobre el escritorio, jadeando—. ¿Sabes qué les pasa a los que me traicionan, Amara? —Ella asiente, incapaz de hablar—. Lo sabes, ¿verdad? No dudaste en animarme a castigar a Simo. —Amara comienza a recobrar el aliento poco a poco, pero no se atreve a ponerse de pie. Se queda agazapada sobre el escritorio, alejándose tanto como puede de Félix—. No eres la diosa Diana. —Félix camina a su alrededor—. O Artemisa, como la llamáis los griegos —alarga las palabras extranjeras, burlándose de su acento—. *Porna eis*. Eres una puta corriente, aunque sepas tocar la lira. —La empuja al suelo para que quede arrodillada frente a él—. Y yo soy tu dueño. No pienses ni por un segundo que eres más inteligente que yo.

En los baños con Victoria, el vapor no logra ocultar sus lágrimas. Amara quiere sumergirse en el agua, que la devore para que nunca tenga que salir a la superficie. Está frente a un enorme cuenco comunal, sudando por el calor. Victoria le limpia el rostro con delicadeza, tomando agua fría del cuenco con las manos para salpicarle las mejillas a su amiga.

—No puedes dejar que cada encuentro te afecte así —le dice a Amara, acariciándole con suavidad la piel del rostro—. No es más que sexo. Es solo tu cuerpo; no eres tú. Eres fuerte. Sé que lo eres.

Los baños públicos son más ruidosos y concurridos que los de Vibo y la decoración no es tan majestuosa, pero incluso sin una gran piscina de agua caliente para remojarse, estos baños de mujeres son mucho más relajantes. Ningún hombre puede entrar, ni siquiera Félix.

—No son todos los encuentros. Félix es diferente

—responde Amara—. No es solo lo que hace, aunque eso es bastante malo por sí solo. Es lo que dice. ¿Cómo sabe qué es lo que más va a doler?

Victoria se salpica con el agua y se la pasa por el cuello y los brazos.

—Tienes razón, Félix es diferente.

La empujan un par de matronas acompañadas de esclavas, que cargan tinas privadas. Las matronas se acomodan cerca de ellas y hacen un esfuerzo inhumano por no mirarlas. Han visto a Victoria y Amara frotarse la una a la otra, pues son demasiado pobres como para tener a alguien que lo haga por ellas.

—Tal vez sean ricas —masculla Victoria en voz lo suficientemente alta como para que las otras mujeres la oigan—. Pero mira qué culos. —Amara no se ríe. Cambiaría su belleza por dinero en un santiamén—. Sé a lo que te refieres —continúa Victoria—. Félix se te mete en la cabeza. Se lo hace a todo el mundo, no solo a ti.

—Creía que me iba a matar.

—¡No, nunca lo haría! —dice Victoria, indignada—. ¡Piensa en todo el dinero que perdería! —Le mira el cuello y la hilera de tenues contusiones a Amara—. Pero sí es raro que deje marcas. Lo habrás hecho enfadar bastante.

—¡Se enfada por todo! —exclama Amara—. Se enfurece con solo mirarlo. Es imposible lidiar con él.

—Ayer se te soltó la lengua un poco cuando le dijiste qué debería hacer. Odia que se lo hagan.

—Le di buenos consejos —dice Amara—. ¿Por qué habría de enfadarse?

—Cariño —dice Victoria—, Félix no quiere consejos de sus putas.

—Me ha dicho que ni siquiera puedo... —Amara

flaquea. La vergüenza le impide repetir las palabras exactas de Félix—. Ha dicho que no le doy placer suficiente, que debería pedirte consejo, porque tú sí sabes lo que haces.

—¿Eso ha dicho? —Victoria claramente se siente halagada por el comentario.

—Que tú eres la única que sabe lo que hace —repite Amara. No añade lo demás que ha dicho Félix: que Victoria tiene la mitad de la belleza, pero diez veces el talento de las demás—. Creo que de verdad le gusta estar contigo. No lo ha dicho, pero me ha dado esa impresión.

—Como tiene que ser —contesta Victoria—. Me esfuerzo. No digo que tú no —agrega de inmediato.

A Amara le sorprende lo feliz que está Victoria por los elogios de Félix. Le entristece pensar en el poder que tiene sobre ellas. Dos matronas más y una chica adolescente tropiezan con ellas junto al cuenco mientras hablan en voz alta de las elecciones. Uno de sus maridos es candidato. La chica, que probablemente es hija de una de las otras dos mujeres, parece aburrida e incómoda. Mira con timidez a las dos hermosas lobas, claramente sin saber quiénes son.

—Creo que dejaremos los consejos sobre tu técnica para cuando volvamos a casa —dice Victoria—. Pero no deberías preocuparte demasiado. Quizá se haya enfadado hoy, pero con el tiempo le gustarás más por no ser una cobarde. Le gusta ver algo de fuego. —Se sonroja, y de pronto parece tan tímida como la joven que está a su lado—. Me ha dicho que por eso soy su puta favorita —suelta las últimas palabras en voz baja, al oído de Amara, para que sus vecinas no las oigan.

Amara de repente siente que se asfixia en la sala

caliente y abarrotada. Se aleja del cuenco y Victoria la sigue.

—La única razón por la que yo querría ser su favorita —dice, mirando por encima de su hombro— es para que no viera venir el cuchillo cuando lo mate.

Victoria se ríe, pensando que es una broma.

6

Si alguien quiere follar, que busque a Attice; cuesta dieciséis ases.

Grafiti cerca de la
Puerta Marina de Pompeya

El cielo invernal está despejado, el sol en lo más alto y, aunque su luz cegadora da poco calor, su brillo alegra. Amara disfruta la sensación de estar limpia, e incluso siente algo de placer mientras Fabia le arregla el pelo. Los dedos de la anciana son diestros y gentiles. En otra vida pudo haber sido una talentosa criada al servicio de una gran dama. Amara intenta soltar el dolor de la mañana. «Igual que los moretones, la humillación también desaparecerá», se dice a sí misma.

Discuten dónde pescar y deciden ir al muelle. Siempre es un buen lugar para encontrar clientes y el camino será agradable bajo la luz del sol. Cressa se ofrece para quedarse.

—Fabia me hará compañía —dice, rechazando la gratitud de las demás—. Podemos relajarnos juntas, será un deleite.

Fabia parece encantada con el cumplido. La anciana está tan hambrienta de afecto como de comida. Amara sabe que Cressa tiene por delante una deprimente tarde en la que estará sentada en la oscuridad, escuchando interminables historias de la infancia del nefasto Paris.

—Qué amable es Cressa —comenta Amara cuando comienzan a andar por la calle—. Es una madre nata.

—¡Nunca digas eso! —Berenice se ve horrorizada.

—¿Por qué no?

—Cressa sí que es madre —responde Victoria, apresurándolas para que se alejen más del burdel—. Tuvo a un niño pequeño. Félix lo vendió el año pasado, cuando cumplió tres años. —Amara y Dido resuellan al unísono; Victoria asiente, con expresión parca—. A todas nos sorprendió que la hubiera dejado quedárselo tanto tiempo; habría sido más bondadoso quitarle el bebé cuando nació, antes de que Cressa se apegara a él.

—¡Qué horror! —exclama Dido—. Pobre Cressa.

—Se llamaba Cosmo —revela Victoria—. Un niño bastante dulce. Fabia lo cuidaba mientras nosotras trabajábamos. Cressa lo adoraba. Creí que se iba a morir cuando Thraso se lo llevó. Gritaba tanto que Félix tuvo que encerrarla en el piso de arriba. Pasó días enteros ahí. Y cuando bajó, no volvió a hablar de Cosmo jamás.

—Creo que no soportaría hacerlo —dice Berenice.

Amara recuerda cómo Cressa la salvó del jugador de dados y piensa en su bondad, en su paciencia infinita con Fabia. Le asombra que Cressa aún tenga compasión hacia las demás después de haber perdido a su hijo.

—Pero siempre es tan considerada —sostiene Amara—. Nunca habría pensado que llevara todo ese dolor consigo. No tenía idea.

Berenice y Victoria intercambian miradas.

—Creo que encuentra formas de ahogar sus penas

—sugiere Victoria—. Supongo que ya habéis visto cuánto bebe.

—Pero no puedes culparla —añade Berenice de inmediato—. Y no bebe tanto. Solo un poco.

—Por eso siempre uso mis hierbas al final de la noche —dice Victoria—. Mata todo lo que queda dentro antes de que se asiente.

Han llegado a la Vía Veneria y caminan en pares por el pavimento más amplio. Victoria y Amara van delante; Berenice y Dido, detrás. Victoria cambia de tema, como si ansiara dejar atrás la tristeza de su amiga. Señala las ropas de las mujeres adineradas que pasan a su lado; elogia los estilos que le gustan o se ríe de los que no. El trayecto al muelle es corto, pero las calles están tan llenas que tardan un buen rato en llegar. Cuanto más se acercan al mar, más fresco se torna el aire. Amara casi puede saborear la sal.

Se detienen a comprar su única comida del día en un pequeño puesto callejero a las afueras de la ciudad. Victoria elige lo que comerán: pan, aceitunas y anchoas, el pescado seco y en salmuera. Tras caminar un poco colina abajo, llegan a la orilla del agua. Hay todavía más gente ahí. Los mercaderes descargan sus productos. Se oyen los gritos de los marineros, el chirrido de los cargamentos y el constante golpeteo de las olas sobre los muros de piedra. Un poco alejada de los ajetreados embarcaderos, una columnata se yergue en semicírculo. En el techo, estatuas de dioses miran hacia los barcos venideros, mientras que en el agua, en el centro mismo del puerto, se encuentra una enorme columna de mármol. La Venus pompeyana se erige desnuda en la cima. Mira hacia el enorme cielo azul, protegiendo su ciudad.

Las lobas encuentran un rincón soleado en la columnata y se sientan con las piernas colgando sobre el mar. Comen deprisa para evitar el ataque de las gaviotas que las sobrevuelan. Victoria ve a un grupo de galeotes caminar hacia los embarcaderos para descansar un poco. Van agachados, deslumbrados por el sol.

—Qué vida tan miserable ha de ser esa —asegura Victoria. Se reclina hacia atrás, con las palmas de las manos sobre la piedra cálida y la cara al sol—. ¿Quién en Pompeya es más afortunado que nosotras en este momento? Todo este tiempo para disfrutar, sin cargas aplastantes que llevar. —Sube las piernas—. Ni siquiera debería estar viva. ¿Sabíais que fui una bebé de basurero? Me dejaron a mi suerte entre la mierda y las entrañas de pescado. Pero aquí estoy. Aquí estamos todas.

—Aquí estamos —dice Amara—. Cuatro esclavas sin un sexto de as que tienen que chupársela a idiotas por pan y aceitunas. Qué vida la nuestra.

Victoria se ríe.

—¡Qué amargura! No puedes seguir molesta por lo de Félix —dice—. Eso pasó hace una eternidad.

—No es solo por Félix —responde Amara mientras ve cómo uno de los barcos más grandes navega hasta el embarcadero. Piensa en su propio viaje desde Grecia. Las noches frías en la cubierta, bajo las estrellas, apretujada con los demás esclavos. El olor del vómito, el llanto, el terror de lo que les esperaba a quienes sobrevivieran a la travesía—. Tu vida ha empezado en un basurero —continúa—, pero yo tenía un hogar. Era hija de un doctor. Tenía una vida. —Nunca le ha hablado a nadie en Pompeya, aparte de Dido, de su pasado.

—¿Tu padre era doctor? —pregunta Berenice, sorprendida—. ¿Y qué haces en un burdel?

La hija del doctor. El papel que desempeñó durante la primera mitad de su vida. Un refugio tan cálido como el amor de sus padres que la protegía del mundo.

—Murió —revela Amara. Sabe que las demás respetarán su silencio si decide dejar el tema allí. Pero ahora que ha abierto la puerta al pasado no quiere cerrarla—. Mi madre siguió batallando unos cuantos años con ayuda de la familia. Luego, su primo, nuestro principal protector, también murió. Vendimos todo lo que teníamos. —Piensa en su hogar, en cada uno de los preciados objetos que le fueron arrebatados. Lo primero en irse fue la valiosa estatua de cristal de Atenea. Al final solo les quedaba un plato; no tenían siquiera camas para dormir—. Era demasiado tarde como para casarme. No tenía dote y, para entonces, ya estábamos en la ruina. —No quiere contar el final de la historia, pero ya no puede detenerse. Todas la están mirando, esperando a que concluya—. Así que me vendió.

Dido está disgustada. Amara sabe que todo eso le parece inconcebible, pero para Berenice y Victoria, que nacieron en la esclavitud, es menos sorprendente.

—¿A quién te vendió? —pregunta Victoria.

—A un hombre del pueblo llamado Chremes. Era uno de los pacientes de mi padre. Mi madre pensó que sería respetuoso conmigo porque conoció a mi padre. Chremes le prometió que sería una esclava de casa protegida y que algún día podría recobrar mi libertad. —Pero, incluso entonces, aunque era una niña que no sabía nada de los hombres, Amara sospechó que aquello era mentira. Había notado la forma furtiva en la que Chremes la miraba cuando era niña; felicitaba a su padre por tener una hija tan guapa. Sus ojos la incomodaban, aunque no era capaz de explicar por qué—. Mi madre le pidió a Chremes que la comprara también. Él se negó. —Amara no soporta pensar un segundo más en su madre—. Así que no es solo Félix —dice—. No es el único hombre al que odio.

—Estos pescados están muy salados. —Berenice se pone de pie—. Voy a la fuente a tomar un poco de agua.

Las demás apenas notan que se va, están demasiado absortas en la historia de Amara.

—Obviamente, Chremes te tenía como concubina —dice Victoria, cuyo entendimiento del mundo es mil veces más perspicaz que el de la madre de Amara—. Lo que no entiendo es por qué te vendió. Eres joven y hermosa. No es posible que se haya aburrido tan pronto.

—Niobe, su esposa, se puso celosa. Ella insistió. —Amara prefiere no recordar que Chremes ni siquiera se despidió, ni el instante en el que entendió que Niobe no la había vendido como esclava doméstica, sino como puta.

—No quisiera faltarle al respeto a tu madre —dice Dido—. Pero no la entiendo. Mejor sería morir de hambre juntas. El honor es el don más preciado de una mujer. —Mira el mar, como si esperara ver la costa del norte de África y no el interminable azul—. Todos los días quiero estar en casa: lo sueño, lo veo, oigo las voces de mis padres. Pero es imposible. Ser quien soy ahora es una vergüenza demasiado grande. Si volviera, eso los mataría.

—Mis padres no creían en todas las historias sobre los dioses —responde Amara. Mira el rostro sincero de Dido y, por primera vez, se siente desconectada de ella. Piensa en el trabajo de su padre, en sus pacientes, en los que salvó y en los que no, y en la agonía de su propia muerte cuando supo que dejaría a su familia atrás. Entiende el dolor que siente Dido ante la pérdida de su inocencia, pero no comparte su profunda vergüenza—.

Solo tenemos nuestras vidas. Nada más que eso importa —dice—. Ni el honor ni nada más. Mi madre me vendió para asegurarse de que yo sobreviviera.

—Y estás viva —menciona Victoria. Se estira para tomarle la mano a Amara y se la aprieta con una fuerza férrea. Luego sonríe, y con eso quita la atmósfera ensombrecida de la conversación—. Pero sigo creyendo que yo gano aquí. Dices que los hombres son lo peor, ¡pero no es cierto! La peor persona en tu historia es esa perra, Niobe. Chremes hizo lo que cualquier otro idiota haría: pensar con la verga. Los hombres son muy predecibles.

Amara mira a Victoria, su perfil iluminado por la luz del sol y su barbilla alzada. «Invicta —piensa—, como su nombre.»

—¿Cómo sabes que eras un bebé de basurero? —pregunta Dido.

—Es lo que los demás esclavos de la casa me dijeron —explica Victoria—. Yo soy la única que nunca ha tenido madre. —Se encoge de hombros ante la expresión de horror de Dido—. No es tan grave. Muchos esclavos no tienen padres. Alguna vez pregunté por qué, y la cocinera me contó que me recogió un día que fue al basurero. Pensó que estaba muerta, hasta que empecé a gritar. Se asustó tanto que casi me tira. —Mira a Amara—. Tu madre se equivocó al creer que la vida de esclava doméstica es mejor que la de una concubina. Si no me crees, pregúntale a Berenice por su primera ama en Alejandría.

Todas se giran hacia donde Berenice estaba sentada y se dan cuenta de que no ha vuelto aún.

—Está tardando bastante en la fuente —dice Dido.

—Mierda. —Victoria se apresura a ponerse de pie. Las demás la siguen. Nunca van solas al muelle;

siempre es más seguro ir en grupo. Hay demasiados hombres recién llegados de altamar rondando por ahí, que de pronto sienten la libertad de la tierra firme y ansían lo que sea que puedan conseguir. Una receta perfecta para la violencia.

Las tres caminan deprisa por la columnata hacia la fuente, gritando el nombre de Berenice. No hay señales de ella. Vuelven a la orilla del mar y los embarcaderos e ignoran los silbidos y la atención de los hombres a los que deberían de estar atrayendo.

—Quizá haya ido a por más comida —sugiere Amara.

Se dirigen hacia la ciudad, caminando entre los estrechos callejones de las habitaciones de los marineros. Casi no hay ni un alma; la mayoría de los hombres están en el mar. Están a punto deshacer el camino cuando oyen a una mujer gritando.

—¡Berenice! —grita Victoria. Se adentran más y, ahí, debajo de un arco en una callejuela oscura, encuentran a Berenice. Está de rodillas, intentando ahuyentar a dos hombres. Victoria comienza a aullar; es un ruido extraordinario para una mujer tan pequeña. Amara y Dido se le unen; las tres chillan a todo pulmón—. ¡Asesinos, asesinos! —exclama Victoria.

Un par de puertas se abren. Los dos hombres se alejan.

—¡Demonios! —le grita uno al trío de mujeres enfurecidas—. ¡Se estaba vendiendo!

—¡Y vosotros no me estabais pagando! —chilla Berenice en respuesta mientras se pone de pie.

Los hombres miran a su alrededor, incómodos con la repentina atención que están recibiendo. Uno de ellos le escupe a Berenice.

—¡Vete a la mierda, mentirosa! ¡Puta egipcia!

—Hurga en su monedero y tira una moneda al suelo antes de echar a correr. Su compañero lo sigue. Berenice se acuclilla para recoger el dinero.

Victoria corre hacia ella mientras Berenice vuelve a enderezarse, pero, en vez de abrazarla, la abofetea.

—¿Qué diablos estabas haciendo?

—¡Era solo un cliente! —protesta Berenice, frotándose la mejilla—. Luego, su amigo ha querido meterse sin pagar.

Las pocas personas que se aventuran a ver qué ocurre se dan cuenta de que es solo una reyerta entre mujeres y no la emocionante posibilidad de un cadáver. Regresan a sus vidas, refunfuñando ante la falsa alarma.

—¡Te podrían haber matado! —exclama Dido—. ¿Por qué lo has hecho?

—¡Por Gallus! No quiero que se meta en problemas por no pagar. —Sus tres amigas se quedan estupefactas. Berenice tiene los ojos bien abiertos y el pelo alborotado, seguramente porque uno de los hombres la agarró por ahí. Se lleva ambas manos al pecho con una apasionada sinceridad—. Me ama —dice—. ¿No lo entendéis? Me ama.

Victoria está parada con las manos en la cadera, mirando a Berenice, lista para pelear. Pero, al ver a su rival tomarse el corazón como una actriz trágica, la furia se convierte en risa.

—Me asombras, Berenice. De todas las putas que hay en el mundo, eres la única tan tonta como para pagarle a sus clientes.

Da media vuelta y las demás la siguen de regreso al muelle, donde aún hay hombres a la espera de ser pescados.

7

> Toda la estancia resonaba al son de aquellas risas estudiadas, y aún ignorábamos el motivo de aquel cambio de humor tan instantáneo. Fijábamos sucesivamente nuestra mirada inquisidora en nuestros propios compañeros y en aquellas mujeres.
>
> PETRONIO, *El satiricón*,
> «El burdel de Quatrilla»

Pasan los días, el clima se vuelve más cálido, los estofados de verduras en El Gorrión se hacen más variados, las consignas de campaña comienzan a aparecer por la ciudad como preparativos para las elecciones de marzo. La vida en el burdel conserva su funesta monotonía. Amara intenta aprender de Victoria y observa cómo cautiva a los hombres y atrae a los mismos lugareños una y otra vez. Rústico el alfarero, Febo el vendedor de perfumes, Manlio del puesto de comida rápida. Como propina, todos la obsequian con objetos en vez de dinero, cosas que Félix no se quedará. Amara observa cada uno de los movimientos de Victoria hasta conocer el rostro y el cuerpo de su amiga mejor que los propios. Intenta incluso copiar la forma en que gime.

Se vuelve mejor para fingir, pero Amara nunca está satisfecha. El deseo de escapar se apodera de ella, sus raíces se hunden profundamente bajo su piel y la desgarran. Hay días en los que ni siquiera el miedo a Félix ahoga el impulso de huir. Lo que la detiene es la certeza de que moriría en el viaje.

Paris es la única persona que odia la vida en el burdel más que Amara. Su continua presencia en las celdas dos veces por semana es una carga para todas.

—Creo que no soportaría ver a Gallus hacer todo eso —dice Berenice. Todas, salvo Paris y Cressa, están «desocupadas», paseándose por el pasillo lleno de humo, intentando ignorar los sonidos del hijo de Fabia y su cliente, que provienen de la celda cercana. Se supone que deberían estar desnudas, pero las noches de marzo siguen siendo frías, así que se apretujan unas con otras, envueltas en mantas—. No podría volver a verlo de la misma forma. Que sea un hombre quien lo reciba... ¡Qué deshonra!

—Ay, cállate ya —dice Victoria—. Piensa en lo que diría Gallus, si a esas nos vamos. «No soporto ponerle MI adorada verga en la boca, ¡piensa en cuántas vergas AJENAS ha chupado!»

—¡No es lo mismo! —replica Berenice—. Gallus nunca diría eso de mí. —Se alborota el pelo—. Aunque, obviamente, sí que se pone celoso.

—¿Qué dice? —pregunta Dido.

—Que quiere matar a todos los sucios hombres que me ponen las manos encima. Por eso me va a comprar, para poder tenerme solo para él. Así nadie podrá tocarme. Ni siquiera... —se detiene, incapaz de decir el nombre del jefe, pero mira hacia el techo para que las demás entiendan a quién se refiere. Sonríe—. Para que veáis cuánto me ama.

No es que Amara no se crea a Berenice cuando dice esas cosas. Puede que no sea la más astuta del mundo, pero tampoco es una mentirosa. Lo que le cuesta trabajo es imaginar a Gallus inventándose esas frases tan floridas. ¿También se llevará las manos al pecho? ¿Besará la túnica de Berenice? Sin duda, ese pedazo de mierda tiene más iniciativa de lo que parece. Y ninguna de las demás lobas —ni siquiera Dido— ha considerado posible que el amor de Gallus sea genuino y no una treta.

—¿Te dice lo mucho que te habría adorado su madre? —pregunta Victoria.

—¡Sí! —contesta Berenice—. ¡Me dice justo eso! Me ha dicho que le recuerdo a ella, que tenemos los mismos ojos amables, que... —se detiene al darse cuenta de que las demás están conteniendo la risa. Un hombre cruza el umbral, sin duda recién salido de alguna de las tabernas cercanas. Berenice camina hacia él; casi lo empuja a su celda por su prisa de alejarse de sus amigas—. ¡Seréis celosas! —grita antes de cerrar la cortina con un tirón brusco.

—No deberías molestarla tanto —dice Amara.

—Lo sé, lo sé. Pero me lo pone en bandeja de plata.

—¡Como su madre! —Dido repite; todavía no se puede creer las palabras de seducción de Gallus.

—Es una rata —dice Victoria—. No tiene vergüenza. —Un chirrido agudo y nada alegre sale de la celda de Berenice, seguido de un ominoso silencio—. Está bastante molesta, ¿no? Ese hombre no traerá su verga de vuelta en un buen rato.

—Por aquí —se oye la voz de Thraso—. Nos aseguraremos de que lo entretengan como debe ser.

Las mujeres se miran entre sí, de pronto muy alertas. Thraso no suele hacerles una visita guiada a los clientes. Una enorme figura cruza el umbral y queda a la vista bajo la luz de las lámparas de aceite. Una capa, un destello verde. Vibo.

—¡Uy! —suspira Victoria, quitándose la manta de encima—. ¿Quién es esta visión? ¡Debe de ser mío!

—Félix me ha dicho que tenía que asegurarme de follar con la que se llama Amara. —La voz de Vibo no es amigable.

—¡Por supuesto! No puedes tener a una sola mujer. —Victoria ya está envolviendo al hombre, besándolo, ayudándolo a quitarse la ropa. Mira a las demás—. ¡Debes estar con tres! ¡Mira! —Chasquea los dedos.

Por un momento, Amara no logra pensar qué puede hacer. Luego toma a Dido de la mano y le da una vuelta. No es el movimiento más elegante, pero ambas terminan restregándose contra Vibo en un nudo de miembros y extremidades que Amara espera que le dé la idea correcta.

—¿Tres? ¿Al mismo tiempo? —No suena muy convencido—. Dos serán suficientes.

—¡Debes estar con todas! —susurra Victoria con voz ronca, como si el deseo la atormentara—. No seas egoísta quedándote solo con dos. Y menos cuando todas queremos estar contigo. ¡Tienes que dejarnos a las tres hacerte feliz! —Suelta un gemido entrecortado.

Es la actuación más absurda que Amara ha visto nunca. No piensa que Vibo vaya a creérsela, pero su expresión se suaviza y tira de Victoria hacia sí, estrujándole el culo.

—Qué loba tan traviesa.

Victoria no necesita más incentivos. Para cuando Amara y Dido cierran la cortina, ya ha logrado dirigir a Vibo hacia su celda, desvestirlo y recostarlo. El miembro del gerente de los baños parece un pequeño caracol caído, pero Victoria suspira embelesada al verlo, y salta sobre él con agilidad felina. Vibo gime.

—¡Ay! ¡No seas egoísta! —se queja Amara. Se lanza sobre Vibo y le pone los pechos sobre la cara.

—¡Pero yo me quiero sentar ahí! —Dido trata de hacer a Amara a un lado, jadeando en sus intentos por subir a la cama.

Victoria rebota de arriba abajo con vigor, decidida a no permitir que el trago amargo dure un segundo más de lo necesario. Vibo, por su parte, respira con dificultad, no del todo fascinado con la idea de estar atrapado debajo de una montaña de mujeres.

—No, no —le dice a Dido—. Disfrutad la una de la otra. Yo prefiero mirar.

No es la primera vez que a Amara y a Dido les piden eso. Se retuercen con movimientos exagerados, intentando no mirarse a los ojos. Vibo no dura mucho tiempo. Siguiendo la pauta de Victoria, las tres alcanzan un *crescendo* de gritos en el momento preciso, y luego se cuelgan del cuerpo postrado del gerente de los baños, suspirando con una falsa satisfacción. El brazo de Amara está a punto de dormirse por llevar demasiado tiempo en la misma posición cuando Vibo se levanta de la cama.

—Sois unas chicas... —anuncia, con el rostro sudoroso y reluciente por el placer— maravillosas. Las mejores.

—¡Ay, gracias! —exhala Victoria. Le toma la mano a Vibo y se la besa como si fuera el emperador—. Te adoramos.

—¡Vaya que sí! —dice Dido, girándose en la cama y mirándolo con deleite.

Amara no confía en lo que podría decir, así que

decide soltar lo que espera que sea un suspiro seductor. Victoria ayuda a Vibo a vestirse muy despacio. Todas se apelotonan en la puerta de la celda para darle largos besos de despedida, fingiendo estar desoladas por su partida. Vibo sale del burdel de mucho mejor humor que cuando ha llegado.

Dido está a punto de echarse a reír, pero Victoria le pone un dedo en los labios.

—Todavía no —dice—. Espera.

Se sientan juntas sobre la cama y esperan el tiempo suficiente como para asegurarse de que Vibo se haya ido. Luego Dido susurra con una vocecita aguda «¡Te adoramos!», y las tres estallan en carcajadas.

Cuando salen con las capas puestas para ver si Vibo ha dejado alguna propina, Thraso ya no es quien está en la puerta. Gallus las recibe con una sonrisa.

—No sé qué habéis hecho, señoritas, pero Vibo acaba de duplicar las ganancias del día entero. Y pensar que se suponía que iba a ser un revolcón gratis.

Victoria ulula, triunfal.

—Y por eso —dice, apoyando la cabeza en el hombro de Gallus, un gesto íntimo que haría que a Berenice le hirviera la sangre—, nos merecemos un descansito en El Gorrión. —Gallus titubea—. ¡Venga, por favor! —Victoria le da un golpe en el hombro—. ¡Mira qué tranquilo está todo! Hay tres chicas dentro. Vamos a alborotar a algunos clientes y a traerlos aquí.

—Id, pues. —Gallus suspira.

—No es tan malo —le susurra Dido a Amara mientras cruzan la calle—. Tal vez Berenice tenga razón sobre él.

—¿Berenice, la que tiene los mismos ojos amables

que su madre? —pregunta Amara con una ceja arqueada.

Dido hace una mueca.

—Bueno, tal vez no.

El Gorrión está a reventar. Del marco de la puerta y de las vigas cuelgan lámparas cuya luz se refleja en las ollas de cobre que Zoskales clavó en la pared. Es una confusión de luces y sonidos. Nicandro está ocupado sirviendo tragos; lo acompaña Sava, una esclava doméstica que también trabaja como camarera por la noche. Zoskales está en la barra contando una larga historia sobre su esposa que hace reír a los clientes.

A pesar de lo que le ha dicho a Gallus, Victoria no ha salido a pescar. Se abre paso hasta un espacio libre en una mesa donde tres hombres juegan a los dados.

—¿Por cuánto jugáis?

—¿Por cuánto te ofreces? —resopla burlón uno de los hombres, e intenta ponerle una mano en el muslo.

Victoria se lo quita de encima, irritada. Su coquetería habitual se ha esfumado. Es una jugadora seria, auxiliada por sus propios dados cargados.

—Puedo poner tres ases.

Amara y Dido ven que Victoria se mete en el juego y obliga a los hombres a ceder gracias a su voluntad de acero.

—Va a ganar —dice Amara—. No van a saber qué les ha pasado.

Nicandro ve a Dido. Sonríe y las invita al otro lado del salón después de obligar a otros clientes a hacerles espacio en un banco.

—¿Vino caliente? ¿Con miel? —ofrece mientras vuelve hacia la barra.

—Gracias —dice Dido.

—¿Vais a pasar la noche aquí? —Es uno de los

hombres que les ha hecho espacio. La pregunta es más amigable que sugerente. Tiene una cara afable y su cabello negro comienza a pintarse de gris en las sienes.

Sobre la mesa, frente a él, hay una pequeña flauta de caña; tiene los dedos puestos sobre ella, como para mantenerla a salvo.

—Podríamos, si vas a tocar —dice Amara.

El hombre se ríe.

—¿Sois cantantes?

—Sí.

Dido le lanza una mirada. Ambas aprendieron música en casa, pero es improbable que las canciones respetables que conocen sean propias de un bar.

—Es un honor conocer a un par de colegas —dice el hombre—. Soy Salvio. —Señala a su acompañante—. Y él es Prisco.

Prisco inclina la cabeza a manera de saludo.

—Nosotras somos Amara y Dido. ¿Puedo? —Toma la flauta—. Mi padre tenía una así —recuerda Amara. No añade que, para su padre, la flauta era el menos importante de sus instrumentos, y que ella aprendió a tocar la lira.

Se la devuelve a Salvio, quien se la lleva a los labios y comienza a tocar. Tiene más talento del que Amara esperaba. Está tocando una tonada popular de Campania, unas cuantas estrofas alegres sobre un pastor que añora a su amada. Prisco comienza a cantar y anima a las mujeres a que lo acompañen. Amara le presta atención unos momentos para aprenderse la letra y luego comienza a cantar con él. Tiene una voz fuerte y clara; algunos de los clientes dejan de hablar y aplauden al ritmo de la música.

Cuando terminan, por toda la taberna se oyen gritos que piden más. Salvio comienza a tocar de nuevo;

esta vez, una famosa canción sobre Flora y la primavera.

—Canta conmigo —le dice Amara a Dido—. ¡Te la sabes!

La voz de Dido no es tan fuerte como la de Amara, pero es mucho más dulce. Comienza a cantar titubeante, pero, conforme repiten la canción, la alegría se apodera de ella. El rostro se le ilumina de una forma que Amara nunca ha visto. Nicandro tiene la mirada fija en ella, todavía con el vino caliente en las manos, sin atreverse a colocarlo en la mesa por temor a que el hechizo se rompa. Prisco empuja la mesa hacia atrás e insta a las mujeres a ponerse de pie.

—¡Otra canción! —grita.

Salvio toca música de festival, quizá porque intuye que no están familiarizadas con la música folclórica del lugar. Amara y Dido cantan juntas y, por primera vez desde que llegó a Pompeya, Amara siente algo parecido a la felicidad. Algunos de los clientes les lanzan miradas lascivas y uno incluso les grita que se saquen las tetas, pero en general todos disfrutan la música lo suficiente como para no dar problemas. Después de un tiempo, Salvio se cansa y deja la flauta con la promesa de que volverá a tocar cuando se termine el trago. Prisco mira animado a Dido y se adelanta a Nicandro, que tiene la intención de hablar con ella. Prisco le pregunta qué otras canciones conoce y Dido, con mucha amabilidad, se sienta para responderle.

—Ha sido hermoso. —Amara se da la vuelta al oír una voz conocida, aunque no logre ubicarla de inmediato.

Es Menandro, el esclavo del alfarero. Toda la sangre le fluye hasta la cara.

—¿Qué haces aquí?

—Me dijiste que trabajabas cerca. —Se aproxima más para que Amara pueda oírlo por encima del ruido—. Es la segunda vez que vengo aquí con la esperanza de encontrarte. Y te he encontrado.

—¿Solo dos visitas? Qué poca perseverancia.

Menandro se ríe.

—Soy un esclavo. Rústico es un amo generoso, pero no tan generoso.

La mención del alfarero le recuerda a Amara su humillación en la tienda. Mira de reojo a Victoria, quien sigue inmersa en su juego, y se pregunta si el amo bromea con el esclavo sobre sus visitas al burdel.

—Qué afortunado eres —dice con frialdad.

—No me estaba riendo de ti —responde él—. Pero fue muy gracioso ver cómo lo mirabas. Nunca había visto a una mujer hacerlo. —Hace una pausa—. Estuviste magnífica.

—¿Así que pedí cuatro vergas de forma magnífica? —dice Amara, conteniendo la risa. Hay tanta gente que los dos tienen que apretujarse. Amara le da un sorbo a su vino con miel, un poco embriagada de las canciones y la atención—. Es bueno saberlo.

—Te mantuviste firme. Eso fue lo magnífico —responde Menandro en griego—. Las vergas fueron algo casual.

—Ojalá lo fueran.

Lo dice para hacerlo reír, pero Menandro capta el oscuro trasfondo. Sus miradas se encuentran y Amara comprende que él comparte su dolor, que sus pérdidas son también las de él. Menandro se lleva una mano al corazón a manera de saludo y agacha la cabeza, como si se acabaran de conocer.

—Mi nombre es Kallias —dice—, hijo de Kleitos, el mejor alfarero de Atenas. Un día, me haré cargo del negocio de mi padre y venderé mi trabajo por toda Ática, incluyendo el hermoso pueblo de Afidnas. Y tú, ¿cómo te llamas?

Nadie en Pompeya se ha atrevido a preguntárselo. Es el último resquicio de privacidad, del yo, que tiene un esclavo que alguna vez fue libre. Su nombre real. Hay tanto ruido en la taberna que tiene que gritar, pero no duda en darle al chico de Atenas lo que le pide.

—Soy Timarete —dice—, hija única de Timaios, el doctor más erudito y querido de Afidnas.

—¿Ves? —comenta Menandro mientras le quita un rizo de la cara con mucha delicadeza—. Algo casual.

—Pero también soy Amara —vuelve a hablar en latín y le quita la mano con un gesto juguetón—. De otro modo, nunca habría puesto el pie en una taberna, y mucho menos habría cantado para una multitud de hombres, ¡ni tampoco habría hablado contigo!

Menandro sonríe y está a punto de responder, pero en ese momento Dido toma a Amara por el brazo.

—¡Amara! ¿Ese es Gallus?

La familiar silueta está encorvada sobre la mesa de los dados, gesticulando en dirección de Victoria, quien se apresura a recoger sus ganancias mientras discute con él y los demás jugadores. Gallus se golpea la cabeza con una lámpara baja al ponerse de pie; mira furioso a su alrededor. Encuentra a Dido y Amara.

—¡Ya estáis volviendo! —les grita.

Unos cuantos clientes se giran para averiguar a quién le está gritando; al ver a las dos lobas, se echan a reír.

—Tal vez se vaya contigo —dice uno, arrastrando las palabras—. Qué labios tan bellos. Puedes cantar para mí. —Se lo dice a Dido, claramente convencido de que Amara ya está con un cliente.

Menandro le toma la mano y la cubre con las suyas. Por un momento, ella teme que le pida acompañarla al burdel. Se acerca y baja la voz.

—Por favor, cuídate, Timarete.

8

> Hoy vivimos en el siglo de oro, al oro se tributan mil honras, y hasta el amor se consigue a fuerza de oro.
>
> Ovidio, *El arte de amar*

—¡Casi dos denarios! Eso fue lo que gané. ¡Esos dados han sido la mejor inversión de mi vida! Tendríais que haberles visto las caras a los demás. Excelente.

Victoria se jacta de su triunfo en la mesa de juego. El resto de las mujeres, salvo Dido, están sentadas en el banco de piedra que abraza las paredes de la sala cálida, y escuchan sus alardes con un gran entusiasmo. Esa sección de los baños de mujeres es siempre un caldero de chismes, donde un bajo murmullo de voces se eleva en volutas hacia el techo abovedado. Cuando se quitan la ropa, es más difícil saber quién es ciudadana, liberta o esclava; las lobas podrían incluso pasar por un grupo de jóvenes esposas.

Para Amara, la sala cálida suele ser un agradable descanso antes de aventurarse a temperaturas más altas; pero esta vez, en lugar de relajarse en el calor, cada fibra de su cuerpo está hecha un nudo de tensión. Lo que ocurrió después del bar le resultó insoportable. La claustrofobia de volver al burdel y verse obligada a tolerar el desfile de hombres ebrios, con sus interminables e ingratas exigencias, le pareció miles de veces más doloroso después de los momentos que había pasado con Kallias. «Menandro —se dice—. Su nombre de esclavo es Menandro. Así como el tuyo es Amara.»

—Y luego, por la mañana, ¡Félix ha pedido verme por segunda vez consecutiva! Una hora entera. Me ha tenido trabajando para él todo ese tiempo. Y no me gusta alardear —dice Victoria—, pero he hecho que durara una eternidad. Creo que algunos de mis trucos lo han tomado por sorpresa. —No podría verse más complacida si fuera la mismísima Psique relatando un encuentro con Eros—. Creo que nunca ha querido pasar más tiempo con alguien.

—No sé por qué es algo digno de presumir —dice Berenice. Las mejillas le brillan con el calor, lo que la hace parece enfadada, y los mechones de cabello se le pegan a la cara por el sudor—. Félix es un fastidio. Y siempre es un maldito ingrato cuando termina. No vale la pena el esfuerzo. Con Gallus sí que lo vale. Él siempre... —Ve que las demás comienzan a esbozar sonrisitas y guarda silencio. Se mira los pies y exhala con fuerza, sin duda desesperada por compartir la devoción contenida en su corazón, pero reacia a enfrentarse a las burlas. Amara se siente mal por haberla molestado tanto.

Victoria sonríe levemente, pero no dice nada. Amara entiende que Félix debe de haberle hecho algún cumplido. «Él sabe muy bien cómo manipularnos a todas», piensa.

—Creo que Félix no ha mandado llamarme en semanas —comenta Cressa.

Está desparramada junto a la pared, con los brazos cruzados sobre los pechos para cubrirse las estrías.

—Qué suerte la tuya —responde Berenice, sin notar la ansiedad en la voz de Cressa.

Amara se desliza un poco hacia el borde del banco y cierra los ojos. Aun fuera del burdel, su mundo violento y miserable la envuelve como un manto. Intenta acallar las voces de sus amigas y se pone a escuchar otra conversación.

—... ¡No puedes dejar que tu hermana exija esas cosas! Dile que no tienes el dinero.

—No puedo. La familia de su marido es imposible. No sé qué le harán.

—¿Te refieres a...?

Abre los ojos a medias y logra ver a las dos mujeres que hablan a su lado. Al parecer no van en compañía de sirvientas, y ambas parecen exhaustas y agobiadas. Una de ellas está sentada tan cerca de Amara que sus muslos están a punto de tocarse. Sus rizos teñidos de rojo comienzan a despintarse con el calor. No deja de jugar con algo que tiene en la mano izquierda. Un anillo de camafeo.

—Has oído los rumores sobre su primera esposa —dice la pelirroja—. Y los esclavos tienen demasiado miedo como para decir algo. Fulvia dice que la golpeó en su noche de bodas. ¿Qué clase de monstruo hace eso? Y no deja de quejarse sobre la dote, a pesar de que se ha gastado hasta la última perra.

—Supongo que Gelio no se dará cuenta si te quedas con un poco más de las ganancias.

—Hasta él terminaría notándolo en algún momento. Y no sirve de nada pedirle ayuda, apenas logra levantar su gordo culo de la taberna. Me paso todo el día partiéndome el lomo detrás de ese mostrador solo para que él se beba las ganancias.

—Siento no poder ayudarte tampoco. —La otra

mujer se abanica—. Yo te haría el préstamo, pero mi marido me tiene atada de manos. Y esta época del año siempre es la peor para el negocio.

A la pelirroja se le descompone el rostro, y Amara sabe que tenía la esperanza de que su amiga le diera el dinero. Reconoce la expresión de humillación, cargada de resentimiento. Le recuerda con gran dolor a su madre. Después de que el padre de Amara muriera, su madre les pidió ayuda a todas las personas que conocían, calculando qué podía permitirse para recibir invitados a cambio de su ayuda. ¿Cuánto podría hacer rendir un puñado de dátiles? ¿El otrora cliente de su padre se ofendería al ver el plato astillado? Cuando los visitantes se encontraban cautivos en la casa, su madre enumeraba las dificultades de la viudez, conteniéndose las lágrimas e intentando no sonar muy desesperada. Amara permanecía en silencio, con la cabeza agachada por instrucciones de su madre, viendo cómo el flujo de compasión y de dinero se iba secando poco a poco. Hacia el final, su madre habría aceptado un préstamo de quien fuera, sin importar los términos.

—Disculpe la intromisión, señora —dice Amara en voz baja—. Pero quizá yo pueda serle de ayuda. —Las dos mujeres se dan la vuelta, sorprendidas. Amara inclina la cabeza cortésmente sin ser demasiado servil, dejando que ellas se pregunten si es una mujer libre o una esclava—. Actúo como agente de mi señor, y él entiende las pequeñas dificultades a las que cualquiera puede enfrentarse. Con mucho gusto podría preguntarle si estaría dispuesto a arreglar un préstamo. Con absoluta discreción, por supuesto.

—Y ¿por qué tu señor emplearía a una mujer

como su agente? —Es la avara acompañante de la pelirroja. Su rostro es impasible y suspicaz.

—El contrato lo haría su capataz —contesta Amara, improvisando. Necesitará pedirle a Félix que sea Gallus, no Thraso. Mejor no asustarlas en el último momento si aparece con un rufián. Le sonríe a la pelirroja, quien parece menos hostil que su amiga—. Pero es más sencillo que las mujeres hagamos negocio entre nosotras. Tenemos muchas preocupaciones que los hombres son incapaces de entender.

La pelirroja le da vueltas a su anillo sin parar.

—¿Y dices que es discreto?

Amara asiente.

—Igual que yo.

—Atiendo un puesto de comida rápida —dice la mujer—. No puede aparecerse ahí, preguntando por mí. A mi marido no le gustaría.

—Solo tratará conmigo —promete Amara. Le lanza una mirada a la amiga con cara de amargura, quien niega con la cabeza—. Esa es la ventaja de una mujer como agente.

—No me gusta, Marcella —dice Cara Agria—. ¿Quién es esta chica? ¿Cuál es el negocio de su señor?

—Disculpas —responde Amara—. Pero la discreción es el pilar del negocio de mi señor. Los préstamos no son su preocupación principal, y toma todas las medidas necesarias para no exponer a sus clientes. —Mira a Marcella una vez más—. Si está interesada en el préstamo, dígame la cantidad y mañana por la mañana le llevaré una propuesta al Templo de Apolo en compañía del capataz de mi señor.

—No lo hagas —murmura Cara Agria—. ¡Fulvia tendrá que cuidarse sola! Ya has hecho bastante por ella. Es una mujer casada, no es tu responsabilidad.

—Es mi hermana —dice Marcella—. ¡No puedo abandonarla! Se lo prometí a nuestra madre.

—Yo no quiero formar parte de todo esto —dice Cara Agria mientras se pone de pie—. Te veo en el vapor.

Sale sin mirar atrás. Marcella la ve partir, con los hombros encorvados por la ansiedad.

—Entiendo las dudas —dice Amara y le toca levemente el brazo para devolverla al presente—. Pero a veces tenemos que tomar las oportunidades que Fortuna nos ofrece.

Marcella se muerde el labio y mira hacia el suelo, como si la respuesta fuera a aparecer inscrita en las pequeñas baldosas con forma de diamante.

—Veinte denarios —dice al fin—. Eso es lo que necesito. Y puedo llevar un collar en garantía.

Amara sabe muy bien dónde estará Félix a esa hora del día. Entre las mujeres existe la regla tácita de mantenerse lejos de la Palestra para evitar cruzarse con él. Espera que su presencia no lo moleste tanto como para que no escuche su propuesta. Repasa en su cabeza los detalles del trato mientras camina deprisa por la Vía Veneria. Sin duda verá que es una gran oportunidad, ¿o no?

Fue difícil ocultarles a sus amigas la razón por la que necesitaba un tiempo a solas, pero el ofrecimiento de quedarse en el burdel todo el día fue suficiente para conseguir su ayuda sin demasiadas preguntas. Salieron en pares para engañar a Thraso, y luego volvieron a reunirse para que Dido no se quedara sola. Dido no le preguntó nada a Amara, solo le apretó las manos y le rogó que tuviera cuidado. Amara sabe que Dido se imagina que irá a ver a Menandro, como si el amor fuera la única razón posible para mantener algo en secreto. La inocencia de su amiga es como un reproche. Amara sabe que Dido nunca intentaría ganar dinero extra sin contárselo a las demás. Hasta Victoria es franca con sus apuestas. Amara comienza a caminar más rápido mientras la culpa le punza el corazón. No es una sensación que se pueda permitir, y menos si quiere escapar del burdel.

La Palestra, un parque público rodeado de una imponente muralla, está en el otro extremo de Pompeya. Amara se convence de que su falta de aliento se debe a la larga caminata y no a los nervios. Un par de hombres encorvados junto a la entrada detienen su conversación para mirarla pasar por el portón. Una vez dentro, la recibe un coro de voces agudas y exaltadas. Un grupo de niños pequeños aprende el alfabeto en un rincón de la columnata. Amara los rodea, lo que le vale una mirada de desaprobación por parte del maestro. Está claro que sabe a qué se dedica ella.

Solo los hombres tienen permitida la entrada a los campos de ejercicio. Amara espera que Félix esté en la pista y no en la piscina, pues sería imposible pasear descaradamente bajo la sombra de los plátanos que la rodean. Espera en el margen de la pista. Hace calor ahí; el sol cae a plomo. La Palestra está abierta al público en un horario restringido y siempre está llena. Los jóvenes se empujan unos a otros mientras trotan en circuitos. Amara alcanza a ver a Félix cuando pasa frente a ella corriendo a gran velocidad, con el torso desnudo reluciente por el sudor. Él no la ve. Sus movimientos son tan fluidos y gráciles que parece un corcel entre un rebaño de ganado. Es doloroso volver a recordar lo que sintió cuando la compró. El alivio al ver que cuando menos era un hombre atractivo. Qué imaginación tan limitada tenía cuando se trataba de la naturaleza humana.

La segunda vez que Félix pasa corriendo, uno de sus compinches nota que Amara lo está mirando y le da un golpe en el brazo a Félix entre risas. Los hombres bajan la velocidad. Se detienen justo frente al margen de la pista, mirándola de vuelta. A Félix lo flanquean tres hombres más. Hay tantas cosas que Amara no sabe sobre sus negocios y su vida. ¿Podrían ser sus clientes? ¿Amigos? ¿Rivales incluso? Por suerte, sin importar quiénes sean, al parecer la idea de que a Félix lo siga una puta celosa y enamorada les resulta hilarante.

—No ha tenido suficiente —dice uno de ellos tras darle una palmada en la espalda a Félix—. Quiere más de ese rabo.

—Tal vez ella te pague a ti.

Félix los ahuyenta, pero la atención no parece molestarle. Trota hasta donde está Amara. Sus amigos silban y le gritan consejos antes de comenzar a correr en el circuito de nuevo. Félix se detiene con las manos sobre las rodillas para recuperar el aliento.

—¿A qué viene esto? —Levanta la mirada, entre curioso y risueño, sin siquiera un esbozo de su crueldad habitual. Tal vez Victoria sí que lo ha dejado de muy buen humor.

—Tengo una propuesta —dice Amara, intentando sonar tan relajada como él, aunque sin mucho éxito. Félix se endereza y se quita el sudor de los ojos—. Hay una mujer llamada Marcella. Atiende un puesto de comida rápida cerca del teatro; tiene buena clientela e ingresos fijos. Pero su marido bebe demasiado y no le queda dinero para hacerle un préstamo a su hermana. Necesita veinte denarios.

—¿Y quieres que yo le haga un favor a esta amiga tuya? —Félix suena más incrédulo que molesto, pero ella sabe que su furia puede posarse en el filo de una navaja.

—¡No, no! —protesta Amara—. La acabo de conocer esta misma mañana, en los baños. Es un trato de negocios.

—¿Has venido hasta aquí y has interrumpido mi día para hacer un trato por veinte denarios?

—Pero no es solo este trato, ¿o sí? —dice Amara—. Las mujeres nunca van a acudir a ti; ni siquiera tienen permitido hacerlo. Pero eso no quita que necesiten dinero. ¿Y qué hacemos? Hablamos unas con otras; nos lo prestamos las unas a las otras. Pero si Marcella, o alguien más, hace negocios conmigo, hará negocios contigo.

Los amigos de Félix vuelven a pasar frente a ellos sobre la pista, aullando. Félix maldice y los hace reír. Los demás hombres siguen su camino; Félix devuelve su atención a Amara.

—¿Y qué esperas tú sacar de esto?

—La misma comisión que recibimos por el sexo —responde ella—. Sé que Victoria recibe más porque es la que más clientes atrae, y es lo justo. Pero, si yo te consigo más dinero con préstamos, en lugar de hombres, ¿cuál es la diferencia?

—¿Qué has acordado con la mujer, la tal Marcella? —Su tono es desdeñoso, pero Amara sabe que está interesado. Tiene la misma expresión que cuando las compró a Dido y a ella en el mercado de esclavos. La dulce anticipación del dinero.

—Le he dicho que estaré mañana por la mañana en el Templo de Apolo con tu capataz, Gallus, y un contrato. Ella no sabe nada sobre el burdel; he pensado que lo mejor sería que viera el dinero antes de decirle quién eres. Una vez que tenga el dinero en las manos, cuando pueda olerlo, no podrá decir que no.

Félix le sonríe con una mirada de calidez tan genuina que Amara comprende por un momento por qué Victoria está tan obsesionada con complacerlo.

—¿Tienes idea de qué le pasa a la gente que no puede pagarme, Amara?

Piensa en Celer rogándole a Félix por dinero, en las amenazas que su amo lanzó sobre el negocio familiar de Celer. «Marcella podrá pagar —se dice—. Nada malo le va a pasar. No voy a permitir que nada malo le pase.»

—Lo puedo imaginar —dice.

—¡Ya basta de hablar con la puta!

Los compañeros de Félix han dejado de correr y están estirando a un lado de la pista, a unos metros de distancia. Es evidente que la diversión que les provocaba el suspicaz encuentro entre su amigo y la puta comienza a esfumarse.

—Tu novia te la puede chupar otro día —dice uno de ellos, acercándose. Tiene una marca que le atraviesa la cara entera, una línea blanca sobre la que su barba se niega a crecer—. Deberías probar mi verga —le dice a Amara, sacudiendo la pelvis—. Después de eso, no volverías a querer follar con él.

Félix se ríe, pero Amara presiente que está irritado. Y sospecha que le molesta más que le exijan que se apresure, y no tanto los insultos a su hombría.

—Tu verga es tan pequeña que ninguna de mis putas podría encontrarla —dice Félix antes de coger a

Amara hacia sí, con una mano sobre la espalda baja y la otra en la cara. La besa el tiempo suficiente como para que los demás comiencen a silbar, luego le da un azote en un claro gesto de despedida—. Con cuidado —le dice, alejándose ya—. No quiero que nada le pase a mi puta favorita.

9

> Dices que empezarás a vivir mañana. «Mañana», dices, Póstumo, siempre. Dime, ese «mañana», Póstumo, ¿cuándo llega? ¡Qué lejos está ese mañana! ¿Dónde está?
>
> Marcial, *Epigramas*, V, 58

El frío y la oscuridad de la noche inundan la celda, a pesar de que fuera el sol aún brilla con fuerza. Los muros de piedra ahogan el ruido de la calle y lo hacen parecer distante. Amara alcanza a oír palabras sueltas mientras las voces, alzadas al calor de alguna discusión, pasan frente a su ventana. El barullo y la conmoción de la Palestra parecen de otro mundo. Recostada en la dura cama, envuelta en el aire rancio por el humo de la noche anterior, podría haber descendido al Hades, el reino de los muertos.

El único color dentro de la celda es el de la luz que se refleja en los preciados frascos de perfume de Victoria, alineados con gran cuidado a lo largo del pretil de la ventana. Todas usan la celda de Victoria cuando trabajan solas; es la más grande y la más cercana a la calle. Amara puede oír a Fabia barriendo el pasillo al otro lado de la puerta. La anciana debe de haber limpiado la entrada de la celda varias veces ya, desesperada por que la inviten a entrar y le ofrezcan compañía y algo de comer. Amara piensa en Cressa y se levanta de un empujón, con las piernas colgando por encima de la cama.

—¿Quieres comer algo, Fabia?

Se oye el estruendo de la escoba al caer al suelo. La anciana entra a hurtadillas a la celda.

—Solo si te sobra algo.

Fabia se sienta a su lado y la observa dividir el pan, las aceitunas y el queso. No dice nada, pero sigue con los ojos cada bocado como un perro hambriento que espera que a su dueño desconsiderado se le caiga alguna migaja de la mesa. Los huesos de las delgadísimas manos se le saltan de la piel a Fabia cuando las junta. Amara sospecha que está teniendo que contenerse para no abalanzarse sobre la comida antes de que todo esté repartido. Comer con Fabia nunca es agradable. O se tiene que comer a la misma velocidad que ella, lo que significa que la comida se acaba en un parpadeo, o tolerar sus agónicas miradas mientras te observa terminar. Amara elige comer deprisa.

Fabia empieza con el pan, que devora en un par de bocados. No está muy claro cómo logra masticar tan rápido sin ahogarse. Amara no podrá seguirle el ritmo.

—Esta celda siempre ha sido mi favorita —dice Fabia, desmenuzando una aceituna, sacándole hasta la última pizca de carne verde al hueso con los dientes—. Antes era de Mola. Hace mucho que murió. Ahí, en el rincón, es donde yo le hacía dibujos a Paris.

Amara sigue la línea que traza el dedo de Fabia hasta la pared del fondo. Entrecierra los ojos y los burdos rayones cobran la forma de un perro.

—Habrá sido difícil criar a un niño aquí.

—Mi niño —dice Fabia—. No siempre me ha odiado. Todas hacían mucho alboroto por él cuando era pequeño. Todas las chicas lo adoraban. —Tira otro hueso—. Pero al cumplir cuatro años, el antiguo amo, antes de Félix, lo arrendó para trabajar en las cocinas del otro lado de la calle. —Fabia hace una pausa, contemplando el queso y el pan que le quedan sobre la rodilla—. Ojalá lo hubiera vendido. Pero nunca lo hizo. Mi niño era demasiado bello. —Cede ante el hambre y engulle hasta las últimas migajas, tras lo cual se chupa los dedos y se los limpia sobre la pierna—. Eso es lo que le digo a Cressa. Es mejor que los vendan. Así al menos puedes imaginar que las cosas han ido a su favor. Mejor que te rompan el corazón ahora que después.

Amara apenas ha hablado, pero aún le queda un montoncito de comida. Se la come tan rápido como puede, consciente de que Fabia la está mirando.

—¿Este es el único burdel en el que has trabajado? —farfulla con la boca llena de queso.

—Supongo —responde Fabia—. Empecé como esclava doméstica. Tuve dos bebés para el amo, aunque no le importara al maldito ingrato. Dos niñas a las que no vi crecer. Después de la segunda niña, pensé que me permitiría casarme con otro esclavo de la casa, el conserje. Me gustaba. Era amable, al menos. Pero luego murió y el amo comenzó a arrendarme. Solo a sus huéspedes y familiares y demás. Pero, una vez que empiezan a arrendarte, sabes que van a terminar vendiéndote. —Amara piensa en el tiempo que pasó como esclava en la casa de Chremes. No le alegra demasiado ver los paralelismos entre su pasado y el de la anciana desamparada que está a su lado.

—Tú no has nacido esclava, ¿verdad? —pregunta

Fabia, quizá percibiendo la incomodidad de Amara—. Siempre puedo verlo.

—¿Qué es lo que ves?

—Que aún actúas como si importaras.

Amara sabe que Fabia no busca ser hiriente, pero, de todos modos, el último bocado de comida lo siente como una piedra cuando se lo traga.

—El pan estaba seco, ¿no? —pregunta, cambiando de tema. Se agacha para tomar la jarra que está junto a sus pies—. ¿Te molestaría traernos más agua? Y creo que las demás celdas también van a necesitar un poco más para esta noche.

Fabia toma la jarra. Mira a Amara, el hambre aún evidente en sus ojos.

—¿Qué se siente?

—¿Cómo que qué se siente?

—Al ser libre. ¿Qué se siente?

¿Cómo se sentía al ser Timarete? Un destello de su vida pasada le viene a la cabeza, con todo su amor, inocencia y esperanza.

—Es como cuando un ave está en pleno vuelo —dice—. Ese momento en el que puede decidir si caer en picado o volar más alto, sin tener nada más que el viento para detenerla, así se siente la libertad. —Hace una pausa, pues sabe que esa no es la verdad completa. El recuerdo que intenta mantener enterrado, la agonía de su último día como mujer libre, sale a la superficie—. Pero el hambre es la misma, Fabia. Seas libre o esclava, el hambre es la misma.

Fabia asiente, satisfecha. El hambre es algo que entiende. Sale de la celda y, casi de inmediato, el grosor de la piedra ahoga el sonido de sus pasos. Amara se queda sentada en la cama, consciente de que el mundo sigue su curso al otro lado de los muros del burdel, aunque no pueda verlo. Allá fuera, a una distancia incalculable, su hogar aún existe. Las personas a quienes conocía: sus vecinos, los pacientes de su padre, el panadero que siempre le regalaba un poco de pan, Chremes, Niobe. Todas las figuras de su pasado siguen con sus vidas en Afidnas. Todas menos su madre. Amara sabe que su madre está muerta.

Lo supo desde su primer día como esclava. Tras el trauma de la despedida, Chremes la llevó a su habitación. Pero, en vez de desvestirla, como había temido, tomó el pequeño fardo de cosas que Amara había llevado consigo. Lo observó, desconcertada y aterrada, mientras él hurgaba en el viejo bolso de cuero de su padre hasta que encontró lo que estaba buscando. Dentro, su madre había escondido el dinero que le habían pagado por su única hija. Un truco muy conocido, dijo Chremes mientras contaba las monedas, para padres ingenuos que vendían a sus hijos. Una forma de darles un pequeño empujón hacia la compra de su libertad.

Amara se pone de pie. No quiere recordar el resto de ese día.

Todas las esperanzas de sus padres, cada regalo que le dieron, incluyendo el último acto desesperado de amor de su madre, le fueron arrebatados. Timarete ya no existe, salvo como un breve reflejo en los ojos de un joven ateniense. Tendrá que sobrevivir como Amara.

Hay una reliquia del pasado que aún conserva: el bolso maltrecho y raído de su padre cuelga de un perchero en la pared. Cuando el cuero era brillante y flexible, su padre iba con él a visitar a sus pacientes, cargado de hierbas e instrumentos. Lo toma de la pared. Vuelve a sentarse en la cama y cuenta lo que ha logrado ahorrar en el burdel. Apenas le llega para comer unos cuantos días. No está ni remotamente cerca de la enorme cantidad que necesitaría para comprarle su libertad a Félix. Amara intenta calcular el número de Marcellas que tendría que llevarle para acercarse más. Es imposible. A menos que su valor decaiga con los años, como el de Fabia. Entonces valdría solo el precio de una semana de pan. Amara prefiere no seguir pensando en eso. Quizá gane más en los baños, si Vibo las deja volver. Se permite, por un momento, fantasear con que conocerá a algún cliente inmensamente rico, un hombre a quien le fascinará su conversación, alguien que querría que ella lo conquistara, y no que solo se acostara con él.

—¿Berenice? —Es Gallus quien la llama con suavidad desde el pasillo. Amara camina hasta la puerta y asoma la cabeza—. Ah, eres tú. —Está decepcionado. Hoy no hay sexo gratis para él.

—Pensábamos que Thraso iba a estar en la puerta, así que me he ofrecido a quedarme.

—Félix lo ha cambiado a la guardia de la noche —explica Gallus—. ¿Berenice va a volver más tarde?

—Solo si tiene un cliente.

—Entiendo. —Gallus parece incómodo, y a Amara eso le molesta. Se ha acostado con ella cuando menos dos veces; darle un poco de conversación casual no debería ser tan complicado—. ¿Berenice te ha dicho algo sobre mí?

Amara lo estudia, intenta descifrar si hay algo detrás de esa pregunta. Quizá quiera descubrir si Berenice ha revelado sus deshonestidades financieras para con Félix. Pero lo único que logra ver en su rostro es esperanza. Amara cede.

—Te ama.

—Bueno —dice él, con una expresión petulante—. Eso ya lo sabía. —Camina de vuelta hacia la puerta.

Amara regresa a la celda, riendo un poco a pesar de todo. A Victoria y a Dido les gustará la historia. Las paredes que la rodean están cubiertas de esa actitud masculina tan predecible. Gallus no es el único, ni de lejos. Pasa los dedos por las marcas en el muro. «¡A cuántas mujeres me he follado aquí!» Recuerda al hombre que grabó ese mensaje, estaba impaciente por decirle cómo se comparaba con sus amigas. Trabaja en la lavandería. ¿Cómo se llamaba? Debería recordarlo, pues va con frecuencia. Amara se da cuenta de que sabe exactamente cómo le gusta el sexo oral a ese tipo, pero no tiene ni idea de cómo se llama.

Explora las paredes con la mirada. Lee todas las frases ya conocidas. «¡Hola, Fabia!» Esa hace que se estremezca, mientras piensa en lo poco que cambian las cosas. «El 15 de junio, Hermeros, Filetero y Cafiso follaron aquí.» Le alegra haberse perdido esa noche en particular; lidiar con un grupo de hombres suele ser un horror. Pasa a mensajes más alegres. «¡Salve, Victoria la Vencedora! ¡Victoria la Invencible!» La alabanza la hace sonreír. No le sorprendería descubrir que Victoria misma lo dictó. Amara se acuclilla para leer su garabato favorito, un acto anónimo de rebeldía medio escondido en la base de la cama. «A Félix le dan por detrás por cinco ases.» Se pregunta qué habrá sido de la mujer que lo escribió.

Otro mensaje le llama la atención, las letras grandes y desiguales. «HE FOLLADO.» Lo mira. La palabra parece un acto de agresión física, un recordatorio de su propia impotencia. Abre el bolso de su padre para buscar el punzón roto que recogió un día de la calle. Ya ha demostrado ser útil. Lo usó para dibujar un ave en su propia celda el otro día, un pequeño acto de resistencia frente a las interminables folladas y mamadas que la aprisionan. Camina hacia el mensaje y comienza a cavar en la piedra, con la mano temblándole por la rabia. El perfil de un hombre empieza a tomar forma; las letras del mensaje jactancioso se convierten en su frente, sus palabras se transforman en una marca de esclavitud.

Da un paso atrás para observar la imagen. Aunque ha gastado toda su furia al tallarla, ahora que está hecha se da cuenta de que mirar una cara marcada no la hace sentir mejor. Lo más seguro es que Victoria la deteste. Se deja caer al suelo. ¿Cuánto hace que ha salido de la Palestra? ¿Una hora? ¿Dos? El día parece interminable.

Amara se apoya en la cama de piedra. En casa habría tenido libros de verdad para entretenerse: los textos médicos de su padre, historia natural, poesía, versos de amor idealizado. Pero aquí solo tiene la burda variedad de palabras desparramadas por las paredes. Comienza a recitar de memoria el encuentro de Odiseo con Nausícaa, pero el sonido de su propia voz la hace sentirse aún más sola. Recuerda haberles cantado una versión de la historia a sus padres. Cierra los ojos. Extiende los brazos y se imagina la forma de su vieja lira; mueve los dedos sobre las cuerdas inexistentes.

—¡Primera puerta a la izquierda! —Es Gallus. Sus palabras sirven como advertencia de que tendrá compañía, así como de instrucciones para el cliente.

Amara se apresura a levantarse. Un desconocido aparece bajo la puerta; su silueta hace que la celda se oscurezca aún más. Amara le sonríe, inclinando la cabeza como hace Victoria y dejando que la capa se le deslice por el hombro.

—Más te vale que merezca la pena lo que he pagado por ti —dice él.

Amara se apresura a cerrar la cortina.

—Por supuesto —dice con una ronca voz que nadie en Afidnas reconocería. Deja que su capa caiga al suelo y espera a ver el impacto que su cuerpo tiene sobre él. Luego invita al desconocido a su cama, sin saber si el aturdimiento en su cabeza se debe al miedo o al fin de su aburrimiento.

10

Dices que bellas muchachas están enardecidas en tu amor; ¡pero, Sexto, si tienes una cara como la del que nada por debajo del agua!

MARCIAL, *Epigramas*, II, 87

El ruido se intensifica conforme se adentran en la multitud, como el zumbido de un enjambre. No es un día oficial de mercado en el Foro, pero, como siempre, unos cuantos oportunistas han llegado temprano con sus mercancías envueltas en telas para luego extenderlas sobre el pavimento. Gallus y Amara zigzaguean entre los puestos improvisados, de camino hacia el imponente Templo de Apolo. En la escalinata del santuario del dios, un vendedor golpea una vasija de cobre mientras grita su precio. A sus pies hay más vasijas y jarrones de distintos tamaños apilados en hileras.

A Amara le toma unos momentos reconocer a la mujer que busca. Marcella se ve mucho más formidable con ropa. El cabello rojo no le está manchando la piel. En cambio, sus rizos están ahora acomodados perfectamente en su cabeza. Mira a Amara con ojos mucho más penetrantes que en los baños. Amara sabe que es una figura mucho más harapienta bajo la luz del mercado. Teme verse como lo que es: una prostituta que trabaja para un usurero.

—¿Él es el capataz? —Marcella señala con la cabeza en dirección de Gallus. Se ve como de peor calaña que de costumbre tras haberse puesto una cantidad absurda de aceite en el cabello. Es un estilo que ha comenzado a copiarle a Félix. Pero, mientras que el jefe logra un aspecto amenazante, a Gallus parece que le haya caído encima una cubeta de estiércol que algún esclavo ha tirado por la ventana.

—Sí. —Gallus se hace a un lado para esquivar a un ferretero que pasa con una bandeja en las manos. A Amara le preocupa que Gallus desate una pelea, pero le lanza una mirada y él parece serenarse. Félix ha dejado muy claro que Amara se encargaría del negocio, un cambio de roles que ni Amara ni Gallus saben bien cómo transitar.

—Hemos traído algo para dejar como garantía.

Otra mujer, que está justo detrás de Marcella, da un paso al frente. Debe de ser Fulvia, la hermana menor. Es rubia y, como indica su nombre, esbelta y de apariencia frágil. Cuando el vendedor de cobre comienza a golpear la vasija de nuevo, se sobresalta.

—Veamos. —Amara extiende la mano antes de que Marcella pueda intervenir. Es evidente que Fulvia es la más débil de las dos. Amara intenta no preguntarse por qué querría el dinero. Fulvia se saca del cuello un largo hilo de cuentas de ámbar y lo coloca con delicadeza sobre la mano de Amara. Las piedras son perfectamente redondas; un par están atravesadas por vetas retorcidas y centelleantes. Hacía años que Amara no tocaba algo tan valioso.

—Más que suficiente para cubrir el préstamo —dice Marcella.

Tiene razón, pero Amara no va a reconocerlo.

—Pero no los intereses. —Le indica con la mano a Gallus que le dé las tabletas de cera de Félix—. Esta es la propuesta de mi señor. —Le da las tabletas a Marcella—. Y aquí está el dinero.

Gallus busca a tientas la bolsa en su cinturón y casi la tira. Amara la toma antes de que caiga al suelo y se la entrega a Fulvia mientras su hermana revisa el contrato. Tal y como esperaba, la sensación del dinero en sus manos tiene un efecto físico en Fulvia. Parece estar al borde de las lágrimas.

—Esta tasa es demasiado elevada —dice Marcella, frunciendo el ceño—. ¡Estaría pagando casi el doble del monto del préstamo!

—Podemos ser flexibles con el periodo del préstamo —ofrece Amara, sin saber si Félix aceptará, pero impaciente por cerrar el trato. Puede persuadir a su amo de que extienda los plazos de pago después, se dice. Siempre y cuando Marcella firme.

—Marcella, por favor —ruega Fulvia—. Piensa en lo que me hará si no tengo el dinero.

—¡Pero es demasiado! —repite Marcella—. Estás arriesgando el collar de nuestra madre por una tasa que producirá un agujero enorme a mis cuentas.

Fulvia se lleva la bolsa al pecho.

—Por favor, te lo ruego. Por favor.

—Déjame verlo de nuevo.

Ambas mujeres se apiñan ansiosas sobre las tabletas. La angustia de Fulvia hace que Amara se tense. Comprende la terrible e incesante presión de no poder conseguir tanto dinero como necesitas, de saber que te estás quedando sin cosas para vender. A fin de cuentas, es la misma razón por la que ella está donde está.

—Pero es demasiado... —comienza a decir, pidiéndole a Fulvia que devuelva las monedas.

Marcella pone una mano delante de su hermana y evita que Amara se les acerque más.

—Está bien, lo firmaré —dice—. Voy a firmar. Pero dile a tu señor que necesita darme unos meses más. —Amara y Gallus la observan rayar las tabletas con el punzón—. ¿Dónde está el negocio de tu señor?

—Frente a la posada El Elefante —responde Gallus mientras toma la tableta y cierra el marco de madera.

Fulvia y Marcella cruzan miradas.

—¿No es...?

—Vendré por el primer pago en dos semanas —anuncia Amara con una reverencia.

Gallus y Amara se apresuran a cruzar de nuevo el Foro y dejan a las dos disgustadas hermanas para que se hagan reproches la una a la otra.

—Eso me lo llevo yo —dice Gallus, señalando el collar de ámbar. Lo mete en una bolsa mientras caminan.

—No rayes las cuentas.

—Esa es la menor de nuestras preocupaciones —responde él—. ¿Por qué le has dicho a esa pobre idiota que Félix le daría más tiempo?

—¿Qué más da si se tarda un mes más en recuperar el dinero?

—Estamos hablando de Félix.

La culpa que había estado intentando ignorar comienza a asomarle en la cara, lo cual hace que sienta náuseas.

—Ya pensaré en una solución —dice, mientras Gallus sacude la cabeza—. ¿Qué le vas a decir a Berenice?

—¡Nada! —estalla Gallus—. No soy una maldita

mujer. Nunca hablo de los negocios de Félix. Y, si quieres seguir viva antes de que acabe el año, tú tampoco lo harás.

En el calor de la discusión, casi se pasan la Vía Veneria. Amara espera a que Gallus pase primero, y caminan en fila sobre el pavimento más angosto. Para su sorpresa, cuando doblan la esquina, ve a Félix parado en la calle, fuera del burdel.

—Rápido —les grita mientras ellos corren para encontrarse con él—. Fabia, ve por las demás. Tienen otra oportunidad con Vibo. —Mira a Amara y frunce el ceño—. Hazte algo en el pelo, pareces una puta barata. —Le da la espalda y toma las tabletas de la mano de Gallus—. ¿Está todo firmado? —Gallus asiente.

Amara espera a que Félix reconozca su papel en la transacción o le pregunte cómo ha ido, pero, cuando ve que sigue parada en la calle, pierde la cabeza.

—¿Qué estás mirando? —La toma del cabello y tira de ella antes de empujarla de vuelta al burdel—. ¡Te he dicho que te des prisa, maldita sea!

La sensación del agua caliente al entrar a la piscina le trae recuerdos de su desafortunada visita anterior. En el techo abovedado de encima, la luz se ondula sobre un complejo mosaico. Es Europa, con su cuerpo desnudo cubierto de flores, con el dios Júpiter con forma de toro cargándola por el mar. Amara había olvidado lo opulento que era aquel lugar. Berenice cae pesadamente a un costado suyo. La luz en el techo se mueve por el reflejo de las ondas que hace al sumergirse. Todas las mujeres de Félix están más inquietas que de costumbre. Victoria no ha dejado salir a nadie hasta que tuvieran el cabello arreglado; así que, en vez de tener rizos desarreglados, están sonrojadas y sudorosas por haber corrido para llegar a tiempo.

—¡Parece que ya habéis tenido una mañana atareada, señoritas! —grita Drauca. Está tendida lánguidamente a un costado de la piscina, con ambos brazos reposando en el dintel de la enorme ventana abierta que tiene detrás. Las otras dos mujeres de Simo, María y Attice, están flotando a ambos lados como un par de guardaespaldas. Una tercera mujer, cuyo nombre Amara desconoce, acecha taciturna en un rincón.

—Siempre estamos muy solicitadas —responde Victoria.

—Estoy segura de que habéis aprendido algunos trucos en La Guarida del Lobo —dice Drauca—. Pero ¿alguna ha estado con un hombre en el agua? —Ninguna de las mujeres de Félix responde—. Solo os digo que intentéis no ahogaros. Ese es mi consejo.

—¿En serio? —susurra Berenice mientras Drauca y Attice se ríen—. No quiero que algún idiota me sumerja la cabeza en el agua.

—Solo se está metiendo contigo —dice Amara, aunque la amenaza del ahogamiento no la tranquiliza en absoluto. Es un secreto horrible que lleva consigo: el pánico que con tanta frecuencia amenaza con abrumarla. Una terrible sensación que le impide respirar o moverse. El temor comenzó aquella primera vez con Chremes y nunca la ha dejado. Bastante malo es cuando ocurre en su celda con un cliente. No soportaría la humillación de llorar ahí, frente a Drauca.

Mira a su alrededor para encontrar a las demás. Dido y Cressa no han entrado al agua todavía, pero están sentadas en un banco de mármol cerca de la orilla de la piscina. Félix ha mandado llamar a Dido por la mañana, mientras Amara estaba en el Foro. Solo pensarlo hace que se sienta culpable de una manera que no consigue explicar. Dido no les ha dicho qué ha ocurrido, pero Amara sabe que está perturbada. Tiene el aspecto de un ave herida. No es que a los clientes vaya a importarles. La vulnerabilidad de Dido parece siempre atraer a los hombres más voraces, como la miel a las avispas.

—Supongo que venir aquí es un maravilloso cambio para ti —le dice Victoria a Drauca—. Te mereces un buen descanso después de vaciar las letrinas y cambiar las sábanas meadas por los clientes. —Mira a Berenice y Amara con una expresión de falsa compasión—. ¡Imagináoslo! Tener que trabajar todo el día en el bar y además acostarse con los clientes. ¡Suena agotador!

—Púdrete —vocifera Attice—. Por lo menos nuestro amo no es un pedazo de mierda. ¿Cuándo ha sido la última vez que el agarrado de Félix te ha dejado quedarte con alguna propina?

—¿Agarrado? El culo sí que se lo agarraría —responde Victoria—. Aparte de grande, lo tiene firme como un tronco. Qué desgracia tener que servirle a un amo que se parece a Apolo. Con lo que preferiría estar aplastada debajo de Simo, con su mal aliento y la calvicie.

—Sí, debe de ser estupendo para vosotras —interviene María. Señala a Dido y alza la voz—. Solo hay que verla a ella, parece que está viviendo su mejor vida.

Dido desvía la mirada; no está de humor para pelear. Pero Cressa está furiosa.

—¿Por qué no cierras mejor el hocico? —Agita las manos—. Como si tú nunca hubieras llorado por un hombre. Sí, Félix es un imbécil. Pero Simo también. ¿Qué más da?

—Simo podrá ser un imbécil. —Drauca suspira, girando su bello rostro hacia el mar, como si estuviera aburrida—. Pero al menos nos da propinas. Esa es la cosa.

—Supongo que te habrá dado un poco más por hacer que nos echaran de aquí la última vez —dice Amara, aún molesta al pensar que las timaron—. Qué lástima que no funcionara.

—Ay —interviene Victoria—. No creo que lo haya hecho por dinero. —Se pone de pie sobre los escalones en los que ha estado sentada y, con gran agilidad, salta al suelo tibio. Flexiona el cuerpo, no de la forma tímida y coqueta con la que Drauca lo hace, sino como una atleta, con una pose que demuestra su fuerza y su belleza—. ¿Le tienes miedo a la competencia? ¿Temes que esas tetas legendarias tuyas no queden tan bien junto a las mías?

—Creo que deberías saber que los hombres quieren a Venus, no a Hércules —se burla Drauca. Las otras mujeres de Simo se ríen, pero Amara percibe que Drauca está inquieta. Observa a Victoria, que ahora está haciendo piruetas, con su hermoso ceño ligeramente fruncido.

—¡Silencio! —ordena Berenice—. Escuchad.

Todas las mujeres guardan silencio. Un eco de voces masculinas llega hasta la piscina.

—Aquí vienen. —Victoria vuelve a entrar al agua. Está ruborizada por la anticipación. Al verla, Amara se da cuenta de que para Victoria no se trata de sexo. Tiene la misma mirada que pone cuando está en la mesa de dados. Esa feroz voluntad de ganar.

Seis hombres cruzan el arco cubierto con conchas de mar; sus pies descalzos golpetean las piedras del suelo. Tienen la cara enrojecida y sus cuerpos resplandecen por el sudor. Deben de venir del vapor. Amara los ve acercarse a la piscina, conversando, despreocupados, sin reconocer la presencia de las mujeres.

Drauca ha elegido el espacio más vistoso, pero Victoria, extendida sobre los escalones, la gana en cercanía.

—Tú eres nueva —dice un hombre joven mientras entra a la piscina muy despacio para sentarse junto a ella.

—Victoria —le susurra ella al oído, enroscándose en su cuerpo como una hiedra. Comienza a besarlo para prevenir cualquier conversación adicional.

—Lucio se ha hecho con una muy entusiasta —se ríe otro hombre antes de entrar al agua detrás de su amigo. Vadea por la piscina hasta donde está Drauca—. Y ¿cómo está mi chica hermosa?

Amara se da cuenta de que, de forma inconsciente, se ha agazapado en un rincón de la piscina, lejos de los clientes que van llegando. Piensa en Félix, en Vibo, en todo lo que ha tenido que soportar para tener esta segunda oportunidad. No vale la pena desperdiciar su tiempo; no puede dejar que mujeres tan grises como María y Attice la eclipsen. Se traga su sensación de temor y nada hacia dos hombres mayores que están sentados conversando junto a la piscina, con los pies dentro del agua.

—Entonces le dije que, por ese precio, íbamos a buscar otro proveedor. La gente necesita pan, pero la ciudad no va a pagar por el trigo a cualquier precio... —Deja de hablar cuando ve que Amara comienza a apoyarse sobre él—. Ahora no. —Le hace una señal para que se aleje—. Tal vez después.

Amara se queda paralizada, sin saber qué hacer.

—Quizá esta no habla latín —dice el otro hombre. Se gira para mirarla y comienza a enunciar muy despacio, como si fuera tonta—. Tú. Griega. Puta. ¿Sí? —El hombre tiene las canas adheridas a la cabeza en mechones sudorosos, como un pato recién nacido. Sus ojos pálidos miran a la nada, como si no esperara recibir respuesta.

Amara piensa en su padre, en su sonrisa torcida cuando hablaba sobre el poder del Estado romano. «Todo lo que tienen lo han tomado de nosotros, Timarete. Nunca lo olvides.»

—Vengo de Afidnas —responde en un latín perfecto—. Duodécima ciudad de Ática, otrora hogar de Helena de Troya. —Agacha la cabeza con un gesto cortés y una mano sobre el pecho a manera de saludo, y trata de imitar la sonrisa de su padre—. En este país mi nombre es Amara. No deseo más que servirlos.

Cabeza de Pato no se deja cautivar.

—Afidnas no logró quedarse con Helena mucho tiempo, si sus mitos son ciertos.

Su compañero se ríe.

—No seas tan gruñón, Cayo. —Mira a Amara con más interés. Ella lo mira por debajo de las pestañas entrecerradas. Es viejo, cierto, pero no del todo repugnante. Su mandíbula cuadrada y el cabello plateado lo hacen más agradable que su antipático amigo. Ella baja la mirada. El hombre lleva anillos de oro, y la carne que sobresale está inflamada por el calor. El corazón le palpita a Amara. ¿Podría ser el benefactor que estaba esperando? ¿Será capaz de ver cuánto puede ofrecerle ella? En su imaginación, salta al futuro y lo ve bañándola en joyas, con devoción, cautivado por cada palabra que ella dice...—. Tienes una boca preciosa, Amara de Afidnas. No la desgastes hablando con él. —Abre las piernas para indicar, sin nada de sutileza, qué es lo que quiere. Por supuesto que lo que se le ve en los ojos no es interés. No es más que la mirada ebria de lujuria que ha visto tantas veces ya. Amara vacila; la decepción de la realidad tarda un par de segundos en aplastar la fantasía. Luego agacha la cabeza para aceptar.

Cabeza de Pato resopla, molesto.

—Tampoco me resulta muy entretenido a mí, y además te has quedado con la última bonita.

—Déjate de berrinches —se queja su amigo—. La gorda de allí no está haciendo nada. ¡Total, tampoco es que tengas que mirarla a la cara!

Los hombres llaman a María para que los acompañe, y a Amara le parece desconcertante tener que trabajar a su lado. Cabeza de Pato no hace más que quejarse, amenazando con sumergirle la cabeza en el agua a María si no se esfuerza más. Parece ser que la advertencia de Drauca no era broma. La rabia que Amara siente es cegadora. Por un instante, piensa en Félix. Se imagina cómo sería tener el poder suficiente para manifestar su rabia en vez de tener que enterrarla.

El cliente de Amara —cuyo nombre sigue sin saber— termina con un gemido. Saca las piernas del agua y se pone de pie con dificultad. Espera a Cabeza de Pato y lo ayuda a levantarse. Se alejan sin siquiera darles las gracias.

—¿Siempre es así? —le pregunta Amara a María.

—¿Así, cómo? —estalla María, limpiándose la cara. Tiene marcas rojas en la mejilla; su cliente ha debido de clavarle las uñas allí.

Amara pasea su mirada por todo el lujoso espacio, que ahora reverbera con los gemidos y los jadeos falsos de las mujeres. Victoria es la más ruidosa, pero parece mucho más interesada en lo que Drauca está haciendo que en el hombre que tiene debajo. Las dos mejores están luciéndose e intentando superarse la una a la otra, mientras los clientes se benefician sin darse cuenta de su rivalidad. Amara mira hacia la esquina de la ventana y se arrepiente de inmediato: no quiere saber qué están haciendo dos hombres con Berenice por allá. Dido y Cressa son quienes tienen el trabajo más sencillo; están dándole un masaje entre las dos a un hombre tendido en el banco en el que están sentadas.

—Pensaba que tal vez... —Amara se detiene, silenciada por la mirada furiosa y absorta de María.

De cualquier forma, no está segura de qué le dirá. ¿Que estaba esperando un simposio acuático? ¿Que quería impresionar a unos hombres adinerados con su florida conversación, como una cortesana de la aristocracia griega? La humillación le sienta peor por ser autoinfligida. Mejor no esperar nada que quedar como estúpida.

Se oyen risas; tres hombres más entran al baño. También vienen del vapor. Esta vez, Amara no espera. Deja atrás a María y vadea hasta donde están los recién llegados. No imita a Victoria al subir los escalones, con el agua escurriéndosele por el cuerpo. Recuerda la forma en que Félix se movía en la Palestra; visualiza las definidas líneas de su cuerpo al correr junto a sus rivales, la violencia y la furia.

Camina dando grandes zancadas hasta donde están los hombres e interrumpe su conversación sin disculparse.

—Soy Amara de Afidnas —dice—, duodécima ciudad de Ática, hogar de Helena de Troya. ¿Quién de vosotros se cree capaz de ganar el favor de mi atención?

Los tres hombres intercambian miradas, entretenidos, pero sin saber cómo responder. La ilusión de poder que Amara ha creado es frágil, sabe que cualquiera de ellos podría tomarla por la fuerza si quisiera hacerlo.

En vez de asustarla, saberlo la hace aún más agresiva. Le tiende la mano al hombre que parece más seguro de sí mismo; espera que no necesite humillarla para demostrarles algo a los demás.

—¿Quién podría negarse a una amazona así? —dice él con una sonrisa. Le toma la mano y la sigue hasta un banco vacío.

Amara sabe más que suficiente sobre la mecánica del sexo como para tener claro qué es lo que provocará placer. Lo único que importa ahora es disociarse de su cuerpo por completo. Mientras pasa por su repertorio, la línea que divide el miedo de la furia se tensa y se estira en su corazón. El único momento en el que el pánico amenaza con traerla de vuelta al presente es al final, cuando él intenta girarla. Amara cede el control, y se dice a sí misma que así todo terminará más pronto.

Después, se niega a esperar a ver si la reacción del hombre será de gratitud o de indiferencia. Se da la vuelta y camina de regreso a la piscina. Comienza a bajar los escalones y el agua le sube por encima de la cintura, y luego más arriba, cuando sumerge el cuerpo completo para nadar hasta la ventana. Mira hacia el mar. Si no fuera consciente de la escena que se desarrolla detrás de ella, si no pudiera oírla, imaginaría que el horizonte que se extiende frente a ella le pertenece. En cambio, sabe que está tan atrapada aquí como en la estrecha oscuridad de su celda, a pesar del aire y la luz.

II

¿Te consideras casta solo porque eres una puta renuente?

SÉNECA, *Controversias*, I, 2

Amara abraza a Dido mientras llora. Están acurrucadas en la estrecha cama de Dido. Por encima del hombro convulso de su amiga, Amara puede leer el «DESPACIO, por favor» que grabó en la pared. No logra entender por qué le pareció gracioso en su momento. Junto al mensaje, la cortina está corrida a medias para darles un poco de privacidad. No se atreve a cerrarla por completo. La voz de Victoria se oye fuerte y clara en el pasillo, alabando a un hombre para incitarlo. En cualquier momento, un cliente entrará a interrumpirlas. Las mujeres no tienen tiempo para sí mismas por la noche, ni siquiera para lamentarse.

—No puedo vivir así —jadea Dido entre sollozos—. No puedo seguir. No soporto mi vida; no la soporto.

—Pero lo has hecho muy bien en los baños —dice Amara, acariciándole el cabello—. Has sido la más popular después de Victoria. Cuántas propinas... —En ese momento sintió una punzada de envidia, pero ahora desea que Dido hubiera ganado más del doble que ella. La abraza con más fuerza—. Solo tienes que seguir pensando en ganar lo suficiente para poder escapar. Solo importa eso.

—¡Nunca vamos a escapar! —exclama Dido y se deshace de los brazos de Amara—. ¡Esto es todo lo que hay para nosotras! Nuestra vida nunca será más que esto. —Alza la voz cada vez más, casi poseída por la histeria—. ¡Si de verdad fuera virtuosa me habría matado antes de dejar que un hombre me tocara!

—No —dice Amara—. Por favor, no digas esas cosas.

—Todo lo bueno que tenía ha muerto dentro de esta celda, y Félix se ha asegurado de que así fuera. —Dido se lleva las manos a la cara, no sabe si para secarse las lágrimas o para intentar borrar el recuerdo—. Ocho denarios. Eso fue lo que pagó por mi virginidad. Eso fue lo que costó mi honor.

—No tuviste opción —dice Amara—. No es tu culpa.

—¿Sabes qué me ha dicho esta mañana? —Amara no responde. Sospecha que la desolación de Dido podría deberse a la crueldad de su amo—. Me ha preguntado si creía que mi madre estaba muerta. Le he dicho que seguro que sí. Me ha respondido que no me preocupara, que si mi madre era tan hermosa como yo, los piratas nunca la habrían matado. Ha dicho que un hombre la debía de estar usando como su puta personal en algún lugar del mundo, justo mientras él me usaba a mí. —Dido rompe a llorar otra vez—. No te deja tener nada, tiene que destruirlo todo.

Amara mira el humo que sale de una de las lámparas en un rincón de la celda. Un pequeño Príapo sonriente y despiadado, uno de los modelos que Amara compró en la tienda de Rústico. Está a punto de calcinarse por completo. Si fuera Victoria, le diría a Dido que no hiciera caso, que ignorara a Félix.

—Quisiera poder matarlo por ti —dice, sin inflexión en la voz—. Lo he imaginado muchas veces. Pero sé lo que les ocurre a los esclavos que asesinan a sus amos. —Los ojos le brillan a Dido bajo la luz titilante. Amara se encoge de hombros—. Mejor que matarte tú, si alguien tiene que morir. —No logra descifrar la expresión en el rostro de su amiga—. No eres tan mala persona, ¿lo ves? Sé que nunca has pensado en hacerle daño a nadie. Ni siquiera a Félix.

—Tal vez debería haberlo hecho.

—No. —Amara le toma la mano—. Eres una de las personas más bondadosas que he conocido. Por eso te quiero tanto.

—¿Más que al esclavo del alfarero? —Dido se limpia la cara con la mano que tiene libre—. Sé que fuiste con él el otro día.

La lámpara tose un poco más de humo antes de extinguirse. En la celda contigua oyen al cliente de Berenice gritar, posiblemente de placer. Se acercan las horas más ajetreadas de la noche. Amara mira de reojo hacia la cortina. Cada segundo que tienen a solas es tiempo robado.

—No fui a ver a Menandro. Aunque quería hacerlo.

—¿Adónde fuiste, entonces?

—A ver a Félix a la Palestra.

Dido parece más escandalizada que cuando Amara ha confesado sus deseos de matar a Félix.

—Pero ¿por qué?

—Por dinero. Porque estoy intentando ser su agente para conseguirles préstamos a mujeres desesperadas. No están tan desesperadas como yo, pero, de cualquier forma, no es algo de lo que me enorgullezca. —Se reacomoda en la cama y se cruza de piernas—. O decidimos sobrevivir o nos damos por vencidas. Y, si lo que elegimos es vivir, entonces hacemos todo lo que sea necesario.

—No soy tan fuerte como tú.

—No, eres aún más fuerte —responde Amara—. Tú lo has perdido todo en un solo día. Yo he tenido años para habituarme a lo que perdí. No me puedo ni imaginar cómo lo has pasado: primero estabas a salvo con tu familia, y en un parpadeo te arrastraron a un barco. No quiero ni pensar en todas las cosas que has tenido que ver. Pero has sobrevivido.

Dido pellizca la tela de la manta que cubre la cama. No alza la mirada.

—A veces pienso que yo misma me he provocado todo esto. —Tira de un hilo hasta descoserlo de la manta y se lo enrolla en el dedo. Se le hunde en la piel—. No quise casarme con el marido que mi padre había elegido para mí. Me estaba quejando de él con mi primo cuando los piratas nos atacaron. Hasta ese momento, lo peor que podía imaginarme en la vida era estar atada a un hombre feo que vende queso.

Amara siente el impulso de reír, pero el rostro afligido de Dido se lo impide. Antes de que pueda pensar en qué decir, Thraso asoma la cabeza por la puerta.

—Un maldito ebrio ha vomitado en el pasillo. Necesitamos más agua.

—¿Y Fabia? —protesta Amara.

—Ya está tratando de limpiarlo, pero no puede con todo. Además, ¿de qué te quejas? No te has comido ni una sola verga hoy, golfa holgazana. —Thraso da un paso hacia el frente, pero Amara salta de la cama antes de que él pueda levantar la mano para abofetearla.

Se agacha para esquivarlo y toma el cubo que está junto a la puerta.

—Perdón, perdón. Ya voy.

Dido toma una de las lámparas de aceite y se apresura a acompañarla. El hedor las golpea en cuanto salen de la celda. Rodean el vómito del suelo y se topan con Fabia cuando se está levantando.

—Necesito que llenéis el cubo tanto como podáis —les dice, lanzándole una mirada furiosa al culpable.

El ebrio cubierto de vómito manosea a Cressa e intenta convencerla de que lo lleve a su celda, aunque apenas puede mantenerse en pie.

—Eres tan bonita... —farfulla sin notar la expresión de asco de Cressa.

Amara y Dido toman la salida trasera hacia la calle, pasan frente a la puerta que da al apartamento de Félix. Dido se adelanta y alza la lámpara para alumbrar el camino. El brillo alarga sus sombras. Al principio, el ruido y la luz de El Elefante las sigue, pero pronto las envuelve una oscuridad casi total. La luz de la luna logra dibujar el contorno de las casas y crea enormes espacios de un negro incomprensible. El corazón le retumba en los oídos a Amara. Siempre ha odiado salir tan de noche.

Caminan despacio y con cuidado de no tropezar. Las tiendas y casas frente a las que pasan están cubiertas por persianas de madera. Si no es para visitar una taberna o un burdel, poca gente se aventura a salir a esa hora. Salvo que sean ladrones. Amara sabe que su pobreza no la protege, pues hay varios hombres que robarían lo que Félix vende. Mira hacia una de las ventanas cerradas. Es poco probable que a esa hora alguien corra en auxilio de una mujer que grita.

El pozo está al final de la calle.

—Sosténmela —le susurra a Dido, asintiendo en dirección de la lámpara. Amara se apoya sobre la muesca en la piedra hecha por el peso de tantas y tantas manos. La llama parpadea sobre la piedra tallada mientras Amara gira la manivela del pozo. El agua cae de la boca de piedra. Llenar un cubo nunca le había parecido tan lento.

—¡Alguien viene! —murmura Dido.

Amara se yergue; no quiere dejar la espalda expuesta a lo que sea que esté acercándose. Se apretuja con Dido. Se oyen unas pisadas firmes, mucho más seguras que su caminata como de ratoncitas por la calle. Pronto, una pequeña llama se hace visible. Es un hombre con un cubo. Nicandro.

Parece sobresaltado.

—¿Qué hacéis aquí? —La luz de la lámpara de Dido se sacude violentamente. Tiene tanto miedo que la mano le tiembla sin control. Nicandro suelta su cubo, que cae con un golpe seco, y corre hacia ellas—. Tranquilas —dice, rodeando a Dido con un brazo para detenerla—. Tranquilas. —Mira a las dos mujeres, tiritando en sus togas—. ¡Ni siquiera os habéis puesto capa!

—No nos ha dado tiempo... —Amara deja de hablar. ¿Qué más puede decir? ¿Que han salido corriendo sin vestirse porque le tenían miedo a Thraso?

Tal repentino acto de bondad supera a Dido. Todas las emociones, que ya tenía a flor de piel, se le desbordan y rompe a llorar de nuevo. Con mucha delicadeza, Nicandro le quita la lámpara y le entrega las dos a Amara.

—Está bien —dice, abrazándola con fuerza—. Estás bien.

«No está bien —piensa Amara, sintiéndose un poco

ridícula al alumbrarlos, como una pareja de enamorados acurrucados en la oscuridad—. Nada en nuestras vidas está bien.»

Dido hunde el rostro en el hombro de Nicandro, avergonzada.

—Lo siento —suelta.

—No tienes nada de que disculparte, nada. —En efecto, Nicandro no parece estar nada agraviado por la situación—. ¿Por qué no te llevas mi capa? —dice, desabrochándosela. Mira a Amara—. O sea, tal vez podáis compartirla.

—Creo que mejor me quedo con las lámparas.

Nicandro envuelve a Dido en su capa. Se toma su tiempo para alisársela sobre los hombros, reacio a dejarla ir.

—Yo puedo sacar el agua —dice. Camina hasta el pozo y comienza a llenar el cubo. Le toma la mitad de tiempo que a Amara. Saca el balde y mete el suyo al abrevadero—. No es seguro que estéis aquí. Zoskales nunca mandaría a Sava a por agua a estas horas.

—Zoskales no es Thraso —responde Amara—, ni Félix.

—Lo sé. —Nicandro levanta el segundo cubo—. Lo siento. —Las mira; Dido está embozada en su capa y Amara, rígida con las dos lámparas en las manos, como un farol—. Quisiera poder... Quisiera... —Lo miran de vuelta, esperando a que termine—. No te mereces nada de esto —le dice a Dido, como si Amara no estuviera ahí. Nicandro toma los dos cubos—. Creo que tenemos que irnos. Zoskales siempre se queja si tardo demasiado.

Amara le da a Dido una de las lámparas y la hace caminar al frente. Nicandro va detrás y Amara al final, con la segunda lámpara. Las dos llamas iluminan bastante más el camino. Y, aunque un hombre flaco sería poca protección contra los ladrones, se sienten mucho más seguras con Nicandro que sin él.

Al llegar a la puerta trasera del burdel, Amara está preparada para entrar y dejar a su amiga un momento a solas, pero Dido está parada en el umbral, impidiéndole el paso. Le da a Amara la lámpara, ahora con mano firme, y se quita la capa para devolvérsela a Nicandro. Luego se acerca y le quita el cubo de las manos. Lo levanta como un escudo sobre su pecho, pero le derrama un poco de agua sobre los zapatos.

—Gracias —dice, sin mirar a Nicandro a los ojos.

Los tres están quietos bajo el pórtico. Es más que evidente que Nicandro quiere abrazar a Dido, o besarla, o lo que sea con tal de recobrar la intimidad que han tenido en el pozo. Pero también es obvio que ese momento ya ha pasado.

—Cuando gustes —responde él con una pequeña reverencia antes de darse la vuelta y regresar a la taberna.

Amara siente una oleada de tristeza al verlo partir.

—Creo que estaba esperando...

—Ya sé qué estaba esperando —dice Dido.

—¿No te gusta? Creo que se preocupa de verdad por ti.

—Sí, me gusta.

—¿Entonces?

Dido se gira para mirarla a los ojos. Su rostro no disimula la fatiga.

—No soporto que ningún hombre me toque. Todos me parecen como Félix. —Aprieta el cubo con fuerza—. Incluso cuando me ha puesto el brazo en los hombros, cuando he querido abrazarlo, no dejaba de pensar que me iba a hacer daño.

Amara está a punto de responder, de decirle que Nicandro nunca la lastimaría, pero luego se da cuenta de que no está segura de que eso sea cierto. Quizá, a pesar de todo, es como el resto de los hombres.

—Te entiendo —dice.

Entran al burdel.

—Por fin —exclama Fabia, arrancándole el cubo a Dido. Lo vacía en el suelo y comienza a empujar el vómito hacia la puerta principal. Un hombre que ha estado merodeando la entrada se mueve para evitar salpicarse.

—¡Cuidado, anciana estúpida! —Mira a Dido y Amara—. ¿Cuál de vosotras es mía?

Amara siente que ha visto al hombre mil veces ya, a pesar de que su rostro no le resulta conocido. Desaliñado, ebrio, sin duda brusco al usar las manos. Piensa en Cressa, en la forma en que su bondad alguna vez la encontró en la oscuridad, en lo que significó en el momento en que tuvo miedo.

—Mi celda está por aquí —dice, señalando la puerta abierta.

El hombre se tambalea por el suelo mojado, esquivando la frenética y furiosa escoba de Fabia. Dido se acerca a Amara y le susurra al oído para que el cliente no pueda oírla.

—Gracias.

El hombre se mete entre ellas con un empujón y Dido se da la vuelta. Amara lo sigue a la celda y cierra la cortina. Él se deja caer con pesadez sobre la cama.

—Soy Publio.

—Un placer conocerte, Publio. Yo soy Amara.

Ella comienza a desvestirse, tomándose su tiempo, no para excitarlo, sino para darse un pequeño respiro. En ese momento, Victoria comenzaría a recitar su guion habitual para seducirlo. Pero no hace falta. Publio admira su cuerpo desnudo, maravillado.

—Eres hermosa —dice.

Amara casi siente pena por él, por ese hombre que no logra ver su amargura. Sonríe.

—Gracias. —Camina hasta la cama, se arrodilla y comienza a desabrocharle las botas para quitárselas de los pies—. Estás cansado —dice, sin pensar.

—Ha sido un día largo en la panadería —responde él.

Amara continúa desvistiéndolo. Por lo menos no es un monstruo como los hombres de los baños. El recuerdo la hace ruborizarse. Tanto esfuerzo para ganar apenas un denario en propinas. Si acaso, el día le ha enseñado que los ricos son más ratas que los pobres. No puede creerse que haya sido tan tonta como para pensar que un lugar a cargo de alguien como Vibo podría darle una salida.

Sube a la cama y se acomoda junto a Publio. Recuerda el arreglo del préstamo en el Foro; piensa en cómo se sintió cuando Marcella firmó el contrato. No solo era culpa, sino también euforia. Deja que Publio la bese, pasiva como una piedra. Se supone que ella debería estar haciendo el esfuerzo, pero a Publio parece no importarle. La rabia que está siempre debajo de la superficie se enciende con un chispazo. ¿Por qué habría de importarle? Tiene suerte de siquiera poder tocarla.

Ella oye la voz de Félix en su cabeza. «Y lo harías, ¿verdad? Los destrozarías.»

Publio, el empleado del panadero, parece bastante decente. Quizá tenga una esposa esperándolo en casa, una familia. ¿Lo destrozaría? Ni siquiera es necesario hacerse la pregunta.

Se pone de pie, mirando a su amante jadeante, los ojos con un brillo anaranjado bajo la luz de la lámpara. Si su única salida es trabajar con Félix, así será. Cueste lo que cueste.

Abril

12

> Muchachas del pueblo, celebrad la divinidad de Venus. Venus es apropiada para los requerimientos de las que tienen muchas profesiones. Ofreced incienso y pedid belleza y el favor popular, pedid palabras amables y convenientes a las bromas, ofreced a la señora la hierbabuena que ella agradece y el arrayán que es lo suyo y cuerdas de junco ocultas en montones de rosas.
>
> Ovidio, *Fastos*, IV

Amara está atrapada en un río de mujeres, sin poder liberarse de la corriente aunque quiera. Hay tantas que comienzan a desbordar los límites de las aceras y a caminar por la calzada. El lodo le salpica las piernas, pero no le molesta. Son una multitud ruidosa que canta, ríe, y cuyas muñecas y tobillos tintinean con campanas. El dulce aroma a menta se mezcla con el hedor de la transpiración. Jamás habría sospechado que había tantas prostitutas en Pompeya.

A lo lejos, al frente de la procesión, los músicos tocan sus estridentes trompetas; la sangre le palpita a Amara al ritmo de la música. Le aprieta los dedos a Dido. El kohl con el que le ha delineado los enormes ojos castaños a su amiga se le ha corrido un poco, pero eso solo hace que se le vean aún más grandes. Ninguna de las dos ha visto la Vinalia, y mucho menos han participado en ella. El festival de abril de las putas y el vino no es un evento al que una muchacha decente asistiría, ni es algo que intentaría ver desde su ventana.

Pero hay muchas más personas que sí están mirando. La gente se amontona fuera de las tiendas o se asoma desde sus balcones para ver a las mujeres pasar. Los hombres merodean por los márgenes de la procesión, bebiendo y gritando, buscando la oportunidad de robar un beso o tal vez más. Amara sabe que Félix, Thraso y Gallus estarán entre la muchedumbre, vigilantes, aun si ella no puede verlos. A fin de cuentas, las mujeres están ahí no solo para celebrar, sino para vender. Todo en Pompeya se reduce a ganar dinero.

—¡No os quedéis atrás! —grita Victoria, mirando por encima del hombro. Está casi desnuda y se ha arreglado el cabello con arrayán, la flor de Venus. Amara sabe cuán importante es este día para Victoria. Pasar la vida catalogada como *infamia* sin poder quitarte esa marca es una ignominia que puede roerte hasta los huesos si lo permites, incluso si llegas a obtener tu libertad. Pero la Vinalia subvierte el orden habitual de las cosas. Hoy, ellas son las dueñas de las calles. Nadie puede negar la importancia de las putas para la diosa tutelar de Pompeya.

—¡Mirad a la diosa! —dice Berenice, apuntando. Conforme el camino hacia el Foro se endereza, pueden ver con más claridad la estatua de Venus hecha de yeso. Cargada sobre una plataforma, se cierne por encima del gentío, como debe hacer una inmortal, meciéndose sobre los hombros de los esclavos del templo, envuelta en guirnaldas—. Voy a pedirle que me ayude a casarme con Gallus —dice Berenice, mirando a su alrededor, intentando encontrar a su amante entre la multitud—. Me ha comprado rosas para que se las ofrezca.

—¿Gallus las ha comprado? —pregunta Amara.

—Bueno, las va a comprar —explica Berenice—. Cuando lleguemos al Foro.

—Será afortunado si logra encontrar a algún vendedor al que le queden —dice Cressa.

Berenice no responde; ha visto a su amado y corre hacia el borde de la procesión para estar más cerca de él.

—¿Félix no se dará cuenta? —pregunta Dido, observándola con un gesto preocupado—. No es muy sutil.

—Lo más probable es que le sea útil —dice Cressa—. Todas sus estupideces los obligan a ambos a ser obedientes.

En el Foro, el río de mujeres se topa con un muro de personas. Los vendedores ambulantes forman una estela entre la gente, balanceando bandejas sobre los hombros, ofreciendo desde guirnaldas hasta tartas calientes. Y, por supuesto, vino. Venus no es la única deidad a la que se celebra en la Vinalia, también es un día para agradecerle a Júpiter los fecundos viñedos de Campania. Aunque no pueda verlo, Amara sabe que los fieles derramarán vino sobre su altar, un sacrificio para complacer al más libidinoso de los dioses. Aunque, al ver el estado de sus devotos, Amara sospecha que la mayor parte del vino ya se ha vertido en sus bocas. Quienes aún no están demasiado ebrios celebran la llegada de las mujeres y se apretujan contra ellas. La oleada detiene la procesión por completo. Más adelante, los músicos tocan sus trompetas con más insistencia, alejando a los hombres de la diosa. Amara siente una mano que le toma el brazo. Se da la vuelta de golpe. Es Félix.

—Quédate cerca de mí —le pide, como si tuviera la opción de no hacerlo, con sus dedos clavándosele en la piel.

—¿Y las demás? —pregunta Amara al darse cuenta de que ya no ve a Berenice ni a Victoria. Cressa se ha quedado bloqueada con Thraso.

—Están con Gallus —dice Félix, mirándola a ella y a Dido—. Centraos en llegar al templo.

Comienzan a avanzar con una lentitud que es casi dolorosa. La presencia de Félix evita que la pisoteen, pero lo que sí pisotea es su emoción. Con la mano de su amo sobre el brazo, guiándola, adueñándose de ella, el día se convierte en uno cualquiera, en vez del breve momento de libertad que había imaginado. En sus dedos bañados en sudor, los manojos de menta y arrayán ya han comenzado a marchitarse. Fabia ha salido temprano a comprar sus ofrendas, pero no ha traído rosas. Félix cree que cuestan demasiado.

Por fin, la diosa llega al estrecho sendero que lleva al templo. La Venus de yeso se sacude y se zambulle mientras los esclavos la cargan sobre las piedras disparejas. Las mujeres la siguen, apretándose en el pasadizo. Ahí el lodo es todavía más profundo, y Amara no quiere imaginarse qué puede haber en el húmedo fango que está pisando; están todas tan apiñadas que no puede verse los pies. Al llegar al arco que lleva al templo le parece como si la estuvieran haciendo pasar por un embudo. En el otro lado hay un poco más de espacio para respirar.

Amara nunca ha estado ahí. El recinto es enorme, quizá de la mitad del tamaño del Foro, y, aunque la construcción no está terminada, la vasta columnata que lo rodea en tres lados crea la ilusión de abrirlo hacia el cielo. A pesar de las multitudes, desde donde están, en la cima de la colina, se puede contemplar la reluciente extensión de la bahía, la bruma azul de las montañas. Se pone de pie, embelesada. La primera vez que Amara vio el mar fue en el muelle del Pireo, cuando esperaba a que la subieran al barco de carga junto con el resto de la mercancía. En ese momento, el agua le pareció oscura y aterradora; se sintió como si estuviera viendo el salvaje reino de monstruos que mantuvo a Odiseo alejado de su hogar, así como a ella la alejaba del suyo ahora. Pero ahí, en Pompeya, el mar parece distinto. Desde la altura a la que está proyecta una ilusión de calma, un espejo bruñido que refleja el cielo.

El toque de las trompetas y las flautas la devuelve a la ceremonia. Los esclavos suben los escalones hasta la tarima, donde colocan a Venus frente al altar. Mirando hacia el público, los ojos de la diosa del amor están delineados de negro, lo que la dota de una mirada firme y vigilante. Está desnuda, salvo por la joyería dorada que le cubre los brazos y las guirnaldas que le cuelgan del cuello. Detrás de ella, el templo es un cascarón a medio terminar. Los feligreses no suelen tener permitida la entrada, pero los sacerdotes parecen tener la esperanza de que las ofrendas del día animen a la diosa a bendecir el trabajo de construcción. Amara logra ver a Victoria y Berenice apretujadas con Gallus. Berenice está apoyada en su amante, y Amara descubre con un golpe de sorpresa que lleva una rosa pegada a la mejilla.

Las trompetas vuelven a sonar para dar inicio a la ceremonia. Una bocanada de humo flota hasta donde está Amara, quien lo inhala. El aroma es dulce, con un toque de canela. Los sacerdotes queman incienso y hacen ofrendas de trigo y vino. Uno de ellos calcula mal la fuerza de las llamas, y un ayudante tiene que saltar para proteger a la diosa de las chispas. Entre la multitud, la gente murmulla e intercambia miradas. «No puede ser un buen augurio.» Amara mira a Félix, pero su expresión es impasible. Se imagina que no debe de ser muy creyente, o habría comprado mejores guirnaldas.

Llaman a las mujeres para que se acerquen a la escalinata. Por un momento, Amara se pregunta si Félix irá con ellas, pero él le suelta el brazo y con un gesto les indica a Dido y a ella que vayan. Cressa se les une, moviendo los labios mientras reza, y las tres caminan con los brazos entrelazados. Amara se pregunta qué podría estar pidiendo. Mira su propia ofrenda arrugada. Todas las oraciones de su infancia fueron para Atenea; no sabe qué debería pedirle a su nueva ama, y tampoco sabe cuánto cree aún en los dioses.

Los esclavos del templo cuidan la base de los escalones para evitar que algún fanático se acerque demasiado al altar. Algunas de las mujeres lloran con los brazos alzados hacia la estatua, parece que saborean el momento. Otras solo dejan su manojo y se van. Victoria y Berenice ya están en el frente. Berenice le lanza su rosa con tanta fuerza a Venus que uno de los ayudantes la reprende. Victoria está inusualmente callada, desenredándose todo el arrayán del cabello. Lo besa y lo deja caer. Cressa se desprende de Amara y se abre paso hacia delante. Amara y Dido se quedan atrás, indecisas.

—¿Qué le pedimos? —susurra Dido.

Amara mira a Venus. Es lo más cerca que ha estado de la estatua. Esos ojos pintados, tan negros y separados, no son solo vigilantes: hay furia en ellos. No es solo la diosa del amor, piensa Amara, sino que se trata de una deidad que ha llevado a hombres a la locura. Es una destructora de guerreros y la autora de la caída de Troya.

—Le pedimos poder sobre los hombres.

Amara acerca a Dido a los escalones. Toma su manojo de flores con las dos manos y lo aplasta para liberar su aroma. «Que los hombres caigan ante mí como esta ofrenda cae ante ti, Gran Afrodita. Que pueda conocer el poder del amor, si no conozco su dulzura.» Amara deja caer su maltrecha guirnalda sobre la creciente pila de ofrendas de todas las putas desesperadas de Pompeya.

13

> El canto es cosa muy seductora: muchachas, aprended a cantar; no pocas, con la dulzura de la voz consiguieron que se olvidase su fealdad.
>
> Ovidio, *El arte de amar*, III

Las mujeres de Félix deambulan en la entrada del Foro, indecisas por no saber hacia dónde dirigirse. La Vinalia se ha propagado como un virus. Grupos de bebedores están dispersos cerca del Foro, mientras que los músicos y artistas atizan la emoción, invitando a la gente a bailar. En el borde de la plaza, los vendedores de vino están ocupados detrás de sus puestos intentando asegurarse de que todo el mundo tenga qué beber. Félix les ha dado permiso a las lobas para quedarse fuera hasta el anochecer: una libertad inaudita. Como para confirmarlo, Félix las ha abandonado para reunirse con un grupo de hombres. Amara no está segura de qué quiere hacer con su tiempo.

—¡No os quedéis ahí paradas! —les dice Cressa, empujándolas a ella y a Dido hacia el vendedor de vino más cercano—. ¡Aprovechadlo! —Cressa compra dos frascos de vino con miel; se toma uno y guarda el otro para después.

—¿Compartimos uno? —sugiere Amara. El vino es caro, los vendedores están sacándole el mayor provecho al público cautivo para compensar los frascos que sin duda perderán. Aunque sea un día de festival, Amara se niega a gastar un solo céntimo, que podría ahorrar para su futuro. Tendrá tiempo de sobra para beber cuando sea una mujer libre.

—Yo pago el siguiente. —Dido acepta mientras Amara toma un frasco de la bandeja del vendedor.

—¡Demonios! —Victoria se ríe y le da un codazo—. ¡Hay que vivir la vida! Todavía no sois unas ancianas. —Para reafirmarlo, va y compra una bebida, poniendo los ojos en blanco mientras entrega el dinero.

—¡Así se habla, diosa! —dice el vendedor, mirando a Victoria de arriba abajo. Tiene un pequeño pedazo de tela anudado alrededor de los pechos y otro en las caderas. Lleva las piernas y la cintura descubiertas—. Por un beso, el siguiente es gratis.

—Trato hecho —responde Victoria. Se bebe el frasco de un trago y lo pone de nuevo en la bandeja, lo cual provoca que el líquido oscuro de los demás frascos se tambalee.

—No se te pasa una.

—¿Quieres el beso o no? —El vendedor se acerca, entusiasmado, pero Victoria da un paso atrás—. La bebida primero. —Señala a Amara—. Mi amiga me lo aguanta.

El hombre acepta. Toma a Victoria con un brazo y la bandeja con el otro. Antes de que Amara pueda advertírselo, la mano del vendedor de vino llega hasta el nudo en la espalda de Victoria. Tira de la tela con la intención de exponer sus pechos. Ella le da un empujón y el hombre la suelta, desesperado por rescatar su bandeja. Victoria se ríe.

—Estas te van a costar más que un frasco de vino —asegura, reacomodándose la tela—. Si quieres algo más después, puedes encontrarme en La Guarida del Lobo. Pero solo si puedes pagarlo. —Toma el vino de la mano de Amara y las tres vuelven a perderse entre la multitud.

—Es la mejor forma de conseguir un trago en la Vinalia —dice Victoria—. No deberíais tener que pagar más de uno.

—Parece que Berenice no ha pagado ninguno —comenta Dido—. Acabo de ver a Gallus comprándole un frasco.

—Más le vale —responde Victoria—. Ya ha conseguido demasiadas cosas sin pagar.

Se detienen en un círculo que se ha formado alrededor de un flautista. Una mujer baila al ritmo de la música; los hombres aplauden y silban cuando baja hasta el suelo, sacudiendo el trasero y los muslos.

—¡Drauca! —exclama Victoria. La miran por un momento, pero Victoria está intranquila—. Toma, quédatelo —dice antes de devolverle su bebida a Amara. Se abre paso a empujones hasta el centro del círculo, ignorando los gritos de los hombres, y se detiene frente a su rival—. ¡Yo te voy a enseñar a moverte, perra!

Victoria se lanza al baile, saltando y sacudiéndose frente al público enloquecido. Drauca vacila por un segundo, pero luego se le une. El flautista acelera el tempo; empieza a tocar tan rápido que parece imposible que las bailarinas puedan seguirle el ritmo, pero lo hacen. Uno de los hombres les tira su bebida a las mujeres; otros siguen su ejemplo, mientras animan a las bailarinas con gritos. Con el líquido rojo resplandeciendo sobre su piel y bailando con la ferocidad de auténticas lobas, Victoria y Drauca no parecen prostitutas, sino acólitas enloquecidas de Dionisio a punto de hacerse pedazos la una a la otra.

—¡Ahí están! —Berenice se acerca a ellas. Está colgada de Gallus como si fuera una guirnalda, con las mejillas encendidas. Nicandro viene detrás de ambos con un ramo de rosas en la mano.

—¡Os hemos estado buscando por todas partes! —Se pone de puntillas para ver de qué se trata el alboroto y reconoce a Victoria—. ¡Qué presumida! ¡Y se ha quitado toda la ropa! ¿Te gusta? —Mira ansiosa a Gallus—. Si te gusta, puedo bailar así para ti. ¿Quieres que lo haga? ¿Te excitaría?

Gallus responde cogiéndola por el cuello y metiéndole la lengua hasta la garganta.

No parece que ninguno de los dos vaya a detenerse para tomar aire, así que Nicandro se pone delante de ellos.

—Son para ti —le dice a Dido.

—Gracias. —Dido toma las rosas y se las lleva al pecho—. Eres siempre tan amable...

—Vuelvo en un momento —murmura Amara, con la ligera esperanza de que Dido proteste. Pero es posible que el vino con miel y la atmósfera hayan logrado atemperar su timidez. A Amara le alegra ver a Dido sonreír cuando Nicandro se acerca a decirle algo al oído.

Amara no tiene ni idea de adónde quiere ir. Nota el frasco de vino que Victoria le ha dado caliente en su mano; le da un sorbo mientras deambula muy despacio por la plaza, deteniéndose de vez en cuando para escuchar a los diversos músicos. Se pregunta si Salvio estará por ahí con su flauta.

El gentío no es tan abrumador como en la procesión, y el ruido de los músicos que compiten, los gritos y las risas rebotan en las piedras y ascienden con el cálido aire como una ofrenda para los dioses. Es la primera vez que Amara está sola en medio de una muchedumbre así. Mira de reojo a la gente al pasar, no para atraer atención no deseada, sino para hacerse una idea de quién está a su alrededor. ¿Se habrá acostado con alguno de esos hombres? Difícil saberlo. En el burdel intenta no fijarse en sus rostros.

Amara camina un poco más deprisa de vuelta a la zona donde ha dejado a Dido, consciente de que no quiere alejarse demasiado de sus amigas. Está tan decidida que casi lo pasa por alto: Menandro. Va caminando hacia ella, mirando a todas las mujeres frente a las que pasa, el ceño fruncido con preocupación. En ese momento la ve.

—¡Ahí estás! —dice. El rostro se le ilumina—. Sabía que te encontraría. —Su alegría, y el poco esfuerzo que hace por ocultarla, provocan que una ola de calidez recorra el cuerpo de Amara, incluso más que el vino.

—Seguro que les dices lo mismo a todas las mujeres en la Vinalia —se ríe.

—Sabes que no es cierto, Timarete.

El cambio de latín a griego, como siempre, le duele.

—Rústico es un amo generoso —dice—, como para dejarte andar por el festival a tus anchas.

—Es generoso, pero tiene un límite. Me ha dado una hora, nada más.

Amara no puede quitarle los ojos de encima. Piensa en su oración a Venus Afrodita. «Que pueda conocer el poder del amor, si no conozco su dulzura.» Quizá la diosa esté castigándola por su arrogancia.

—No la desperdiciemos, entonces —dice, tendiéndole la mano.

Caminan entre la gente tomados de las manos, sin decir nada al principio, sin siquiera saber adónde van, impulsados por una corriente de felicidad compartida.

—He ido a El Gorrión tres veces desde que te vi —confiesa Menandro—. Todas mis noches libres. El cantinero me dijo que sueles ir durante el día.

—¿Y aun así has seguido yendo?

—¡Claro! Hasta la posibilidad más pequeña de verte es mejor que ninguna.

Pensar en Menandro esperándola al otro lado de la calle, mientras ella es incapaz de ir a verlo, es casi insoportable.

—Siento no haber estado ahí —dice.

—¿Tu amo te da tiempo libre durante los juegos? Supongo que debe hacerlo, el primer juego de julio también es para los esclavos.

—¿Julio? —pregunta Amara, horrorizada por la idea de una fecha tan lejana.

—¿No puedes esperar tanto por mí?

Sabe que está jugando con ella. Tiene el mismo aire de confianza que Amara recuerda de cuando se conocieron, cuando Menandro señaló que la lámpara que ella tenía en las manos era suya. Sonríe, sin querer revelárselo todo de una sola vez.

—Espero que sí.

Llegan al final del Foro. Un músico toca una melancólica melodía en su lira. Amara lo observa, imaginándose la vibración de las cuerdas en sus propios dedos.

—Yo solía tocar —dice—. A mi padre le gustaba que le cantara por las noches. Aunque solo en privado —añade, con la esperanza de que Menandro entienda que, en Grecia, no como en Pompeya, ella provenía de un hogar respetable.

—¿Por qué no le pides que te la preste? —sugiere Menandro. Amara se ríe, creyendo que es una broma—. ¿Por qué no? —insiste—. Estamos en la Vinalia. Deberías poder pedir lo que quieras.

Amara se salva de tener que responder cuando ve a Dido, quien ahora está sola. No hay rastro de Berenice ni de Gallus.

—Ahí está mi amiga —dice Amara, señalándola—. Deberíamos ir con ella.

—Me acuerdo de ella —comenta Menandro—. Tiene una hermosa voz.

Amara vuelve a presentarlos. Está encantada de ver a Dido fingir que no recuerda a Menandro. Jamás pensaría que ambas han pasado más horas discutiendo su nombre y su personalidad que las que un sacerdote pasa leyendo entrañas frente a un altar.

—¿Dónde está Nicandro? —pregunta.

—Solo tenía unos minutos y ha venido a darme estas flores.

El músico de la lira toca una melodía más alegre. Una pareja que está a su lado festeja y comienza a bailar. Dido se mece al ritmo de la música, abrazando sus rosas.

—Yo también tengo que irme pronto. —Menandro mira a Amara—. ¿Me concederías un baile?

—Creo que no sé bailar. —Piensa en una boda familiar a la que asistió en casa, en la alegría infantil de girar y girar con sus primas—. Solo he bailado con mujeres.

Menandro la toma de ambas manos y la acerca a la lira.

—Todo el mundo está ebrio —dice—. Podemos improvisar.

Amara titubea, pero los aplausos, las piruetas y los

pisotones son contagiosos. Los brazos de Amara y Menando se entrelazan, y ambos giran, se detienen y aplauden, una y otra vez, cada vez más rápido, hasta que ella cae sobre él entre carcajadas. El músico termina la melodía con una floritura, presenta la lira y hace una reverencia.

—Pídesela —pide Menandro—. Quiero verte tocar antes de irme.

Amara mira el instrumento con anhelo, pero niega con la cabeza.

—No puedo.

Menandro la suelta y camina hacia el músico. Amara lo ve saludar al hombre y luego darse la vuelta para señalarla. Tienen un animado intercambio de palabras. El músico asiente e invita a Amara.

—¿Quién podría negarse a una petición así? —le dice el músico en griego cuando se acerca. Amara mira a Menandro, imaginándose qué puede haberle dicho—. Por supuesto que debes tocar. —Le entrega el instrumento.

Por un momento, Amara solo puede sentir pánico. Tiene la mente en blanco: no recuerda ninguna canción, ni cómo tocar una sola nota. Alza la mirada y se encuentra con la gente mirándola, curiosa, esperando a ver qué tocará. Dido la mira también.

—¡Canta conmigo! —la llama, desesperada.

Dido corre hacia ella.

—¿Qué haces? —susurra—. ¡No podemos cantar aquí!

—¿Por qué no cantamos la canción de amor que Salvio nos enseñó? —Las mejillas comienzan a calentársele ante la posibilidad de tener que devolver la lira sin haberla tocado.

—No creo que pueda recordarla —dice Dido.

Pero Amara comienza a rasgar las cuerdas con el plectro. Las primeras notas le resultan cacofónicas. Es un instrumento desconocido, con siete cuerdas en vez de diez, y le toma unos momentos descifrar qué acordes podrán recrear la canción popular de Campania. Está concentrándose tanto en tocar bien que se olvida del público, incluyendo a Menandro. Cada vez que toca las cuerdas, su confianza aumenta un poco y la música va ganando dulzura. Para su alivio, Dido la acompaña.

La gente aplaude y varias personas cantan con ellas, lo cual las ayuda a recordar la letra. Amara sabe que Menandro está sonriendo y asintiendo para apoyarla, pero es difícil verlo con los bailarines girando y dando pasos frente a ellos. Decide mirar a Dido. El espectáculo le ha dado confianza, como si fuera otra persona. Se conduce con una audacia que nunca proyecta cuando camina por las calles. Sus ojos se encuentran y comienzan a cantarse la una a la otra. Se convierte en una conversación, en un intercambio de miradas, de gestos, de sentimientos, aun si están cantando las mismas palabras. Repiten la canción, pero esta vez Amara guarda silencio mientras su amiga hace el papel del pastor; Dido, al entender el juego, le deja el papel de la mujer a Amara. Cuentan la historia en un dueto, resaltando el elemento cómico de la canción: Dido suena cada vez más suplicante, Amara cada vez más absurda en sus orgullosos rechazos. Al final, Dido finge desplomarse con el corazón roto, provocando un estallido de risas entre su pequeña audiencia.

Amara se ríe también, buscando a Menandro con la esperanza de haber ganado su aprobación. No logra verlo. Su ausencia la sobresalta, pero está demasiado absorta en el momento como para que la tristeza se apodere de ella. Dos jóvenes en la primera fila aplauden y corean, exigiendo otra canción. Más personas se les suman. Amara mira a la gente, a las caras que la observan. Es un poder que nunca ha sentido, la sensación de que podría moldear las expectativas de otros, mantener sus deseos a raya o liberarlos. Hace una reverencia.

—Hoy celebramos a la diosa del amor —dice con voz resonante—. Permitidnos cantar un himno para nuestra señora Afrodita. —No hace el menor esfuerzo por disimular su acento extranjero y llama a Venus por su nombre griego a propósito. Los dos jóvenes del frente gritan en señal de aprobación. Amara se dirige a Dido, hablando en voz muy baja—. Si te canto una estrofa en griego, palabra por palabra, ¿podrías cantarla de vuelta?

—Creo que sí.

Amara rasga la lira con el plectro, produciendo acordes rápidos e insistentes. Las notas la devuelven casi de inmediato a la casa de Chremes, a la forma en que la miraba a la luz de las lámparas con la avidez de un zorro que espera a que su presa desfallezca. No es una canción que haya aprendido de niña. El recuerdo es amargo. Amara se imagina de vuelta a los pies de la Venus pintada, inhala y recuerda la sensación del arrayán bajo sus dedos y su dulce aroma.

> Afrodita, de alma sutil e inmortal,
> hija de Dios, urdidora de ardides, te ruego,
> sin premura, sin temor, Señora, sin angustia,
> ¡termina con mi espíritu!

Dido la escucha atenta, sin despegar los ojos del rostro de Amara. Repite cada verso en un tono más bajo y su voz captura la naturaleza evocadora de la canción. No es una tonada de taberna, como la anterior, pero el público está impaciente por disfrutarla, meciéndose con la melodía. Algunos incluso aplauden al captar el ritmo.

En la segunda estrofa, uno de los jóvenes pega un grito al reconocer la canción y le da una palmada en la espalda al otro. Amara los observa con más atención. Uno de ellos lleva un opulento broche en el cierre de la capa. Es de bronce, con piedras rojas incrustadas. Ella les sonríe y los invita a acercarse. Los hombres están ebrios, pero no parecen imprudentes y notan el coqueteo. Se acercan un poco más, silbando. Detrás de ellos, Amara nota una figura conocida. No es Menandro, sino Félix. A su lado viene Thraso, observándolas a Dido y ella con una expresión que podría confundirse con fascinación, si se tratara de otro hombre. Quizá al fin entiende cuánto podrían valer.

Llegan a la última estrofa y, como había esperado, los dos jóvenes se empujan hacia delante.

—¿Safo? —pregunta uno de ellos poniéndole una mano sobre el brazo—. Un poco elevada para la Vinalia, ¿no te parece? ¿De quién sois?

Félix se mete entre ellos, veloz como el humo.

—Las muchachas son mías —asegura con una profunda reverencia. Amara nunca lo ha visto hablar con hombres de una clase tan alta. Es más enjuto que ambos, pero ella sabe bien que ganaría en una pelea.

—Perfectas para Zoilo, ¿no crees? —le dice el hombre a su acompañante, apenas registrando la presencia del amo de las mujeres.

El otro se ríe sin control mientras se da palmadas en las piernas.

—¡Tienes que hacerlo, Quinto! ¡Tienes que hacerlo!

Quinto le sonríe a Félix con la clase de mueca retorcida que los ricos reservan para sus sirvientes.

—¿Cuánto por alquilarlas a las dos toda la noche?

—¿Toda la noche? —repite Félix.

Amara comprende que Félix está haciendo tiempo, intentando calcular cuánto puede llegar a cobrar. Siente el calor del cuerpo de Dido presionado con el suyo. Su papel en el intercambio es guardar silencio, pero hay otras formas de comunicarse. Le responde rozándole el brazo con las yemas de los dedos.

—¡Por supuesto que toda la noche! ¡Queremos que adornen la fiesta de nuestro estimado anfitrión! —Su acompañante estalla en carcajadas de nuevo—. Sin duda habrás oído hablar de Zoilo —continúa Quinto con su sonrisa burlona—, el liberto más prominente de Pompeya.

El propio Félix es un liberto. Amara sospecha que ni Quinto ni su amigo cuentan con esclavos en su ascendencia. Su amo agacha la cabeza cortésmente.

—Para un anfitrión así —dice—, cincuenta denarios.

El hombre llamado Quinto no vacila.

—Hecho.

—Claro que, si también queréis la lira —añade Félix—, serán otros veinte.

Ni Quinto es tan tonto como para no ver que lo están engañando, pero está claro que no tiene deseos de regatear como un vulgar mercader.

—Muy bien —contesta—. Puedo darte veinte ahora y una garantía por lo demás.

Es el turno de Félix para titubear. Amara espera que no saque una tableta de cera de la nada e insista en que los hombres firmen un acuerdo por el resto del dinero con su propia sangre. Veinte denarios es más de lo que Dido y ella ganarían por una noche entera en el burdel. Y, sin duda, Félix debe entender que hombres como ellos hacen negocios con su nombre y con su palabra todo el tiempo. Félix hace otra reverencia.

—Para clientes tan honorables como vosotros, será un placer.

Quinto chasquea los dedos y varios hombres salen de entre la multitud. Por supuesto que este par no iría a ningún lugar sin un séquito de esclavos para protegerlos.

—Veinte para el caballero —dice, asintiendo en dirección de Félix.

El esclavo más viejo del grupo saca una bolsa que lleva oculta en la capa. Thraso se interpone entre los hombres y el resto de la gente para asegurarse de que la transacción no ocurra a la vista de nadie. Amara alcanza a ver que, detrás, el músico se estira para intentar asomarse; ya no sonríe. Gallus está a su lado. Ya deben de haber llegado a un acuerdo por su lira. Amara espera que se haya basado en promesas y no en amenazas.

—Quinto Fabio Próculo —dice su amo temporal, mostrándole a Félix su sello—. ¿Dónde he de enviar el pago?

—A Cayo Terencio Félix Liberto, en el establecimiento frente a la posada de El Elefante.

—¿La Guarida del Lobo? —Quinto se empieza a reír tanto que Amara piensa que se va a ahogar—. ¡Marco! ¡Hemos hecho un trato con el burdel de la ciudad! ¡Espera a que les digamos a los demás que le llevamos un par de lobas a Zolio!

Félix no defiende su negocio. Sin duda, la promesa de una pequeña fortuna es bálsamo suficiente como para calmar su orgullo. Amara sabe que no debería decir nada, pero quiere reafirmar su presencia.

—Espero que aún seamos de su agrado. —Agacha la cabeza y mira a los hombres a través de sus oscuras pestañas—. No deseamos más que servir.

—Queridas —Marco les pone los brazos en los hombros a Dido y a ella, echándoles su aliento a vino en la cara—, sois perfectas.

14

Aquello parecía un coro de pantomimo y no un comedor de una casa particular.

PETRONIO, *El satiricón*,
«La cena de Trimalción»

El ocaso ha tendido su manto sobre las calles mientras caminan hacia la casa de Zoilo. Los edificios de piedra se van oscureciendo hasta tornarse siluetas bajo el cielo anaranjado. Amara sigue sorprendida por la cantidad de hombres del público que pertenecen a Marco y Quinto. Seis esclavos los siguen ahora, una tropa silenciosa y protectora, mientras que otros dos van por delante con lámparas de aceite. Quinto la lleva del brazo; Marco se ha apoderado de Dido.

—¿Qué hacéis trabajando para ese proxeneta grasiento y desagradable? —pregunta Quinto mientras la ayuda a subir un peldaño—. Sois tan hermosas y tenéis unas voces tan bonitas...

—Gracias —responde Amara. Que Quinto denigre a Félix le provoca una sensación extraña. Más allá de todo su odio, sabe que debe identificarse con él de alguna manera. A fin de cuentas, es su dueño—. Yo solía ser libre. En Ática. Mi padre era doctor en Afidnas.

—Pero tu padre no te enseñó las canciones de Safo, ¿o sí? —dice él con una ceja alzada.

—No. Las aprendí cuando fui concubina.

—Claro. Estoy seguro de que aprendiste bastantes trucos. —Se detiene para verla más de cerca. Los esclavos que vienen detrás se detienen también, coordinados con los movimientos de su amo—. ¿Te ha dicho alguien que tienes unos labios bellos? Rojos, como el corazón de una granada.

Amara comprende el papel que él quiere que interprete. Sonríe y sus ojos oscuros le prometen todo lo que él quiera ver reflejado en ellos.

—¡Oye! —se queja Marco, golpeándole la espalda a su amigo para interrumpir su beso—. Ya vamos tarde a lo de Zoilo.

—Demonios. Lo dices como si tú no vinieras del brazo de una de las putas más hermosas que he visto en la vida —responde Quinto, mientras comienzan a caminar de nuevo—. Tienes suerte de que yo me haya quedado con esta. —Se encoge de hombros a manera de disculpa con Amara—. Sin ofender. Ella es más bella. Pero tú tienes la boca más sensual. Eso me gusta.

Amara se ríe.

—Y tú eres osado —dice—. Eso me gusta a mí.

Quinto frunce los labios, complacido. A Amara siempre le sorprende ver la forma en la que los hombres aceptan halagos de una prostituta. Aunque, en este caso, no es por completo una mentira. Se da cuenta de que Marco y Quinto son distintos a los hombres adinerados de los baños. Sin duda, al final de la noche esperarán el mismo servicio, pero el preludio será una noche de entretenimiento, conversación y música. El corazón se le acelera y mira hacia atrás con ojos ansiosos a los esclavos que llevan la lira. Hacía mucho tiempo que no se sentía tan viva.

Recorren toda la Vía Veneria hasta el extremo menos refinado de la ciudad, cerca de la Palestra. Los dos esclavos que llevan las lámparas se detienen frente a un enorme portón de madera entreabierto. La luz del interior brilla de forma tenue sobre el suelo de mármol.

—¿Cómo lo haremos? —le pregunta Quinto a Marco—. La ropa es parte de la broma, pero sería más divertido si no se diera cuenta de lo que son.

—Pero ¿no hará un alboroto la esposa del viejo si entramos con dos mujeres desnudas? —Marco mira nervioso a Dido. Amara se pregunta de qué habrán hablado en el camino desde el Foro.

—¡Es la Vinalia! ¡Las mujeres deberían estar desnudas! —protesta Quinto. Se gira para mirar a Amara—. ¿Qué opinas tú?

Ambos hombres la están observando, esperando una respuesta. Amara considera por un instante su ropa y la de Dido. Los colores son brillantes, pero sabe que la tela las delatará de inmediato como mujeres vulgares. Hay en Pompeya pocos crímenes tan graves como la pobreza. Entrar desnudas anunciará al mundo entero su condición de prostitutas, pero quizá no de objetos dignos de desprecio total. Inclina la cabeza hacia Dido, una pregunta tácita, y recibe un pequeño movimiento de hombros como respuesta. Amara le sonríe a Quinto.

—Yo digo que desnudas.

Quinto aúlla de gusto y la ayuda a quitarse la capa antes de entregársela a uno de los sufridos esclavos de su séquito. Luego se encarga de su toga y se la quita en solo un par de tirones. Amara nota que el hombre que lleva la ropa es el mismo que tenía el bolso con el dinero. El hombre desvía la mirada en lugar de mirarla a los ojos.

—¿Estás segura? —le pregunta Marco a Dido mientras le quita el broche con torpeza por el vino—. ¿No te molesta?

—Eres muy amable por preguntar —dice Dido con la cabeza agachada mientras se libera de la toga.

—Perfecto. —Quinto las mira a las dos, ambas desnudas y tiritando bajo el umbral de la casa de Zoilo—. Entremos, pues.

Caminan sobre un delgado mosaico en blanco y negro de un perro gruñendo que se extiende por todo el estrecho pasillo y salen al atrio más grande que Amara haya visto en la vida. Es cuando menos cinco veces más grande que el de la casa de Chremes, el único punto de referencia que tiene. El mosaico de la entrada se extiende hacia fuera con patrones aún más intricados y fluye hacia cámaras oscuras que rodean el gran salón. Una mesa de plata maciza se encuentra al lado de una piscina para recolectar agua de lluvia. La luz de la luna que atraviesa el centro del techo resplandece sobre la superficie pulida de la mesa, y su pálido reflejo se mueve en el agua. Otros objetos preciosos —cálices, platos y lámparas— están amontonados sobre la mesa. Muchos de ellos parecen ser de oro. Amara sabe que, en conjunto, podrían costar varias veces más de lo que Félix pagó por ella.

Detrás de ella, los esclavos de sus nuevos amos negocian con el portero de Zoilo, señalando a los miembros del grupo como invitados. El portero parece molesto con algo, seguramente con la presencia de las mujeres desnudas. Amara logra oír la palabra «actrices» varias veces durante la conversación murmurada.

—Por aquí —dice Quinto, ondeando una mano con displicencia, como si estuviera guiándolas por su propia casa—. El señor estará en el comedor con sus invitados.

Amara se resiste a la tentación de pasar por el borde del atrio, y sigue a Quinto con una seguridad que en realidad no siente; aprieta los dientes para que no le castañeen. Cuando llegan a la piscina de mármol y la mesa de plata que repica con la cubertería, un feroz ladrido retumba por todo el espacio. Dido y Amara se abrazan y por poco caen al agua del susto. Amara mira hacia atrás y ve a un perro encadenado en la pared opuesta que intenta liberarse, pero está demasiado lejos como para hacerles daño. El portero le grita que se calle.

Marco y Quinto se ríen.

—Perfectas —dice Quinto, dándole a Amara un fuerte azote, un gesto que le recuerda a Félix—. Vosotras dos sois más que perfectas.

A Amara le gusta menos esta vez. Se endereza un poco, sonriente aún, decidida a no ser el blanco de una broma más por el resto de la noche.

Pasan por un gigantesco jardín, rodeándolo por la columnata pintada. Conforme avanzan, van apareciendo y desapareciendo escenas de las leyendas de Hércules. En el centro del jardín, lámparas colgantes iluminan una fuente, y sus salpicaduras se dispersan en la oscuridad como si fueran estrellas.

—¿Qué es este lugar? —susurra Dido—. ¿Dónde estamos?

—¿Os gusta la casa, señoritas? —pregunta Marco.

—Es hermosa —responde Amara.

—Zoilo es un liberto —dice Quinto, y su desprecio es evidente en la cuidadosa forma en que enuncia la palabra—. Quién sabe, si algún día conseguís vuestra libertad, quizá podáis tener una casa así.

Una casa con dinero, pero sin clase. El tipo de lugar que a una puta le resultaría impresionante. El significado que hay detrás de su visita, que Amara se ha negado a reconocer, no podría ser más aparente. Dido y ella serán un insulto para el anfitrión, un regalo para insinuar su poco valor. Amara siente cómo las mejillas le arden en la oscuridad. Sea quien sea Zoilo, intentará no avergonzarlo. Ni avergonzarse a sí misma.

Llegan a un jardín amurallado más grande que el anterior, repleto de árboles de plátano. Está bien iluminado, e incluso sin Quinto como su guía podrían dejarse llevar por el sonido, cada vez más fuerte, de las risas y las conversaciones. El área del comedor está en la parte trasera, entre el jardín y una habitación pintada para asemejarse a una gruta. Dos arroyos artificiales atraviesan la zona. Los comensales están sentados en sillones colocados al borde del agua.

—Zoilo, amigo querido —dice Quinto, sonando como una parodia de un hombre de su clase y avanzando hacia el sillón del anfitrión con grandes zancadas—. Siento llegar tarde. Por desgracia, mi padre no ha podido asistir, pero ha insistido en que trajéramos a dos de sus posesiones más preciadas para entretenerte esta noche: un par de bellas actrices. ¿Qué podría ser más apropiado para celebrar la Vinalia?

Al fondo, la conversación se acalla un poco. Amara alcanza a oír los cuchicheos y murmullos de los demás comensales. Se mantiene firme, con la mirada fija al frente, ignorando el frenético latido de su corazón.

Amara no tenía una imagen clara de Zoilo en su cabeza, pero el hombre recostado en el sillón frente a ella no se parece para nada a lo que habría imaginado.

Las largas y costosas telas, sí, pero no los ojos nerviosos e inquietos, ni la delgada boca que se retuerce como la de una cabra al masticar. Está mirándolas a Dido y a ella, con el ceño fruncido por la confusión. La humillación de Amara crece.

—Ah —masculla Zoilo al fin—. Qué agradable. Qué jóvenes tan amables, ¿no crees, amor mío? Muy modernos, ¿no te parece, Fortunata? Han traído a unas actrices.

A Fortunata, quien está reclinada a un costado de Zoilo, el insulto no le ha pasado desapercibido. Tiene un rostro afilado e inteligente, estropeado por una espesa capa de maquillaje que se acumula sobre su frente formando terrones. Marcas de esclava, comprende Amara. Fortunata debe de estar ocultando la humillación pasada.

—Sí, esposo —dice con voz resonante—. Muy modernos.

Una parte de los invitados se ríe. Fortunata les sonríe con frialdad a los recién llegados, pero ignora por completo a las dos mujeres desnudas. Quinto le devuelve la sonrisa, pero Marco al menos tiene la decencia de mostrarse incómodo. Zoilo le lanza un manotazo a su esposa.

—Disculpad a Fortunata —comenta con un tono de vergüenza y molestia—. Es bastante anticuada. Por favor, dile a tu padre que es un honor recibir su regalo. Espero que pueda visitarme pronto para manifestarle mi agradecimiento en persona.

—Tienes que dejar que canten para ti —insiste Quinto—. Nada complacería más a mi padre que saber que te ha alegrado.

—Muy bien, muy bien —dice Zoilo, mirando a Dido y Amara sin demasiado entusiasmo—. Pero primero debéis disfrutar de la especialidad de mi nuevo cocinero. Estamos a punto de servir.

Un esclavo vestido de seda verde brillante los lleva a un enorme sillón que está desocupado. Amara se da cuenta, no sin algo de dolor, que les han reservado uno de los lugares más especiales del festín. Parece que Zoilo de verdad quería impresionar al padre de Quinto. Los dos hombres se reclinan en el asiento; Dido y Amara los acompañan, tendiéndose sobre el sofá acolchado. Es consciente de que los demás invitados las están observando. «No estoy avergonzada», se dice mientras Quinto le pasa una mano por los pechos y el costado. Otro esclavo, vestido con la misma horripilante seda verde que el anterior, aparece con una bandeja de plata en la mano y comienza a repartir copas de vino.

—¿Has visto la cara de Fortunata? —le murmura Quinto a Marco después de tomar un sorbo—. Perra igualada y altiva. —Lejos de la mirada rabiosa de su anfitriona, Marco se ríe. Amara aprieta su copa. Quinto le frota la piel de la cintura—. Bebe, querida, que este es el vino falerno más caro que he probado en la vida.

—Dos mil sestercios el ánfora —dice con demasiado volumen un hombre de cara roja sentado a su lado—. Con Zoilo solo se toma el mejor vino. La mejor casa de la ciudad. Seguro que os ha alegrado recibir una invitación. Una lástima que tu padre no haya podido venir. —Quinto hace una mueca burlona y Marco resopla con la boca dentro de la copa—. Así que las actrices son lo que se lleva ahora, ¿eh? —continúa el hombre, demasiado ebrio como para notar el menosprecio de los dos jóvenes—. Debo decir que estoy de acuerdo con Fortunata. Me parece demasiado moderno, incluso para la Vinalia.

—¿Que Fortunata no fue actriz alguna vez? —pregunta Marco.

—¡No sé de dónde has sacado tal cosa! —El hombre está indignado—. Fortunata es una liberta respetable. Las marcas... sí, son desafortunadas. Pero eso es de su infancia, antes de que llegara al hogar del viejo amo. El amo de Zoilo, quiero decir, el viejo Ampliato.

Amara se vuelve hacia el sillón donde los anfitriones están sentados. Una cascada cae al arroyo que tienen debajo, decorado con delfines tallados en piedra. Así que a Fortunata la marcaron cuando era niña. Amara se pregunta cómo debió de haber sido su vida entonces. Espera que la otrora esclava esté disfrutando de sus riquezas ahora.

—¿De verdad? —dice Quinto—. Fascinante.

—No tendría que haberse casado con ella. Zoilo, quiero decir. ¿Sabéis qué me dijo? —El hombre se acerca a ellos y, en su estupor, casi gira el sillón—. Me dijo: «Nicia, no podía quedarme parado y ver cómo los hombres se limpiaban las manos sucias en mi Fortunata como si fuera una maldita servilleta. Claro que la liberé; claro que me casé con ella». —Nicia alza su copa para hacer un tambaleante brindis—. Demonios. De eso se trata con el amor.

—Bellísimo —murmura Marco.

Amara siente el cuerpo de Quinto sacudiéndose de risa a su lado.

—Conozco muchas canciones de amor —dice ella—. Pocas muestran tanta devoción genuina como la que Zoilo le ha mostrado a Fortunata.

Nicia asiente con vigor.

—Tienes razón, es cierto. Es cierto.

Marco tiene que disimular su risa por medio de un

ataque de tos. Quinto se acerca a Amara y le exhala al oído:

—Chica perfecta.

Amara se gira y le sonríe. Entiende al fin cómo puede satisfacer a todo el público en la fiesta. Quinto es demasiado ignorante como para entender que estaba siendo sincera. Puede honrar y respetar a su anfitrión; los hombres que la han llevado creerán que se trata de una burla. Al sentirse un poco más cómoda consigo misma, Amara le toca el brazo a Dido.

—¿Puedes creer lo que es este lugar? —susurra.

Mira al resto de los invitados, recostados en sus sillones junto a los dos riachuelos. Decenas de lámparas fulguran y despiden un calor que hace su desnudez más llevadera. A nadie más parece faltarle ropa. Algunos están sudando bajo el peso de su riqueza. Una mujer lleva una diadema con joyas tan pesadas que tiene problemas para sostenerse sobre un codo.

—No podemos cantar la misma canción de antes en una fiesta así —responde Dido, también con un susurro—. No podemos.

—Ya veréis como sí se puede —dice Quinto—. Pero primero, aquí viene el nuevo plato del viejo.

Una tropa de hombres vestidos de rojo escarlata con una gigantesca bandeja sobre los hombros entra al comedor. Caminan de la misma forma en que se vería a unos esclavos cargar el lecho de su amo por las calles. En la bandeja hay una enorme tarta con una tapa de hojaldre que tiene forma de cisne.

—Una lástima que llegarais tarde para el marisco. —Nicia olisquea—. Los erizos de mar estaban espléndidos.

—¿De dónde conoces a Zoilo? —le pregunta Dido,

incapaz de quitarle los ojos de encima a la monstruosa tarta.

—Es mi amigo más querido. ¡Hemos hecho muchas cosas juntos! —Nicia suena sentimental—. Nuestros amos se querían desde niños. Y ambos hicieron lo correcto por Zolio y por mí al final. El mío me obsequió con mi libertad en su testamento, aunque no me dejó una fortuna aparte. —Mueve la copa y la extiende para pedir más vino. Un chico vestido de verde corre hacia él con una jarra plateada—. No es que el viejo Ampliato hubiera tenido todo esto. Todo lo que Zoilo toca se convierte en oro; ha sido siempre así. —Amara no logra imaginarse a Félix dejándole una túnica en su testamento, mucho menos su libertad. La idea de que la hiciera su heredera es casi cómica—. Prestad atención —les dice Nicia señalando la enorme tarta—. Esto os va a gustar.

Los esclavos que custodian la bandeja se hacen a un lado para dar paso a otro hombre vestido de rojo que camina hacia la tarta con un enorme cuchillo. Le hace una reverencia a su amo y luego apuñala la bandeja con una floritura; levanta la tapa y da un paso atrás. Hace una pausa. Es evidente que algo debería salir de la tarta, pero no hay movimiento. El cocinero se asoma y hurga en el interior con el cuchillo. Un puñado de gorriones sale de la tarta, aturdidos y gorjeando. Un par de ellos no llegan muy lejos antes de desplomarse al suelo.

Silencio mortificado.

—Bravo —grita Quinto, aplaudiendo desde su sillón—. ¡Bravo!

Otros invitados se le suman, vacilantes al principio, pero los aplausos van en aumento. Amara mira a

Zoilo y vislumbra gratitud en su rostro. Fortunata parece estar furiosa.

—Lástima —masculla Nicia—. Se suponía que sería una parvada de gorriones en honor a Venus. Deben de haberse sofocado con el calor. El cocinero tendría que haber hecho agujeros más grandes.

Quinto columpia los pies desde el sillón y se pone de pie.

—Estimadísimo anfitrión, mientras se sirve el plato, debo insistir en que disfrutes de los dulces placeres de una presentación musical. —Llama a uno de sus esclavos, quien presenta la lira con una reverencia. Amara espera que la luz no sea tan brillante como para revelar que se trata de un instrumento barato. En esta casa de plata forjada y oro repujado parece el juguete de un campesino cualquiera.

—Sí, gracias —dice Zoilo, asintiendo fervoroso—. Encantado.

Amara toma la lira y ayuda a Dido a levantarse del sillón. Se detienen un segundo para cobrar fuerza y ánimo.

—Vamos a cantar el himno de Safo primero —murmura Amara—. Afrodita nos sonreirá; ninguna de sus devotas es tan hermosa como tú.

Amara camina decidida hacia el arroyo y lo cruza, evitando pisar las lámparas flotantes. Dido la sigue hasta que terminan codo a codo entre los dos riachuelos en el centro de la reunión, con la luz de las flamas reflejándose en su piel. Amara se siente agradecida por haber dejado su toga en la puerta. Su cuerpo no le avergüenza tanto como se habría avergonzado de su ropa. Le susurra a Dido; ambas se giran hacia donde está el anfitrión y hacen una reverencia.

Zoilo y Fortunata están recostados en su sillón, esperando. Amara sabe que no puede hablarles con la vulgaridad de una puta ni con la modestia de la hija de un doctor. No hay lenguaje adecuado en su pasado ni en su presente. Tendrá que formular uno nuevo.

—Nuestros nombres son Amara y Dido —dice, y su voz corta con claridad el tintineo del agua y el murmullo de los presentes—. Somos sus más agradecidas invitadas. Estamos aquí para celebrar a Venus Pompeyana. Y, en un jardín tan bello como este, la diosa del amor se imaginaría en los olivares del Olimpo, si deseara bendecirnos con su presencia. —Le asiente a Fortunata, quien desvía la mirada—. Somos, como pueden ver, las más humildes de sus sirvientas. Pero esta noche, en la Vinalia, hay cabida hasta para devotas como nosotras. —Amara toma la lira, la acomoda entre sus brazos e intenta ignorar el plectro que le tiembla entre los dedos. Toca el primer acorde—. ¿Y quién mejor para alabar a Afrodita que la Décima Musa, la Poetisa de Lesbos? —Le sonríe a Quinto.

Amara y Dido comienzan a cantar el himno de Safo, con nerviosismo al principio. Con cada verso, al cantarse las estrofas una a otra, encuentran la alegría de la música. Se mecen al ritmo de la melodía, una copiando los movimientos de la otra, así como repitiendo las frases de la otra. Dido guía a Amara para que se gire mientras cantan, dirigiendo la mirada a distintos invitados, cautivándolos. El público no está convencido por completo —Amara ya ha dado a Fortunata por perdida—, pero es evidente que varios de los hombres están disfrutando la presentación.

Al terminar la canción, hacen una nueva reverencia y Zoilo aplaude. Parece aliviado. Quizá esperaba algo distinto.

—Encantador, encantador —dice—. Qué considerado que es tu padre, Quinto.

—Debes dejar que terminen con un acto cómico —responde Quinto—. Como hacen todas las mejores actrices.

Amara mira a Dido, quien arquea las cejas. ¿Qué opción tienen más que interpretar la canción folclórica de Salvio? Otra invocación florida a Venus parece excesiva, por lo que Amara comienza a tocar las cuerdas de su lira sin dar explicaciones. Dido toma de inmediato el papel del pastor, llevándose las manos al pecho con un aullido de falsa desesperanza. Los invitados se miran entre sí, sin saber cómo interpretar el repentino cambio de tono, pero Amara les sonríe antes de contribuir al melodrama en su papel de la desdeñosa damisela. Quinto y Marco aclaman con cada coro; al parecer están disfrutando de la presentación incluso más que en el Foro. Los demás comensales parecen menos entretenidos. Pero el desmayo de Dido al final logra sacarles algunas risas, y lo mejor de todo es que la llegada de los platos dulces da por terminada su presentación sin la necesidad de laboriosas despedidas.

Amara está mareada por los nervios, la emoción y la falta de comida mientras caminan de vuelta al sofá. Un tercer hombre está ahora parado entre sus acompañantes, vestido con una capa azul marino.

—Este es Cornelio —dice Marco, arrastrando las palabras. Intenta darle una palmada en la espalda a su amigo, pero falla. Claramente, el vino de Zoilo se le ha subido a la cabeza—. ¡Cornelio! ¡Un león entre la manada de libertos! Cornelio está enterado de nuestra bromita.

Cornelio es mayor que Marco y Quinto, y su mirada al saludarlas es más dura y astuta. Agarra a Dido por encima de la rodilla y le indica a Amara que se siente a su lado.

—Vaya que sois lindas —dice—. Apenas he podido notarlo en la primera canción, pero ese último número habría destrozado la credulidad de cualquiera que no fuera Zoilo. —Se ríe y le pone la mano en el muslo a Amara, mucho más arriba de lo que a ella le habría gustado—. Con un poco más de movimiento y otro par de canciones adecuadas, podríais ser encantadoras. —Mira a Dido mientras habla, frotándole el brazo. Amara reconoce la cara de ella: es la misma expresión vacía que pone cuando un hombre abusa de ella. Quiere pellizcarle la mano y detenerlo. Cornelio mira a Amara; ella parpadea. Él sonríe, como si pudiera ver su ira y le pareciera divertida—. ¿Os gustaría cantar en un verdadero festín?

15

> Quien se acuesta con perros despierta con pulgas.
>
> Dicho tradicional
> atribuido a Séneca

Amara siente que la cabeza le palpita por el cansancio; las mejillas le duelen de tanto reírse. Estar sentada en El Gorrión con sus amigas lobas, relatando los placeres de la noche anterior, le trae una felicidad singular. Han disfrutado de una comida más grande que de costumbre. La mesa está cubierta con tazones de garbanzos, estofado de judías y aceitunas.

—Entonces ¿los pájaros en la tarta se habían muerto de calor? —pregunta Berenice con un alarido y doblándose de risa—. ¿Después de todo ese alboroto?

—No hables tan fuerte —susurra Cressa, tapándose los ojos con una mano. Está bebiendo una pequeña copa de vino a sorbos, intentando recuperarse de la resaca.

—Ese cocinero debería seguir un par de consejos de mi cocina —dice Zoskales desde el otro lado de la barra—. Y yo le podría haber dado vino a un precio mucho más razonable que dos mil sestercios por ánfora. —Resopla ante lo absurdo de la cifra.

—Ese tal Cornelio —Nicandro se entretiene en la mesa— al que le gustaron vuestras voces, ¿parecía un hombre honesto?

Amara y Dido se miran.

—Es un poco pronto como para saberlo —responde Dido, alzando la mirada para verlo. Lleva en el cabello una de las rosas que Nicandro le dio. Es la única superviviente de la guirnalda que pasó la noche apretujada dentro de su toga desechada.

—¡Por favor! —dice Victoria—. ¿Qué pasó después?

Nicandro se aleja y vuelve a la cocina.

Amara se encoge de hombros.

—Nada impresionante. Preferí la fiesta.

La noche tuvo un final extraño. Los cuatro volvieron a la casa de Quinto, todos en la misma habitación, con esclavos entrando y saliendo para servirles más vino. El sexo era solo una interacción social más.

—¿Me estás diciendo que pagaron setenta denarios por nada? —exclama Victoria. Hay algo de molestia en su voz. Se ha estado riendo con todas las demás, pero Amara sabe que está desolada por haber sido excluida de una velada tan emocionante. A ninguna de las mujeres de Félix se le ha pagado por asistir a una fiesta privada.

—Estaban bastante ebrios —dice Dido.

Berenice y Zoskales se ríen.

—Hay cosas que el dinero no puede comprar —afirma el posadero—, como el sentido común.

Victoria pone cara de asco.

—¿No se empalmaba, entonces?

Dido niega con la cabeza. Aunque no es del todo verdad. Marco no pudo rendir después de la fiesta, pero lo logró por la mañana. Resultó ser un amante agotador: la abrumó con peticiones constantes de aprobación, queriendo saber si de verdad lo estaba disfrutando, si le gustaría más por detrás. Hasta Quinto hizo muecas de hastío. Amara supone que Dido preferiría que Nicandro escuchara una versión menos agitada de sus gestas cuando el chismoso de Zoskales se las repita.

—¿El tuyo también fue un fiasco? —insiste Victoria, sacudiéndole el brazo a Amara—. ¿Nada de acción?

A Amara le irrita que se enfoque en la parte menos interesante de la noche.

—Tuve que hacer unos trabajitos con la boca —responde, encogiéndose de hombros—. Pero la acción estuvo en la fiesta. —Mira a Dido con una sonrisa—. Sigo sin poder creer que cantamos esa canción de taberna. ¡Las caras de todos cuando empezaste!

—¿Ni siquiera quisieron cambiar de chica? ¿Después de haber pagado por las dos?

La pregunta de Victoria se queda sin respuesta porque, en ese momento, Félix entra en la taberna con una expresión de satisfacción.

—¿Cómo están mis putas favoritas esta mañana? —pregunta, haciéndole un gesto impaciente a Cressa para que se mueva y lo deje sentarse entre Amara y Dido. Las besa a ambas, tomándoles la cara con ambas manos y estrujándolas con fuerza—. Los muchachos han saldado su deuda. Han enviado a su esclavo esta mañana. —«Está extasiado», piensa Amara. Nunca lo ha visto de tan buen humor—. ¡Zoskales! ¡Todo lo de las chicas corre por mi cuenta hoy! ¡Vino para la mesa! —Les sonríe a Berenice, Victoria y la alicaída Cressa—. Aunque no todas se lo hayan ganado.

—La pobre Dido ni siquiera logró encamarlos

—dice Victoria con un suspiro—. Su amante estaba más flácido que un repollo hervido.

—¡Y de todas maneras pagaron! —Félix mira a Dido con un respeto renovado—. Qué mujer.

—No fue solo el sexo —dice Amara—. Nos oíste cantar. Eso fue lo que pagaron; eso es lo que querían: entretenimiento.

—Por mí, podrían haberse disfrazado de pollos y pedido azotes —responde Félix, quitándole el vino de las manos a Zoskales cuando llega a la mesa—. Siempre y cuando paguen. —Berenice y Victoria se ríen por lo bajo; Cressa se tapa la cara y se le escapan unos gemidos hilarantes. Félix llena las copas de todas—. ¿Y cómo fue la fiesta?

—La casa era... —Dido vacila al buscar las palabras que transmitan la escala de la riqueza— enorme. ¡Tanto oro y plata! Y fuentes. Y la tarta más grande del mundo.

—Al parecer, el vino costaba dos mil sestercios el ánfora. —Zoskales asienta una de sus propias ánforas en el suelo detrás de la barra con un porrazo—. Una locura.

—Casi todos en la fiesta eran libertos —dice Amara—. Con la excepción de los dos niños ricos que pagaron por nosotras. Y no hicieron más que burlarse toda la noche. —Recuerda a Fortunata y las marcas en su frente—. Si yo fuera rica, no me tomaría la molestia de invitar a gente así a compartir mi vino. ¿Para qué arriesgarse así a la humillación?

—Sí —dice Félix con sentimiento. Se vuelve para verla y luego desvía la mirada. Es un extraño momento de intimidad entre ellos—. La pregunta es... —estira los brazos y abraza a Dido y Amara— si podéis repetir la hazaña.

Ambas responden a la vez, ansiosas por contarle todo sobre Cornelio, desde su túnica azul hasta las canciones que pidió escuchar.

—¡Basta! ¡Basta! —Félix señala a Amara—. Puedes explicármelo arriba. —Mantiene la mano sobre el hombro de Dido, empujándola hacia abajo mientras él se levanta—. Tú quédate aquí. Es suficiente con una puta charlatana.

Amara se levanta del banco con dificultad para seguir a su amo. Se vuelve hacia sus amigas, quienes están disfrutando de su almuerzo gratuito. Berenice está comiendo de nuevo, Cressa parece haberse quedado dormida y Victoria evita mirarla a los ojos. Dido le desea buena suerte con señas. Dobla la esquina hacia el apartamento de Félix, siguiéndolo por el angosto pavimento. Paris abre la puerta, el jefe lo aparta con un empujón y tira de Amara por la escalera.

—Por aquí. —La lleva a su estudio. La habitación, que siempre la ha intimidado, le parece pequeña después de haber estado en casa de Zoilo. Los cráneos de toro, por lo general tan amenazadores, parecen planos frente a los exquisitos frescos del dormitorio de Quinto. Ya se imagina a sí misma en otro lugar. Félix se sienta y se pone cómodo—. Entonces ¿cuándo podemos esperar otra invitación de nuestros chicos?

—En el festival de Flora —responde Amara mientras toma un taburete sin haber recibido una invitación—. Pero es un cliente distinto, un hombre llamado Cornelio. Esta invitación es una especie de... prueba. Quiere ver si podemos hacerlo mejor. Entonces podría contratarnos con más frecuencia.

—¿Hacerlo mejor? —Félix frunce el ceño—. ¿También te folló? ¿Y sin pagar?

—No. —Amara intenta ocultar su irritación—. Lo que quiere es que cantemos y bailemos mejor. Nos pidió que lo acompañáramos para la primera noche del festival el próximo mes, para la Floralia, y presentarnos en una fiesta privada. No nos usó a ninguna de las dos. —Recuerda la forma en que Cornelio le tomó la pierna, con su mirada calculadora—. Aunque estoy segura de que eso estaría incluido en el precio. Me pidió que te dijera que serían setenta por la noche de prueba. Noventa por cualquier contratación futura.

—¿Todo ese dinero solo por cantar? —dice Félix, sacando sus tabletas de un cajón para anotar las cantidades que Amara le promete—. Bueno, mientras nos paguen... Más os vale practicar. Podéis tocar aquí arriba, así sabré qué estáis haciendo.

—Hay otra cosa más —revela Amara. Saca una moneda de plata de su bolso, la que Nicia le puso en la mano cuando Dido y ella salían de la fiesta. «Por tus dulces palabras», le dijo. «Por Fortunata.» Tener que ponerla sobre el escritorio de Félix y alejar la mano casi le provoca dolor físico—. Una propina —dice, mirándolo—. Quisiera usarla para comprar ropa para presentarnos, y tal vez algunas clases de música.

—¿Esperas que me sienta agradecido por tu honestidad?

—No. Espero que entiendas que es una inversión. Estos hombres esperan cierto estilo. Esto... —Amara agarra la tela raída de su toga— no es lo que esperan. Anoche cantamos desnudas. Pero no podemos usar el mismo truco siempre.

Félix empuja la moneda de vuelta hacia Amara.

—Llévatela, pues. Pero quiero comprobar lo que compras con ella. —Se pone las manos detrás de la cabeza, se reclina en la silla y sonríe—. No has sido la única que tuvo una noche exitosa. —Amara tarda en ocultar su sorpresa. No había creído que fueran tan cercanos—. Que no, joder —dice, riéndose de la expresión de Amara—. Nunca diría que una mujer ha tenido éxito. —Inclina la cabeza—. Bueno, tal vez si ganara noventa denarios para mí... No. Me refiero a que Simo al fin recibió una lección. —Amara siente que la sonrisa se le congela en la cara—. Unos borrachos destrozaron su bar anoche. Se lo cargaron todo. —Se encoge de hombros—. Son cosas que suceden durante la Vinalia. Hay mucho borracho suelto. Por desgracia, la linda Drauca no se movió lo bastante rápido. Ya no es tan linda, no después de que un vaso le sacara un ojo.

Amara lo mira fijamente; se ha quedado sin un gramo de aire.

—No —dice, como si la palabra fuera a borrar lo que Félix ha hecho—. No. —Piensa en Drauca en los baños, en su cuerpo perfecto y su rostro hermoso. Se cubre la cara, horrorizada—. ¡No!

—¿Cuál es el problema? Tú fuiste la que sugirió que visitáramos su bar. Ni siquiera te cae bien esa mujer.

—¡Pero Drauca no te hizo nada! —grita Amara, dividida entre la furia y el dolor—. ¡Es solo una mujer! ¿Qué le va a pasar? ¿Cómo va a trabajar? ¿Cómo va a comer? ¿Cómo va a vivir? Su pobre cara... —Se detiene, abrumada por las lágrimas—. Su pobre y hermosa cara.

—No va a ser competencia para ninguna de mis mujeres, eso es un hecho —dice Félix, indiferente a la angustia de Amara—. Simo tendrá que gastarse mucho dinero si quiere invertir en otra puta como esa. Y dudo que pueda pagarlo, y menos si tiene que reparar el bar.

—¿Drauca era el verdadero blanco? —El horror en Amara se intensifica. Puede ver en su mente a Drauca bailando con Victoria en la Vinalia, llena de vida, el rostro iluminado por la pasión. Teme desmayarse.

—Amara, por favor. —La voz de Félix tiene un tono calmante. Se pone de pie, camina hacia ella y la levanta del taburete de un tirón. La sostiene, apretándole los hombros; no la abraza, sino que la contiene—. No te hagas la víctima. Fue idea tuya lo de esperar y no atacar justo después de los baños. No pueden conectar a esos hombres conmigo. ¿Por qué crees que mantengo a tantos de mis clientes en secreto? —Se acerca un poco más—. La cuestión con la venganza —le susurra con dulzura al oído— es que destruir a tus enemigos es lo único que importa. Alardear, revelarte, todo eso es cosa de niños. —Da un paso atrás y la suelta despacio para que no se caiga—. Bien. —Aplaude como para despertar a Amara de un trance—. Suficiente. Dido y tú tenéis que ir a por ropa bonita y comenzar a ensayar vuestras canciones.

—¿Por qué me lo has contado? Si no quieres alardear, ¿para qué me lo cuentas?

Félix se sienta en el borde de su escritorio y examina a Amara.

—Porque tú tienes más que perder que yo si alguien se entera de esto. —Mira hacia los cráneos de toro pintados en la pared, como si de pronto hubiera notado un nuevo detalle en el diseño—. Quizá Simo considere que Dido es más valiosa que tú. Es la más bella de las dos, a fin de cuentas.

El miedo se apodera de Amara. Siente que se clava en el fondo de su ser, como un anzuelo que perfora a un pez, y comprende que es un dolor que nunca la abandonará. Félix toma la moneda de plata de Nicia, le abre la mano a Amara y le pone la moneda sobre la palma. Ella no dice nada. Félix le da la espalda y vuelve a sentarse detrás del escritorio.

—Drauca no te hizo nada —dice Amara—. No se merecía lo que le has hecho.

Félix se ríe.

—A nadie le toca lo que se merece. —Parece estar genuinamente entretenido—. ¿Qué crees que se necesita para sobrevivir en Pompeya? No todo es chupar vergas y comprar vestiditos. Ahora, lárgate de aquí.

Fuera del apartamento, Amara se apoya en el muro del burdel. Quiere gritar, golpear la puerta con los puños, aullar su aflicción. En cambio, se queda en silencio, con la mandíbula tensa. La necesidad de contarlo, de compartir la carga de lo que conoce, le presiona la cabeza. Cierra los ojos. No ganaría nada contándolo. ¿Por qué tendría Dido que andar por la vida atemorizada y que cada momento se viera oscurecido por el recuerdo de lo que hizo Félix? No piensa confiarles nada a las demás, y menos porque se trata de un secreto tan letal.

«Tú fuiste la que sugirió que visitáramos su bar.» Amara respira profundo, pasándose la moneda de plata entre los dedos. No puede hacer más que imaginar que nunca ha sucedido; intentar fingir, incluso para sí misma, que no sabe lo ocurrido.

Cuando Amara vuelve a El Gorrión con las demás, quienes asumen que su silencio se debe a los típicos ardides de Félix, Cressa ya no está; ha vuelto a su oscura celda para dormir hasta curarse la resaca.

—Ese hombre no puede dejar las cosas en paz

—dice Berenice, tomando los últimos garbanzos cuando queda claro que Amara no los quiere—. Maldito Félix. Siempre tiene que demostrar que la tiene más grande.

Dido le aprieta la mano por debajo de la mesa a Amara, quien siente una oleada de culpa. ¿La amaría su amiga si supiera lo de Drauca? ¿De verdad fue ella quien le dio la idea a Félix?

—Creo que yo no pondría la misma cara larga si me hubiera mandado a mí a comprar ropa nueva —dice Victoria. Amara sabe el enorme esfuerzo que hace Victoria por cuidar su apariencia, las horas que pasa arreglándose el cabello. Parece estar alterada, al borde de las lágrimas, y la culpa de Amara se intensifica.

—Si sobra un poco, podemos comprar algo para todas —responde. Berenice y Victoria intercambian una miradita, más mordaz que agradecida, y Amara comprende que el repentino y desigual cambio en sus fortunas no va a unirlas más—. Supongo que deberíamos irnos ya. —Vuelve a levantarse de la mesa. Dido la sigue, con ganas de ir de compras.

Es poco después del mediodía; el sol abrasa la suciedad de la calle, agudizando el olor del estiércol que dejan los caballos y las mulas de carga al pasar.

—¿Adónde vamos? —pregunta Dido. La cara le resplandece por la emoción mientras caminan por la pequeña calle que entronca con la Vía Pompeyana—. ¿Cuántos atuendos podemos comprar?

—Supongo que solo uno para empezar, por si no vuelven a contratarnos.

—No dejes que Félix te arruine esto. —Dido se detiene; su expresión es sincera—. No te sientas infeliz. Tenemos tan poco...

—Tienes razón —contesta Amara, esforzándose por sonreír—. Vamos al local de Cominia. Siempre he querido entrar en su tienda.

El local de la costurera está en la calle comercial de la ciudad, cerca de la tienda de lámparas de Rústico. A todas las mujeres les gusta visitarlo de vez en cuando y pararse frente a los aparadores, llenos con telas más suaves y finas de las que jamás podrían comprar. En la segunda planta, un pequeño retrato redondo de Cominia en su juventud observa vigilante su imperio. Dido entra primero, abriéndose paso por un túnel de telas colgantes.

Dentro, sus ojos se ajustan a la luz más tenue. Cominia está en el mostrador principal, atendiendo a una clienta: una matrona cuyos esclavos la esperan detrás, listos para llevar la carga de vuelta a su casa. Las dos lobas se quedan paradas, mirando, sin saber qué hacer.

—¿Cómo podemos ayudarlas, señoritas? —Una joven asistente aparece junto a Dido. Es esbelta, con una cara pequeña y de facciones afiladas. Su expresión es amable pero firme. Si no pueden pagar nada, más les vale irse de allí.

—Necesitamos ropa adecuada para la Floralia —dice Amara—, para presentarnos en un festín.

—¿Son invitadas?

—No —responde Dido—. Vamos a... cantar.

—Entiendo —dice la asistente con una reverencia—. Soy Gaia. Venid conmigo, por favor. —Siguen a Gaia, quien abre una cortina de pesado lino gris en la parte trasera de la tienda para revelar un cuarto más pequeño. Está mucho más oscuro que el salón principal y tiene una lámpara de aceite encendida—. Tengo justo lo que necesitáis. —Su tono de voz es el de una comercial. Queda claro que ya ha descifrado que estas clientas no necesitan que les hablen con dulzura—. Tratamos con muchas actrices y concubinas. Esta es con diferencia la tela más popular.

Sostiene un material plateado tan delgado que es transparente. Le pasa una mano por debajo con delicadeza para demostrar su translucidez.

—Seda asiria —dice—, con un tejido de plata. Puede verse todo. Si queréis ser más coquetas, podéis comprar más tela y doblarla para oscurecer lo que gustéis. —Les demuestra cómo hacerlo, manipulando la seda con una gran habilidad, de forma que su piel queda medio oculta debajo del brillo plateado del material.

—¿Cómo se sujeta? —pregunta Amara, demasiado nerviosa para tocar la delicada tela—. ¿Un broche no la desgarraría?

—Vendemos alfileres especiales. Os puedo enseñar cómo ajustarlo. Pero la verdad es que no se desgarra con tanta facilidad... Es un tejido muy sólido. —Gaia las mira con cierta impaciencia—. ¿Lo vais a probar o no? —Amara y Dido se quitan las togas y permiten que Gaia las vista. La observan con detenimiento, intentando memorizar cómo doblar el material cuando estén solas. Gaia saca una bandeja de alfileres—. Pasamos del modelo básico —señala con el dedo la punta redonda del alfiler— a algo un poco más elegante. —Lleva la mano al otro lado de la bandeja, donde están los alfileres con puntas de aves y libélulas.

—Podríamos probar con el modelo de ave por ahora —le dice Amara a Dido—. Casa con el tema de la música, ¿no te parece?

Gaia les ajusta la tela con los alfileres. Dido y Amara se separan un par de pasos para mirarse la una a la otra.

—¡Es como ponerse una telaraña! —dice Dido.

—Es parte de la magia —explica Gaia—. A los hombres les encanta, créeme.

—Haz eso otra vez —le pide Amara a Dido, quien acaba de acercarse a la luz. Dido obedece—. ¡Te ilumina! Estás toda plateada.

Ambas caminan alrededor de la llama de la lámpara, admirándose, haciendo que la seda cambie de color, sintiendo cómo roza la piel.

—Si de verdad queréis impresionar a quien os vea —dice Gaia—, tenemos esto. —Saca un pequeño frasco del gabinete y lo abre para que lo vean. Dentro hay una densa pasta dorada—. Para los ojos —comenta—, y para colorear los pezones.

Queda muy poco de la moneda de Nicia cuando Amara y Dido salen de la tienda de Cominia. Compran el frasco más grande de pasta dorada que hay con la idea de poner un poco en otro frasco para que las demás la usen.

—Tenemos que darle los vestidos a Félix —dice Dido, llevándose el paquete de su vestido al pecho—. No podemos arriesgarnos a dejarlos en el burdel. Alguno de los clientes lo va a robar.

—De todos modos, Félix quiere comprobar lo que hemos comprado con el dinero —responde Amara. Están caminando de vuelta a casa por la calle principal y sabe que pronto pasarán frente a la tienda de lámparas. Está desesperada por detenerse.

—¿No es ahí donde trabaja Menandro? —pregunta Dido.

—Eh... sí.

—Dame eso. —Dido le pide que le entregue su vestido nuevo con un gesto de la mano—. ¿Por qué no entras?

—No lo sé. Tal vez no deberíamos.

Amara vacila, arqueando el cuello para asomarse a la tienda mientras se pelean con la tela. Menandro está dentro. Amara se da por vencida y deja que Dido se quede con el vestido. A Menandro le toma unos momentos darse cuenta de que está fuera, merodeando por la tienda. Está con un cliente y le pide con la mano que le dé un minuto.

—Solo pasábamos por aquí —dice Amara cuando Menandro sale, ansiosa por incluir a Dido—. Y queríamos darte las gracias.

—¿Las gracias por qué?

—Sí, por hacernos cantar. Nuestro amo nos escuchó y compró la lira. —Amara recuerda la cara del músico y espera que Félix de verdad la haya pagado—. Y ahora nos han contratado para cantar en la Floralia, en una fiesta.

No es del todo lo que quería decirle, pero al menos está hablando con él.

—Me alegra que te haya comprado la lira —dice él—. La tocaste de forma muy bella.

—¡Menandro!

—No puedo quedarme aquí. —Mira con nerviosismo por encima del hombro—. ¿Puedo escribirte? ¿En la pared de fuera de El Gorrión? —baja la voz—. Escribiré Timarete y Kallias, para que nadie lo sepa.

—Sí —dice Amara—. Sí.

Menandro se da la vuelta y vuelve corriendo a la tienda sin despedirse.

16

Empeñé unos pendientes con Faustilla por dos denarios.

Me ha quitado un as al mes en intereses.

Grafiti en Pompeya

La fila para el pozo se extiende a lo largo de toda la calle, aunque la verdad es que nadie respeta los turnos. Amara y Dido no se molestan en avanzar a empujones con el resto de la gente; prefieren quedarse quietas bajo el sol de la mañana. No es el lugar más apacible para detenerse. Martilleos, golpes y gritos resuenan en una de las casas más cercanas. Desde que Amara tiene recuerdo está en ruinas; sus dueños murieron en un terrible terremoto. O eso le contó Victoria. Alguien debe de haberla comprado y habrá decidido gastar su dinero en remodelarla como si fuera un palacio. Uno de los albañiles se asoma desde su escalera y les silba a Dido y a ella. Lo ignoran. No comprará una mujer en varias horas. No merece la pena hacerle caso.

—A todas les ha gustado el oro —dice Dido, alzando la voz para hacerse oír—. Todas lo usaron anoche, ¿no?

—Por lo menos Berenice sí que lo hizo —confirma

Amara, recordando la forma en que Berenice se embadurnó un montón alrededor de los ojos, y su furia cuando Victoria se burló de ella. «Así es como los hombres de este estúpido pueblo esperan que sea una mujer egipcia», insistió Berenice, la cara resplandeciéndole como si fuera una estatua del templo. Amara no se imagina lo pequeña que debe de resultarle Pompeya a Berenice tras haber crecido en una ciudad como Alejandría, aunque, como esclava, quizá nunca haya visto mucho más que la casa en la que trabajaba. Victoria y Cressa también se sirvieron del frasco de pasta de oro, pero Amara sospecha que hará falta más que eso para aliviar la envidia de las demás. El cambio en el equilibrio de poder hacia las mujeres más nuevas de La Guarida del Lobo las ha sacudido a todas.

—Félix querrá que ensayemos para Cornelio hoy —dice Amara—. Necesitamos nuevas canciones.

—Podríamos pedirle ayuda a Salvio —responde Dido.

—No sabría dónde encontrarlo. ¿Crees que Nicandro tendrá alguna idea?

—Trabaja en la ferretería, la que está cerca de la panadería de Modesto. Creo que es el dueño. Pasé un tiempo con Prisco aquella noche en la que tú hablabas con Menandro. Me dijo dónde trabajaban.

Amara siente un golpe seco en la espalda y se gira, molesta, esperando encontrar al albañil que supone que ha bajado de su escalera para probar su suerte. Una joven salta hacia atrás, alarmada, con un enorme cubo pegado a la cintura.

—¡Lo siento! No quería asustarte —dice—. ¿No sois lobas? Estoy segura de que os he visto en El Elefante.

Amara la mira. Ve ojos con manchas azules y hombros caídos por el agotamiento. Un recuerdo le viene a la mente: la misma chica corriendo entre los clientes en El Elefante, con una sonrisa nerviosa en el rostro.

—Sí. Tú eres camarera, ¿cierto?

—Pitane —se presenta la chica—. Pero no solo sirvo en la taberna.

—No. —Amara recuerda que Victoria se burló de Drauca diciéndole que debía satisfacer a los clientes, además de servirles. Se da la vuelta sin querer pensar en su antigua rival ni recordar su sufrimiento.

—Debe de ser un trabajo agotador —dice Dido en tono cordial—. El Elefante siempre está lleno. ¿Tienes amigas ahí?

—Martha. Ella era mi amiga. Pero murió dando a luz. Ya sabéis, los peligros del trabajo. —Pitane las mira a ambas, con evidente desesperación, rogándoles que lo comprendan—. Supongo que debéis de saberlo todo al respecto, sobre cómo evitarlo o cómo...

«Interrumpirlo», piensa Amara.

—¿Es sobre evitarlo sobre lo que quieres preguntarnos? —cuestiona Amara. Pitane niega con la cabeza. Amara baja la mirada hacia la cintura de la delgada jovencita para estudiar su figura—. Hay una mujer a la que puedes ir a ver. Pero hazlo lo más pronto posible.

—¿Vosotras no tenéis nada?

—Las hierbas tienen que ser frescas.

—Amara. —Dido sacude la cabeza en un frenesí—. Aquí no.

—No tengo dinero. —Pitane parece decepcionada—. Pensé que quizá vosotras tendríais hierbas que pudierais regalarme y que me dejaríais pagaros poco a poco.

—Pero ¿por qué? ¿No estaría feliz tu amo?

—pregunta Amara—. Por lo general les gusta tener esclavos nacidos en su casa.

—Martha tardó tres días en morir —dice Pitane.

Amara y Dido intercambian miradas. Todas las mujeres entienden los peligros y horrores que puede acarrear un parto.

Han perdido su lugar en la fila, pero ninguna de las tres se apresura a recuperarlo.

—Si lo que necesitas es dinero —dice Amara—, podemos ayudarte. Pero tienes que estar segura de que lo puedes pagar.

De camino a la ferretería, Dido no menciona el trato que Amara acaba de hacer ni pregunta si Marcella ya ha pagado su deuda o cuándo debe hacerlo. Pero Amara siente que las manos le sudan de tan solo pensarlo. Se convence de que aún hay tiempo para que Marcella pague, de que todavía no se atrasa con los pagos. Y tal vez llevarle a Pitane hará que Félix sea un poco más paciente.

Pasan frente a la panadería y se detienen en la ferretería. Alcanzan a oír el estruendo del metal que choca dentro.

—¿Crees que Salvio nos recuerda? —dice Dido.

—¿A cuántas hermosas cantantes crees que ha conocido? —responde Amara, alzando la lira mientras oculta sus nervios tras una fachada de valentía. No le fue fácil quitarle el instrumento a Paris. Tuvieron que fingir que la clase de música ya estaba concertada. No dudará en delatarlas a Félix si la visita resulta ser un fracaso—. Claro que nos recordará.

Pasan junto al mostrador principal, donde un esclavo está ocupado atendiendo a sus clientes, y se adentran más en el local. El flautista está en la parte trasera, supervisando a uno de sus aprendices y ayudándolo a moldear un candelabro que sostiene mientras el chico martillea las patas. De vez en cuando le suelta unas cuantas palabras de aliento. Es justo como Amara lo recordaba; tiene los mismos modos amables y el cabello grisáceo. Las dos mujeres esperan; no quieren importunar.

Cuando Salvio alza la mirada, Amara percibe que tarda un momento en reconocerlas, pero luego sonríe.

—Una visita inesperada —dice—. Los bellos gorriones cantores. ¿Qué puedo hacer por vosotras?

—Queríamos pedirte un favor. —Amara muestra la lira a modo de explicación, con la esperanza de despertar la curiosidad del herrero.

Salvio camina hacia ellas, limpiándose el aceite de las manos con su delantal de cuero.

—Si buscáis alguien que os acompañe, yo solo sé tocar la flauta.

—Yo tocaría —dice Amara—. Esperábamos que pudieras enseñarnos algunas canciones.

—Te pagaríamos por tu tiempo —añade Dido.

—Flavio —Salvio llama a su aprendiz—, sigue trabajando en las patas, por favor. Como te enseñé. —Vuelve a mirar a las dos mujeres—. Hablemos. —Lo siguen por la estrecha escalera de madera hacia el segundo piso—. No soy un gran músico —les dice—. Quizá os decepcione. ¿Dónde vais a tocar?

La sala de Salvio está pintada con cálidos tonos amarillos. Una bandada de cisnes vuela de panel en panel, y en el zócalo hay pequeñas alondras. Se sienta en un banco y las invita a ocupar el que está enfrente.

—Es una fiesta, mucho más grande que cualquier cosa de El Gorrión —dice Amara—. Durante el primer día de la Floralia. Estábamos pensando en cantar poesía con la melodía de canciones populares.

—¿Mezclando lo alto con lo bajo? —pregunta Salvio.

—Sí —Dido asiente.

—Suena divertido. Pero ¿cuánto me vais a pagar? O, mejor dicho, ¿cómo me vais a pagar?

—Depende de qué prefieras. —Amara deja que la toga se le caiga del hombro, no como para mostrar demasiado, pero lo suficiente como para dejar clara la insinuación. Espera que Salvio muerda el anzuelo. No es un hombre poco atractivo, pero la razón por la que Amara lo quiere tiene poco que ver con el deseo y todo que ver con ahorrar dinero.

—Lo mejor serían pagos diferidos —responde Salvio—. Una o dos noches de tu compañía aquí, en mi casa. —Asiente en dirección de Dido—. Invitaré a Prisco.

Amara no tiene idea de cómo reaccionará Félix a la propuesta. Las noches son las horas más lucrativas en el burdel. Pero, antes de que pueda sugerir que lo ha de consultar a su amo, Dido responde:

—Con mucho gusto.

—No tengo mucho tiempo hoy. Quizá el suficiente como para enseñaros un par de melodías, dependiendo de lo rápido que aprendáis. —Se pone de pie y camina hasta un escritorio que está cubierto de cosas. Está dándoles la espalda. Lo oyen hurgar entre ollas y cajas hasta que vuelve con la flauta en mano—. Hay muchas canciones sobre la primavera —dice—. Esta es osca. Supongo que ninguna de las dos lo habla, ¿o sí? —Salvio parece esperanzado, y Amara se pregunta si la antigua lengua de Campania es la de él también.

—No.

—No importa. Podéis adaptar la melodía como queráis. —Salvio comienza a tocar. Es mucho más talentoso de lo que Amara recordaba. Percibe el trino de las aves en su flauta, el suspiro del viento, y se imagina a Flora bailando, asomada entre los árboles, en la repetitiva e hipnótica melodía. Salvio se detiene y se quita la flauta de los labios—. ¿Otra vez? ¿O preferís que la repasemos verso a verso?

Amara teme no estar a su nivel. Toma la lira.

—Repasémosla.

Salvio es un maestro paciente. Les explica la tonada y espera a que Amara encuentre las notas correspondientes; asiente cuando ella elige un acorde que funciona. Dido canta la melodía nota por nota, aprendiéndosela de memoria. Su versión no es tan hermosa como el solo de flauta de Salvio, pero es suficiente como para llevársela y practicar.

—¿Qué tal algo más alegre? —pregunta Salvio.

Ellas asienten. Hace una pausa, inhala profundo y prepara la flauta. Luego comienza a tocar. Esta vez se mece y se balancea; cierra los ojos al tocar las notas más altas. No es una melodía tan hermosa como la primera, pero Amara reconoce su potencial de inmediato. Es una tonada coqueta, perfecta para que Dido y ella se canten la una a la otra. Amara toma la lira y se atreve a acompañar a Salvio, anticipando las notas de la repetitiva melodía.

—Ya me imaginaba que os gustaría —dice él cuando llegan al final.

Vuelve a empezar, ahora sin detenerse a explicar la canción. En vez de eso, deja que vayan aprendiendo la melodía sobre la marcha, como si estuvieran otra vez en El Gorrión. Amara se permite perderse en la música, olvidando incluso por unos momentos que están ahí por trabajo y no por gusto. Está esperando tocarla una tercera vez, pero Salvio se detiene después de unas cuantas notas, casi como si hubiera olvidado qué viene a continuación. La voz de Dido se apaga en el silencio.

—Eso debería bastar. —Les da la espalda y guarda la flauta en su caja. Luego se pone de pie, con las manos apoyadas en el escritorio—. Podemos terminar por hoy. —Su tono no es poco amigable, pero algo ha cambiado. Amara se pregunta si lo habrán ofendido de alguna manera o si solo ha recordado que tiene que trabajar. Vuelve a mirarlas de frente y hace un esfuerzo por sonreír—. Espero que eso os dé algo con que trabajar.

Amara y Dido hablan al mismo tiempo con ansias de complacerlo.

—¡Sí! Ha sido de mucha ayuda...

—Estamos muy agradecidas, espero que no...

Salvio desestima los agradecimientos y las acompaña hasta la escalera.

—Le enviaré un mensaje a vuestro amo para explicarle nuestro acuerdo. —Amara y Dido esperan a que él baje primero, pero Salvio extiende el brazo como un gesto para invitarlas a salir—. Tengo asuntos que atender aquí arriba. Cuidado al bajar.

En el burdel, Amara deja que Dido sea quien más hable. Observa a Félix, su sonrisa, la forma en la que escucha, cómo asiente con la cabeza. Ve a Dido relajarse, engañada al creer que Félix está de buen humor, pero lo único en lo que Amara puede pensar es en Drauca. «Lo único que importa es destruir a tus enemigos.» Mira los cráneos de toro en la pared, las sombras de las órbitas oculares vacías. Solo cuando Félix se gira hacia ella se da cuenta de que Dido le ha ofrecido cantar para él y ambos están esperando a que tome la lira. Amara no puede moverse.

—No tienes por qué ser tímida —dice Félix.

—Aún no hemos elegido letras para la música —tartamudea—. Tal vez podríamos ensayar un poco primero.

—La música no significa nada para mí. —Se encoge de hombros—. Solo quiero saber que estáis trabajando. Tocad en la habitación contigua, si queréis.

Dido la ayuda a ponerse de pie.

—Gracias —dice, respondiendo por Amara, quien no ha hablado aún—. Te lo agradecemos. —Caminan hacia el balcón y Dido le pone una mano sobre la espalda—. No deberías tenerle tanto miedo. Hoy no estaba enfadado.

—Creo que con Félix nunca se sabe —logra mascullar Amara mientras atraviesan el pasillo.

—Amara. —La voz de Félix las detiene. Está de pie en el umbral de su habitación—. Antes de que comencéis a cantar, ven un momento. Hay algo que se me ha olvidado preguntarte. No, tú no —dice cuando Dido se da la vuelta para acompañar a su amiga—. Llévate la lira.

Amara ve sus propios pies caminando sobre el suelo de madera. Félix le toma la mano y la lleva hacia el interior de la habitación.

—No se lo has dicho —menciona cuando están dentro. Amara no responde. Sabe que no es una pregunta. Félix le toma la barbilla entre el índice y el pulgar para obligarla a levantar la mirada—. Hay tantas formas de revelar un secreto..., sobre todo si estás ahí sentada como una oveja asustada. ¿Entiendes lo que te estoy diciendo?

—¿Me estás amenazando para que no esté asustada?

—Así está mejor. Un poco de carácter.

Amara no sabe si odia más tenerle miedo o entrar en ese terreno de la familiaridad. Ella quita su mano de encima.

—Una de las camareras de El Elefante quiere un préstamo —dice—. Dos denarios.

—¿Dos denarios? ¿Por qué buscar miserias como esa cuando la próxima semana me vas a traer setenta?

—Todo es dinero. Nadie se hace rico rechazando negocios.

—¿De qué es su deuda?

—Un aborto.

—¿Y puede pagar?

—Eso dice.

—Igual que tu vendedora de comida. —Félix rodea el escritorio y hurga en los cajones hasta que encuentra el contrato de Marcella—. Seguimos esperándola. Creí que no ibas a buscar más deudores hasta que la primera hubiera pagado.

—Pero su plazo no ha vencido.

—Ni lo intentes. Sabes que sus pagos han sido mínimos. Y nunca acepto pagos tardíos, mucho menos de una mujer. —Sonríe, como si hubiera recordado de pronto que no debe ser amenazador—. Pero, por supuesto, eres tú quien va a recolectar esos pagos, ¿no? Así que estará a salvo. Hasta que se atrase. En ese momento, su deuda es mía.

17

> Por su frente sudorosa caían arroyos de esencias y entre las arrugas de sus mejillas se veía tal cantidad de pasta, que aquello parecía una pared desconchada y a punto de derrumbarse bajo un aguacero.
>
> Petronio, *El satiricón*

La habitación aún retiene el calor del día de primavera y está mucho más repleta de gente de lo que Amara esperaba. Una tropa de actrices de mímica, todas desnudas salvo por las guirnaldas de flores, practica su rutina. Junto a ellas, Dido y Amara parecen ir demasiado abrigadas, con sus túnicas plateadas y sus cuerpos dorados. Una de las actrices las mira de reojo y luego vuelve a hablar con sus amigas, tapándose la boca para disimular las risitas.

—No sabía que habría tantas actuaciones —susurra Dido.

Amara tiene los dedos pegajosos por la pasta. Han intentado decorar la lira y, aunque sí que está resplandeciente, también lo están las palmas de sus manos.

—Por lo menos vamos distintas —dice, intentando convencerse a sí misma tanto como a Dido—. No todas podíamos estar desnudas.

—Unas cuantas flores más y estaréis perfectas —asegura una voz grave y resonante.

Es Egnacio, el autoproclamado maestro de ceremonias de Cornelio. Amara se sobresalta con la interrupción; no se ha dado cuenta de que Egnacio había vuelto, pero no parece haber tomado sus comentarios de mala manera. En cambio, está arreglándole el cabello a Dido, trenzándole entre los rizos las rosas blancas que ha ido a buscar. Amara nunca ha visto a un hombre con tanto maquillaje. Tiene los ojos delineados con kohl, y el denso polvo que le cubre las mejillas está cuarteado como yeso mal secado. Los surcos se hacen más profundos cada vez que sonríe, cosa que sucede con frecuencia.

—Qué cosa tan bonita —exclama, dando un paso atrás para admirar a Dido—. Jamás he visto una cara tan exquisita. —Se gira hacia Amara y le acomoda las flores restantes en el cabello—. Salvo por la tuya, querida, claro está —le dice, con un acento exagerado. Amara se echa a reír. Egnacio frunce la boca, complacido de haberla entretenido. Está tan cerca de ella que Amara siente su aliento cálido sobre la mejilla, y el aroma de la pomada de acacias en su cabello es casi abrumador. Le coloca una última rosa detrás de la oreja—. ¡Bien! —Aplaude con gesto teatral—. ¿Qué cantarán estas dos ninfas para nosotros esta noche?

—Varios versos de Safo —dice Amara—. Un popurrí de canciones sobre Flora y la primavera, y la historia de Crocus y Smilax.

Egnacio asiente.

—Qué bonito. Qué os parece si me cantáis un par de estrofas y así podré saber dónde poneros.

Amara comienza a tocar la canción osca de Salvio que Dido y ella han emparejado con un conocido himno a Flora. Las actrices interrumpen su ensayo con curiosidad. Amara se siente satisfecha al ver que su expresión burlona se vuelve envidiosa. Es el mejor cumplido que podría pedir.

—¡Encantador! —Egnacio sonríe de oreja a oreja—. ¡Vuestras voces son tan dulces como flores de la misma boca de Flora! ¿Habéis leído algo de Ovidio? Ay, pues hacedlo, hacedlo —declara al ver que ambas niegan con la cabeza—. Os escribiré algunos de los versos favoritos de Cornelio para la próxima vez.

Amara desearía haber sabido que Cornelio tenía un poeta favorito antes de la fiesta, pero la generosidad de Egnacio la conmueve.

—Gracias —dice.

—Eres muy amable —añade Dido, poniéndole una mano sobre el brazo. Su sinceridad es genuina.

—¿Sabéis qué? —continúa Egnacio—. Mi amo tiene algo de poeta. Ha compuesto algunos versos para la Floralia. Si pudierais encontrar la forma de incluirlos... —Busca entre los pliegues de su capa y saca un pergamino.

Amara se detiene antes de arrancárselo de las manos.

—Con mucho gusto lo haremos.

Egnacio le da el pequeño pergamino. Amara lo desenrolla y Dido se le pega para leerlo. Por un momento, Amara no puede creer lo que lee. Luego, las palabras le traen una punzada de terror. Mira a Egnacio con sospecha.

—¿Estás seguro de que le gustará escuchar esto?

Sus ojos se encuentran y la verdad impronunciable pasa entre ellos.

—Segurísimo. —Egnacio hace una reverencia y luego se dirige a las actrices, quienes siguen ocupadas con su ensayo—. Damas, diosas y ninfas, espero con ansia el entretenimiento con el que nos honraréis esta noche. Se os mandará llamar en el orden en el que seáis requeridas. —Vuelve a mirar hacia Amara y Dido—. Me aseguraré de que tengáis tiempo suficiente para aprenderos los versos.

—Pero son terribles —dice Dido cuando Egnacio se ha ido—. ¿Cómo podemos pararnos ahí y cantar estas cosas?

Amara siente que comienza a sudar debajo de la delgada túnica.

—Tendremos que hacer que funcione. Por lo menos no es muy largo. ¿Podríamos usar la última canción que Salvio nos enseñó con estos versos?

—Supongo —dice Dido, abatida—. Pero ¿cuándo?

—Al final. Cuando la mayoría de los invitados estén ebrios.

Cuando Egnacio vuelve para llamar a Amara y Dido a la cena, las actrices de mímica están apretujadas unas contra otras, con las capas puestas para sobrellevar el frío de la noche. El lugar donde han estado esperando no cuenta con muchas lámparas. Amara comienza a parpadear cuando pasan por las partes más iluminadas de la casa.

—Estáis espectaculares —les asegura, llevándolas por una desconcertante procesión de habitaciones.

El lugar es tan grande que ni siquiera han oído llegar a los invitados. Amara sabe que, en algún lugar de ese laberinto, Paris y Gallus están esperando el final de la velada para escoltarlas de vuelta a casa. Su valor para Félix ha aumentado de forma considerable.

—Deslumbrantes. Tan lindas como Flora misma.

Amara sospecha que Egnacio le hace los mismos cumplidos a cualquiera que se vaya a presentar frente a Cornelio, pero le agradece los ánimos de cualquier forma. Están caminando demasiado rápido como para poder apreciar el entorno. Hay una riqueza inmensa ahí, pero no hay mesas rebosando de plata, como en la casa de Zoilo. En lugar de eso, las paredes del salón principal están llenas con retratos de los ancestros de Cornelio. Amara alcanza a oír risas y fragmentos de canciones.

—Por el jardín —murmura Egnacio, mientras las dirige—. He descubierto que lo mejor es que os mováis entre los sillones mientras cantáis. Y no tengáis miedo de involucrar al público. Ni tampoco de aceptar invitaciones.

Dido mira a Amara. Ninguna de las dos está segura de si Egnacio se refiere a una invitación a tomar vino o a algo más. El aire está rebosante del aroma de rosas. Las ramas de los rosales se enroscan en los enrejados de los muros y crean un patrón verde y lleno de color. Al verlos, Amara se acuerda de la habilidad de su madre para tejer en el telar. El comedor de Cornelio está abierto al jardín por dos lados, y las paredes y el techo tienen pintados los mismos árboles floridos que crecen en el atrio. El jardín trasero es tan vasto que es casi una pradera.

Se acercan. Las brillantes ropas se ven turbias a través de una cortina de agua, pero su reflejo resplandece en ella. Una cascada cae de una gigantesca concha sostenida por tres ninfas de mármol. Amara se da cuenta de que los detalles en sus cuerpos desnudos son dorados, similares a la pasta de oro que Dido y ella se han untado encima.

Egnacio asiente en dirección de la fuente.

—Ya os he dicho que vais perfectas —susurra, con las cejas arqueadas.

Pasan frente a las ninfas y esperan fuera de la fiesta. La atmósfera es más relajada que la de la fiesta anterior. También hay un claro desequilibrio en favor de los hombres: solo hay cuatro o cinco mujeres presentes. Cornelio, cómodo en su papel de anfitrión, se ríe con fuerza de algo que ha dicho la persona de al lado. Lo ve mirar de reojo hacia donde están, pero espera a que otro invitado termine de contar su anécdota antes de reconocer su presencia.

—Queridos amigos —dice, alzando la voz—. Debemos agradecerles a Marco y Quinto por encontrarnos a estas bellas cantantes. —Amara sigue la dirección del dedo de Cornelio cuando señala al otro lado de la sala. Ve a sus amantes de la Vinalia reclinados en un sillón, ninguno de ellos tan cómodos con que se los asocie con las lobas como en casa de Zolio—. Nuestros muchachos han quedado bastante prendados de estas aves cantoras. —Las llama a su lado—. ¿O debería decir ninfas de Flora?

Egnacio da un paso atrás y se desvanece entre los esclavos que están sirviendo la comida y el vino.

—Sí —dice Amara con el mismo tono juguetón del anfitrión—. La diosa de la primavera misma fue quien nos enseñó nuestras canciones —mira hacia la fuente— durante nuestra vida pasada como dríades.

—Hoy en día, muchas ninfas muestran apetito por el oro —responde Cornelio—. ¿Os ganaréis el vuestro esta noche?

Ambas mujeres hacen una reverencia.

—Flora es una diosa dedicada al placer —replica Amara, rasgando las cuerdas de la lira con el plectro—. Y eso es lo que nos disponemos a daros.

Dido y ella caminan despacio hacia donde sus amantes anteriores se encuentran, mientras Amara toca las primeras notas de la canción primaveral de Salvio. Se sienta en el borde del sillón y les sonríe a Marco y Quinto con una falsa timidez. Ellos se ríen, menos nerviosos que antes. Quinto le pone una mano sobre la rodilla y pellizca la seda con dos dedos. Los invitados que están más cerca las escuchan, pero se dan cuenta de que, al otro lado del espacio, la gente sigue conversando. Amara comienza a tocar con esfuerzo y Dido empieza a cantar la melodía. Su voz resuena con claridad y dulzura hasta silenciar al resto de los invitados.

Han arreglado la canción osca casi por completo para la voz de Dido. Pasa entre los sillones mientras canta, sacándose flores del cabello y dándoselas a los invitados al pasar. Por un momento, Amara se preocupa de que parezca demasiado pura y elegante —Flora es la diosa del sexo, no de la poesía—, pero Dido lleva suficiente tiempo trabajando para Félix como para saber cómo comportarse. Hay más que un mero toque de Victoria en la forma en la que se agacha para colocarle una rosa en el regazo a Cornelio.

—Debiste haberle dado una a mi esposa —dice Cornelio tras tirar de Dido hacia sí y besarla al terminar la canción—. Por todos los hijos que me ha dado. —Debería ser un cumplido, pero Amara detecta un dejo de disgusto en su tono.

—Tienes un hijo espléndido —responde con voz quejumbrosa una mujer desde otro sillón. Es más joven que Cornelio, pero está tan delgada que parece enferma. Ni siquiera el brillante vestido que lleva puesto, con capas y capas de dobleces de una tela cara, logra ocultar lo diminuto que es el cuerpo que hay debajo. A Amara aún le cuesta entender la costumbre romana de que las mujeres asistan a los festines mixtos. Su padre jamás habría insultado a su familia insistiendo en que lo acompañaran.

—Gracias, Calpurnia. Sí, un solo hijo, tras una infinidad de hijas.

—Hijas maravillosas también —declara otro hombre—. Algo que reconocerles a ambos.

—Las mujeres tienen ciertos usos, sí —responde Cornelio, antes de soltar a Dido—. ¿Por qué no nos cantas otra canción, pequeña dríade?

—¿Os apetece escuchar una historia? —pregunta Dido, mirando a Cornelio por encima del hombro mientras camina de vuelta hacia donde está Amara—. Podemos contaros la historia de Crocus y su amor por Smilax.

—Y cantaremos sobre cómo la diosa Flora les dio a los amantes una nueva vida —añade Amara, liberándose al fin de Quinto, cuyas manos inquietas la han hecho temer por su costosa ropa.

Dido se dirige a la fuente; Amara la sigue. Bajo la luz de las lámparas, sus figuras deben mezclarse con las ninfas, piensa Amara, por la insinuación de su desnudez y el destello del oro sobre su piel. Comienza a tocar y, como siempre, observa maravillada la transformación de Dido. La forma en que se detiene, tan poco característica de ella, es a la vez cómica y un tanto siniestra. Casi podría pasar por uno de sus clientes en el burdel al cantar el papel del mortal Crocus en una parodia de la frustrada lujuria masculina.

Amara interpreta a Smilax y agudiza con intención la voz al manifestar su rechazo. A fin de cuentas, se supone que nadie debería sentir compasión por la ninfa. Amara exagera la comedia, a veces dejando de tocar y sosteniendo la lira como un escudo. Los invitados se ríen cuando Dido la persigue; la canción se hace cada vez más absurda, hasta que pasan a otra melodía, lo que le permite a Flora transformar a Crocus en una bella flor y a Smilax en una horrenda correhuela. Dido canta las últimas notas y alza los brazos como pétalos hacia el sol, hasta que se detiene, tan quieta como las estatuas que tiene detrás.

Los invitados aplauden y Amara siente que una ola de alivio le recorre el cuerpo. Mira a su alrededor y ve los rostros desconocidos, radiantes por el vino y el disfrute. Ella sonríe y hace una reverencia. Egnacio está a su lado cuando ella se endereza, y le dice al oído que deben unirse a los comensales un rato. Él las guía a ambas: deja a Amara en un sillón y lleva a Dido a otro.

—Siempre he dicho que las mujeres griegas son las mejores —declara uno de los hombres entre los que está sentada. Le recuerda a una bota de vino demasiado llena; los apretados pliegues de su ropa apenas lo contienen.

—Yo prefiero un poco de pasión gálica —responde el otro, sorbiendo su bebida. Tiene una densa barba rizada, cuyo negro profundo se interrumpe con parches grises y rojizos dispersos—. Aunque esa pieza que han cantado no ha estado nada mal. Nunca había oído esas palabras.

—Son de un poema griego —responde Amara—. La tonada es de Campania.

—Eso le gustará a Fusco —dice el primer hombre, señalando a su amigo—. Siempre le ha gustado la poesía. Y tendrá más tiempo para disfrutarla, ahora que su periodo como duunviro ha terminado. —Amara mira a Fusco y sonríe, intentando hacer que su repentino interés por un hombre poderoso no sea demasiado obvio. Los duunviros son los oficiales electos más poderosos de la ciudad. El rostro de Fusco tiene cierta cualidad amable, piensa. Quizá sea gentil. Sin duda eso es más importante que el hecho de que esté perdiendo el cabello—. Por mi parte, no me atrevo a decir que sé mucho sobre poesía —continúa el hombre más grande—. Soy Umbricio —dice, como si esperara que su nombre bastara para que Amara lo reconociera.

—Mis disculpas —responde Amara con el acento griego más marcado que puede conjurar—. Llegué a Pompeya no hace mucho.

—El negocio de salsa de pescado más viejo de la ciudad —dice Umbricio—. Y el mejor. —Toma una pequeña jarra de la mesa y sirve su contenido sin cuidado sobre el plato de carne que tienen enfrente. Luego arranca un pedazo de la carne y se la presenta a Amara con el cuchillo—. Dime qué te parece.

Amara toma el cuchillo y come el plato desconocido bañado en salsa de pescado con tanta delicadeza como puede. Sabe como a anchoas fermentadas que se han quedado demasiado tiempo bajo el sol.

—¡Delicioso! —exclama.

—¿Qué otros poemas griegos nos cantaréis? —pregunta Fusco. La está observando lamerse los últimos restos de la salsa de los dedos.

—Safo —dice ella, acercándose un poco más.

—No es una elección muy original. —Fusco mira la tela transparente de su vestido—. Pero una diosa entre los poetas, sin duda.

—¿Qué tal algo latino? —respinga Umbricio, evidentemente irritado de que Amara no esté prestándole más atención.

—Recitaremos algunos versos de nuestro anfitrión.

Los dos hombres se ríen.

—Pobres de vosotras —dice Fusco—. ¿Tenéis que hacerlo?

Amara sabe que una cosa es que los amigos de Cornelio se burlen de él y otra muy distinta es que ella lo haga.

—Siempre es un placer honrar a nuestro anfitrión.

—Sí, sí, claro, claro —concede Fusco, con una mueca sarcástica—. Bueno, al menos esperaré con ansia los versos de Safo. —Le toma la mano a Amara y le frota los dedos con el pulgar con un movimiento circular e insistente—. Y quizá vuelvas a acompañarme después.

La atmósfera de la velada cambia con el paso de las horas y el flujo del vino. Después de cada canción, los invitados se vuelven más desenvueltos con Dido y Amara; sus comentarios se tornan más procaces. Fusco intercambia palabras —o quizá dinero— con Egnacio, que deja más que claro que Amara ahora es la «invitada especial» del duunviro.

Conforme los hombres se hacen más ruidosos, el pequeño grupo de esposas pierde cada vez más protagonismo y se va retirando a su propia reunión, contenida en dos sofás. Aunque eso no aminora la amargura de Cornelio para con su esposa. Rebate todo lo que ella dice: si a ella le gusta el lirón glaseado con miel, a él le parece demasiado dulce; desecha las esperanzas de su mujer de que la mañana siguiente vaya a ser soleada. Incluso si guarda silencio, Cornelio no la deja en paz y encuentra razones para burlarse de su postura, su hilado, la forma en que sostiene la copa.

De por sí es pequeña, pero parece encogerse más con cada comentario de su marido. Amara nota que la mano, al llevarse el vino a los labios, le tiembla.

—Estoy exhausta —dice Calpurnia al fin—. Siento dejaros a todos.

Cornelio no dice nada, como si ella no hubiera hablado. La esposa, seca y pálida, se retira de su propio comedor, asemejándose más a una sirvienta que a la anfitriona de la velada.

—No sé por qué no se divorcia ya de la pobre —le dice Fusco a Umbricio—. Para terminar con su miseria.

—Si Severo tuviera que llevarse a su hija a casa, le pediría toda la dote de vuelta. Me lo ha dicho él mismo. —Umbricio cambia su enfoque hacia la mujer con el ceño fruncido que estaba compartiendo el sofá con Calpurnia, quien ahora pincha la fruta de su plato con una furiosa determinación—. Mi esposa adora a Calpurnia. Me va a llenar de quejas después de esto, te lo aseguro. Me va a molestar toda la noche para que hable con Cornelio. Ya le dije que eso empeora las cosas. Pero las mujeres no escuchan.

—Por eso he dejado a la mía en casa —responde Fusco, con un brazo rodeando a Amara.

—¿Te vas a quedar, entonces? —Hay más que un dejo de envidia en la voz de Umbricio.

—Eh, eso creo, ¿tú no? —contesta Fusco, acercando a Amara un poco más—. Eso creo.

Ella le sonríe, intentando transmitirle cuán irresistible le resulta la idea. Detrás de la cabeza de Fusco, alcanza a ver a Dido sentada con Quinto y Marco. Los tres están riéndose, como en una escena pastoral de amor juvenil. Siente una punzada de envidia, pero luego recuerda lo poderoso que podría ser un amigo como Fusco. Ninguno de los chicos de la Vinalia ha mostrado el potencial de ser un cliente frecuente.

—Hora de la mímica, ¿no os parece? —se oye la voz de Cornelio por encima del barullo. Está arrastrando las palabras.

—¡Aún no, aún no! —grita Fusco en respuesta—. Creo que las pequeñas gorrioncitas tienen un regalo final para ti. —Le aprieta el brazo a Amara—. Lo siento, querida —susurra—. No he podido resistirme.

—Lo que no puedo perdonar es tener que dejarte —dice Amara al levantarse del sofá, soltándole la mano con una exagerada renuencia. Acompaña a Dido a la fuente; la sangre le retumba en los oídos. Ninguna de las dos ha bebido mucho vino, pero no puede decirse lo mismo del resto de los asistentes a la fiesta. Lo cual es conveniente para todos. Los versos de Cornelio podrían ser insoportables si se está sobrio.

—En honor a nuestro amable anfitrión —dice—, nos hemos tomado la libertad de arreglar uno de sus himnos.

No espera a oír la reacción de los presentes; solo comienza a tocar la lira a un ritmo mucho más acelerado de lo que lo ha hecho antes con la misma tonada. Dido y ella cantan al unísono, lo más rápido que pueden sin farfullar.

¡Oh, bella Flora!
Diosa de las flores y del follar,
con tus bellos dedos y pequeña nariz,
con un coño como trigo listo para pelar.
¡Bendice la primavera con tu hermoso cariz!
¡Oh, bella Flora!

O a Cornelio no le importa que todos estén riéndose cuando llegan al segundo verso, o está demasiado ebrio como para darse cuenta. Sonríe mientras los demás aplauden y agita la mano como para desestimar los halagos.

—Una nimiedad, nada más —dice—. Aunque las muchachas la han cantado de forma muy bella.

—¡Mímica, mímica, mímica! —Varias personas dan pisotones, impacientes por la presentación final.

Uno de los invitados que está cerca de ellos se pone de pie tambaleándose y se apodera de Dido, casi tirándola en su esfuerzo por llevarla a su sofá. Amara se apresura a volver con Fusco.

—Tiene que ser una parodia, ¿cierto? —dice Umbricio—. ¿Follar y pelar? Es una parodia.

Fusco sienta a Amara en su rodilla.

—Fuera lo que fuese, tú estabas adorable —dice, besándola.

Egnacio conduce a las ocho actrices al comedor. Dos de ellas llevan unas flautas, aunque Amara no las ha visto tocar en sus ensayos. Se apoya en Fusco, curiosa por ver la presentación.

—A mi esposa no le va a gustar esto —asegura Umbricio—. Va a ser el cuento de nunca acabar.

Las dos flautistas sueltan un poderoso pitido y las actrices entran en acción, aunque lo suyo es más dar saltos que bailar. La historia parece tratarse de una broma que Flora les juega a sus ninfas, aunque el poco diálogo que hay es difícil de seguir. «Victoria lo haría mejor que cualquiera de ellas», piensa Amara, viendo cómo la actriz principal salta a la fuente como una rana y salpica a las demás, que chillan con una alarma ensayada de antemano. Un recuerdo indeseado de Victoria bailando con Drauca le viene a la mente, e instintivamente se retrae más hacia Fusco.

Él malinterpreta el gesto.

—Pronto, pequeña —le susurra al oído.

Al final de la presentación, las ocho actrices terminan desparramadas sobre varios hombres. Egnacio está quieto en una esquina, estudiando el espacio y enviando a un pequeño grupo de esclavos para ayudar donde se los necesite. Es el final de la cena, pero algunos de los invitados no dan indicios de querer irse, mientras que otros se levantan para recoger a sus esposas o para despedirse. Algunos están tan ebrios que sus esclavos tienen que hacer de bastones humanos. Umbricio se pone de pie y se queja al apoyar el peso de su cuerpo sobre las rodillas.

—Lo mejor será que me lleve a la señora —dice—. Nos vemos la próxima semana, Fusco.

Amara lo ve caminar a tropezones hacia su esposa, cuya expresión sugiere que no va a esperar a llegar a casa para manifestar lo que opina de la velada.

Egnacio se detiene al lado del sofá.

—¿Acompañará a los demás? —le pregunta a Fusco.

—Sabes que no me gusta que me vean. —Fusco se ve un poco inestable al ponerse de pie.

—Por supuesto. —Egnacio ayuda a Amara a levantarse del sillón. Sigue la dirección de su ansiosa mirada. Quinto discute con el invitado que ha tomado a Dido al final de su última canción sobre quién se quedará con ella—. Yo me aseguro de que esté a salvo —murmura Egnacio a Amara—. Puedes confiar en mí.

—Gracias —responde ella, mirándolo a los ojos al pararse—. Por todo.

Egnacio le guiña un ojo. Está tan sobrio como ella.

—El muchacho los llevará a un lugar más tranquilo —dice antes de llamar a uno de los esclavos.

Amara no mira atrás mientras el desconocido los lleva a Fusco y a ella lejos del bullicioso comedor. Salen al fresco aire de la noche, siguiendo a su guía por el jardín de rosas y hacia la oscura casa.

18

> Odio y amo. Quizá me preguntes por qué.
> No lo sé, pero así lo siento. Y sufro.
>
> Catulo, *Poemas*, LXXXV

Amara despierta con la inusual sensación de la luz del sol sobre su rostro. Está sola en la cama. Por un momento no sabe dónde está, pero luego los recuerdos de la noche le llegan en una marejada. Se sienta en la cama y se lleva las sábanas al pecho.

No hay indicios de Félix. Debe de haberse ido a la Palestra sin despertarla.

Amara exhala. Los sonidos de la calle fuera del burdel son fuertes: carretas traqueteando, el rumor de las conversaciones. Debe de haberse quedado dormida hasta entrada la tarde.

Sigue sus recuerdos de la noche, como una serie de escenas pintadas en una habitación. Fue Gallus quien la acompañó con una antorcha en la mano de vuelta al burdel en la madrugada, después de que Fusco terminara. No esperaba que Gallus la llevara al apartamento de arriba, pero supuso que Félix querría recolectar las propinas. Dada la hora, no la sorprendió encontrarlo en la cama, pero sí que la esperara despierto.

Amara siente que las mejillas se le calientan. Fue un verdadero placer jactarse sobre el éxito de la noche, la promesa de Egnacio de volver a contratarlas, la propina que Fusco le dio. Ahí, sentada con Félix, casi se había olvidado de Drauca al ver que la emoción de su amo con respecto al dinero era casi la misma que la suya. Está segura de que fueron todas las monedas esparcidas por la cama las que lo excitaron. Aunque el sexo ni siquiera fue tan distinto a cumplir con sus exigencias habituales, la hora de la madrugada le dio un toque de intimidad que era difícil de ignorar.

A pesar de que está sola, Amara se cubre la cara con las manos, avergonzada. ¿Cuándo se dio cuenta de que Félix quería que se quedara? ¿Quería ella quedarse? ¿Fue ella quien se demoró demasiado? Recordar sus sentimientos es como abrir la puerta hacia la parte más oscura de sí misma. Félix le tomó la mano con mucha firmeza y no se la soltó, hasta donde Amara recuerda, después de que se quedara dormida.

—Lo odio —le dice a la habitación vacía—. Lo odio.

Recorre sus recuerdos, visualiza sus crueldades, las veces que la ha violado, su violencia, Drauca. Pero otras imágenes salen a la superficie como maleza en la tierra. Los higos que les compró a Dido y a ella, la sonrisa en sus ojos cuando fue a buscarlo a la Palestra, su entusiasmo con las historias de la noche anterior. Amara se deja caer en la cama y se tapa los ojos con el brazo.

—Lo odio —repite.

De entre los puntos brillantes y la oscuridad detrás de sus párpados surge otro recuerdo, uno que nunca existió, una visión que tiene vida solo gracias a la voz de Félix. «Con ese porte podrías haber sido la diosa Diana. Como si en cualquier momento hubieras podido ordenar a tus perros de caza que destrozaran a cualquier hombre que osara verte desnuda.»

Amara siente que su respiración se normaliza; los sentimientos más familiares la tranquilizan. La rabia que ha estado buscando aún arde. Félix la ha visto, ha visto toda su soledad y desesperación, pero Amara no permitirá que él la destroce.

—Te odio —repite—. Siempre voy a odiarte.

Baja las piernas de la cama y siente la madera fresca bajo los pies al pararse. Su cara ropa de seda sigue doblada sobre una silla cerca de la cama. No puede ponerse el vestido; tendrá que salir desnuda bajo su capa. Con las palmas de las manos alisa la cama, con la esperanza de borrar los rastros de su presencia. Luego se escabulle fuera de la habitación.

Cuando baja, Dido está sola en el burdel. Al oír los pasos de Amara, se apresura a salir al pasillo.

—¿Estás bien? —se preguntan la una a la otra al mismo tiempo. Luego se echan a reír.

—¿Entonces pasaste toda la noche con Fusco? —pregunta Dido, con la espalda apoyada en la pared. Parece exhausta—. Parecía muy entusiasmado de estar contigo.

—Tuve que ir a ver a Félix después —dice Amara, aliviada de no tener que mirar a Dido a los ojos mientras se pone la toga—. Pero no fue nada; estuvo bien, contento de que hubiéramos ganado tanto dinero. —Cambia de tema—: ¡Quiero saber qué pasó contigo! Egnacio me dijo que te iba a cuidar; espero que lo haya hecho.

—Lo hizo —afirma Dido—. Tanto como pudo. No te creerías lo extraña que es esa casa. ¡Cornelio tiene un burdel entero al final de su jardín! Mucho más lujoso que este lugar, y las pinturas son mejores. Pero es un pasillo con celdas escondido detrás de los baños. Y la mejor habitación tiene una ventana hacia otra celda. —Hace una mueca—. Le gusta observar.

—Parecía demasiado ebrio como para hacer otra cosa que no fuera mirar —responde Amara, agradecida de no haber tenido que entretener más que a Fusco. Fue un amante aburrido, pero no agotador. Una vez más, siente el calor de Félix sobre su cuerpo, pero desecha el recuerdo.

—Es algo más que eso —dice Dido, con una certeza sobre los gustos del hombre que habría sido impensable para ella unos meses atrás—. Es un mirón. No creo que haga otra cosa, esté ebrio o no.

—¿Tuviste que atender a muchos clientes? —pregunta Amara—. Espero que todos te dieran propinas.

—Fue Quinto, más que nada —responde Dido—. Cornelio no dejó que el otro ebrio entrara. Creo que solo quería ver a las mujeres con hombres más jóvenes.

—Pobre de su esposa —dice Amara, imaginándose todo lo que Calpurnia debía de soportar con un marido así—. ¿Oíste cómo le hablaba?

—Tiene una familia, riquezas, el respeto de otras mujeres —contesta Dido con una mordacidad sorprendente—. Yo no me compadecería demasiado de ella.

«Tiene todo lo que Dido desea», piensa Amara. Y las dos cosas que más quiere son las que ella nunca tendrá. Amara sabe que, con mucho gusto, ella se conformaría con la riqueza a expensas de las otras. Al fin y al cabo, el respeto y la familia no las ayudaron en nada ni a ella ni a su madre.

Las voces de las otras tres mujeres se oyen por la ventana momentos antes de que entren al burdel.

—¡No os vais a creer la noticia! —exclama Berenice en cuanto está dentro—. ¡Drauca está muerta!

—¿Muerta? —repite Amara con genuina incredulidad.

La vida vale muy poco, y la de una esclava mucho menos. Dido, quien no sabe nada sobre la pelea, está más intrigada que impactada.

—No sabía que estuviera enferma —dice.

—No lo estaba —contradice Victoria—. La han asesinado.

—¡No! —Dido le toma el brazo a Amara. Eso se siente mucho más cercano. La amenaza de un cliente violento es una sombra que nunca deja de acecharlas.

—Un grupo de ebrios atacó el bar de Simo durante la Vinalia —continúa Victoria; las demás la rodean—. Drauca se quedó en medio del altercado.

—¿Murió durante la Vinalia? —pregunta Dido.

—No, hace un par de días —interviene Cressa—. Estaba muy mal. María estaba en los baños hoy. Cree que lo hizo Simo, aunque él lo niega. No soportaba verle la cara ya. Estaba tan... —deja de hablar.

—Perdió un ojo —dice Victoria—. Un malnacido le sacó el puto ojo.

Amara entiende su furia. A Victoria no le gustaba Drauca, incluso la odiaba, pero esto fue un acto de violencia contra una de las suyas. Que un hombre considerara que la vida de Drauca era tan insignificante dice algo sobre la vida de las demás.

—Me imagino que Félix habría hecho lo mismo que Simo —opina—. Si hubiera sido una de nosotras.

Victoria estalla.

—¡¿Por qué tienes que meter a Félix en esto?! —grita—. Simo mata a Drauca, ¡y tú te pones a hablar de Félix! ¿No puedes dejarlo en paz, joder, aunque sea una sola vez?

Los ojos se le llenan de lágrimas. Las manos, al pasárselas por el cabello, le tiemblan con desasosiego. «Ella sabe que es cierto», piensa Amara.

—Deberíamos salir —dice Cressa, interponiéndose entre ambas—. Ven conmigo, Amara.

Amara la obedece; sus propias emociones se le desbordan en exceso como para hacer otra cosa que no sea seguirla. Salen del burdel y pasan frente a la multitud que suele congregarse en la fuente por las tardes. Amara siente el corazón más pesado que una cubeta rebosante.

—¿Adónde vamos? —pregunta al fin mientras cruzan la Vía Veneria.

Es un día abrasador; el calor hace que el cielo de la tarde se vea casi blanco. Caminan por el lado de la calle en el que hay sombra, pegándose a las paredes de los edificios al pasar.

—No sé —dice Cressa—. Un bar, si quieres. Me vendría bien un trago.

—Hay un lugar de comida rápida cerca del teatro —sugiere Amara—. Conozco a la dueña.

—Está bien —acepta Cressa. Le toma la mano a Amara y se la aprieta—. No te tomes como personal lo de Victoria, ¿vale? Solo estaba molesta.

—Está molesta porque sabe que es cierto. ¡A Félix le importamos una mierda!

Una mujer respetable se aparta de su camino, mascullando. A Amara le viene a la mente una repentina y vívida imagen de sí misma encontrándose de frente con su madre, en la calle. ¿Qué pensaría al ver a su hija maldiciendo como una puta en una esquina? «Pero es que sí que soy una puta en una esquina», piensa Amara. Todo es tan absurdo que la hace querer reírse.

—¿No puedes compadecerte un poco de ella? —insiste Cressa—. Digo, considerándolo todo.

—Supongo que sí —responde Amara, sin entender por qué la furia de Victoria merece más comprensión que la de todas las demás.

Un tirón repentino de ansiedad la detiene y hace que se tenga que apoyar con una mano en la pared para sostenerse. ¿Podría ser que Victoria hubiese descifrado quién es el verdadero culpable del ataque al bar de Simo y esté culpando a Amara? «Tú fuiste la que sugirió que visitáramos su bar.» Las dos estaban con Félix cuando Amara insinuó que Simo merecía algún castigo por lo ocurrido en los baños. ¿Victoria recordará lo que dijo?

—Ya se le pasará —dice Cressa, malinterpretando la expresión parca en el rostro de Amara—. Vayamos a tomar algo. Te sentirás mejor.

El local de Marcella hace que El Gorrión parezca palaciego. Está enclavado en una callecita lateral para atraer a clientela del teatro, pero tiene muy poco espacio como para hacer otra cosa que quedarse parada bebiendo un frasco de vino o llevarse a casa una de las grasosas tartas que se fríen en la parte trasera. A Cressa parece no importarle. Casi se desploma sobre la barra.

—Un vino pequeño. El más barato.

La joven esclava que está sirviendo está sonrojada y sudorosa, pues parece estar asándose poco a poco con el calor del horno que tiene detrás.

—¿Tu ama no está? —pregunta Amara.

—Vuelve en un minuto —responde la muchacha—. ¿Qué vas a tomar?

—Voy a esperar a Marcella.

La chica se encoge de hombros y sirve el trago de Cressa. Tiene cuidado de no servir de más.

—Apenas como para llenar una bellota —se queja Cressa, mostrándoselo a Amara. Le da un sorbo y hace una mueca—. Pero tan fuerte como para tirar a una mula. —Se termina el vino y le devuelve la copa a la chica—. Otro. —La muchacha le sirve más vino y Amara se siente aliviada al ver que Cressa no se lo termina de un solo trago—. ¿Sabías que Drauca tenía una niña?

—No —dice Amara. El corazón se le encoge de solo pensarlo.

—Simo se la quedó. Tiene unos cinco años y hace algunos trabajos en la taberna durante el día.

Amara sabe que Cressa nunca habla del hijo que perdió, pero, en cierta forma, al no reconocer su dolor se siente aún peor.

—Siento mucho lo de...

—No —Cressa la detiene—. No lo digas. No puedo.

Se quedan en silencio.

Amara está inquieta. Cressa se cubre los ojos con la mano, como si se los estuviera protegiendo del sol, pero Amara sospecha que en realidad está escondiendo su dolor. Entre las tartas calientes y el sol, el calor es casi insoportable. Amara se siente superada por la energía nerviosa mientras espera a su deudora, sin estar segura de cómo va a persuadirla de que pague, aunque sea consciente de que tiene que hacerlo.

Marcella dobla la esquina y Amara sale disparada hacia delante para bloquearle el paso.

—¡Por fin te encuentro! —exclama, tomando a Marcella por sorpresa y sin darle la oportunidad de escapar—. ¡Qué día! Vaya sol, ¿no? —Apunta hacia la barra—. ¿Gelio sigue dejándote todo el trabajo?

—¿Qué quieres? —pregunta Marcella, lanzándole miradas a su esclava. Sabe muy bien qué hace Amara ahí.

—Solo ver cómo estás. ¡No puedo creer que Gelio no esté aquí! Tú tienes que encargarte de todo. —Amara se acerca; Marcella se aleja. Baja la voz, como si fueran cómplices, apelando a sus recuerdos de aquella primera conversación en los baños—. ¿Por lo menos sabe qué ocurre en el bar? En este bar, quiero decir. Seguramente no se daría cuenta si la mitad del inventario desapareciera, ¿verdad?

—Cuida la tienda —le dice Marcella a la esclava que está en la barra—. Voy a hablar con mi... amiga.

—¿No vas a tomar nada? —pregunta Cressa, sorprendida de que la estén abandonando.

—En un minuto. —Amara sonríe y le da un apretón en el hombro al pasar. Sigue a Marcella por una estrecha escalera hacia las habitaciones que están encima del bar. Ahí arriba hace aún más calor. El cuartito sin ventilación redobla la tensión de Amara. Es difícil saber quién está más agitada: si Marcella o ella.

—Tienes que pagar —dice. La ansiedad provoca que su voz suene brusca.

—No, tú tienes que detener esto —Marcella afirma en respuesta—. He manipulado las ganancias tanto como he podido. ¡O aceptáis menos dinero o me dais más tiempo! Tu amo lo tiene que entender. La tasa nunca fue razonable.

—Entonces no debiste haber firmado el contrato.

Amara mira a su alrededor. En la habitación hay pocas cosas de valor, al menos a la vista. Se pregunta de dónde salió el collar de ámbar. Quizá la familia de las hermanas pasó por un momento difícil, como su madre y ella. La fortuna de cualquiera puede cambiar de un día a otro.

—Quédate con el collar —dice Marcella. La voz comienza a quebrársele—. No puedo pagar más rápido.

—El collar no cubre los intereses.

Marcella se la queda mirando unos instantes, demasiado conmocionada como para hablar.

—¡No puedes estar hablando en serio!

El calor irradia del suelo; Amara está bañada en sudor. El olor de las tartas calientes y la sofocante sensación de culpa le hacen sentir náuseas. Piensa en Drauca, en lo que Félix podría hacerle a la mujer que tiene enfrente. No puede irse de ahí sin un pago.

—¿Qué hay del anillo? —dice, señalando el camafeo que Marcella no deja de girar entre sus dedos.

Marcella se esconde la mano detrás de la espalda, como una niña.

—No.

—Sería el final de tus pagos. Podríamos finiquitar el asunto hoy mismo.

—Era de mi madre. Está muerta. No puedo dártelo.

Marcella tiene un aspecto frágil, sola en aquella miserable morada que comparte con su marido bebedor. Amara se pregunta cuánto tiempo le tomaría a Félix destrozar el lugar, cuánto daño podría hacer.

—No es muy difícil que un barecito lleno de humo como este se incendie —dice—. Deberías tener más cuidado con el horno que tienes abajo. —Deja que el silencio se cierna sobre ellas un momento y que la amenaza se asiente. Luego le tiende la mano—. Dame el anillo. Si no lo haces, no podré protegerte.

Nadie la ha mirado con tanto odio como lo hace Marcella al girar el anillo entre sus dedos por última vez. Le toma algo de tiempo sacárselo; los dedos deben de habérsele inflamado con el calor. Se frota la mano sin parar, como si estuviera discutiendo con su propia piel sobre la separación con su tesoro. Al fin, deja caer el anillo sobre la palma de Amara.

—No vuelvas nunca por aquí.

—Te estoy haciendo un favor —dice Amara—. Créeme.

Sabe que es cierto, que Marcella habría perdido más que el camafeo, pero, de cualquier modo, las palabras parecen ser de alguien más. Se da cuenta de que suena igual que Félix.

19

> No agradezco los dones hijos de la obligación, y dispenso a mi amiga sus deberes con respecto a mi persona.
>
> Ovidio, *El arte de amar*, II

—¡Son los peores versos que he escuchado en mi vida!

Prisco se troncha de risa, casi desmayado por la hilaridad después de que las lobas le cantaran el himno de Cornelio para Flora. Dido y Amara se ríen también, mientras que Salvio solo sacude la cabeza de lado a lado.

—Si hubiera sabido qué letras ibais a cantar con esa melodía tan bella, no os la habría enseñado —dice con voz severa, pero con una sonrisa en los ojos.

Es la noche en la que deben pagar su deuda, pero parece más bien un día de descanso. El pequeño comedor de Salvio brilla bajo la luz de las velas, y el fresco de la brisa nocturna se cuela por las ventanas abiertas. Nada es tan majestuoso como en las dos fiestas a las que asistieron hace poco —hay un estofado de judías y una pequeña porción de pichón asado—, pero es lo más cercano a una comida familiar que Amara ha tenido desde que dejó la casa de su padre. Sospecha que para Dido es igual.

Salvio les sirve más vino a todos y le entrega la jarra vacía a su esclavo para que la rellene. El chico sale de la sala.

—¿Cuándo será vuestra próxima presentación?

—¡En la última noche de la Floralia! —anuncia Dido—. Aunque esta vez recitaremos a Ovidio. Egnacio nos ha dado algunos versos para que los memoricemos.

—Tendré que pensar en melodías más adecuadas —dice Salvio—. A menos que tú conozcas alguna, Prisco.

—Aquella que tu padre tocaba todo el tiempo. Me encanta esa canción.

—Entonces ¿os conocéis desde la infancia? —pregunta Amara, bañando un pedazo de pan en el estofado.

—Nuestros padres eran socios —dice Prisco—. Y nosotros lo fuimos también, hasta hace unos diez años, más o menos. Fuimos los encargados de algunas de las mejores pinturas de toda Pompeya, si me perdonáis la falta de humildad. Mis artistas pintaron la mitad del Foro tras el gran terremoto. Los hombres de mi suegro pintaron la otra mitad. —Señala a Salvio—. Eso fue después de que su esposa lo convenciera de dejarnos para dedicarse a la herrería. —Los hombres se miran entre sí y luego desvían la vista—. En paz descanse.

A Amara no le sorprende que su maestro de música sea viudo. Es más extraño pensar que Prisco tiene una esposa esperándolo en casa. Sin duda, ella es la razón por la que Salvio es el anfitrión de la cena. Por un momento, la mujer ausente proyecta una sombra sobre la cómoda pretensión de que están en una reunión de amigos y entre iguales.

—Y vosotras ¿cómo llegasteis a Pompeya? —pregunta Salvio.

—Ay —responde Amara—. Esa no es una historia muy alegre.

—Ninguna de las dos nació siendo esclava, ¿cierto? —dice él. Amara se pregunta cómo lo supo, luego recuerda las palabras de Fabia: «Aún actúas como si importaras». No va a volver a preguntar lo mismo—. Sois demasiado educadas —continúa Salvio—. Lo siento; vuestra vida actual sin duda debe de ser muy dolorosa para ambas.

Lo dice con buenas intenciones, pero Amara desea que hubiera guardado silencio. Percibe que, a su lado, Dido se tensa. ¿Acaso no entiende la necesidad ocasional de olvidar?

—Y tú eres demasiado modesta —le dice Prisco a Dido, marcando una clara distinción entre ambas que hace que Amara bufe y suelte una risotada—. Perdonadme. —Prisco se gira hacia ellas—. No quería ofender.

—No me he ofendido —responde Amara—. Como sea, tienes razón. Antes de estar aquí, yo fui concubina. Ella no. —«Pero aún detesto haberlo sido», quiere añadir.

Salvio siente un cambio en el ambiente.

—Lo siento. No debería haber dicho nada.

—¿Cantamos? —pregunta Dido en el tono alegre y frágil que Amara reconoce como su fachada de valentía.

«Al menos está aprendiendo a protegerse —piensa—. Mejor que las lágrimas.»

—¡Sería maravilloso! —exclama Prisco.

Salvio toma su flauta de encima de un baúl, donde por supuesto la había colocado antes de la cena.

—¿Comenzamos con nuestra favorita de siempre? —No espera la respuesta, sino que empieza a tocar la melodía sobre el pastor y su amada.

Todos comienzan a cantar y, tras el primer verso, la incomodidad y la tristeza se van desvaneciendo. Amara mira a Dido, ve la alegría en su rostro y se da cuenta de que no hay nada que ame más. Una calidez le inunda el cuerpo. Nunca había tenido una amiga como Dido. Ella es la luz en la oscuridad de su vida.

Cantan canción tras canción; Salvio les enseña algunas nuevas y ellas les cantan a los dos hombres la historia de Crocus y Smilax. Ayudadas por el buen ánimo, su presentación es mejor incluso que aquella por la que Cornelio pagó. Amara siente que el rubor se le extiende por las mejillas y el calor le llega a los brazos y las piernas al permitirse beber demasiado. ¿Sería así la vida si fuera una mujer libre en Pompeya?

El esclavo está quedándose dormido en un rincón y el cielo nocturno fulgura con estrellas cuando Prisco dice al fin:

—Debería volver a casa pronto. —Hay un silencio, y los hombres intercambian miradas, señal de un arreglo previo. Prisco se dirige a Dido—. ¿Me harías el honor...? ¿Tendrías la bondad de acompañarme unos momentos?

«Al menos tiene la decencia de preguntar, como si ella tuviera la opción de negarse», piensa Amara.

—Por supuesto —dice Dido, tomándole la mano. Prisco la lleva fuera de la habitación, dejando a Salvio y Amara solos en la mesa.

—¿Quieres más vino?

Amara se da cuenta de que está nervioso.

—Solo si tú vas a beber. Si no, estoy bien.

Salvio rellena las dos copas.

—Hace dos años que no estoy con una mujer. Desde que mi esposa murió. —Se detiene. Amara tiene la sensación de que no está esperando una respuesta, solo intenta encontrar las palabras correctas, así que no dice nada—. Sabina amaba la música —dice—. Me recuerdas un poco a ella.

—Lo siento. Es terrible perder a un ser amado.

Salvio agita la mano, como para minimizar su pena.

—Estoy seguro de que tú también has perdido a familiares —le dice. Amara agacha la cabeza; no quiere hablar de sus padres ni de Afidnas. Salvio se termina la copa y se pone de pie—. Bien.

Amara deja su copa, sin haber tomado una gota, y se levanta también. El joven esclavo se despierta de golpe cuando pasan frente a él y, con poca energía, recoge la mesa.

Salvio toma una vela para iluminar el camino hacia el dormitorio. El estrecho pasillo está oscuro; Amara lo sigue, avanzando con cautela. Salvio abre la puerta. Después de la cena con buena iluminación, la habitación parece lúgubre, pero los ojos de Amara se ajustan a la oscuridad. Alcanza a ver ropa de mujer extendida sobre la cama. No pregunta a quién pertenece.

Salvio coloca la vela sobre una mesita y toma la túnica de su esposa.

—¿Te molestaría...? —Amara coge el vestido.

Salvio se da la vuelta mientras ella se cambia. Envolverse en la ropa de una mujer muerta la hace estremecerse. La tristeza de su propia soledad y del dolor de Salvio le forma un nudo en la garganta.

—Ese de allí es su perfume. —Amara toma el frasco y se pone un par de gotas en el cuello. Salvio la mira fijamente—. Te pareces tanto a ella... —suspira—.

¿Hay alguien que quisieras que yo...? Digo, puedo fingir ser alguien más, si eso lo hace más fácil para ti.

De todas las cosas que Amara se imaginaba que Salvio podría decir, esa era quizá la última. La pared de fuera de El Gorrión le viene a la mente, el nuevo grafiti que justo vio esa mañana. «Kallias saluda a su Timarete.»

—No —dice ella de forma empática—. No lo haría más fácil.

—Lo siento —dice Salvio—. Pero ¿habrá quizá algún recuerdo de estar con alguien que te guste?

—No.

—¿Nunca has estado con un hombre por elección?

—No. —La simpleza de la pregunta y la sinceridad de la respuesta la golpean con una fuerza inesperada. Desvía la mirada.

—Lo siento —comenta Salvio. Se sienta en la cama.

Amara se sienta a su lado, sin saber qué decir.

—No es tu culpa —musita al fin—. Estoy feliz de estar aquí contigo.

—No necesitas fingir —menciona Salvio, tomándole la mano—. Me imagino que ya te han hecho fingir lo suficiente. —Amara no lo contradice—. ¿Alguna vez has... sentido algo?

«¿Ha sentido algo alguna vez?» Vaya pregunta. Un millar de respuestas le da vueltas por la cabeza. Todas las sensaciones de su vida como prostituta: el asco, el pánico, el vacío devastador. La aversión tan intensa al contacto que le sorprende haber sido capaz de pasar una noche entera en el burdel sin gritar, sin quitarse a los hombres de encima.

—No —responde en voz muy baja—. Nunca siento nada.

Se quedan sentados juntos, en silencio.

—Sabina tenía mucho miedo al principio —dice Salvio—. Le tomó mucho tiempo acostumbrarse a estar conmigo. —La abraza y la acerca. Amara se pregunta a quién está viendo cuando la mira: a la mujer que tiene enfrente o a su esposa fallecida.

—Amara —comienza él, como respondiendo su pregunta—, intentaré que esto sea agradable para ti. Lo único que te pido es que no finjas. —Le quita un mechón de cabello de la cara y se corrige—: No sientas que tienes que fingir.

El canto de Victoria la despierta por la mañana. Amara se queda unos momentos recostada en su celda, escuchando los sonidos, la dulzura de la voz, tan en contraste con la dureza de la vida de quien canta. No sabe casi nada sobre el pasado de Victoria. Por lo menos sabe que a Dido y a ella las amaron en algún momento, y sabe que Berenice y Cressa pasaron sus primeros años con su madre, pero Victoria nunca ha sido de nadie más que de un amo. Aun así, cada mañana canta a todo pulmón y llena el oscuro lugar con su alegría. Amara se pregunta dónde habrá aprendido tantas canciones. Se da cuenta de cuánto ha extrañado su amistad desde su cambio de fortuna en la Vinalia.

Se levanta de la cama, se viste a toda prisa y sale al pasillo. El suelo de barro prensado bajo sus pies está duro y fresco. Se detiene frente a la puerta de Victoria durante unos segundos antes de abrir la cortina.

—¿Puedo pasar?

Victoria deja de cantar de forma abrupta.

—Como quieras.

—¿Cómo ha ido la noche?

—Lo de siempre. ¿Buena fiesta?

—Fue una cena encima de la ferretería. No le llamaría fiesta.

—Da igual. Una cena, pues —dice Victoria, mirando hacia otro lado mientras se arregla el cabello—. En una casa. Con vino gratis. Mejor que comer una vez al día.

Amara hace una pausa para pensar en cuánto le debe a Salvio por las atenciones de la noche.

—El cliente me hizo vestirme como su esposa muerta, con una túnica mohosa y raída. —Ve que Victoria vacila. Sabe que no hay nada que le parezca más irresistible que una historia ridícula de sexo—. Tenía el perfume preparado y todo.

Victoria cede ante la curiosidad y deja su cepillo.

—No es cierto.

—Me preguntó quién quería yo que fuera él.

Victoria suelta una carcajada.

—Espero que hayas dicho que Júpiter, encarnado en una maldita montaña de oro.

—¿Qué os hace tanta gracia? —Berenice, con ojos somnolientos aún, está en el umbral de la celda.

—Un cliente —dice Victoria—. ¿Recuerdas a los clientes? ¿Antes de Gallus?

—Sabes que tuve tres anoche —responde Berenice, ofendida—. Incluyendo al idiota ese de la lavandería. ¿Cómo se llamaba?

—Fabio —dice Victoria. Amara no tiene ni idea de cómo lleva el registro de tantos nombres—. No es tan malo.

—Se embriagó otra vez —murmura Berenice, asomándose por el pasillo hacia la celda de Cressa—. No sé de dónde saca el dinero. Si sigue así, se va a beber hasta el último sestercio que ha ahorrado.

—¿Que no nació Cosmo en esta época del año?

Debe de echarlo de menos. —Victoria vuelve a cepillarse el cabello—. ¿Fabio lloró como de costumbre después de terminar?

Berenice se deja caer con pesadez sobre la cama.

—Es tan aburrido —dice.

—¡Por eso tienes que ponerlo de buen humor! —la reprende Victoria—. No puedes culparlo por llorar si tú estás con esa cara amarga de «preferiría estar con mi novio». Haz un esfuerzo, por lo menos.

Berenice no se defiende; se queda sentada con los hombros caídos.

—Me abofeteó.

—¿Qué? ¿Fabio? —Victoria está anonadada—. ¡Menudo idiota!

—No. Gallus. —Berenice se ve abatida—. Dice que lo disfruto demasiado. O sea, lo de estar con otros hombres.

—¿Qué quiere que hagas? ¿Berrear toda la noche por tu virtud perdida? Estúpido.

—¿Y lo disfrutas? —escupe Amara sin pensar. Ambas se vuelven para mirarla.

—¡Qué pregunta! —dice Victoria—. Suenas como un cliente, Amara.

—Pero, quiero decir... —Se detiene. En realidad no sabe qué quiere decir. La noche anterior con Salvio no fue una revelación de nada. No sintió placer alguno, a pesar de los considerables esfuerzos de Salvio. Pero tampoco fue una noche desagradable. Tuvo la sensación, por primera vez, de que podría ser diferente si el hombre fuera diferente.

—¿Pasó algo más en ese polvo de esposa muerta que no nos estás contando? —pregunta Victoria.

—¿Esposa muerta? —repite Berenice.

—¿Ya les has hablado de Salvio? —Es Dido, apoyada en el marco de la puerta. Victoria empuja a Berenice para hacerle espacio en la cama. Amara es la única que sigue de pie. Las otras tres están mirándola.

—Dinos, por favor, que no estás enamorada de un hombre que te hace disfrazarte de su esposa muerta —dice Victoria.

—¡No! —protesta Amara—. Aunque sí me gusta. Como amigo.

—¿Amigo? —repite Berenice, incrédula.

—¿Te casarías con él si te pidiera que fueras la esposa número dos? —Victoria está disfrutando su papel de fiscal.

—Sí, pero eso no es amor. Es solo que preferiría ser una liberta a cargo de una ferretería que esclava de Félix. ¿Vosotras no?

—¿Es maravilloso en la cama?

Amara titubea.

—¡Sí que es maravilloso en la cama! —grita Victoria. Las otras dos se echan a reír y pronto Amara se les une.

—Se esforzó. Eso es todo. Los clientes no suelen hacer un esfuerzo, ¿a que no?

—Por eso hay que guiarlos —afirma Victoria—. Puedes tomar un poco el control de la situación.

—No estoy tan segura de ello —responde Berenice con el ceño fruncido—. Sé a qué se refiere Amara.

—Nadie quiere oír hablar sobre lo buen amante que es Gallus —dice Victoria, tras hacer una mueca de hastío—. Ahórranos la miseria.

—Ya, pero sí que es diferente cuando el hombre se esfuerza. Lo es —afirma Berenice—. ¿No lo creéis?

—Nunca es diferente —concluye Dido.

—No puedes esperar que un hombre te dé placer —declara Victoria, como si fuera una obviedad—.

Tienes que hacer lo que a ti te gusta y dejar que él te acompañe.

—¿Y si no hay nada que te guste? —pregunta Dido.

—Entonces —dice Victoria, pasándole un brazo por los hombros, como en complicidad—, solo tienes que esperar que un día, si eres muy afortunada, un herrero te pida que te vistas como su esposa muerta.

Amara ve a sus tres amigas caerse casi de la cama por las carcajadas y sonríe. Quizá sí que hay algunos placeres en la vida de una puta, después de todo.

—¿Qué es tan gracioso? —Paris, con expresión férrea, merodea por la puerta de la celda. Desde que Victoria le ofreció la pasta dorada y le preguntó si quería dorarse el culo, ha estado aún menos amigable que de costumbre.

—¿Qué? ¿Ahora está prohibido reírse? —pregunta Victoria—. No lo sabía. Pero me temo que esa cara de berrinche no va a ahuyentar a los clientes. De espaldas no pueden verte la cara.

Paris se mueve tan rápido que ninguna tiene la oportunidad de detenerlo. Golpea a Victoria en la cara con fuerza y echa el puño hacia atrás para golpearla de nuevo. Berenice le salta sobre la espalda con un aullido y le araña los brazos, lo que hace que Paris se tambalee. Falla el segundo golpe. Amara y Dido se apresuran a ponerse frente a Victoria, con las manos en alto, y le gritan a Paris que se detenga. Paris intenta quitarse a Berenice de encima, pero está aferrada a su cuello, estrangulándolo. Cressa entra corriendo a la celda y coge a Berenice para que deje de ahogar a Paris, mientras grita con fuerza que lo suelte.

—¿Qué demonios está pasando?

Al oír la voz de Félix, todos los gritos se apagan y

Berenice cae al suelo como una piedra. Paris jadea y se masajea el cuello.

—¡Os he preguntado qué demonios está pasando!

—¡La ha pegado en la cara! —dice Amara, señalando a Victoria—. ¡La ha pegado en la cara!

Es la regla de oro en La Guarida del Lobo: ni Félix ni sus hombres tienen permitido marcarles la cara.

Félix no necesita preguntar si es verdad. Victoria se está frotando el ojo; la piel de la mejilla se le está tiñendo de un rojo brillante.

—Déjame ver. —Atraviesa la celda hacia la cama con prontitud. Amara y Dido se apartan de su camino. Félix le quita a Victoria la mano de la cara y examina el daño; le presiona el pómulo con el dedo. Victoria hace una mueca de dolor—. No te has roto nada —dice al ponerse de pie—. Te curarás. —Camina adonde está Paris y le da un empujón—. ¿En qué cojones estabas pensando? Ya no te sientes tan valiente, ¿eh? Largo de aquí.

Paris no necesita que se lo digan dos veces; sale de la celda dando tumbos.

—Y tú —dice Félix, volviéndose hacia Victoria, que está tiritando de miedo junto a la pared—. Cierra la boca. Sé muy bien lo que ha pasado aquí. Lo has provocado, ¿verdad? —Victoria no dice nada. Félix la toma por los hombros y la sacude—. ¿Verdad?

Amara mira los frascos de perfume acomodados en el dintel de la ventana de Victoria. Se imagina tomando uno y rompiéndolo contra la cabeza de Félix. Se visualiza gritándole a todo pulmón que se detenga. Pero no hace nada. Se encoge junto a la pared, aterrada, igual que las demás.

Félix suelta a Victoria, quien corre para ponerse a salvo y se sube a la cama para alejarse de él. La expresión de dolor le encoge el corazón a Amara, pero Victoria tiene los ojos secos. Amara se da cuenta de que nunca ha visto a su amiga llorar.

—Tened mucho cuidado con lo que decís, todas —amenaza Félix—. No quiero tener a una Drauca en mis manos, con una cara horrible e inservible. Mírate —le escupe las palabras a Victoria—. Nadie va a querer tocarte en días.

Abre la cortina de un tirón y sale furioso del burdel.

—No —dice Victoria, alzando la mano para evitar que Dido se le acerque—. No digas nada. Dejadme en paz.

Las otras mujeres vuelven a sus celdas, como si buscar consuelo unas en las otras fuera a aminorar el sufrimiento de Victoria. Amara se sienta sola en su cama, mirando el bolso enmohecido de su padre. Imagina a Félix arriba, con el anillo de camafeo de Marcella en su escritorio, y recuerda la sonrisa que esbozó cuando Amara se lo entregó. Cierra los ojos.

Julio

20

¡A todas les gusta Celado, el gladiador tracio!

Grafiti en Pompeya

El sol arde con tal furia que Amara siente que va a desmayarse. Solo la multitud y los golpes de emoción que Victoria le da en las costillas la mantienen de pie. Así no es como habría elegido pasar su primer día libre en Pompeya. Despertar antes del amanecer, ir al otro extremo de la ciudad, caminar en el frío y la oscuridad de la madrugada, ver la salida del sol y, más tarde, marchitarse bajo el calor abrasador. Y todo nada más que para tener una buena vista del desfile de los gladiadores en el anfiteatro. Es el primer día de julio, el día en que los nuevos oficiales electos de la ciudad asumen su cargo y, sobre todo, el día en que se llevan a cabo los juegos gratuitos para celebrarlo.

Amara se pregunta si Fusco ya estará en la arena, sentado en las primeras filas, preocupado de que el espectáculo del día eclipse los juegos que él organizó el año pasado. Se mostró bastante malhumorado al respecto la última vez que Amara lo vio. Egnacio le ha hecho bastantes favores, pero quizá ninguno tan grande como presentarle al duunviro. Dido y ella cantan con frecuencia en su casa y en la de Cornelio, aunque Fusco es un anfitrión menos exigente. Ahí, rara vez se espera que hagan algo más que cantar, sobre todo porque la esposa de Fusco tiene mayor influencia sobre su marido.

La intimidad que ahora tiene con hombres poderosos le resulta extraña. En la casa de Cornelio, Fusco le cuenta pequeños detalles sobre su vida, como la fuente que compró para su suegro, los libros que sus dos hijos leen. Y, por supuesto, Amara sabe a la perfección qué le gusta en la cama. En su propia casa, Fusco asume el papel de un patrón desapegado, ofreciéndosela a sus invitados como parte del servicio para degustar junto con las bandejas de fruta. En la calle, si llegaran a encontrarse, Amara no tiene ninguna duda de que la ignoraría. En ese sentido, su vida no ha cambiado ni un ápice.

—¡Ahí está! —anuncia Victoria—. ¡Celado!

Amara no la habría oído si Victoria no estuviera gritándole casi al oído. El estruendo de las trompetas conforme se acercan los gladiadores y el muro de ruido de la multitud le hacen sentir que la cabeza se le va a partir por la mitad. Pero al fin ha dado frutos la larga y tediosa espera. Están apretujadas en el frente, a un lado de la entrada al anfiteatro.

—¡Celado! —grita Victoria—. ¡Celado!

Es imposible que oiga un solo grito por encima de los demás, pero, en ese momento, el gigante tracio se da la vuelta, como impulsado por la voluntad de Victoria. Da dos zancadas hacia ellas, levanta a Victoria del suelo con un solo movimiento y la besa. Victoria está tan anonadada que, por primera vez en la vida, no responde. La gente a su alrededor estalla llena de furor. Una chica que está detrás de Amara le golpea la nuca al extender los brazos para tomar el arnés de cuero del gladiador y tocarle el pecho aceitado.

—¡Celado, Celado!

El gladiador devuelve a Victoria al suelo, le dice algo al oído y regresa a la procesión, saludando a la multitud con los brazos.

—Me hubiera besado a mí. —Berenice le grita a Amara—: ¡Me habría besado a mí si hubiera estado en primera fila!

Tiene una expresión frenética, casi irreconocible por la furia y la decepción. A Amara le alegra que Victoria no alcance a oírla. Está parada con una quietud poco propia de ella, con los pies plantados justo donde Celado la ha dejado, zarandeada por el flujo que comienza a abarrotar la entrada de la arena.

—¡Vamos! —grita Amara, tomándole el brazo—. ¡O no encontraremos asientos!

Las cinco se toman de las manos y las togas con tal de evitar separarse. Saben cuál es su lugar en los juegos: tendrán que subir hasta las filas traseras.

Hay una larga cola. Se unen a una hilera lenta de mujeres que esperan apiñarse en los peores lugares de la arena. Amara siente que las piernas le flaquean cuando al fin llegan a la cima. La fila trasera se está llenando a toda prisa. Dan vueltas y arrastran los pies, irritadas, hasta que Cressa encuentra un hueco en el que pueden caber juntas. Tras una acalorada discusión con otro grupo de mujeres, logran sentarse, aunque, al ser la más delgada de las cinco, a Dido le toca acomodarse en las rodillas de Amara.

—Tienes que contarnos qué te ha dicho Celado —le dice Amara a Victoria, quien se ha resistido a responder a la pregunta durante la procesión por la escalera.

Victoria sonríe, disfrutando del secreto.

—¡Imaginaos cómo sería estar con un hombre así! Imaginadlo.

—Tal vez no sea nada especial —dice Berenice—. Podría ser pésimo en la cama.

—¡Ay, no seas amargada! —Cressa se ríe—. Como si te atrevieras a rechazarlo.

—¡Sí, sí que lo rechazaría! —insiste Berenice—. No le haría eso a Gallus.

Las demás se ríen.

—Hasta yo me sentiría tentada por Celado —dice Dido—. Y eso es mucho decir.

—¡Su pecho! —suspira Victoria—. Ha sido como estar en los brazos de Apolo.

Amara se acomoda en el asiento de madera. Aunque Dido no es muy pesada, hace demasiado calor como para tenerla sobre las rodillas. Hay toldos estirados por encima de la arena para tapar el sol, pero también atrapan el calor que viene desde abajo. No solo tienen la peor vista de los juegos, sino que están derritiéndose ahí arriba. El murmullo de las infinitas conversaciones que reverberan por la arena hace que parezca que están dentro de un panal.

—¿A qué hora vas a encontrarte con Menandro? —le pregunta Dido.

—Después de la primera cacería.

—Ese novio tuyo debe de ser bastante especial si te vas a perder a los gladiadores —dice Victoria.

—No es mi novio.

—Perdón. Tu novio es el herrero, ¿no?

Amara pone los ojos en blanco; las demás se ríen. Dido y ella han estado solo tres noches con Prisco y Salvio, pero, por la forma en que Victoria la molesta con ello, una creería que está sumergida en un tórrido romance. Pensar en Salvio, cuando está a punto de ir a ver a Menandro, le produce una sensación extraña. Su intimidad con el viudo se dio casi por casualidad, gracias al tiempo que han pasado tocando música juntos y a su inesperada gentileza. Pero Amara no olvida que, más allá de toda su bondad, es un cliente más.

Es Menandro quien la atrae —puede incluso imaginarse amándolo—, a pesar de que su relación ha consistido en poco más que unos cuantos momentos robados y el intercambio de grafitis fuera de El Gorrión. Así es como sabe dónde encontrarlo. «Te esperaré junto a la segunda puerta, Timarete. ¡Que Fortuna nos sonría a ambos!» Fue ella quien, debajo, sugirió la hora. Luego pasó una eternidad partiéndose la cabeza, dudando si eso la hacía parecer demasiado ansiosa o, peor aún, indiferente. ¿Habría sido mejor sugerir que se vieran antes de los juegos? ¿O después, tras una de las peleas de los gladiadores?

—Salvio es solo un amigo —dice.

—Si es solo tu amigo —comienza Victoria—, no te molestaría que Dido y tú cambiaseis de hombre la próxima vez, ¿no?

Amara hace una mueca.

—¡Salvio no haría eso!

—No te gusta la idea, ¿eh?

—Yo también considero a Prisco mi amigo —dice Dido, al rescate de Amara—. Pero ninguno de los dos es de ese tipo de hombre.

—¡Luego nos van a decir que son mejores amantes que Gallus!

—¡Vete a la mierda! —Berenice se lanza sobre Victoria—. ¡Que un gladiador te haya besado no significa que puedas restregárnoslo en la cara como si fueras la maldita Venus!

Una o dos de las mujeres más respetables sentadas en la misma fila que ellas se alejan con gestos de repulsión, aunque ninguna es tan valiente como para arriesgarse a enfrentarse a una pandilla de putas enardecidas.

—Déjalo ya —dice Cressa, exhausta—. Lo hace para fastidiar.

Las trompetas resuenan y el murmullo se acalla un poco, aunque no lo suficiente como para que los discursos inaugurales se oigan desde tan atrás. Amara vuelve a pensar en Fusco; se imagina cuánto debe de haber disfrutado de su momento de gloria el año pasado. Quizá sus hijos estén con él, ¿o son demasiado pequeños como para asistir a los juegos? Nunca los ha conocido.

Los gritos y vítores del público les hacen saber que los cazadores están haciendo su entrada. Los tres hombres alzan sus armas hacia el público, disfrutando la gloria antes de enfrentarse al peligro.

—¿Celado estará ahí? —pregunta Amara, incapaz de distinguir a los guerreros en la distancia.

—¡Celado no haría una cacería! —Victoria está indignada—. ¡Es un gladiador de combate!

Se oyen más gritos, una mezcla de emoción y miedo, cuando sueltan a los animales en la arena. Las mujeres se levantan para alcanzar a verlo.

—¿Qué son? —pregunta Cressa, parada sobre las puntas de los pies—. No veo nada.

—¡Tigres! —exclama Dido—. ¡Han soltado tigres!

Amara distingue a las bestias esbeltas y hambrientas que rondan a los hombres, quienes están parados espalda con espalda en el centro de la arena. Amara nunca ha visto un tigre, pero ha visto suficientes gatos acechando a sus presas como para reconocer el merodeo fluido y lento y los músculos tensos, listos para atacar. Berenice la coge del brazo cuando el primero ataca. Se mueve tan rápido que Amara no logra imaginar que alguno de los cazadores tenga tiempo de reaccionar, pero uno de ellos logra alcanzar al animal con su lanza. El tigre retrocede, herido y cojeando. Otro se abalanza sobre los hombres y, esta vez, logra soltar un zarpazo y tira al suelo a uno de los cazadores.

Los gritos del gentío son tan intensos, y la acción en la arena tan frenética, que Amara no logra descifrar qué es lo que está ocurriendo. A su lado, Cressa salta, Victoria grita y ella se da cuenta de que también está chillando, aunque no está muy segura de a quién anima, si a los hombres o a los tigres. Hasta Dido está cautivada por la historia; agita los puños sin control cuando un hombre salva a otro al montarse en el lomo del tigre que lo ataca, como si se tratara de un caballo.

Los papeles de presa y cazador se intercambian una y otra vez: en ocasiones son los tigres los que retroceden, en otras son los hombres. La habilidad de los guerreros, la elegancia de los tigres, todo está acentuado por actos de salvajismo que dejan a Amara sin aliento. Sigue observando, incapaz de despegar la mirada, hasta que el último tigre yace muerto. Arrastran sus cuerpos por la arena, dejando atrás rastros de sangre. Se llevan también a uno de los hombres con el pecho cubierto de sangre por una herida en el hombro. Los dos cazadores restantes están de pie, hombro con hombro; levantan los brazos para recibir la adulación de las masas.

—Dudo que sobreviva —dice Victoria, alzando la

voz por encima del barullo—. ¡El tigre casi le arranca el brazo!

—¿Lo sustituirán? —pregunta Dido—. ¿O la siguiente pelea será solo con dos cazadores?

—Suelen sustituirlo cuando pierden a un hombre tan pronto. De otro modo, la cacería no duraría lo suficiente —explica Cressa.

Unas cuantas mujeres se ponen de pie, aprovechando la pausa para ir a las letrinas.

—Creo que debo irme —dice Amara.

—No vayas a romperle el corazón al herrero —se burla Victoria.

Dido le da un apretón en el brazo.

—Buena suerte.

El corazón le martillea en el pecho con nerviosismo mientras baja la escalera del exterior de la arena. ¿Y si Menandro no entendió el mensaje y cree que ella se refería al final de todas las cacerías? ¿Y si no llega? Camina a toda prisa hacia la puerta en la que acordaron verse y logra distinguir, aun en la distancia, que ya está ahí, esperándola.

Por fin están juntos, cara a cara, y nada más importa.

—No puedo creer que estés aquí de verdad —dice Menandro, tomándole la mano.

—Yo tampoco.

Ninguno de los dos puede hacer algo que no sea mirar al otro, hasta que Menandro se ríe y rompe el hechizo.

—¿Tomamos algo?

Caminan hacia la plaza. Está llena de puestos de comida, bebidas y pequeños recuerdos. A Amara ha dejado de importarle el calor, y el ruido ya no le molesta. Las mejillas le duelen de tanto sonreír, y ambos se ríen de nada y se divierten con todo. Andan sin rumbo fijo un rato, antes de recordar el motivo de su caminata, y luego compran una copa de vino para compartir y algo de pan. Van a sentarse a la sombra de los árboles de plátano que están junto a la Palestra. La singularidad de un día así implica que no son la única pareja que aprovecha el momento, aunque el comienzo de la siguiente cacería lleva a algunos de vuelta a la arena y aligera la multitud. Menandro no le ha soltado la mano y la abraza cuando se sientan. Amara apoya la cabeza en su hombro y siente su pulso, tan acelerado y nervioso como el de ella.

—¿Le habría gustado a tu padre que esté contigo? —pregunta él.

—No lo sé —contesta ella, sorprendida por la honestidad de la pregunta.

Menandro se ríe.

—Supongo que no mucho.

—¿Y yo al tuyo?

—Creo que habría estado bastante satisfecho con la hija de un doctor.

—A mis padres no les entusiasmaría nuestro comportamiento.

—No, supongo que no —responde Menandro y la abraza con más fuerza, por si acaso quiere honrar a los muertos alejándose de él. Hay un silencio, y Amara sospecha que Menandro, al igual que ella, está pensando en todo lo que han perdido—. Y ahora no tengo nada que ofrecerte —dice—. Ni una tienda que heredar, ni libertad para darte.

—Creo que estaremos de acuerdo en que yo tengo todavía menos que ofrecerte a ti —replica Amara. Lo dice en broma, pero pensar en la distancia entre su vieja vida y la que tiene ahora le duele.

—No lo sé —dice él con una sonrisa—. Creo que

pagarían cinco veces más por ti que por mí en el mercado.

—Pero nadie va a comprar a nadie. Por lo menos hoy no.

—No —responde él. Luego agacha la cabeza para besarla, deprisa, como si temiera perder el valor para hacerlo.

«Así es como debería sentirse —piensa Amara al abrazarlo—. Cuando quieres estar con alguien, debería sentirse como algo parecido a la felicidad.»

—¿Estás bien? —Menandro se le separa y la mira a la cara con ansiedad—. Espero no haberte ofendido.

Amara se da cuenta de que está temblando.

—¡No! ¡No me has ofendido! —dice, abrazándolo con más fuerza para reconfortarlo—. Solo siento... —se detiene. No logra encontrar las palabras para expresar la mezcla de dolor y felicidad que siente. Menandro la mira, espera, sigue preocupado. Amara lo intenta de nuevo—. Te acostumbras a no tener nada, ¿no? Y, de pronto, tener algo, sentir algo es... —Vuelve a guardar silencio.

—¿Agridulce?

—Sí, porque nada te pertenece, ni siquiera la felicidad.

—Timarete, hasta los esclavos somos dueños de nuestra felicidad. Los sentimientos son lo único que sí nos pertenece. —Le acerca el frasquito de vino; Amara le da un sorbo—. Y sé que la tarde es corta, pero la tenemos. Es nuestra.

—¿Vas a decirme que no la desperdiciemos?

—No, porque hablar no es un desperdicio —dice Menandro, tomando el vino de vuelta—. Hoy nadie nos dirá qué hacer. Solo siente lo que quieras sentir.

—Hace una pausa—. Aunque espero que lo que quieras sentir sean ganas de volver a besarme.

Amara se ríe.

—Tal vez.

—Y quiero saberlo todo sobre tu música —dice él, quitándole el pelo de los hombros—. Llegué a pensar que, después de todas esas fiestas a las que vas con Dido, ibas a ser demasiado importante como para querer verme.

—Nunca —responde Amara—. Y, aun así, no habría música ni fiestas si no me hubieras conseguido la lira.

—Fue un gesto más que egoísta. Solo quería oírte tocar —dice él, acercándola más.

Su intensidad es familiar y despierta una oscura corriente en su cuerpo. Ha visto el mismo deseo en incontables hombres, y casi todas las asociaciones con eso son dolorosas. «¡Pero él es Menandro!» Extiende la mano para acariciarle la cara, para tomarla entre sus dedos, para recordar quién es y que ella ha elegido estar con él.

—Quisiera haberte conocido en nuestra otra vida.

—Lo sé.

—Intentas mantenerlas ocultas, las diferentes partes de ti, ¿no? Pero ya no existen. El otro día me vino mi madre a la cabeza, pensé en lo que opinaría de mí, en la persona que vería si nos encontráramos ahora. Pero no me reconocería. Yo no me reconocería. —Amara habla deprisa, intentando apurar las palabras, con la esperanza de estar diciendo algo que tenga sentido, sin saber siquiera por qué está diciéndoselo más allá de lo mucho que anhela que alguien la comprenda—. A veces creo que debe de ser más difícil para ti. Mi vida cambió por completo y no queda ni un rastro del pasado. Pero para ti debe de ser como vivir al otro lado del espejo.

—¿Pasar de ser el hijo del alfarero al esclavo del alfarero?

—Sí.

—Es difícil. Pero sé que no puede serlo más que tu vida. —Le toma la mano y vuelve a ponérsela sobre su mejilla. Le cubre los dedos con los propios—. Pero sigues siendo la misma persona. Yo aún te veo como la misma persona.

—Echo de menos tantas cosas... —Amara suspira y luego sonríe, intentando aligerar el ambiente—. Empezando por la comida.

Menandro hace una mueca.

—¡El queso italiano! ¿Qué comen las cabras aquí?

—¡Y la horrible salsa de pescado que le ponen a todo!

—No hay judía tan desabrida como para que unas anchoas podridas la mejoren.

—Y el pan sabe como si alguien le hubiera echado tierra encima.

—Sí, ¿verdad? —dice Menandro, pensativo—. ¿Qué le ponen a la harina?

—Echo de menos el estofado de mi madre.

—Yo también. —Le lanza una mirada pícara—. Pero me apuesto lo que sea a que el de mi madre era mejor.

—Nadie hace un mejor estofado que las mujeres de Afidnas.

—¿Me lo prometes?

—Puede ser.

Menandro la besa de nuevo y esta vez la oscuridad se mantiene a raya, incapaz de entrar.

La tarde, que siempre se arrastra de forma tortuosa en el burdel, parece terminarse unos momentos después de haberse encontrado con Menandro, a pesar de que en realidad han pasado horas.

—¡Amara! ¡Aquí estás! ¡Se suponía que nos irías a buscar después de la segunda batalla de los gladiadores! ¡Llevamos horas dando vueltas!

Nunca le ha afligido ver el rostro de Dido, pero ahora la imagen de su amiga hace que el corazón se le encoja. Mira a sus cuatro amigas, quietas a su alrededor, y le aprieta la mano a Menandro de forma instintiva.

—¡No puede ser hora de volver! ¡Todavía no!

—Y que lo digas —exclama Victoria con una expresión furiosa—. ¡Celado ni siquiera ha salido!

Félix les había ordenado que volvieran a buena hora para asegurarse de que evitaban las multitudes y de que volvían al burdel a tiempo para aprovechar la ineludible oleada de clientes después de los juegos. Al ser el gladiador más famoso, el duelo de Celado sin duda sería el último.

Menandro le pone la mano en el brazo.

—Nos veremos pronto —le dice con dulzura.

—¡Pero no será así! ¡Sabes que no!

Menandro la abraza, la estruja contra su cuerpo.

—Tendremos otro día entero, solo para nosotros. Te lo prometo. Aunque tengamos que esperar hasta las Saturnales.

—Amara —insiste Cressa—. No podemos llegar tarde.

Ni ella se despide, ni él tampoco. Tener que soltarlo, ponerse de pie y alejarse a sabiendas de lo que tendrá que hacer frente en el burdel casi le corta la respiración. El dolor posee una ferocidad física. No soportaría mirar atrás. Se dice que es más fácil no desear, no sentir. Cuando no puedes tomar tus propias decisiones, ¿de qué sirve querer algo o a alguien?

Dido le toma la mano.

—Aquí estoy —dice, y le aprieta los dedos.

21

Pues, sin duda, la vida es vigilia.

Plinio el Viejo,
Historia natural

El puesto que vende las flores y guirnaldas está en el lado con sombra de la calle, pero, aun así, el calor de la tarde ha provocado que muchos de los brotes se marchiten. Amara y Dido cuchichean, intentando tomar los tallos más frescos de los cubos con agua, vigiladas por la asistente de la tienda.

—¿Nos llega para comprar lirios?

—Deberíamos hacer el esfuerzo si queremos que Aurelio nos contrate otra vez.

Es apenas la segunda ocasión que asisten a la casa del vinatero. Aurelio es amigo de Fusco, pero no de Cornelio, y sus gustos parecen ser más decorosos. Un burdel secreto en un rincón de su jardín es impensable.

Compran los lirios y deambulan muy despacio de regreso. Las calles están menos abarrotadas que de costumbre; nadie que no necesite estar fuera se aventura a salir por el calor. Y si la noche anterior en el burdel es indicativa de algo, media Pompeya tiene resaca. Amara se frota el brazo donde sabe que un moratón le marca la piel, cortesía de un cliente particularmente agresivo. Esconder la mancha toda la noche será una verdadera molestia.

—¿Te encuentras mejor? —Dido le mira el brazo, ansiosa—. Sé que ha sido una noche difícil.

—Casi quisiera no haberlo visto —dice Amara, y ambas saben que no se refiere al cliente. Pero le duele demasiado hablar de Menandro abiertamente—. Hace que todo se sienta mucho peor.

—Eso fue lo que le dije a Nicandro.

—¿Fuiste a verlo ayer también? —Le sorprende que Dido no se lo hubiera dicho.

Dido asiente, luego pausan su conversación para dejar pasar un carro y se paran junto a la pared para evitar el polvo.

—¿Qué tenemos para ofrecernos el uno al otro? —pregunta Dido cuando comienzan a caminar de nuevo—. Al margen de un momento de dulzura. Si no puedes estar con alguien, ¿vale la pena fingir que las cosas son distintas? Lo siento —dice al ver el rostro afligido de Amara—. Pero no sé qué beneficio tiene amar a Menandro. Si fuera Salvio, al menos lo entendería. ¿No podría comprarte algún día? Cuando menos es posible. Otro esclavo... no hay nada que pueda darle a una mujer, sin importar cuánto quiera hacerlo.

—Lo sé —afirma Amara, intentando no pensar en la sensación del brazo de Menandro sobre su cuerpo ni en la sonrisa en sus ojos—. Sé que no puede.

—¿Crees que Salvio te compraría algún día?

—No. Digo, lo he pensado —admite—. Pero deberías oír cómo habla de Sabina, de su extraordinaria virtud, su timidez. No es el tipo de hombre que me tendría como concubina, y es obvio que yo no soy el tipo de mujer que querría como esposa. —Vacila—. ¿Qué hay de Prisco?

—¡De ninguna manera! —Dido se ríe—. ¿Qué haría? ¿Mantenerme en casa de Salvio como su amante secreta? Eso ya lo hace.

Llegan al burdel y llaman a la puerta del apartamento de Félix. Paris la abre.

—El amo está ocupado —anuncia mientras frunce el ceño.

—No importa —responde Amara, dándole a la puerta un empujón impaciente—. Venimos a ensayar para esta noche. Félix lo sabe.

—¡No hace falta que te portes como una perra y tires la puerta abajo! —estalla Paris antes de hacerse a un lado para dejarlas pasar.

—¿No se sentirá solo? —susurra Dido después de terminar de subir la escalera—. No creo que tenga amigos.

—No me sorprende, con esa actitud —responde Amara, sin molestarse en bajar la voz.

La lira está guardada en un rincón, a un lado del dormitorio de Félix. En cuanto entran, se dan cuenta de que él tiene compañía. Es Victoria. Amara reconocería sus fervorosos gemidos en cualquier lugar, aunque parece que está haciendo un esfuerzo adicional por el jefe.

Dido le toma el brazo, evitando que se adentre más.

—¿Deberíamos estar aquí? —le susurra.

—Nada que no oigamos todas las noches.

—Sí, pero esto es diferente. ¡No saben que estamos aquí!

Un sonido que ninguna de las dos ha escuchado antes interrumpe el debate.

—¿Es Félix? —pregunta Amara, incrédula.

Se olvidan de sus escrúpulos y escuchan, mirándose atónitas. No queda duda ya de que los gemidos de placer son de Félix.

—¡No puedo creerlo! —dice Dido—. A mí siempre me toca esta cara.

Se para muy firme e imita el pavoneo de Félix antes de poner una cara de ampuloso desdén, como si estuviera mirando por encima de la cama de una mujer imaginaria.

Amara resopla con una risotada y se lleva una mano a la boca para tapar el ruido. Ambas intentan contener las risitas, pero el esfuerzo por no reírse empeora las cosas, y pronto están estremeciéndose en un ataque de histeria silenciosa.

—Te quiero, moriría por ti. Te quiero. Te quiero...

—¡Ahora sí que exagera! —dice Amara—. Supongo que Félix no se lo creerá, ¿no?

Sin embargo, a juzgar por los ruidos en la habitación contigua, parece que Amara ha sobreestimado la capacidad de discernimiento de Félix.

Esperan. Los gemidos y chillidos al fin terminan, pero Victoria no ha acabado con sus declaraciones de devoción.

—Te quiero tanto, lo eres todo para mí. Te quiero. Te quiero...

Su voz tiene una cualidad suplicante y de humillación que Amara apenas reconoce. Suena casi como si estuviera llorando. La voz de Félix en respuesta es tranquilizadora, pero demasiado baja como para entender sus palabras.

—Es muy buena actriz —susurra Amara—. ¡Parece que se lo ha creído todo!

—Vámonos, no deberíamos estar escuchando

esto. —A Dido se la ve muy incómoda. Camina de puntillas hacia la puerta del pasillo y la abre de golpe, como si acabaran de llegar—. ¿Quieres que nos vistamos primero o prefieres tocar? —pregunta en voz muy alta.

Las voces en la habitación de al lado se callan al instante. Amara y Dido caminan por la habitación, sacando su ropa del baúl y practicando su primera canción. Félix abre la puerta, desnudo de cintura para arriba, impasible al verlas.

—Puedes irte —dice en dirección de su habitación.

Victoria sale a toda prisa, desaliñada, con el rostro empapado, quizá de sudor. Amara intenta encontrar su mirada y guiñarle el ojo, pero Victoria la evita. Sale al pasillo y cierra la puerta con suavidad.

Reclinada con modestia en el amplio sillón tapizado de Aurelio, Amara está agradecida de que Dido y ella hayan decidido usar los finos vestidos doblados, haciendo la tela lo más opaca posible. No está sentada con Fusco.

En cambio, Aurelio la ha colocado en un sofá con uno de sus amigos más antiguos: Plinio, almirante de la flota romana. Sospecha que esto ha sido un toque travieso del anfitrión.

Es un hombre de apariencia austera, con cabello gris oscuro y una firme mandíbula cuadrada. Aurelio intenta que comparta con ellos anécdotas de la vida militar, pero Plinio parece ser una de esas personas poco comunes que prefiere observar antes que hablar de sí mismo.

—Me encantaría —le dice a Aurelio, cuando este

último le ofrece hacerle una visita guiada por sus viñedos—. Aunque quizá mi compañía te parezca bastante tediosa. Espero poder adentrarme más en el país, hacia el Vesubio, para ver algunas de las plantas más peculiares. Aunque, por supuesto, mis investigaciones también versan sobre el vino.

—¡El vino se bebe, no se investiga! —Aurelio se ríe—. Pero podemos adentrarnos más, si quieres.

Plinio no tiene nada que decirle a Amara en toda la noche, salvo un breve cumplido sobre su presentación de Safo, así que es una sorpresa cuando se dirige a ella directamente.

—¿No concuerdas con nuestro anfitrión?

—... ¿Perdón? —La pregunta la desconcierta.

—El vino. Apenas has tocado el tuyo.

Amara mira su copa. Está junto a la de su acompañante, que también está llena.

—Ah —dice—. Pues me parece que beber demasiado es similar a estar dormida, y prefiero estar despierta para lo que la vida pueda ofrecer.

Plinio la mira.

—Interesante —confirma—. Somos de la misma opinión.

Tras haber capturado su atención, Amara se apresura a indagar un poco más:

—¿Estás estudiando las propiedades medicinales de las plantas?

La boca de Plinio se tuerce con una expresión de desprecio que no le agrada a Amara.

—¿Vas a hablarme de todas las propiedades especiales que tienen para las mujeres?

—No estaba hablando de pociones de amor —dice Amara, sonrojándose—. Mi padre era discípulo de Herófilo.

—¿Herófilo? ¿Uno de tus favoritos? Quizá podrías arreglar sus palabras con alguna melodía.

Se oyen risas de los invitados, quienes han estado escuchando su conversación, entretenidos. Amara ha soportado toda clase de insultos disfrazados de cumplidos en cenas como esa. Sabe que es irracional, tonto incluso, que este hombre en particular la provoque más que cualquier otro, pero el corazón se le acelera y no puede evitar contraatacar.

—«Cuando la salud está ausente —dice—, la sabiduría no puede revelarse, el arte no se manifiesta, la fuerza no lucha, el bienestar es inútil, y la inteligencia no tiene aplicación.» Jamás arreglaría las palabras de Herófilo con alguna tonada, señor, pero vivo mi vida según su sabiduría.

—Te he ofendido. —En el rostro de Plinio hay sorpresa, no enfado. La mira casi como si fuera un perro que acabase de hablar—. Discúlpame. No hay razón por la que no hubieras podido leer a Herófilo. ¿Qué te enseñó tu padre sobre él?

Su pregunta apaga la flama de la furia de Amara. Teme haberse expuesto.

—No debería haberme atrevido... —murmura.

—¡Por supuesto que deberías haberte atrevido! ¿Por qué habrías de dejarme ser un pedante? —Plinio suena irritado—. Basta de la falsa modestia. Responde mi pregunta.

—Mi padre, Timaios, era doctor en Afidnas —dice Amara—. No tuvo hijos varones y quería a alguien que le hiciera compañía y le leyera. Y eso hice. —Plinio guarda silencio, así que Amara continúa—: Tenía un interés particular en la teoría de la circulación de la sangre de Herófilo. —Hace una pausa—. ¿Puedo? —Pide permiso para tomar la mano de Plinio. Le toma la muñeca, buscándole el pulso, y lo siente acelerarse con el toque de sus dedos—. Este es el flujo sanguíneo, impulsado por el corazón —dice—. O, al menos, eso es lo que Herófilo creía.

Amara suelta la muñeca de Plinio y ambos se ríen. La conversación continúa su curso y Amara y Dido se ponen de pie para cantar otra canción. Plinio no dice nada cuando ella regresa al sofá. Pero, a pesar de no hablar, Amara siente que la vigila con una atención persistente.

No le sorprende ver que se va temprano de la fiesta, pero antes de partir se dirige a ella una última vez:

—¿Tu amo tendría algún problema con prescindir de ti una semana? Quisiera llevarte a casa.

Hace la petición de una forma de lo más casual, como si estuviera pidiendo prestado un abrigo, que Amara tarda unos momentos en comprender lo que le dice.

—Estoy segura de que no tendrá problema alguno —contesta.

—Bien.

Del otro lado de la habitación ve a Dido observándola. Los ojos de Amara van de Plinio a Dido.

—Explícaselo a Félix —susurra. Dido asiente.

Hay varias sonrisas burlonas entre los invitados cuando Amara sigue a Plinio hacia fuera del comedor, aunque ninguno tiene las agallas como para burlarse del almirante de frente. Aurelio es quien más se acerca a hacerlo.

—Espero que hayas tenido una velada espléndida, querido amigo —dice, con una mirada acentuada hacia Amara—. Me alegra que la cena haya sido de tu agrado.

Plinio le da las gracias con serenidad, decidiendo

ignorar la insinuación, o quizá sin registrarla en absoluto. Atraviesan el atrio, Amara va unos pasos por detrás de él, sumándose a su silenciosa comitiva de esclavos. Uno de ellos lleva su lira. El portero la ayuda a ponerse la capa. Luego sale a la calle iluminada por la luna.

22

> Y me ocupo de este trabajo en mi tiempo libre; es decir, durante la noche. Porque no quiero que mis príncipes me crean culpable de haber robado sus horas, debidos a ellos: a quienes me dedico durante el día.
>
> PLINIO EL VIEJO, *Historia natural*

La casa a la que Plinio la lleva está cerca del Foro, a solo unos cuantos metros del burdel, pero cruzar su umbral es como entrar a otro mundo. Una delicada fuente en forma de fauno los recibe al acceder al atrio; la luz de las estrellas se refleja en sus aguas. El aroma denso de los jazmines llena el aire que los rodea.

—Mis amigos han tenido la amabilidad de dejarme a mis anchas en la casa mientras ellos están en Roma —dice Plinio, tras lo cual toma una lámpara de manos de un esclavo y la guía por un salón oscuro—. Por aquí. —Suben la escalera y atraviesan un balcón interior, hasta que Plinio abre una puerta. El aroma a jazmín es particularmente intenso ahí y Amara alcanza a oír el gorgoteo de otra fuente; supone que la habitación debe de dar al jardín.

—Hemos llegado. —La invita a pasar con un gesto.

Amara esperaba esclavos que los atendieran, por lo que se siente un poco nerviosa entrando sola a la habitación. Las paredes están decoradas con escenas marítimas: pequeños botes en pintorescas batallas, columnas de humo que se elevan por encima de la derrotada flota enemiga. Se pregunta si Plinio la visita con frecuencia, si la habitación fue pintada así para él. Por todo el suelo hay valijas llenas con pergaminos y tabletas de cera. Hay otra pila sobre la cama. Plinio las levanta con cuidado.

—Si pudieras desvestirte —dice, antes de darse la vuelta para revisar sus tabletas mientras ella se desnuda.

No viene al caso hacer un baile seductor si él ni siquiera la está mirando. Se quita la capa, dobla el vestido con mucho cuidado y se suelta el cabello. Luego se lo acomoda con maestría sobre un hombro y se sienta en el borde de la cama.

Plinio, mientras tanto, repasa sus notas, pero después de unos momentos se gira para verla, con un punzón y una libreta de cera en las manos. Se miran.

—¿Podría tener una mejor vista? —pregunta él. Amara está perpleja. ¿Su pose no es tan sensual como debería serlo? ¿Qué es lo que quiere ver? Arquea la espalda y frunce los labios.

—No, no —dice Plinio—. Eso no. Recuéstate o algo, para que pueda verte mejor, ver más de ti.

Amara se recuesta en la cama, más nerviosa con cada segundo que pasa. Plinio la mira de arriba abajo y comienza a rayar sus tabletas. «Está tomando notas», Amara se da cuenta. La idea le resulta tan graciosa que tiene que toser para disimular la risa que le sube por la garganta.

—¿Puedo? —le pregunta, dejando las tabletas e insinuando que quiere tocarla. Le pasa las manos por todo el cuerpo, con el ceño fruncido por la concentración, y farfulla para sus adentros al llegar al moratón en el brazo. Amara vacila un poco cuando la toca entre las piernas, sin saber qué esperar, pero no se detiene ahí más de lo que lo ha hecho con su codo o su barbilla—. Me alegra ver que no te has quitado todo el vello —dice con un tono de aprobación—. Es un hábito repugnante. —Le da una palmada en la pantorrilla—. Aunque aquí todo está liso y suave, como debería ser. Gracias —comenta. Se sienta en la cama—. Ya puedes sentarte.

Amara hace lo que le pide sin ponerse demasiado cerca de él. No está segura de que Victoria la vaya a creer cuando le cuente los sucesos de la noche.

—He hablado con varias cortesanas durante mis investigaciones —dice, dotándola de un título mucho más generoso del que ambos saben que Amara merece—. Me interesaría saber sobre tus conocimientos herbales. En realidad, no estaba desestimando las pociones amorosas.

—¿Qué quieres saber? —pregunta Amara.

Plinio tiene las tabletas preparadas otra vez.

—¿Haces algo para evitar un embarazo?

—Uso una esponja. Empapada en miel, si me alcanza el dinero. La utilizo como barrera. Mi padre me permitió leer toda la obra de Herófilo, incluido su libro sobre partería. Creyó que me sería útil cuando me casara.

Plinio asiente.

—Muy sensato. ¿No usas amuletos, entonces?

—No, aunque algunas de las otras mujeres del lugar sí lo hacen. Hay una que se lava con vino y vinagre. La mujer con la que he cantado hoy usa una esponja, como yo.

Plinio anota sobre la tableta.

—¿Cómo te convertiste en... cortesana?

—¿Qué parte de la historia quieres saber?

—Pues —dice él, frunciendo el ceño—, toda. Comenzaste leyéndole a tu padre la obra de Herófilo en Ática y ahora estás aquí, en Pompeya. Quiero oírlo todo.

Le está pidiendo nada menos que poner al descubierto la historia entera de su vida. Amara no sabe si habría sido más sencillo simplemente acostarse con él.

—Mi padre era doctor en Afidnas —comienza—. Yo era su única hija. Él murió cuando yo tenía quince años de una enfermedad que le contagió uno de sus pacientes. Mi madre intentó mantenernos durante algunos años y, cuando ya no fue posible, me vendió como esclava doméstica a uno de los clientes más adinerados de mi padre.

—Espera. —Plinio levanta la mano—. Eso no tiene sentido. ¿Por qué tu madre no te casó tan rápido como pudo? A esa edad debían haber estado esperando que te casaras pronto de todos modos. Eras hija única. ¿Qué hay de tu dote?

Era inevitable: Plinio ha logrado tocar uno de los puntos más vergonzosos de su historia.

—Mi padre no siempre les cobraba a sus pacientes tanto como debía —dice, sintiendo la necesidad, a pesar de todo, de disculpar a su padre por su negligencia—. Las deudas que esperábamos cobrar nunca se pagaron. Y las deudas personales de mi padre eran considerables también. Mi madre usó lo que quedaba de mi dote para mantenernos.

Plinio está escandalizado.

—¡Es la peor injuria! ¡De tus dos padres! —Ve la angustia en el rostro de Amara—. No, lo siento, continúa. Te vendió como esclava doméstica. ¿Y luego...?

—Mi madre puso el dinero que le pagaron por mi venta entre mis cosas —confiesa Amara, intentando al menos exculpar a su madre de avaricia—. Pero mi nuevo amo lo tomó y no me usó como esclava doméstica, como había prometido, sino como concubina. —Plinio hace una mueca, como si le sorprendiera que alguien pudiera de verdad haber creído lo contrario—. Estuve ahí alrededor de un año, hasta que su esposa comenzó a ponerse celosa. Luego me vendió como prostituta. Me llevaron a Pozzuoli, donde me vendieron en el mercado al proxeneta que es dueño del burdel de la ciudad. Así es como terminé aquí.

—El camino de la mente es siempre más extraño que el del cuerpo —dice Plinio de forma enigmática—. ¿Cómo te has adaptado? Debiste de haber pasado la primera parte de tu vida imaginando que te convertirías en... ¿qué? ¿Una respetable esposa? ¿Madre?

—Sabía que ese era mi deber.

—¿Qué querías en realidad, si no eso?

—Lo que quería en realidad era algo que solo podía existir en la fantasía —dice. Plinio resopla, perdiendo la paciencia con sus argucias. Amara se da por vencida—. Quería ser doctora —revela—. Como mi padre. Supuse que iba a ser así por todas las horas que me hizo pasar leyendo los textos médicos. No lo entendía. Hasta que un día se lo mencioné y él me explicó que, por supuesto, eso no era posible.

—No es del todo cierto —responde Plinio—. Claro, no podrías haber ejercido la medicina como tu padre, pero siempre han existido las mujeres estudiosas, las filósofas, que han llevado vidas modestas pero aceptables. En particular en Ática. Pero entiendo su preocupación ante la irregularidad. Aunque —masculla, claramente irritado aún con sus padres— esa debió de haber sido razón de sobra para ahorrar para tu dote.

—Deja las tabletas y mira los libros que tienen alrededor—. ¿Tienes una buena voz para leer?

—Supongo que sí.

—Excelente. Puedes ayudarme un poco mientras estás aquí. —Comienza a hablar en griego—. Podemos incluso leer a Herófilo, si quieres. Me gustaría incluirlo en mi *Historia natural*.

El acento de Plinio es espantoso, pero su griego es fluido e impecable.

—Me encantaría —dice Amara, sonriéndole—. Sería un verdadero placer.

Plinio sonríe también, evidentemente satisfecho con los resultados de la velada.

—Bien, estaré despierto leyendo unas cuantas horas más —comenta antes de levantarse de la cama—. Pero, por favor, no permitas que te moleste. No dudes en dormir mientras trabajo.

—¿Dónde quieres que... duerma?

—En la cama, claro está —dice Plinio con un dejo de exasperación en la voz.

Se sienta en el escritorio que está instalado de forma que pueda seguir viéndola. Amara actúa como si fuera cosa del otro mundo meterse bajo las sábanas y entrecerrar los ojos; mira a Plinio por debajo de los párpados casi caídos. Complacido de verla acomodada, Plinio vuelve a sus pergaminos y la ignora. Amara tiene la intención de mantenerse despierta, pero el crujir del papel, el sonido de la fuente y el aroma del jazmín son tan calmantes que pronto se duerme. Sigue medio dormida cuando siente los dedos de Plinio sobre su cabello.

—No me has dejado mucho espacio —le susurra.

Amara está alerta casi al instante.

—¡Ay! —exclama al darse cuenta de que debe de

haber estado extendida todo lo ancho de la cama—. Perdón. —Se apresura a hacerse a un lado.

Plinio se mete en la cama, a su lado.

—Es un privilegio dormir bien —dice, sin más.

Se quedan acostados uno junto al otro en la oscuridad. Amara no tiene ni idea de qué hora de la noche es, o quizá ya haya amanecido. Supone, dada la absoluta quietud de Plinio, que él también está despierto. Es difícil saber qué podría querer, pero ella siente que es mejor sospechar lo obvio que ofenderlo. Se acerca un poco más y le pone la mano con suavidad sobre el brazo.

—Estoy muy agradecida por la invitación —dice.

—Eres una muchacha encantadora —responde él. Amara sabe que la está mirando, pero la oscuridad le oculta el rostro. Se acerca y lo besa. Sus labios son delgados y resecos. Plinio no responde al beso, pero tampoco la aparta. Amara se relaja y apoya el cuerpo sobre el de él mientras sube la mano despacio por sus muslos. Él la detiene casi de inmediato, tomándole la muñeca—. No... no es necesario.

—Solo quiero complacer —dice Amara, alejándose un poco, de forma que ya no está recostada sobre él—. No quería ser presuntuosa.

—Entiendo —responde él, besándole la mano con los labios secos antes de soltarle la muñeca—. Pero no es necesario. Tenerte aquí es placer suficiente. —Estira una mano y se la pone sobre la cintura. Es la única parte de sus cuerpos que se están tocando, aunque Plinio está tan cerca de ella que puede verle los ojos y sentir el calor de su aliento—. Qué piel tan bonita y suave tienes —añade.

Amara se mantiene en la misma posición, creyendo que quizá él quiera hacerse cargo de la seducción, hasta que —cuando su mano se vuelve más pesada y su respiración más profunda— se da cuenta de que está dormido.

Le levanta el brazo con delicadeza y le quita la mano de encima de su cintura, para luego asentarla en la cama y deslizarse hacia un lado, pues no quiere girar sobre él por error más tarde. Cierra los ojos. Piensa que será una semana bastante agradable.

23

> No hay otra parte del cuerpo que provea más evidencia sobre el estado del cuerpo. Lo mismo ocurre con todos los animales, pero en particular con el hombre; esto es, los ojos dan muestra de moderación, compasión, piedad, odio, amor, dolor, alegría; de hecho, los ojos son la ventana del alma.
>
> PLINIO EL VIEJO, *Historia natural*

Plinio le pasa los dedos por el pelo. La sensación la despierta. Abre los ojos y se encuentra con que él está mirándola desde arriba. La luz del sol es menos indulgente con su edad. Tiene pelos grises en el pecho desnudo y una extraña expresión absorta en el rostro. Amara se pregunta cuánto tiempo lleva observándola.

—Me alegra mucho que no te tiñas el cabello como tantas otras mujeres insensatas —dice a manera de saludo—. El tuyo tiene un color natural espléndido. Suave, como una ardilla. —Se agacha para besarle la nariz.

La actitud de Plinio es tan extrañamente afectuosa e inquietante que Amara no sabe qué decir.

—Gracias —es lo que logra responder, esperando

que pronto deje de cernirse sobre ella para poder sentarse y alejarse.

Plinio vuelve a agacharse, y esta vez le besa la frente. Luego se sienta y baja las piernas de la cama.

—Necesito escribir esta mañana —anuncia—. Pero quisiera que me leyeras por la tarde. Mientras tanto, toma uno o dos pergaminos y disfruta los jardines. Segundo te llevará lo que sea que necesites; sabe que estarás aquí toda la semana. —Plinio se viste mientras habla. Una vez más, a Amara le sorprende no ver esclavos en sus habitaciones. Cuando la ve tomar su túnica de seda transparente, se detiene—. No te la vas a poner, ¿verdad?

—No tengo nada más —responde ella, sorprendida de que un hombre tan brillante pueda ser tan obtuso.

—No, supongo que no. —Mira a su alrededor con ojos distraídos, como si esperara que una muda de ropa de mujer decente fuera a salir de alguna de las valijas—. Pues nos conformaremos con eso por ahora. Quizá... —Frunce el ceño, estudiándola—. Quizá puedas doblarla unas cuantas veces más.

Amara no confía en su capacidad para responder. Después de vestirse, Plinio la observa mientras elige los pergaminos o, más bien, acepta los que él le da; luego, la acompaña hacia la puerta, al parecer ansioso porque se vaya para poder trabajar. Amara sale al balcón interior, con la gloriosa extensión del jardín a sus pies.

—Solo tienes que bajar por la escalera —le indica Plinio con un gesto indefinido antes de perderse en su estudio.

Amara baja poco a poco al jardín, maravillada. Son las primeras horas de la mañana, pero el cielo ya está azul, como una promesa del abrasador día que se avecina. En el aire flota el dulce aroma de flores que Amara es incapaz de nombrar; la fuente resplandece al caer el agua, y el suave ritmo de su borboteo es como ligeras pisadas. El balcón del piso de arriba forma parte de la columnata, y hay debajo varios bancos con cojines listos para quien quiera descansar ahí. Amara se detiene y observa el lugar sin poder creer lo que ven sus ojos. Todo eso es suyo durante el resto del día. No tiene nada más que hacer que sentarse, leer y mirar el hermoso jardín.

—¿Quieres algún tentempié, señora mía?

Un hombre, que podría ser o no ser el Segundo que Plinio ha mencionado, está parado a una distancia respetuosa.

A Amara le avergüenza la formalidad con la que se dirige a ella. Se lleva los pergaminos al pecho para cubrir la delgada tela de su túnica.

—Si fueras tan amable. Muchas gracias.

El hombre se va, y ella se sienta en uno de los bancos que dan hacia la fuente. Hace fresco bajo la sombra de la columnata. Luego examina los pergaminos que Plinio le ha dado. Ambos son griegos: Homero, a quien conoce bien, a pesar de que su familia tenía solo dos cantos de *La Odisea*; y uno que nunca había visto: *Las Argonáuticas* de Apolonio. Desenrolla la parte superior con cautela y comienza a leer. El hombre vuelve con una bandeja y una manta.

—He pensado que quizá tendrías frío —dice.

—Qué considerado. Muchas gracias —responde Amara, poniéndose la manta sobre los hombros—. ¿Tú eres Segundo?

—Sí.

—Yo soy Amara. Es un placer conocerte.

La boca se le tuerce un poco a Segundo, como si

la situación le pareciera graciosa, pero mantiene una cordialidad cautelosa.

—Un gusto conocerte, señora Amara.

—Gracias —dice de nuevo mientras él asienta la bandeja en una mesita a un lado del banco—. ¿Sabes qué música le gusta al almirante? Quisiera tocar algo para él más tarde; ha sido muy amable conmigo. Me gustaría cantar algo que disfrutara.

—Estoy seguro de que al almirante le encantaría escuchar lo que desees cantar —afirma Segundo con tono solemne—. Considerando que te ha invitado como su huésped.

Hace una reverencia y la deja.

Cuando está fuera de su vista, Amara examina la bandeja con un entusiasmo desbordado. Contiene una pieza de pan suave con miel esparcida encima, un vaso de agua y un plato con albaricoques y ciruelas. Intenta no comérselo todo demasiado rápido ni con demasiada ansiedad, y cuando termina se levanta para meter los dedos en la fuente. Está segura de que a Plinio no le gustaría ver manchas de miel ni de ciruela en sus pergaminos. Luego vuelve a acomodarse sobre los cojines con un suspiro y comienza a leer *Las Argonáuticas*.

Es una mañana distinta a cualquier otra en la vida de Amara. Ni siquiera en casa de su padre conoció solaz y lujos así. Segundo aparece con una segunda bandeja de comida —queso, aceitunas y más vino, así como una copita de vino dulce—, pero, fuera de eso, nada ni nadie la perturba. Lee, camina por el jardín examinando las flores, admirando el jazmín, que sabe que olerá mucho más dulce por la tarde. Mira las pinturas de la columnata: exquisitas escenas silvestres, aves salvajes que planean, una paloma que reposa en una fuente idéntica a la que hay en el jardín y que mana con suavidad todo el día. Sabe que está cerca del bullicio de la calle, pero muy poco ruido interrumpe su tranquilidad.

En el transcurso de la tarde, el calor del sol calienta hasta el último rincón del jardín y Amara se deshace de la manta que Segundo le ha dado. Comienza a preocuparle que Plinio se haya olvidado de ella, pero por fin aparece, seguido de un esclavo que carga un baúl.

—¿Has disfrutado de los jardines? —le pregunta tras sentarse con ella bajo la columnata.

—Son maravillosos —responde—. Nunca he sentido una felicidad así.

Plinio asiente con una expresión de satisfacción.

—Si pudieras leer un poco para mí —pide—, sabré si tu voz me parece fácil de escuchar o no. —El esclavo le entrega un pergamino—. He traído *Del pulso*, de Herófilo. Necesito estudiarlo sea como sea, y será de ayuda que estés familiarizada con el texto.

El pergamino que Amara tiene en las manos es mil veces más fino que el que estaba en casa de su padre, pero eso no le impide sentir una oleada de emociones al desenrollarlo.

—¿Hay alguna sección que prefieras? —pregunta.

—Comienza por el principio —dice Plinio con tono mordaz—. Siempre me ha parecido que eso ayuda.

Amara empieza a leer. El texto es más completo que el que tenía su padre, pero las frases y cadencias son muy similares. Es como recitar una oración, un conjuro a todo lo que solía atesorar. Lleva unos cuantos minutos leyendo, con Plinio tomando notas, cuando la interrumpe.

—Retrocede un poco —dice—. Solo un par de líneas. —Amara accede y él asiente, satisfecho.

Continúa leyendo sin pausa durante horas, con ayuda de unos cuantos vasos de agua provistos por el siempre diligente Segundo. Paran, al fin, para cenar.

—Tienes una voz melódica —confirma Plinio—. Pero no empalagosa. Ya veo por qué le eras tan útil a tu padre. Me parece que la voz de muchas mujeres es difícil de soportar durante periodos largos, pero la tuya tiene justo el timbre correcto.

—¿Me permitirás que te cante? —pregunta Amara.

—No estoy seguro de ser un hombre al que se le cante una serenata con versos de Safo —comenta, sonando más jocoso que cruel.

—Eso no es lo que iba a cantar —responde Amara—. Solía cantarles a mis padres una versión del encuentro entre Nausícaa y Odiseo. He pensado que podría serte placentero.

—En ese caso, por favor, hazlo —dice Plinio, aunque su tono sugiere que está accediendo más por cortesía que por ilusión.

Cenan en el jardín. Al estar solo ellos dos, ni siquiera se considera usar el comedor. Él le pregunta sobre *Las Argonáuticas* y pide su opinión sobre la representación de Apolonio del amor entre Jasón y Medea. Amara agradece haber leído lo suficiente como para poder discutirlo. Cuando terminan de cenar, uno de los esclavos le trae la lira. Amara toca para Plinio una melodía que la lleva de vuelta a la infancia y a la mirada afectuosa de sus padres.

Al terminar, lo contempla con preocupación, esperando que haya disfrutado su presentación. Pero la expresión que encuentra en su rostro es de una tristeza inmensa.

—Tus padres te fallaron, Amara —dice al fin—.

Eres una muchacha encantadora. Debieron asegurarse de que tuvieras una dote.

—Por favor —responde ella—. Están muertos. No puedo pensar mal de ellos.

Plinio agacha la cabeza como muestra de contrición.

—Entiendo. Disculpas.

Cuando está demasiado oscuro y frío como para permanecer en el jardín, caminan de vuelta a la habitación de Plinio. Hay más pergaminos dispersos de los que Amara recordaba.

—Ah, lo había olvidado —dice Plinio, señalando una pila de ropa de mujer—. He hecho que te consiguieran cosas más apropiadas.

—Gracias —responde ella, pero resiste el impulso de levantar la ropa y ver qué le ha comprado—. Las usaré mañana. Qué bondadoso eres conmigo.

Plinio la observa desvestirse con la misma expresión absorta que Amara recuerda de la mañana. Amara espera que la desee, que esta noche no se aleje de ella. Sabe que no es de él de quien se ha enamorado, sino de los jardines, de la belleza de la vida que lleva, pero su deseo no tiene otra dirección más que el hombre que está frente a ella. A pesar de sus esfuerzos al desvestirse, Plinio no la acompaña a la cama, sino que se sienta en el escritorio a trabajar.

—Puedo leer —dice ella.

—Debes de estar cansada —le responde Plinio—. No espero que pases toda la noche leyéndome.

—Por favor —dice Amara—. Me gustaría hacerlo.

Plinio vacila un instante; luego le da el pergamino que está estudiando.

—Desde aquí —le señala el punto exacto del texto con el pulgar.

Esta vez no hay un Segundo que le lleve discretos vasos de agua, y el tratado sobre las plantas le es desconocido. Por si fuera poco, la caligrafía del escribano es retorcida y difícil de descifrar. Más de una vez oye a Plinio gruñir o quejarse cuando tropieza con una frase, pero Amara continúa leyendo hasta que siente que está a punto de perder la voz o quedarse dormida sobre el pergamino. Por fin, parece que Plinio ha trabajado lo suficiente y está listo para irse a la cama.

—Veo que nos parecemos en nuestra aversión al sueño —dice—. Siempre me ha parecido una especie de muerte. —Amara se acerca a él en la cama, esperando que le ponga un brazo alrededor de la cintura. Pero no lo hace—. Amara no es un nombre que haya oído antes —le dice cuando están recostados frente a frente en la oscuridad—. Supongo que no es tu nombre real.

—Es el nombre que me dio mi amo —responde ella. Mencionar a Félix le hace sentir como si un frío cuchillo le atravesara el corazón—. Me dijo que está a medio camino entre el amor y la amargura.

—Sí, *amare*, *amarum* —dice Plinio—. Bastante poético para un proxeneta.

Le pone una mano sobre la cintura, como hizo la noche anterior, y Amara teme que vaya a quedarse dormido. Se acerca a él, para que la mano se le deslice hasta la espalda baja, y lo besa. Sus labios están tan secos e inertes como antes. Lo besa de nuevo, intentando imaginarse que se trata de Menandro, que responderá como Menandro; en cambio, la aparta con un delicado empujoncito.

—Solo quiero complacerte. —Una frase que le ha repetido una infinidad de veces a tantos clientes, sin un ápice de sinceridad. Esta vez quisiera que la desesperación no se mostrara tan abyecta en su voz.

—Ya me complaces —dice Plinio, como si estuviera aplacando a una niña—. Me gusta verte; eres muy hermosa. —Le pasa los dedos por el pelo lentamente, como hizo para despertarla por la mañana—. No necesito más.

«Debe de ser impotente», piensa Amara. La idea no la perturba ni la reconforta. Está demasiado agotada y la cama es demasiado cómoda como para seguir preocupándose por el enigma que es Plinio. Se queda dormida, arrullada por la sensación de las caricias en el pelo.

El tiempo transcurre como una cinta de seda entre sus dedos. Cada hora que pasa como huésped de Plinio la hace enamorarse más y más de su vida; sus días son una interminable procesión de placeres. Se baña sola en la sala de baño privada, le arreglan el pelo cada mañana, come sin preocuparse por el precio de los alimentos. Poco a poco, siente que su cuerpo vuelve a ella. Nadie la toca sin permiso, mucho menos con violencia. En el hermoso jardín, la fealdad del burdel comienza a tomar un aire de irrealidad. Pero Amara sabe que está ahí, como el moratón del brazo que se va desvaneciendo.

Plinio se convierte en el obsesivo foco de sus esperanzas. Ya nunca pasa tanto tiempo con él como en el primer día —pues suele estar ocupado con otros huéspedes o cenando fuera de casa—, pero todas las noches le lee y se queda dormida bajo el peso de su mano. Amara se sienta a la sombra de la columnata, observando en silencio a los visitantes e invitados en el jardín, intentando aprender más sobre sus hábitos, sus opiniones o cualquier cosa que pudiera permitirle hacerse indispensable para Plinio. Sería un buen amo, se dice, imaginándose una vida como su asistente. Aun si él perdiera el interés en ella, si se convirtiera en un bello objeto arrumbado en la casa, una decoración para colocar junto a las flores o las fuentes, su voz seguiría siéndole útil, y él aún la trataría con gentileza. En ocasiones, cuando está sola en el jardín piensa en las otras mujeres, en Dido más que en las demás, y anhela hablar con ella. Luego la inunda una intensa sensación de culpa por sus planes de abandonarla. Se dice a sí misma mentiras complicadas: que si Plinio la comprara, lo convencería de comprar a Dido también, que su buena fortuna podría ser compartida. Intenta no pensar en Menandro; los recuerdos son tan dolorosos como sostener leña ardiente en las manos.

En su sexto día en la casa de Plinio, el miedo a que la envíe de vuelta al burdel es tan intenso que le impide leer. Plinio no ha dicho nada sobre su partida, pero tampoco ha mencionado algo sobre alargar su estancia. Está sentada en silencio en el jardín, oculta en las sombras, cuando dos conocidos de Plinio llegan de visita.

Están cuchicheando junto a la fuente mientras lo esperan. Pasan algunos minutos antes de que Amara se dé cuenta de qué es lo que están diciendo.

—... no sé por qué la recogió. Solo Plinio podría ser tan excéntrico como para llevarse a casa a una griega cualquiera a la que oyó cantar en una fiesta.

Sobresaltada, Amara dirige su atención al hombre que está hablando. Es mucho más joven que Plinio y tiene un aire de arrogancia y autosatisfacción. Le recuerda a Quinto.

Su acompañante le está dando la espalda, pero Amara percibe la burla en su voz.

—Cecilio la vio cuando vino esta semana. Bastante linda, dijo, pero completamente ridícula. Tan enamorada que casi temblaba al ver al almirante con sus trágicos ojos de lirón. ¡Y Plinio no le prestó ninguna atención!

El primer hombre ahoga una carcajada.

—Hay que darle crédito. Yo estaría bastante feliz si a esa edad pudiera follar con una puta hasta dejarla en ese estado de devoción.

—El viejo ha subido bastante de peso. Esperemos que no le provoque un infarto.

Las burlas de los hombres no lastiman a Amara; su impotencia ante ellos, sí. Se da cuenta de que al otro lado del jardín, parado en silencio bajo la columnata, Segundo también lo está escuchando. Desconoce el papel exacto que juega Segundo en la vida de Plinio, pero desde el principio ha entendido que es más que un mayordomo: es los ojos y los oídos de su amo. En su mirada, que suele ser inescrutable, Amara percibe que está furioso. Los hombres siguen charlando sin preocuparse, sin saber que los dos esclavos los escuchan. Segundo la mira. Sabía desde el principio que estaba ahí. Le sonríe, inclinando la cabeza un poco en dirección a los hombres. Amara sabe en ese momento que lo que sea que hayan ido a pedir al almirante no les será concedido.

Segundo le dice más tarde que Plinio cenará a solas con ella esa noche.

—¿Crees que querrá que le cante? —pregunta Amara.

—Creo que lo que más disfruta es tu voz al leer —responde Segundo, con mucho tacto—. Me ha contado lo útil que has sido al leerle durante horas, hasta bien entrada la noche, sin quejarte.

—Ha sido un verdadero placer.

La mirada que Segundo le lanza contiene más que un poco de lástima. La aprehensión de Amara se intensifica.

Durante la cena, Plinio está de buen humor, más solícito que de costumbre sobre lo que Amara ha estado leyendo, e incluso la alaba en algún momento y le besa la mano, el único gesto de afecto físico que le ha hecho fuera del dormitorio.

«Se está despidiendo de mí», piensa Amara. Observa los labios de Plinio mientras habla. No hay crueldad en su rostro. El alegre borboteo de la fuente se mezcla con sus palabras cautelosas y el aire está perfumado de jazmín. No se imagina volviendo con Félix, al burdel, a la oscuridad y a la violencia diaria. Eso la mataría.

—Te echaré de menos —dice Plinio al fin cuando un esclavo les lleva una bandeja de fruta. Toma una manzana—. Ha sido un placer tenerte aquí.

—No me envíes de vuelta —pide Amara de forma espontánea e improvisada—. Te lo ruego, por favor, por favor. —Plinio la mira, sorprendido; la desesperación de Amara se agudiza. Le toma la mano y se la lleva al pecho—. Te sería leal; dedicaría mi vida a tu servicio. Sería la asistente más devota que podrías desear. Sería lo que tú quisieras; iría adonde tú me pidieras.

—Mi niña querida —dice Plinio—, esto no es necesario...

—Por favor, no me alejes de ti —implora Amara, perdiendo todo sentido de la dignidad, cayendo de rodillas y llorándole sobre las manos a Plinio—. Por favor. Podrías comprarme. Te leería todas las noches; te dedicaría todas mis horas a tu trabajo. Jamás dormiría mientras estuviera a tu servicio.

—Sí que tienes una voz hermosa —dice Plinio. Amara alza la mirada y ve que, por un momento, está indeciso, considerando su oferta. Luego baja el rostro—. Pero ya tengo suficientes asistentes. No sé qué lugar habría para ti. Ya te he preguntado todo lo que necesitaba saber para mi trabajo. Y sabes que no soy un hombre que quiera tener una concubina, por más encantadora que seas. —La ayuda a ponerse de pie. Amara se sienta a su lado—. La oferta es muy dulce de tu parte. Tu lealtad me conmueve. Pero no puedo aceptar.

Amara se deja caer sobre el sillón entre sollozos. Plinio le pone una mano en el hombro.

—Amara, por favor, contrólate. Esto no tiene sentido.

Pero Amara no puede controlarse y el hermoso jardín se llena con el horrible sonido de su llanto histérico. Cuando Amara al fin está completamente exhausta y tiene los ojos demasiado hinchados como para derramar una sola lágrima más, Plinio sugiere que se retiren a la cama. Parece harto, irritado incluso, de su emoción.

—Es una lástima que hayas desperdiciado tu última noche. Ya te lo he explicado. No es que no me parezcas encantadora; no hay lugar para ti en mi casa. Además, ya soy un hombre viejo. Sin duda, debes querer algo más. Muchas cortesanas terminan casadas o acomodadas de alguna otra forma.

—No quiero nada más —dice Amara, recostándose pesadamente sobre la cama, y sus extremidades soportan toda la carga de su miseria. Vuelve a sentir que las paredes del burdel la atrapan.

Por primera vez, Plinio no va directo a por sus libros, sino que se acuesta con ella. Se sostiene sobre un codo, cerniéndose sobre ella, y le pasa una mano por el pelo.

—Eres una muchacha inteligente. Tienes que entenderlo.

Amara cierra los ojos, pero las lágrimas se le escapan de entre las pestañas. Siente el calor de Plinio al acercársele. Con los labios secos y frágiles le planta un beso en la frente. Amara se vuelve y se enrosca, escondiendo la cara detrás de sus manos. Plinio suspira de forma exagerada y baja de la cama.

Amara lo oye mascullar la palabra «ridícula» al sentarse frente a su escritorio. Está exhausta por la infelicidad. Se queda dormida, igual que en la primera noche, con el sonido de Plinio trabajando y el borboteo de la fuente del jardín.

24

> Las fragancias están sujetas al lujo más inútil de todos... Son ideales cuando una mujer pasa, difundiendo el olor que atrae incluso a aquellos que se dedican a otra cosa.
>
> Plinio el Viejo, *Historia natural*

Cuando Amara despierta, Plinio ya está sentado a su escritorio, mirándola. En su expresión distingue que no tiene sentido repetir la humillación de la noche anterior.

—Quiero disculparme por mi comportamiento de anoche —dice tras sentarse y cubrirse el pecho con las sábanas—. No era mi intención responder así después de lo bondadoso que has sido conmigo. Espero no haberte ofendido.

Plinio se relaja, claramente aliviado de verla tranquila. Camina hasta la cama, le toma la mano y le da una palmadita.

—Sé que las mujeres son, por naturaleza, criaturas emocionales —responde—. Tu oferta no era nada ofensiva. Solo me alegra que lo entiendas. Bien. —La ayuda a salir de la cama y la dirige hacia su ropa, quizá temeroso de que comience a llorar de nuevo—. Llevo toda la mañana pensando en un favor que podrías hacerme. El sobrino de un querido amigo vendrá de visita en poco tiempo. Si estás dispuesta, me gustaría que fueras su amiga.

Amara deja de vestirse.

—¿Su amiga?

—Todos los hombres jóvenes necesitan algo de experiencia con una mujer antes de casarse —dice él, encogiéndose de hombros—. Un padre puede solo desear que su muchacho no caiga en manos de una puta vulgar y tonta que drene el dinero de la familia. Claro, Rufo es un romántico y sospecho que un tanto inocente. Espero que seas una amiga leal y servicial para él, una amiga que sepa cuál es su lugar. Sin histeria ni dramas. ¿Puedo confiar en ti?

Amara asiente.

—Cualquier servicio por ti —ofrece.

—Espero que no sea un servicio oneroso —responde Plinio—. Rufo es un muchacho agradable. —Examina el rostro de Amara—. Quizá sea conveniente que veas a la criada esta mañana. Te veré en el jardín.

Amara sale al balcón interior y se dirige a la habitación que hay cerca de la entrada de la casa, donde Sarah, una esclava propiedad de los anfitriones de Plinio, le ha arreglado el pelo todas las mañanas. Al ver los ojos enrojecidos de Amara, pone un trapo a remojar en agua fría, sin hacer preguntas. Le indica a Amara que se siente frente al tocador.

—Ponte esto sobre los párpados —dice—. Te ayudará. —Amara se pregunta qué pensará ella de que Plinio le envíe a una prostituta para arreglarla. Siempre ha sido muy amable. Amara obedece y se sienta en la oscuridad, con el trapo presionado sobre los ojos, mientras Sarah le arregla el pelo. Cuando termina, le quita a Amara las manos de encima de los ojos—. Mejor —asegura—. Ahora sécatelos.

Sarah toma el kohl y una brochita y le traza delicadas líneas alrededor de los ojos con movimientos diestros y ágiles. Luego le extiende un polvo gris sobre los párpados. Encima del tocador hay un frasco de cristal: jazmín destilado del jardín. Se lo da a Amara, quien lo destapa y se frota el perfume en el cuello. Sarah toma el frasco de vuelta y le da a Amara un espejito de plata, el último paso del ritual. Amara mira su reflejo. Con la ropa respetable que Plinio le dio —sin duda elegida por Sarah— no parece una joven que trabaja en un burdel.

—Gracias —dice Amara—. Por todo.

Sarah asiente, amable, pero no parece tener ganas de hablar. Es imposible saber a ciencia cierta cuál es su verdadera opinión sobre la huésped de Plinio.

Plinio está leyendo un pergamino cuando Amara llega para acompañarlo. Se sienta en silencio, intentando no pensar en lo pronto que tendrá que dejar ese lugar. Se pregunta cómo será Rufo e intenta conjurar la energía para cautivarlo, para aprovechar la oportunidad que Plinio le ha puesto enfrente. Segundo aparece con pan y fruta. No le ha servido comida desde el primer día, cuando —Amara sospecha— su verdadero propósito era examinarla, por lo que le sorprende verlo con la bandeja.

Segundo mira a Amara como si estuviera intentando descifrar cuál es el problema con la escena que tiene delante.

—¿Quieres que te traiga la lira, señora?

—Gracias —dice Amara, agradecida de tener algo que hacer.

Amara desayuna, pero Plinio sigue demasiado abstraído en su pergamino como para hablar con ella, y luego comienza a tocar. La sensación de las cuerdas bajo sus dedos y la oportunidad de perderse en la canción son un alivio. Pasa una hora; el sol calienta el jardín, las flores abren la cara a la luz.

Amara toca sin cesar mientras Plinio lee, como si fuera su hija devota.

—Ha llegado Rufo. —Segundo está a un lado de su amo. Como de costumbre, Amara no lo ha oído acercarse.

Amara no deja de tocar y solo alza la mirada para ver a un joven parado junto a la fuente. No le quita los ojos de encima, está claro que no esperaba ver a nadie más que al almirante.

Plinio lo llama para que se acerque.

—¡Rufo! ¿Cómo está Julio? Fue una lástima que no pudiera verlo en Miseno.

—Envía sus más afectuosos saludos —dice Rufo—. Al igual que mis padres. Están pasando el verano en Bayas, pero de otro modo te habrían visitado aquí en Pompeya.

—Por favor, transmíteles mis mejores deseos —pide Plinio—. Bayas es encantador en esta época. —Mira a Amara—. Tu tío me dijo que te has aficionado al teatro en últimas fechas. Ella es Amara, invitada mía. Es una talentosa artista.

Es la primera vez que Plinio muestra interés en su música. Amara deja de tocar e inclina la cabeza con modestia en dirección de Rufo. El joven parece un poco vacilante; quizá haya oído las bromas sobre Plinio y su nueva muchacha griega.

—Un gusto conocerte —dice.

Los hombres conversan durante unos minutos, pero está claro que, fuera de su afecto compartido por el tío de Rufo, Julio, quien sirvió junto a Plinio en el ejército, tienen poco en común. Segundo aparece de nuevo para susurrarle algo al oído a su amo. Plinio se disculpa y le pide a Rufo que lo espere mientras atiende a un cliente.

Rufo y Amara se quedan sentados en silencio. Ninguno de los dos sabe cómo navegar por la peculiar circunstancia social.

—Qué canción tan bonita —le dice Rufo al fin—. ¿Podrías cantar algo más?

Amara accede. Toca una de las melodías más hechizantes que Salvio le enseñó. Nunca la ha tocado en público, pues Dido y ella decidieron que era demasiado melancólica, pero Rufo está fascinado.

—¡Tienes una voz muy hermosa! —exclama, como un niño entusiasmado.

Parece mucho más joven que ella, piensa Amara, aunque está casi segura de que es mayor. No es propiamente bien parecido: tiene la nariz demasiado grande y la cara demasiado ancha. Pero es alto y su sonrisa es tan abierta y amigable que a Amara le cuesta trabajo no sonreírle en respuesta. No tiene la arrogancia imprudente de Quinto o Marco.

—Gracias.

—¿Cómo... eh... conociste al almirante? —No hay duda de que ha escuchado los rumores.

—Estaba cantando en una cena —explica ella—. Al almirante le interesó el trabajo de mi difunto padre, que era doctor, y me pidió que, durante algunos días, lo ayudara con su trabajo de historia natural.

—Muy bien —dice Rufo, perplejo.

—El almirante es un hombre al que le preocupa la búsqueda del conocimiento por encima de cualquier cosa —continúa Amara—. No tiene los prejuicios ni las creencias de los hombres inferiores. Lo que significa —mira a Rufo directo a los ojos— que no recoge a putas en las fiestas con el propósito de hacer lo que otros imaginarían.

Rufo se torna de un rojo casi bermellón.

—¡No! ¡Claro! Quiero decir, no creí...

Se apresura a interrumpirlo para evitarle la vergüenza.

—Disculpas —dice—. El respeto del almirante significa mucho para mí; ha sido muy bondadoso conmigo. —Agacha la mirada, como si fuera ella quien estuviera avergonzada—. No debería hablar con tanta brusquedad.

Rufo parece aún más desconcertado por la renovada virtud que por la referencia a las putas.

—¿Cuánto tiempo vas a... ayudarlo con sus estudios?

—Hoy es mi último día —revela Amara. Esta vez su tristeza no contiene engaños ni argucias.

—¡Qué lástima! —exclama Rufo—. ¿Dejarás Pompeya también?

—No, vivo en la ciudad. —Se da cuenta de que Rufo está intrigado. Necesita llevar el interés más allá del punto crítico—. Me ha llamado la atención oír que disfrutas con el teatro. ¿Qué obras te gustan?

El rostro se le ilumina.

—No hay nada más honesto que el teatro, ¿no crees? Me encantan todas, pero las comedias me parecen más osadas. La vida entera se concentra sobre el escenario y los actores tienen el valor de decir lo que no puede decirse en otro lugar. —Deja de hablar, un poco avergonzado por mostrarse tan efusivo—. Pero tú ya debes de saber todo esto, considerando lo que haces. Debo decir que envidio un poco que seas artista.

La idea de que un hombre adinerado y con el mundo a sus pies pueda envidiar a una esclava que tiene que cantar en fiestas para clientes lujuriosos es tan absurda que, al principio, a Amara ni siquiera se le ocurre una buena respuesta. Pero Rufo la mira con absoluta seriedad, sin ninguna consciencia de lo ridículo que suena.

—Qué dulce de tu parte —dice—. Lo que más me gusta es arreglar las palabras con la música y encontrar nuevas formas de contar la historia.

—Tiene que ser divertido —asegura Rufo, desarmándola con su sonrisa contagiosa—. ¿Tienes oportunidad de asistir al teatro con frecuencia?

—Por desgracia, no —responde Amara—. Aunque me gustaría. He sentido una inmensa felicidad aquí, porque he tenido tiempo para leer. Pero perderse en la historia de una obra es un placer distinto.

—Tienes que permitir que te lleve alguna noche —dice Rufo—. Si estás segura de que no estaría contraviniendo a Plinio, claro está.

Por primera vez desde que han empezado a hablar, Amara ve algo calculador en la forma en que Rufo la mira. Aún piensa que Plinio ha estado con ella.

—Mi vida era muy distinta —comienza con cautela—. Era la hija de un doctor. El almirante ha sido el primer hombre que me ha tratado como si mi pasado fuera aún mi presente. En ningún momento se ha dirigido a mí con otra cosa que no sea bondad paternal. —Es una mentira y, sin embargo, al decirla, sabe que tiene algo de verdad también. Ninguna de las reglas habituales parece aplicarse del todo en su relación con Plinio. Amara recuerda la noche anterior, la humillante forma en que le suplicó, el rechazo incomprensible de Plinio y, por un momento, teme volver a romper a llorar.

Rufo malinterpreta su reacción y corre a sentarse a su lado.

—Lo siento —dice, tomándole la mano—. Qué desconsiderado. No quería alterarte. —La mira a los ojos. Los suyos son de color avellana y están bien abiertos por la preocupación—. ¡Qué vida tan trágica debe de haber sido la tuya! Y qué insensible yo al preguntarte tales cosas.

«Quiere oír una historia melodramática —piensa Amara—. Para poder rescatarme. Ha interpretado a muchos personajes. Al menos este tiene la virtud de asemejarse a la realidad.»

—No, eres muy amable. —Agacha la mirada, en lo que espera que sea una muestra de timidez—. Solo estoy triste porque hoy debo volver con mi amo y dejar la protección del almirante.

—¿Dónde está la casa de tu amo?

Amara vacila, preguntándose si tal vez es demasiado pronto como para revelar la información crucial.

—La Guarida del Lobo.

—¿El burdel? —Rufo retrocede.

Amara se lleva las manos a la cara, derrotada. La realidad ha demostrado tener una última sorpresa que es demasiado para él.

—Pobre de ti —dice Rufo—. Qué tragedia. —Le quita las manos de la cara—. No llores, por favor. No voy a pensar peor de ti, te lo prometo. Iré a... iré ahí para llevarte al teatro. Será un placer conocerte mejor.

Amara corre el riesgo de soltar lágrimas genuinas de alivio.

—Me encantaría —asegura.

Rufo se acerca, poniendo una mano sobre el banco, cerca de la rodilla de Amara. En su rostro hay una expresión de familiaridad.

—¿Puedo besarte?

Amara siente un destello de indignación. Después de todo lo que le ha contado sobre su pasado, de la forma en que Plinio la ha tratado, él aún quiere poseerla tras haber conversado solo durante cinco minutos. Levanta la mano para que Rufo se la bese.

—Claro —dice él tras tomarla—. Claro, no en la casa del almirante.

—Gracias —responde Amara, regalándole lo que espera que sea una sonrisa devota—. Nada es más importante para mí que ser tratada con gentileza.

—No mereces nada menos —confirma Rufo, gallardo. Pasan unos momentos sentados en un silencio incómodo—. Tengo que dejarte por ahora. —Se pone de pie—. Quizá podrías despedirte de Plinio por mí. Prometo visitarte esta semana.

—Gracias —contesta Amara—. Que no pase demasiado tiempo.

Cuando Rufo se ha ido, Amara se sienta en el jardín, elevada por una corriente de esperanza. Ansía agradecerle a Plinio por haberlos presentado. Luego ve a Segundo salir de entre las sombras de la columnata. Lleva un pequeño bulto entre las manos. Sus cosas. Amara lo comprende de inmediato. Plinio no volverá para despedirse.

Segundo camina hasta donde está ella y se sienta a su lado en el banco, colocando la ropa entre ambos.

—Cuando te trajo aquí —comienza, mirando

hacia la fuente, delante de ellos—, le dije que tendría suerte si no exigías tu peso en regalos todos los días. Cuando menos saldrías de aquí con alguna joya invaluable. Me apostó un denario a que estaba equivocado. —Sonríe—. Me has costado un denario.

Amara le contesta con una sonrisa.

—Perdón. —Pedirle regalos a Plinio en realidad nunca se le pasó por la cabeza. Sabe que Félix se los habría quedado—. ¿Te ha hablado de lo que sí le pedí?

—Una vida a su servicio. Pero ese es un regalo, no una exigencia. —Desvía la mirada—. Ambos sabemos lo que cuesta ese servicio.

Permanecen en el banco, unidos por un momento en la empatía mutua de los esclavos.

—También te oí llorar anoche. Creo que toda la casa te oyó. —La mira, no de forma cruel, pero sí con firme decisión—. Esto no puede ocurrir hoy.

Amara se sonroja.

—No va a ocurrir. —Segundo asiente, satisfecho—. ¿Sabes? No fue solo por esta vida —dice, señalando la fuente y el jardín—. O sea, por supuesto que lo fue. Pero también creo que de verdad lo quiero.

Segundo no responde de inmediato. Luego se pone de pie y Amara sabe que está a punto de irse, que ella tendrá que irse también. Se muerde el labio, decidida a no humillarse con más lágrimas.

—No le has pedido ningún regalo —le dice—. Pero él ha elegido un regalo para ti de cualquier forma. Lo he puesto entre tu ropa. —Hace una pausa—. Te daré un momento para que estés a solas con tus pensamientos antes de irte. Pero solo pueden ser unos minutos.

—Gracias —responde Amara.

Segundo hace una reverencia y se aleja.

Amara toma el bulto de ropa, esperando encontrar monedas entre los pliegues de su túnica. Sea lo que sea, es mucho más pesado que unas cuantas monedas. Saca el pergamino que Plinio le ha regalado: *Del pulso*, de Herófilo.

25

> No hay elección. Ganar la batalla o perecer, tal es mi decisión de mujer. Vosotros, hombres, debéis elegir si deseáis vivir en desgracia y morir como esclavos.
>
> Tácito sobre Boudica,
> reina de los icenos, *Anales*, XIV

—¡Mirad quién ha llegado! ¡Mirad quién ha llegado! —grita Berenice cuando Amara entra en el burdel—. ¡Creíamos que nunca volverías!

Victoria y Dido se apresuran a salir al pasillo también.

—¡Qué felicidad que estés de vuelta! Me alegra mucho verte. —Dido se cuelga de ella y le habla al oído—. Pensaba que no volvería a verte.

—¡Ha sido solo una semana! —dice Amara, dividida entre la alegría de ver a Dido y la culpa de saber que apenas hace un día estaba rogando no volver nunca a este lugar.

—Entonces ¿cómo era él? —Victoria también parece feliz de ver a Amara, pero nunca sería tan sentimental como para decirlo—. Seguro que era un pervertido, los viejos siempre lo son.

Amara titubea. Había ansiado reírse con Victoria

sobre esa primera noche ridícula con Plinio, pero ahora le parece demasiado privado. La idea de burlarse de él no hace más que entristecerla.

—Es el hombre más amable que he conocido en la vida —responde con voz temblorosa.

—¡Ay, miradla! —Victoria se ríe—. Estás a punto de llorar. Primero tuvimos al extrañísimo herrero y ahora estás enamorada de un viejillo tembloroso. ¡Tienes el peor gusto en hombres del mundo!

—El tipo al que vio en los juegos no estaba mal —dice Berenice, defendiéndola—. Nada mal.

—Dilo un poco más fuerte y Gallus te va a oír —susurra Victoria.

Todas se ríen mientras Berenice se vuelve de golpe.

—Vete al diablo —le dice Berenice a Victoria, pero también se ríe.

—Y ¿qué es todo eso? —Victoria extiende la mano para pedirle la ropa—. ¿Cuántos atuendos te ha dado?

—Tres —responde Amara, pasándolos entre sus amigas—. Supongo que tendré que dárselos a Félix.

—Bonita tela —dice Victoria tras pasar la mano por encima de uno de los vestidos—. Aunque te hace parecer un poco avejentada. —Entrecierra los ojos para examinar la ropa discreta que Amara lleva puesta—. No creo que alguien se atreva a pedirte que lo lleves a la cama si andas por ahí vestida así. —Una idea le viene a la cabeza—. ¡Dime, por favor, que el viejo no ha querido que te disfrazaras de su esposa muerta!

—No. —Amara se ríe—. Nada de eso.

—¿Cómo ha ido, entonces? —pregunta Berenice—. Ha tenido que haber sido algo muy especial para que te comprara por una semana.

—Quería que le leyera.

—¿Libros sensuales? —Victoria está tan desconcertada que no logra hacer un chiste al respecto—. ¿Nada más?

—¡No! O sea, nos hemos acostado juntos en la cama —contesta Amara a la defensiva, pensando en las noches que ha pasado desnuda al lado de Plinio con la mano del almirante sobre su cuerpo mientras ambos dormían—. Solo que... —deja de hablar; no sabe cómo explicar lo ocurrido ni sus sentimientos al respecto.

—Está bien —dice Dido, abrazándola de nuevo—. No tienes que decir nada.

—«Nos hemos acostado juntos en la cama» —repite Victoria, mofándose de la recatada frase de Amara—. Ahora sí que lo he oído todo.

Amara de pronto se siente exhausta. Después de haber pasado tanto tiempo sola, volver a la falta absoluta de privacidad será complicado.

—Voy a tener que descansar un poco para no estar agotada por la noche.

—Eh, no puedes entrar ahí... —dice Victoria mientras Amara abre la cortina de su celda.

—¿Quién es ella? —pregunta Amara, sorprendida.

Una mujer desconocida está sentada en la cama. Es escandalosamente pálida y tiene una maraña de cabello rojo. Al ver a las demás, se levanta de un brinco, se cierne sobre ellas y balbucea con desesperación en una lengua extraña y gutural. Amara no sabe si está furiosa o aterrada. Sale de vuelta al pasillo, alarmada.

—¡Siéntate! —Victoria grita, señalando la cama—. ¡Siéntate!

La desconocida vuelve a la celda, gesticulando y hablando todavía en su lengua incomprensible.

—Félix la compró con el dinero de tu anciano —revela Victoria—. Nos dijo que la necesitaba porque tú y Dido pasáis demasiado tiempo fuera. Necesitamos más cuerpos en el burdel.

—Y ¿dónde voy a dormir yo?

—Puedes venir conmigo —dice Dido—. Tiene sentido.

—No habla una palabra de latín —continúa Victoria—. Le llamamos Británica, porque de ahí viene. Cressa parece ser la única que le gusta. Ha salido a comprarle más comida a la bestia glotona.

—Creía que todos los britanos tenían caras azules —dice Berenice, mirando a Británica con algo de decepción—. Eso es lo que dice la gente, ¿no? Britanos caraazules.

—Lo que está claro es que es una salvaje —dice Victoria—. Se pasa la noche gritando, arañando a los hombres, mordiéndolos. ¡Ayer le pegó a uno! ¡Como un animal!

A Amara no le gusta la forma en que Victoria habla de Británica, aun si la otra mujer no la entiende. La mira de nuevo. La britana está en silencio. Con los ojos verdes y la melena rojiza parece un gato montés. Pero la emoción en esos ojos es muy humana: furia ante el encierro.

—¿Otra vez estáis todas ahí paradas hablando de ella? —Es Cressa. Lleva un pedazo de pan en la mano. Las aparta de su camino para poder entrar a la celda—. Podríais tener un poco de compasión. —Al ver a Cressa, el rostro se le ilumina a Británica y comienza a parlotear. Cressa se sienta a su lado, hablándole en un tono calmante, como si fuera una niña pequeña, acariciándole el pelo. Le da el pan y Británica lo devora de un bocado—. Perdón, Amara, no sabía que habías vuelto —dice cuando al fin la ve.

—No pasa nada —responde ella—. Recuerdo que

mi padre me habló sobre las mujeres de Britania. Muchas de ellas son guerreras. Quizá Británica fuese soldado.

—¿Las mujeres van a la guerra? —pregunta Dido.

—No todas. Mi padre me contó que tenían una reina famosa, no recuerdo su nombre. Pero destruyó a un ejército romano.

Berenice hace la señal del mal de ojo.

—Las mujeres no deberían gobernar. No es natural.

—¡Británica no es una reina guerrera! Ni siquiera puede con un marinero ebrio —dice Victoria, aunque Amara se da cuenta de que mira a la recién llegada con un respeto renovado y cauteloso.

—¿Eras una guerrera? —le pregunta Cressa a Británica con delicadeza—. ¿Por eso odias tanto este lugar?

Británica le sonríe, sin entender sus palabras, solo la bondad que hay detrás de ellas.

—¡Amara! —Thraso grita desde la puerta del burdel—. ¿Sigues ahí? Te he dicho que subieras con Félix.

—¡Ya voy! —grita ella de vuelta.

—No, no vas —estalla Thraso. Entra dando pisotones y la toma del brazo con fuerza. Amara aúlla de dolor—. No haces más que perder el maldito tiempo. Muévete. —La suelta y vuelve a su puesto dando los mismos pisotones con los que ha entrado.

—Está molesto porque Balbus le dejó un ojo morado ayer —susurra Victoria—. Una pelea estúpida sobre Drauca.

—¿Sobre Drauca? —pregunta Amara, de pronto preocupada.

Victoria se encoge de hombros.

—Quién sabe. Thraso empezaría una pelea por cualquier cosa.

Es una habitación que había esperado no volver a ver nunca. El brillo carmesí, los cráneos de toro. Está de pie, sin decir nada, mientras Félix revisa su nueva ropa.

—¿Esto es todo lo que te ha dado? ¿Después de una semana?

—También esto —dice Amara, mostrándole el pergamino, pero sin entregárselo.

Félix chasquea los dedos; Amara le da el pergamino. Lo desenrolla con torpeza, buscando joyas o monedas ocultas.

—¿Anatomía? —Frunce el ceño al mirar las ilustraciones de cerca. Amara no responde. Si Félix llegara a entender su apego al regalo de Plinio, solo lo usaría en su contra. Se lo devuelve. Amara lo toma y lo enrolla con cuidado, intentando disimular su alivio—. No es mucho después de una estancia tan larga.

—Pero me ha presentado a un nuevo cliente. Así que esos vestidos serán útiles.

—¿Qué nuevo cliente?

—Un hombre llamado Rufo. Vendrá pronto para comprarme por una tarde. —Vacila unos momentos. Sabe cuánto odia Félix que le den consejos—. Espero que sea una inversión a largo plazo, así que creo que lo mejor sería no cobrarle demasiado en un principio para que así siga pagando.

—Ahora tú estás a cargo del negocio, ¿eh?

—No. No pretendía decir...

—Amara —dice Félix con una sonrisa—. Estoy bromeando. Lo has hecho bien. El viejo ha pagado un precio justo. —Toma uno de los vestidos—. Si este tipo nuevo se convierte en un cliente frecuente, podrás quedarte con los vestidos para cuando salgas con él. Si no, los venderé. —Manotea en dirección a la ropa que aún lleva puesta—. Pero no tienes por qué usarlos ahora mismo.

Amara sospechaba que la haría cambiarse, así que ha subido su vieja toga raída. Se desnuda y le da a Félix la ropa nueva.

—Has aumentado de peso —dice él, examinándola mientras se viste—. Te sienta bien.

—Si tanto te gusta —comienza Amara, arriesgándose a bromear—, vas a tener que darme más de comer. —Félix menea la cabeza, pero parece divertido. Un recuerdo de la noche que pasaron juntos le viene a la cabeza a Amara: la forma en que Félix apoyó la cabeza sobre su hombro y la miró con el mismo destello de buen humor en los ojos. Y ella le sonrió de vuelta. A Amara no le gusta recordar.

—Thraso parecía bastante maltrecho —dice—. ¿Por qué se ha peleado con Balbus?

En cuanto hace la pregunta, sabe que ha sido un error. Cualquier rastro de alegría que hubiera en el rostro de Félix se esfuma.

—Creí que el viejo iba a comprarte —comenta, ignorando la pregunta—. ¡El almirante de la flota! Qué cambio habría sido para ti. Pero aquí estás, de vuelta en el burdel. —Amara no dice nada—. ¿Qué ha hecho contigo toda una semana?

—Lo de siempre —responde ella. Siente cómo los labios se le resecan.

—Lo dudo —asegura Félix. La abraza, en una exagerada parodia de afecto real—. ¿Te ha dicho lo hermosa que eres? ¿Te ha mirado a los ojos? ¿Ha sido amable?

—No.

—¿No ha sido amable? —Félix finge sorpresa—. ¡Qué pedazo de mierda! Sin duda te ha alimentado bien. Pero no sé si te creo. Creo que el viejo te ha mimado, te ha hecho olvidar quién eres.

Está clavándole los dedos en los brazos, pero Amara no responde. Le ha pertenecido a Félix tanto tiempo que sabe que va a violarla, humillarla, que intentará destruir hasta la última migaja de felicidad que ha traído consigo, la cual comienza a desvanecerse junto con el aroma del jazmín que lleva sobre la piel. Aprieta el pergamino que Plinio le ha regalado. Hay partes de sí misma que Félix no puede conocer ni tocar.

—Nunca lo olvido —dice.

—Bien. —Félix la suelta—. Entonces vuelve a trabajar. —Casi ha cruzado el umbral de la puerta, llena de alivio, cuando Félix la detiene—. ¿Quién te ha dicho que podías llevarte eso? —Amara espera mientras él camina hasta donde está; deja que le arranque el regalo de Plinio de las manos—. Tal vez pueda venderlo. —Le da la vuelta al pergamino, con una expresión despectiva en el rostro—. Uno nunca sabe qué valorarán los demás.

26

> TAIS: ¡Ay, triste de mí!, ¿y no lo digo yo de corazón?, ¿qué cosa me has pedido, aun en burlas, que no la hayas alcanzado?
>
> TERENCIO, *El eunuco*

El escenario del teatro está iluminado con antorchas, incluso a pesar de que el sol no se ha puesto aún. Las columnas y estatuas pintadas de colores brillantes, la extravagancia de los actores, las risas, todo le recuerda a la atmósfera de la Vinalia. Amara nunca había ido a ver una obra de teatro y está disfrutando del lujo de observar en vez de ser observada. Que otra gente se haga cargo del entretenimiento, para variar. A su lado, Rufo le ha tomado la mano. Su expresión de deleite por la escena que tiene enfrente le resulta entrañable a Amara. «En realidad es como un niño», piensa.

La obra le es fácil de seguir. Es *El eunuco* de Terencio, quien —Rufo le ha asegurado— es un maestro, superior incluso a Virgilio. A Amara sin duda le gustaría tener la suerte de la cortesana de la obra, Tais, quien parece dominar a los hombres solo con su encanto. Sospecha que Tais nunca se ha encontrado a alguien como Félix.

No puede evitar reírse ante ese mundo, en el que los esclavos son más inteligentes que sus amos y los hombres aman a las mujeres hasta el punto de distraerse. Recuerda que Rufo le dijo que apreciaba el teatro porque decía la verdad. ¿En serio cree que el mundo es así? En el escenario ve a un actor disfrazarse de eunuco para violar a la esclava que le gusta. Se comporta como un hombre remilgado y amanerado para convencer a todo el mundo de que es seguro dejar a una joven virgen con él. Las risas resuenan alrededor del teatro por la absurdidad y audacia del chiste.

—¡La cadencia de la comedia! —le susurra Rufo—. ¡Es perfecta!

Los exagerados gritos de la chica fuera de escena provocan una nueva oleada de risitas. Rufo se ríe con los demás. Amara escucha los aullidos de la actriz con una sonrisa fija en el rostro. Quizá la comedia sí sea un espejo del mundo.

El cielo se torna de un azul profundo, las sombras sobre el escenario se alargan. Rufo está acariciándole la mano, trazando el contorno de los dedos de ella con los suyos. Antes de esta tarde, a Amara le había preocupado estar fuera de lugar entre un grupo de gente respetable. Victoria había insistido en que le permitiera alterar la túnica blanca que Plinio le dio —«¡No quieres que Rufo sienta que está saliendo con su madre! Puedes enseñar, aunque sea, algo de hombro»—, y ahora está agradecida con su amiga. Está claro que muchas de las mujeres que están ahí son cortesanas que salen con sus amantes adinerados. Su atención se centra en una mujer sentada con el porte de una reina y cuya túnica tiene una elegante caída en la espalda que deja sus morenos omóplatos al descubierto. Amara se retuerce en su asiento, intentando bajarse el vestido un poco más sobre el brazo.

El final de la obra la sorprende. Tais logra quedarse con sus dos pretendientes, el que le gusta y el que le paga. Mira a Rufo, quien aplaude con entusiasmo. Tal vez su vida vaya a perturbarlo menos de lo que había temido. Rufo se vuelve para mirarla, con el rostro iluminado por la emoción.

—¿Te ha gustado?

—¡Ha sido maravillosa! —exclama—. ¡No habría podido imaginar una velada mejor!

—Cuánto me alegro —dice él, besándole la mano—. Esperaba que te gustara.

Salen de nuevo a la calle junto con el resto del público. Las risas y conversaciones calientan el aire nocturno. Amara alcanza a ver a un grupito apretujado alrededor del bar de Marcella y, por instinto, desvía la mirada.

—¿Hay algún espacio privado en tu casa en el que podamos estar? —pregunta Rufo. No ha estado aún en el burdel; uno de sus esclavos ha ido a recogerla por la tarde.

—¡Ay! —exclama Amara, horrorizada—. ¡No podemos ir ahí! —Se imagina a Rufo caminando por el estrecho pasillo lleno de hollín, recibido por algunos lavanderos que vomitan, abrazándola al son de los gemidos de Victoria, el aire rancio con los olores de la letrina. No volvería a verlo—. ¡Es un lugar terrible!

—Pero tú estás tan... encantadora —responde Rufo, mirando sus ropas casi respetables, su cabello arreglado con cuidado.

Amara sabe que no puede decirle que le avergüenza la miseria del burdel. Necesita inventarse una razón más poética para mantenerse alejada de ese lugar.

—Mi amo es increíblemente cruel —explica—. Si creyera que existe la posibilidad de que sea feliz contigo, aunque sea por una hora, no me permitiría volver a verte.

—¿En serio? —Rufo parece alarmado.

Amara lo mira de reojo, como si fuera demasiado tímida como para hacerlo de frente.

—Si pensara que puedo llegar a querer a alguien, me castigaría de formas horribles. —Incluso mientras lo dice se imagina a Félix riendo. Como si le importara algo que no fuera el dinero.

Rufo le aprieta la mano.

—Te llevaré a mi casa. Mis padres estarán fuera todo el verano.

Caminan hacia su casa, acompañados por un séquito de esclavos que deben de haber esperado fuera del teatro durante la obra. Rufo disfruta hablando de la representación, y se divierten juntos imaginando las picardías que Tais y su amante podrían hacer una vez terminada la acción.

—Hasta nuestro eunuco se casa al final —dice Rufo sobre el violador—, así que ha habido final feliz para todos.

El portero los deja pasar; Amara siente una oleada de alivio al no haber ido al burdel. Es una casa opulenta cerca de la casa de Zoilo, y, mientras Rufo la conduce por el atrio, con un hermoso mosaico marino bajo sus pies, se imagina el horror que habría sentido al ver el suelo de barro cocido en La Guarida del Lobo. Atraviesan el patio y Rufo se detiene a cortar un manojo de jazmín.

—Este aroma siempre me hace pensar en ti —dice al dárselo—. ¡Y en cómo estabas sentada en el jardín! ¡Rodeada de mil estrellas blancas! En ese momento pensé que no tenía ni idea de que el almirante tuviera una hija, y luego recordé que... —se detiene de forma abrupta.

«Y luego recordaste que Plinio contrató a una puta», piensa Amara.

—Qué bonito es lo que dices —le susurra, inhalando el aroma de la flor antes de acomodarse el tallo detrás de la oreja—. Gracias.

Esta vez no lo detiene cuando la besa. ¿Para qué está ahí si no es para eso?

—Un poco más lejos —dice Rufo tras soltarla—. Mis habitaciones están por aquí. —Uno de los esclavos los escolta y Rufo se dirige a él antes de llevar a Amara a su dormitorio—. Refrigerios, por favor, Vitalio.

Las habitaciones de Rufo dan al jardín. Amara sonríe para sus adentros al ver las pinturas en los muros: máscaras de teatro y actores sobre el escenario. Rufo le ofrece un sofá y se sienta a su lado. Vitalio les lleva vino y coloca una cena ligera sobre una mesita a un lado del sofá: pan, queso, higos secos. Luego se va.

Es evidente que Rufo no tiene intención de comer aún. En cuanto Vitalio sale de la habitación, se abalanza sobre ella. Amara, de forma inesperada, siente terror. La situación le resulta demasiado familiar, demasiado parecida al burdel. Todo depende de que le agrade a Rufo, y Amara no tiene ni idea de qué es lo que se espera de una cortesana. ¿Debería someterse o estará él interesado en la cacería?

—¡Espera! —dice Amara, empujándolo y sentándose derecha. Se acomoda el vestido para cubrirse. El corazón le martillea el pecho por la ansiedad—. Solo un momento.

Rufo la mira, sorprendido. No ha sido violento, a fin de cuentas. ¿Qué más se supone que debería hacer un hombre si ha pagado por pasar toda una noche con una mujer? Amara piensa en Tais, en la ilusión del poder que ejercía. Rufo cree que el mundo en realidad es así. Él tiene todo el poder y ella ninguno, pero no lo sabe. Y Amara no puede permitir que se dé cuenta de ello. Ella le lanza una mirada furiosa.

—Das por sentadas demasiadas cosas. —Se miran el uno al otro, anonadados. Las palabras parecen haber salido de la boca de otra persona. Amara está interpretando un papel, pero, de alguna forma, ha logrado encontrar su voz. Se quita el jazmín del cabello y permite que la rabia real que lleva siempre dentro se encienda—. Así que pensabas que era hija del almirante —dice—. Y luego, dado que no lo soy, decidiste tratarme como a una puta. Te dije que esta no había sido siempre mi vida y que valoro la bondad y el respeto, y no me has mostrado nada de eso.

Amara está preparada para que él rebata, está lista para dejarlo, salir en una llamarada de ira al aire de la noche, pero Rufo se rinde de inmediato.

—Lo siento —responde, con el ceño fruncido y cara de arrepentimiento—. No quería ofenderte.

Amara descubre que, tras haber encendido la chispa, no es muy sencillo apagarla de nuevo.

—¿Eso es lo que crees? ¿Que puedes tomar lo que quieras sin preguntar? —le exige.

—¡No! En absoluto...

—¿Qué hay de esas obras que tanto te gustan? ¿Qué hay del amor? —Su voz es cáustica—. Tengo clientes de sobra —miente—. Creí que tú eras distinto; creí que querías algo diferente. —La ira comienza a tomar una inercia que va más allá de Rufo, y Amara sabe que tiene que detenerla. Respira hondo y desvía la mirada como para esconder sus emociones—.

Creí que podrías quererme. —Guarda silencio, esperando a ver si Rufo acepta el papel que ella le está ofreciendo.

Él le toca el brazo con timidez al principio y luego, al ver que ella no retrocede, con más seguridad.

—Por favor —dice, tomándole las manos—. Lo siento mucho. Permíteme compensártelo.

Amara se deja aplacar poco a poco. No es algo que le cueste trabajo fingir. Nadie ha hecho un esfuerzo así por conquistarla. Rufo intenta coquetear, sirviéndole la comida de forma juguetona, volcando todo su humor sobre sí mismo. Sonríe, y en sus mejillas se asoman hoyuelos como de Cupido. Amara acepta la copa de vino que le ofrece y sonríe cuando Rufo se compara de forma desfavorable con el «eunuco» de la obra que acaban de ver. Cuando al fin bromea sobre el efecto aterrador que la furia de Amara ha tenido sobre él, abriendo los ojos en una ridícula parodia de sorpresa, ella descubre que sus risas son genuinas.

—Me encantaría poder escribir para el teatro —le dice una vez que es evidente que están en buenos términos otra vez. Señala los higos secos para que Amara tome un puñado y después se sirve él—. Pero no tengo talento.

—No creo que eso sea cierto.

—En serio que lo es. Seré un idiota, pero sé lo que soy —dice él—. Además, mi padre lo odiaría. Quiere que me postule como edil el año que viene. —Hace una mueca—. ¿Te imaginas? Adular a todo el mundo, convencerlos de que voten por ti, y eso seguido de un año de tedio absoluto oyendo a gente hablar sobre distribución de granos. Sería un desastre.

—Pero ¿no podrías elegir las celebraciones que organizarías? —pregunta Amara, pensando en Fusco—. Podría ser una presentación en el teatro en vez de los juegos habituales en la arena.

—Sí, lo he pensado. —Su expresión de sorpresa le recuerda a la de Plinio cuando recitó a Herófilo—. Haría que todo fuera más tolerable. —Se sonríen. Rufo la mira a los ojos y se acerca, y, como ella no se aleja, la besa. Lo hace con más dulzura esta vez, Amara se da cuenta de que no intenta no meterle prisa—. Tengo que preguntarte algo —le dice, acariciándole el brazo—. Sé que estás atrapada por tu vida en... el lugar en el que estás. Sé que no tienes elección. Pero ¿tu corazón es libre?

Amara piensa de inmediato en Menandro.

—Sí —miente.

—Y en la casa del almirante, vosotros no... digo, tú y Plinio...

—No. Nunca me tocó. No de esa forma.

—Vaya —dice Rufo, aliviado—. Es que parecías tan encariñada con el anciano... Fue inevitable preguntármelo. Debe de tener una voluntad de hierro para controlar sus manos en tu presencia.

—Conocía mi pasado —responde ella—. Sentía que mi vida no había tomado el camino correcto.

Rufo asiente.

—Terencio escribe sobre eso, sobre los errores cometidos. Cuando una mujer no debe ser una esclava. ¿Te secuestraron? —pregunta, como si una idea comenzara a tomar forma en su cabeza—. Si fue así, en realidad puedes no ser una esclava. Si logramos demostrarlo.

Amara considera por un momento tomar prestada la vida de Dido y usarla como propia. Pero ya le ha dicho la verdad a Plinio y no puede arriesgarse a que la descubran.

—No. Perdí a mi padre y, con él, todo lo que tenía.

—Pobre de ti —dice Rufo, besándola de nuevo. Es un poco más audaz esta vez; la recuesta en el sillón y le sube la mano por el muslo poco a poco.

Amara lo detiene.

—Puedes tomar lo que gustes —dice—. Ambos lo sabemos. Pero ¿no preferirías que te lo diera? —Lo besa para suavizar el rechazo—. ¿No preferirías esperar? ¿Que te lo diera junto con mi corazón?

Sabe que es una apuesta arriesgada y que los dados no están a su favor. Rufo tiene motivos de sobra para sentirse irritado: se le prometió sexo y ahora Amara está pidiéndole que la trate como a la heroína virginal de una obra de teatro. Pero sus mentiras tienen la intensidad de la verdad. Lo mira con sus ojos oscuros bien abiertos.

—Sí —responde Rufo, y le roza los labios con un dedo—. Quisiera ganarme tu corazón.

Cuatro de los esclavos de Rufo, incluyendo a Vitalio, la escoltan de vuelta al burdel. No pasa desapercibida la ironía de que el lugar al que la están llevando no es mucho más seguro que las oscuras calles. Los cinco caminan deprisa y las antorchas de los esclavos proyectan sombras alargadas que rozan las casas al pasar. Nadie habla.

Piensa en Rufo y siente una euforia colmada de ansiedad al recordar su beso de despedida. Recuerda cuando le ha vuelto a acomodar el jazmín detrás de la oreja con ternura antes de irse, la forma incondicional en que ha aceptado el rol que ella le ha asignado. Casi podría amarlo por el regalo que le ha dado: la ilusión de ser una persona y no una esclava. Pero sabe que no es más que una ilusión, y la fantasía que han creado juntos es frágil. Sería tan fácil encariñarse con él, olvidar lo poco que en realidad tiene. Ahora comienza el arduo camino para descubrir cómo puede él ayudarla a escapar. No es un viaje en el que pueda permitirse sentir algo.

27

> Pitias: Yo no sé quién él es; pero lo que él ha hecho, por la obra se ve. La pobre doncella está llorando, y si le preguntan qué ha, no lo osa decir.
>
> Terencio, *El eunuco*

Nunca ha oído unos gritos como esos. El miedo se apodera de Amara. Corre a la puerta, aterrada por si alguien está asesinando a una de sus amigas, pero Thraso parece de lo más tranquilo.

—Es solo la chica nueva —dice, encogido de hombros.

Amara lo aparta y entra al burdel. Encuentra a Victoria, Dido y Cressa apiñadas en el pasillo.

—Es Británica —dice Cressa. Tiene el rostro empapado de lágrimas—. No puedo más.

—¿Qué le están haciendo? ¿Qué pasa?

—¡Nada! —Victoria estalla—. Nada que las demás no tengamos que soportar. ¡Es una maldita loca! —Británica grita y aúlla en su propio idioma, llama a Cressa. A pesar de que ninguna comprende sus palabras, todas saben que está rogando para que la ayuden. Victoria le toma el brazo a Cressa para evitar que vaya—. No puedes —le dice—. ¿Qué vas a hacer?

¿Decirles que se detengan y que Félix les va a devolver su dinero?

Dido rompe a llorar.

—No podemos dejarla ahí. ¡Hay dos hombres con ella!

—¿Dos? —Amara está horrorizada.

—Se estaba resistiendo demasiado —dice Victoria, sin poder mirarla a los ojos—. El otro ha entrado para detenerla.

Amara mira con desesperación a Dido y luego a Cressa. Parece absurdo que ninguna esté ayudándola, que estén todas paralizadas, como unas inútiles, dejándola sufrir. Los gritos viscerales de Británica le calan porque le resultan familiares. Le sorprende saber que ella nunca ha gritado su propia angustia, que ha guardado silencio. Se cubre los oídos con las manos para acallar el horror, para detener los ensordecedores aullidos.

—¡¿Por qué no se calla?! —grita Victoria de pronto, furiosa—. ¿Por qué no lo entiende? Pone a los hombres en el ánimo equivocado. Si sigue así, nos harán daño a todas. Será estúpida.

—¡Le están haciendo daño! —grita Cressa, afligida, en respuesta—. Son ellos quienes tienen que detenerse. No ella.

Los aullidos de Británica se convierten en sollozos.

—Ya queda poco —masculla Victoria, sin querer enfrentarse a Cressa—. Siempre batalla hasta el final. Así que eso significa que ya han terminado. Pronto va a estar bien.

La cortina se abre de un tirón y los dos hombres salen al pasillo. Las mujeres retroceden de forma instintiva, agarrándose unas a otras. Uno de los hombres les lanza una mirada despectiva y escupe al suelo. Se alejan. Cressa se libera de las demás y corre hacia la vieja celda de Amara. Británica está en silencio; el único llanto que se oye es el de Cressa.

Otro hombre entra al burdel. Amara reconoce su silueta y su forma de andar. Es Menandro.

La sorpresa hace que la sangre le corra a toda prisa hacia el corazón. Lo mira sin poder hablar.

—He venido a verte. Thraso me ha dicho que estabas disponible.

Está parado justo donde el torturador de Británica ha escupido y es como si eso hubiera destruido la última pizca de inocencia que le quedaba a Amara.

No dice nada, sino que camina hacia la celda de Dido y sin esperar apenas a que Menandro la siga. Cierra la cortina detrás de ambos. No soporta mirarlo, así que se queda con la tela de la cortina en la mano, de espaldas a la habitación.

—¿Qué quieres?

—Timarete...

—¿Qué servicio quieres?

—¿Servicio?

—Sí, has pagado por un servicio. —Se da la vuelta, dividida entre la furia y la desazón—. ¿Qué quieres? ¿Para qué diablos has pagado?

—No he pagado por nada.

—¿Qué haces aquí, entonces?

—He venido a verte. Quería hablar contigo.

—¿Querías hablar? ¿Aquí? —responde Amara, y su voz histérica se agudiza.

Aun con la cortina cerrada pueden oír el llanto de Cressa, los ruidos que hace Berenice con un cliente en la celda de al lado y a Victoria peleándose con Thraso, a quien le grita para que no deje entrar a más rufianes al burdel.

—¿Qué otra opción tenemos?

Amara ve la silenciosa tristeza en el rostro de Menandro y sabe, sin lugar a dudas, que está diciéndole la verdad. El alivio es casi tan doloroso como la sorpresa inicial. Camina hacia él, le pone los brazos alrededor del cuello y deja reposar la mejilla sobre su rostro.

—Has pagado para hablar conmigo.

—No quería esperar hasta diciembre —confiesa Menandro, abrazándola con fuerza—. Llevo ahorrando un tiempo. A Rústico le gusta que sus esclavos busquen algo de placer porque piensa que eso nos mantiene obedientes.

—¡Pero no puedes gastar tu dinero así! —dice Amara—. Lo necesitas, necesitas ahorrarlo.

—Lo que necesitaba era verte.

Amara piensa en Rufo, en todas las cosas absurdas que le dijo sobre el amor, en todas las mentiras.

—No puedo darte nada. No tengo nada. —Abre los brazos para mostrar la celda vacía—. Ni siquiera soy dueña de mí misma, ni de mi cuerpo, ni de mi vida.

—Yo tampoco.

—¿Qué estamos haciendo, entonces? —Se sienta sobre la cama—. ¿Por qué estamos aquí hablando?

—Sé que estás sola —dice Menandro, tras sentarse a su lado—. Yo también. Pero no me siento solo cuando estoy contigo.

—Pero duele muchísimo después —afirma ella, y apoya la cabeza sobre su hombro, dejándose abrazar otra vez—. Duele.

—Porque te recuerda a casa, a todo lo que perdimos.

—No es solo eso. ¿Sabes con cuántos hombres he estado? No quise estar con ninguno, pero tuve que hacerlo de cualquier manera. Esta es mi vida ahora y tengo que aceptarlo. Pero luego te veo a ti, al único hombre al que sí he querido, y aunque estamos juntos y a solas, y no haya nada que nos detenga... Aunque le hayas pagado a mi proxeneta por mí... No puedo. Aquí no. No puedo.

—Lo sé —dice Menandro—. Y no te lo pediré. Aquí no. —Se acerca para besarle la frente—. Pero podemos pertenecer a otros lugares. ¿No te imaginas algunas veces en otro lado?

Amara piensa en el jardín de Plinio, en el aroma de los jazmines, en el chapoteo de la fuente.

—Sí —dice.

Menandro la ayuda a sentarse más atrás en la cama, de forma que él se apoya en la pared y Amara sobre él. La abraza.

—A veces, por la noche, cuando duermo en el piso de arriba de la tienda —dice—, me imagino que estoy de vuelta en Atenas. Me veo caminando por la calle, por la tarde, volviendo a mi vieja casa, a la tienda que fue de mi padre. Pero mis padres y mis hermanas no son quienes están esperándome. Eres tú. Te veo en el salón, aunque nunca has estado ahí, y hablamos. Tenemos todo el tiempo que necesitamos.

—Yo también pienso en ti en Afidnas, a veces —admite Amara—. Pero, sobre todo, nos imagino en un lugar distinto, un lugar que no conocemos aún. —Se detiene. ¿Qué puede decirle? ¿Que pensó en él cuando Rufo la besó? ¿Que deseaba que fuera él? ¿Que le dijo a Rufo que su corazón era libre porque no podía darse el lujo de que no lo estuviera?

—¿No podría ser posible? —le pregunta Menandro, acercándola más hacia sí—. Los esclavos pueden casarse, ¿no es así? O Rústico podría darme mi libertad; no tiene herederos ni nadie que se ocupe de su negocio.

Amara no puede siquiera imaginarse la reacción de Félix ante la primera posibilidad, y no tiene el corazón para decirle que todos los amos sin escrúpulos, desde el albor de la historia, han engañado a sus talentosos aprendices con la ambigua promesa de concederles su libertad algún día para que trabajen más duro. No quiere destruir la fantasía.

—Si pudiera elegir, te escogería solo a ti —dice.

Pasan toda la noche hablando y Amara siente que su soledad mengua con cada momento que pasa en compañía de Menandro. Incluso el burdel comienza a parecerle un lugar menos terrible, solo porque él está ahí. Le habla sobre Plinio, sobre cómo se sintió durante esos breves días de libertad; él le cuenta cómo se siente en la tienda, los momentos en los que se olvida de que es un esclavo, sumergido en la labor de crear una nueva lámpara, un nuevo objeto, como hacía en su vida anterior.

Ignoran al mundo entero salvo a la persona que tienen justo al lado, hasta que es hora de cerrar y Thraso aparece para echar a cualquier cliente que siga dentro del burdel.

—Lárgate ya —dice, irrumpiendo en la celda—. Ya te han dado más de lo pagado.

Amara intenta darle un beso de despedida a Menandro, pero Thraso se interpone y la empuja. Ve que Menandro reacciona de inmediato para intervenir.

—¡No! —grita ella. Mira a Menandro, negando con la cabeza—. Por favor.

No soporta ver la expresión de repulsión en el rostro de Menandro, ni el entendimiento mutuo de que no puede protegerla de Thraso ni de nadie más.

Cuando se va, Amara no llora. Pone las palmas de las manos en la pared. Quiere gritar su rabia a la noche, como Británica. Su rabia sube como la marea, la ahoga. Tiene que salir de ahí.

28

> Los versos gozan ahora de poco prestigio; son alabados, eso sí, pero se acogen con más gusto los dones magníficos. Por bárbaro que sea un rico, nunca deja de agradar.
>
> Ovidio, *El arte de amar*, II

Hace calor en El Gorrión pese a no ser mediodía aún. Cressa se ha quedado en el burdel a cuidar a Británica. Amara y las demás se sientan a una mesa a compartir pan y queso y una ollita fría de estofado de verduras. Amara siente que la ropa se le adhiere a la piel por el sudor.

—Así que el novio apareció en el burdel, ¿eh? —pregunta Victoria. Sus palabras no contienen la chispa habitual.

Amara asiente. No quiere hablar de Menandro, y Victoria no insiste.

—Siento que hayáis tenido que compartir —dice Amara.

—Pensamos que querrías un poco de espacio —responde Dido.

—Gracias.

Vuelven a quedarse en silencio.

—¿Qué vamos a hacer con ella? —pregunta Berenice. Nadie necesita preguntar a quién se refiere—. ¿Cuándo va a dejar de pelear y gritar?

Un anciano está mascullando en la mesa de al lado, ebrio o enfermo. Estira una mano temblorosa. No queda claro si quiere tomar el pan de la mesa o tocar a Berenice.

—¡Hoy no, abuelo! —estalla Victoria, casi con un grito—. ¡No se puede tener ni un maldito momento de paz! —farfulla, volviéndose a la mesa.

—No está bien —continúa Berenice—. Ha hecho perder el ritmo a mi cliente. Luego se ha puesto de mal humor y violento conmigo.

—A mí me parece que es valiente —dice Dido.

—¿Valiente? —protesta Victoria—. Es una salvaje.

—No deberías llamarla así —interviene Amara— solo porque no hable latín. Y estoy de acuerdo con Dido. Solo hace lo que haría cualquiera de nosotras si tuviéramos las agallas.

—Si te parece tan fantástica, ¿por qué no le enseñas latín? —pregunta Victoria—. Y no es valiente, es estúpida. ¿No has visto las heridas que tiene? ¿Quién pelea una batalla que no puede ganar?

—Eso es lo que significa ser valiente.

—Ay, cállate, de verdad —dice Victoria—. Si no puedes ver lo problemática que es, tal vez sea porque te pasas todo el tiempo en esas malditas fiestas de ricos. No vas a estar aquí cuando nos ataquen a las demás, ¿verdad? ¿Qué más te da? —Amara se levanta de la mesa y se lleva un poco de pan y queso consigo. Ya estaba de un humor terrible y no sabe si podrá evitar perder la calma—. ¿Adónde vas? —pregunta Victoria, a medio camino entre conciliadora y molesta.

—A intentar enseñarle algo de latín a Británica.

Sale dando pisotones de la taberna y se dirige al burdel. Está a punto de estrellarse con Nicandro, quien viene caminando de vuelta a El Gorrión con un cubo lleno de agua.

—¡Cuidado! —le dice.

Amara levanta la mano a manera de disculpa, pero no se detiene a hablar con él. Verlo le recuerda a Menandro, a la decisión que tomó Dido de no dejar que sus sentimientos por Nicandro echen raíz en una tierra en la que el amor no puede florecer. Quizá fue una decisión sabia.

Thraso sigue en la puerta, exhausto después de haber vigilado el burdel toda la noche. Apenas se hace a un lado para dejarla pasar, lo que la obliga a apretujarse contra la pared.

—¿Y Cressa?

—No está bien —dice Fabia, sin alzar la mirada mientras barre el pasillo—. Está enferma.

Se oyen arcadas en la letrina.

Amara se apresura a llegar al final del pasillo.

—¡Cressa! ¿Estás bien? —Cressa sale de la letrina, apoyándose en la pared. Está pálida, con los ojos oscurecidos por la miseria. Amara imagina a lo que Cressa se está enfrentando y siente náuseas también—. Deberías comer algo —dice en voz baja—. Te sentará bien. Las demás están en El Gorrión.

Cressa niega con la cabeza.

—Nada me va a hacer bien.

—Come algo, por favor. Vas a tener menos náuseas.

—¿Y Británica?

—Yo puedo cuidarla.

—¿Segura? —Cressa parece aliviada—. Sé buena con ella, por favor. ¿Me lo prometes? —Amara asiente, conmovida porque Cressa siempre piensa primero en las demás—. Está en mi celda. Iba a ayudarla a limpiarse. —Cressa comienza a caminar a un lado de Amara, quien la detiene, tomándola del brazo.

—¿Puedo ayudarte a ti también? —le pregunta con voz grave.

Cressa agacha la mirada, como si no pudiera soportar la bondad de Amara.

—Nadie puede ayudarme.

Se apresura a salir del burdel, dando un paso al lado para esquivar a Fabia. Cuando sale, la anciana mira a Amara y niega con la cabeza.

Británica se sobresalta al ver a Amara. Se está abrazando las piernas y parece más recelosa que asustada. Sus brazos pálidos están amoratados, incluyendo huellas bien marcadas donde deben de haberla estrujado. Tiene sangre seca en la cara. «Cobardes», piensa Amara.

Le sonríe a Británica.

—Amara. Yo soy Amara. Amiga de Cressa.

—¿Cressa? —Británica mira por detrás de Amara, con la esperanza de que la otra mujer aparezca.

Amara se acerca y pone el pan y el queso sobre la cama.

—Para ti. Cressa volverá pronto.

Británica toma la comida sin reconocer a Amara ni dar señales de gratitud. Amara espera a que termine de comer antes de montar una ardua función en la que nombra todos los objetos dentro de la celda y le pregunta a Británica si puede lavarle la cara.

—Agua —dice, señalando la jarra. Mete la mano en la jarra para mostrarle las gotas que le caen de los dedos—. Agua. Ahora, dilo tú. Agua.

En respuesta, Británica suelta una retahíla de palabras en su hosco idioma. Sus gestos son violentos, su expresión intensa, pero, aunque la incomprensible perorata hace que Amara se sienta incómoda, supone que la ira no está dirigida a ella. Amara busca la jarra de nuevo; Británica la toma del brazo. Su agarre es tan fuerte como el de un hombre. Británica repite la misma palabra extraña una y otra vez, sin quitarle los ojos de encima, como rogándole que la entienda. Luego la suelta con un grito de exasperación y se lanza a la cama.

—Lo sé. Yo también quiero matarlos —dice Amara—. Pero así no funcionan las cosas. No tenemos alternativa.

Británica mira la pared y la ignora. No se resiste cuando Amara le salpica la piel con el agua, pero tampoco la ayuda.

—Tu pelo está hecho un desastre —dice Amara—. ¿Puedo cepillártelo? —Toma el silencio de Británica como consentimiento y levanta el cepillo de la repisa de Cressa—. Rojo —dice mientras intenta deshacerle los nudos a Británica—. Tu pelo es rojo. —Amara nunca ha visto algo parecido. Se lo imagina brillando como el fuego bajo el sol de julio mientras Británica, con su piel inexplicablemente blanca, espera desnuda en el mercado de esclavos. Es evidente que Félix quería algo exótico y no le molestó el hecho de que no pudiera hablar—. Maldito imbécil —masculla para sí misma.

Británica no se queja, a pesar de que debe de ser muy doloroso que le estén deshaciendo tantos nudos. Amara deja que su mente se vacíe y se concentra solo en cepillar la maraña de cabello, hasta que oye la voz de Félix hablando con Thraso en la puerta. De inmediato, todos sus sentidos entran en estado de alerta.

Alguien cruza el umbral del burdel. Británica se gira y le grita a Amara. Suena más a una orden que a una advertencia, pero Amara no tiene ni idea de qué es lo que significa.

—¿Haciendo amigas?

Félix está en la puerta de la celda, mirando hacia dentro. Británica se retrae de una forma que a Amara le recuerda a los tigres en la arena. Le enseña los dientes a Félix y le bufa. El insulto de Victoria le viene a la mente, sin invitación. «Salvaje.»

A su amo parece no perturbarlo. Saca un cuchillito de su túnica. Lo examina, como si necesitara una limpieza. Británica deja de murmurar y lo observa, con la mirada tan abierta que se puede ver el blanco de sus ojos. Félix le apunta con la hoja del cuchillo de forma más casual que amenazante.

—Te gusta, ¿verdad?

—No entiende latín —dice Amara.

—Me entiende —responde Félix—. Nos entendemos a la perfección. ¿No es así? —Como si estuviera respondiéndole, Británica retrocede—. ¿Ves? —le dice a Amara mientras guarda el cuchillo—. Hablamos el mismo idioma.

—No comprende la vida en este lugar —protesta Amara—. Grita toda la noche, da mala imagen al negocio.

—Ya se acostumbrará. Y si no —se encoge de hombros—, hay varios clientes a los que les gusta eso. No hace falta que te preocupes tú por eso. No después de haber recibido esta carta de tu niño rico. —Félix le muestra una nota con una sonrisa burlona—. Exige que tengas aposentos fuera del burdel.

—¿Rufo? —Amara está atónita.

—¿Cuántos niños ricos tienes? Sí, Rufo. He enviado mi respuesta con Gallus. No está ofreciendo lo suficiente para todas las noches, pero he aceptado que pases solo dos noches a la semana aquí, siempre y cuando pague la cuota acordada.

Amara recuerda a Rufo en el teatro. Piensa en la manera en que le dio el jazmín, en cómo aceptó su rabia. Se siente conmovida de una forma que no puede expresar, mucho menos frente a Félix.

—¡No te quedes ahí sentada! —dice Félix, irritado por la falta de reacción de Amara—. Empaqueta tus cosas.

—¿Para ir adónde?

—Puedes dormir arriba, en la bodega, con Paris.

—No puedo dejar a Británica sola, se lo he prometido a Cressa.

Félix vuelve a sacar el cuchillo, atraviesa la celda hasta llegar donde está Británica y se lo apunta a la cara. Ella flaquea un poco, pero a Amara le sorprende ver que no da más muestras de miedo.

—De. Aquí. No. Te. Muevas. —Félix se acerca más y le toma el muslo con la mano que tiene libre, en un gesto inconfundible de agresión sexual. Británica parece más temerosa esta vez. Félix se queda justo donde está hasta que Británica se encoge, sin poder mirarlo a los ojos. Amara nunca lo ha detestado tanto. Félix se pone de pie.

—Solo tienes que ser firme con ella —dice mientras se dirige a la puerta—. Ahora ve a por tus cosas.

Amara lo sigue. Mira a Británica un instante por encima del hombro antes de salir de la celda. Espera que el odio en su rostro sea solo para Félix.

Paris está tan encantado con los nuevos arreglos domésticos como Amara ha supuesto que estaría. El esclavo de Félix no se atreve a expresar su disgusto frente a su amo, sobre todo después de que el jefe deje más que claro que no quiere oír riñas. Sin embargo, en cuanto Félix deja a Amara en la bodega —como otro objeto que guardar en el montón— Paris se vuelve hacia ella.

—Puedes dormir ahí —dice, señalando unos cuantos sacos vacíos en un rincón—. Justo ahí. No quiero tener tu coño apestoso cerca.

—Vete a la mierda —responde Amara, dejando caer el bolso de su padre sobre los sacos. No va a pelear por tener un lugar más cerca de Paris; mientras más alejados estén, mejor—. Como si tú no tuvieras que vender el culo también. Y estoy segura de que no te arrodillas solo para fregar los suelos.

—Púdrete —dice Paris con los puños apretados. Está enrojecido de furia.

—Recuerda, nada de peleas —comenta Amara, antes de dejarse caer sobre los sacos y junto a su bolso, haciendo más que evidente que ha llegado para quedarse—. Ya has oído lo que ha dicho Félix. Si me dejas un ojo morado, imagínate lo que te hará. —Amara ve que Paris se estremece con una expresión de pánico en el rostro. Amara aprovecha su ventaja—. También te viola a ti, ¿verdad? Igual que a todas las demás.

En ese momento, por primera vez, ve algo de Fabia en su hijo. Lo vislumbra en los hombros caídos, en la expresión herida. Sabe que Paris no es mucho más joven que ella, pero, con esas piernas flacas y el torso esbelto, parece un niño golpeado. Siente una punzada de culpa. Está a punto de decir algo más amable cuando Paris alza la voz.

—Me das asco —vocifera, con la cara retorcida y llena de veneno—. Todas vosotras me dais asco. Putas sucias. Y si descubro que has tocado algunas de mis cosas con tus asquerosos dedos llenos de mugre mientras no estoy, ¡te mato!

Paris sale de la bodega dando pisotones. Amara se queda dentro, preguntándose hasta qué punto Rufo puede haberle hecho un gran favor. Se retuerce entre los sacos polvorientos y calientes. No serán mucho más cómodos que la cama de piedra en la celda de Dido, pero al menos podrá dormir, en vez de tener que trabajar toda la noche. Siente algo extraño al permanecer en el silencio de la bodega a sabiendas de que el burdel está en el piso de abajo. La celda de Cressa debe de estar justo debajo de ella, o quizá sea la de Berenice. Mira las repisas de la estrecha habitación repletas de frascos y bultos de tela. En el suelo, a su lado, hay una bolsa llena hasta la mitad con judías que podría usar como almohada. Unas cuantas legumbres se salen de un agujero en la esquina cuando mueve la bolsa. Espera que no haya demasiados ratones. O ratas.

Amara se levanta y camina muy despacio hacia la puerta. No sabe mucho de lo que ocurre en el apartamento de Félix. Supone que en la habitación de al lado es donde duermen Gallus y Thraso. Se arrepiente de no haber sido más amigable con Paris, aunque sea para sacarle más información.

Ya echa de menos a sus amigas de abajo, y eso que solo han pasado unos cuantos minutos. Se pregunta si Thraso se tomará la molestia de contarles lo ocurrido y por qué Félix la ha enviado a la bodega. Por un momento, la extraña sensación de la soledad la inunda de emociones. Apoya la cabeza sobre el marco de la puerta, intentando aclarar sus ideas. No sirve de nada sentirse miserable y desperdiciar su tiempo, es imposible saber cuánto tiempo Rufo querrá mantenerla, si su interés dará frutos. Pero podría aprovechar el tiempo para aprender cosas sobre los préstamos de Félix y tratar de convencerlo de que la utilice así, en lugar de venderla. Sería, al menos, una mejor vida que en el burdel. Sale al pasillo.

La puerta del estudio de Félix está entreabierta para dejar entrar la brisa en el calor del verano. Debe de haber visto su sombra, pues le grita incluso antes de que pueda tocar la puerta.

—¿Qué quieres? —Su tono no es acogedor.

Amara entra a la habitación, pero no se acerca demasiado al escritorio.

—La chica de El Elefante que pagó su préstamo, Pitane, me dijo que quizá tenga a otra clienta para ti. He pensado que podría aprovechar este tiempo para hacer negocios.

—No tengo a nadie que te acompañe.

—¿No puedo ir sola? —pregunta Amara—. Es solo a El Elefante. Puedo tomar notas para ver si te gustan los términos.

Espera, con las palmas de las manos empapadas en sudor, a que Félix responda.

—Es el cuento de nunca acabar contigo, ¿verdad? —dice Félix—. Ganar dinero, digo.

Si Félix fuera un hombre distinto, si Amara creyera que la comparación le podría ser halagadora, diría: «Igual que para ti». Pero se limita a encogerse de hombros.

—Todo el mundo quiere ganar dinero. Solo que, en este caso, yo lo gano para ti.

—Ve, pues —acepta Félix antes de volver a sus cuentas, despidiéndola con un movimiento de mano.

El Elefante es una taberna más imponente que El Gorrión, pues está junto a una enorme posada. Una linterna de cobre con forma de elefante cuelga sobre el pórtico, con cencerros a su alrededor. Dentro, los muros están repletos de pinturas de las enormes bestias enfrentándose a gladiadores en la arena.

Hay un considerable intercambio de clientela entre el burdel y la posada. Sittio, el posadero, saluda a Amara con gesto receptivo cuando se acerca a la barra.

—No hay muchos clientes para ti —le dice.

—Me preguntaba si Pitane tendría unos minutos libres —responde ella.

—Está en el patio —dice Sittio—. Pero si vas a distraerla mucho, más vale que compres un trago.

Amara pide el vino más pequeño y añora el encanto despreocupado de Zoskales en El Gorrión. Sittio es famoso por ser avaro. Atraviesa la taberna hacia el pequeño patio que hay en la parte trasera. Está ensombrecido por una enredadera que crece sobre una celosía y contiene unas cuantas mesas dispersas. Algunos clientes están sentados en un rincón, bebiendo. Pitane está ocupada limpiando las baldosas. El rostro se le ilumina en cuanto ve a Amara.

No solo le consiguió el préstamo a la camarera, sino que se ganó su gratitud eterna por ello. El aborto funcionó y Amara pagó los últimos intereses cuando parecía que Pitane no lograría hacerlo. No se lo dijo a Félix. No solo porque no quería volver a pasar por algo como lo de Marcella; supuso también que valdría la pena usar el dinero para asegurarse unos cuantos favores. Félix podría valerse de la fuerza bruta, pero Amara necesitaba un modelo distinto si iba a conseguir más clientes.

—Se te ve muy bien —dice.

—¡Lo estoy! —responde Pitane. Luego baja la voz—. Y he estado usando la esponja, como sugeriste —susurra, mirando de reojo a los bebedores en el rincón.

—Dijiste que había otra mujer que quizá necesitaba ayuda. —Amara se sienta en el borde de una mesa bajo la sombra, sorbiendo su vino. Hace una mueca. Sittio le ha dado su peor vino. Sabe a vinagre. Ya se ha malacostumbrado al vino falerno que beben los hombres ricos.

Pitane asiente, encantada de que Amara acuda a ella.

—Es Terencia. ¿La conoces? Tiene el puesto de fruta, en la esquina de antes del Foro. Bueno. —Vuelve a bajar la voz; disfruta la oportunidad de chismear—. Perdió dinero el mes pasado. Un desgraciado le vendió un lote de fruta podrida. Me lo contó cuando fui por suministros para la posada, y le dije que conocía a alguien que podía conseguirle un préstamo para que compre más productos y recupere el dinero perdido lo más pronto posible.

—¡Fruta podrida! ¡Qué ruin! —masculla Amara—. ¿Cuánto necesita?

—Diez denarios.

Amara calcula la obscena tasa de interés de Félix en su cabeza. Espera que Terencia pueda pagar, sus propios ahorros nunca lo cubrirían.

—Creo que puedo ayudarla —responde—. La visitaré esta semana.

—¡Berenice me contó que Dido y tú vais a muchas fiestas estos días! —dice Pitane, claramente reacia a dejar a Amara irse—. Debe de ser emocionante.

—Por lo menos es un cambio. —Amara sonríe.

Pasa unos minutos más hablando con Pitane y disfrutando el patio soleado en vez de la polvorienta bodega. Los clientes en el rincón guardan silencio y las observan con curiosidad. La toga de Amara refleja su ínfimo estrato social, y Pitane, sin duda, ya ha tenido que servirlos en algún momento. Sin embargo, ambas mujeres se quedan ahí donde están, ignorando la posibilidad de una propina adicional.

—¡Señoritas! —grita uno de los clientes—, ¿qué necesita hacer un hombre para recibir un poco de atención en este lugar?

Amara piensa en la cuota fija que Rufo pagará y siente una cálida oleada de gratitud. No tiene por qué atender a idiotas en ese momento.

—Mejor te dejo volver al trabajo —le dice a Pitane, lanzándole una mirada poco amistosa a los hombres que están detrás de ella.

—Ah. —Pitane está abatida—. Sí, supongo que sí. Nos vemos —contesta, y se dirige hacia los clientes, con los hombros caídos, una vez que su diversión matutina se ha terminado.

29

> Procura que tema y que tenga esperanzas al mismo tiempo y, siempre que le contestes, haz que se asegure más su esperanza y sea menor su miedo.
>
> Ovidio, *El arte de amar*, III

La vida de Amara en la planta superior del burdel cobra su propio ritmo desarticulado. Es un enorme alivio pasar las noches sin que nadie la moleste, algo que no había disfrutado desde que estuvo con Plinio, aunque no duerme tan bien como lo hacía bajo la protección del almirante. Los sacos son rasposos e incómodos; los ratones hurgan por todas partes y puede oír a sus amigas trabajando abajo, lo que la llena tanto de culpa como de alivio.

Algunas noches sueña con Menandro, y, cuando despierta, su ausencia le oprime el pecho. En la oscuridad de la bodega revive cada momento que ha pasado con él y examina cada recuerdo en su memoria como si de piedras preciosas se tratara. Pero más tarde comienzan a perder nitidez y no puede estar segura de en qué punto la realidad se convierte en fantasía. Luego recuerda la advertencia de Dido sobre el amor desperdiciado y se obliga a rememorar la última vez que lo vio, cuando no logró protegerla ni protegerse a sí mismo.

Paris es, por lo general, un compañero silencioso. Suele ignorarla cuando intenta hablarle. Amara sospecha que su amo lo tiene bajo amenaza; no quiere que se repita el ojo morado de Victoria. Aun así, Amara nunca lamenta tener la bodega solo para ella cuando Paris tiene que trabajar en el burdel. Lo peor son las noches en que Félix se lo presta a Thraso. Paris no se resiste en absoluto, es como si Thraso estuviera abusando de un cadáver. Amara se enrosca para hacerse tan pequeña como puede y mira hacia la pared, en un intento por darle algo de dignidad a Paris. El silencio absoluto le parece casi tan perturbador como los gritos de Británica. La primera vez que ocurrió, cuando Thraso ya se había ido, se arriesgó a preguntarle a Paris si estaba bien.

—Tendrías que haber sido tú —contestó, sin más.

Amara intenta reunirse con sus amigas en El Gorrión, como antes, pero, salvo por Dido, la conversación es tensa. Victoria apenas le ha dirigido la palabra desde que discutieron por Británica. Al volver a trabajar al burdel, descubre que la resistencia de la britana ha cambiado la atmósfera de forma permanente. Todas están nerviosas e intentan protegerla de los clientes, no solo por su bien, sino por el de todas. En las pocas ocasiones en que alguien hace una broma, Amara se siente excluida. La noche en que la envían junto con Dido a presentarse en casa de Cornelio, está tan feliz de ver a Egnacio, con sus disparatados halagos e inacabable buen humor, que casi lo besa.

Y luego está Rufo. No la ha visitado tanto como le gustaría —no más de dos veces por semana—, pero cada vez que lo ve se siente un poco más cómoda con él. Sus sentimientos crecen como la hiedra, enredándole los pensamientos, amenazando con ahorcar sus planes. Rufo se esfuerza tanto por ser encantador y sus modales son tan gentiles que es difícil no apegarse a él. Pero Amara siempre es consciente del desequilibrio de poder, y el miedo es la sombra de su afecto. Vive sabiendo que Rufo podría destrozarle la vida en un abrir y cerrar de ojos, mientras que ella no podría hacerle más daño del que un guijarro podría hacer en un lago.

Es su tercera semana viviendo arriba del burdel cuando el esclavo de Rufo, Philos, la visita un jueves por la mañana para advertirle que debe estar lista para su amo esa noche. Oye a Félix tomar el recado —y el dinero— y luego el crujir de sus pisadas por el pasillo conforme se acerca a la bodega. Amara se apresura a ponerse de pie y se desempolva la toga.

—Supongo que lo habrás oído —dice Félix, asomando la cabeza por la puerta—. Por lo menos puedes servir de algo hasta la noche.

—Claro —responde ella antes de seguirlo por el pasillo y hasta su estudio.

Esta es la parte más extraña de su nueva vida: las incontables horas que pasa con su amo. Toma su asiento habitual cerca de la puerta, en una silla metida en una mesita. Félix no ha vuelto a pedirle que duerma con él, pero después de un tiempo al fin ha cedido y la ha dejado ayudarlo con las cuentas. Comenzó con el préstamo de Terencia, cuando hizo que Amara redactara el contrato y llevara los registros. Ahora la tiene trabajando en varios archivos. Amara se pregunta cómo ha logrado Félix hacerlo solo hasta ese momento.

Amara siempre ha considerado que su amo es un rufián, pero se ha visto obligada a reconocer el encanto, así como las amenazas, que utiliza para hacer sus préstamos. Los clientes lo visitan, sin percatarse de la figurita en el rincón que toma nota de sus conversaciones, mientras Félix les regala vino, bromea y los halaga, y excava sus deseos y secretos.

—No existe tal cosa como la información inútil —le dice después de que un cliente salga del estudio tras lloriquear sobre su suegra durante casi una hora.

Félix es meticuloso con sus cuentas: todo el dinero de la prostitución se invierte en los préstamos y toma muy poco para sus placeres personales. De hecho, el placer parece ser la menor de sus prioridades. Algunas noches se reúne con sus compinches en tabernas, probablemente con los mismos que estaban aquel día en la Palestra. Sin embargo, Amara no sabe si son sus amigos de verdad, ni está segura de que alguien le guste.

Intenta desprenderse del odio por unos momentos, estudiarlo de la misma forma en que lo ha visto estudiar a otras personas. ¿Qué notaría si fuera un desconocido? Su amor por el dinero, su determinación, su crueldad, su sorprendente fascinación con las ideas y sentimientos ajenos. Su absoluta falta de compasión. Y, por último, algo que Amara apenas puede admitir: su soledad.

Está tratando de calcular los pagos con intereses de un préstamo, comparando las cifras con la información sobre los bienes del deudor que Félix ha logrado encontrar. En ese momento, se da cuenta de que él la está observando.

—¿Ya has follado con el niño rico?

—No.

—Puta frígida. —Su voz tiene un tono jocoso, y Amara sabe que el insulto pretende ser un cumplido—. Yo no esperaría demasiado. La novedad del rechazo desaparece después de un tiempo. Y eres una puta, no su esposa.

Ha leído las ansiedades de Amara como si las tuviera escritas en el cuerpo.

—Le tengo miedo —miente—. Creo que le gusta la violencia.

—Ya te las arreglarás —dice Félix, antes de volver a sus cuentas—. Como si no tuvieras bastante práctica ya. Y, si es algo muy extremo, puedo cobrarle más. Así que asegúrate de decírmelo.

—¿Ahora quién tiene el corazón frío? —pregunta Amara con las cejas arqueadas—. ¿Y si me mata?

—Me dolería perder a una puta tan valiosa.

—¿Cuánto te dolería?

—No ruegues por migajas —responde él con una mirada de disgusto—. No te queda bien ese papel.

Sus palabras hacen que Amara recuerde a Plinio, cuando le suplicó miserablemente que la comprara. Eso sin duda la ha curado de volver a rogar jamás. Mira de reojo hacia el escritorio de Félix. El pergamino de Herófilo sigue ahí; no hay duda de que Félix lo ha dejado solo para atormentarla. Nunca le ha dado la satisfacción de preguntarle si es capaz de leerlo.

—Creo que podrías cobrar un poco más aquí —dice, refiriéndose a la cuenta que ha estado revisando—. Si revisas su negocio, Manlio tiene otros bienes que podría usar. Anotaste aquí que el broche de su capa es de bronce.

—Es su tercer préstamo —dice Félix—. Y siempre paga a tiempo. Es una apuesta demasiado segura como para presionar de más. Solo puedes lanzarte a la yugular si crees que no tienen suficiente como para volver.

Amara piensa en Marcella y se pregunta si Félix habrá vendido el camafeo ya. Recuerda el dedo de la otra mujer, el círculo pálido donde alguna vez estuvo el anillo de su madre, la forma en que Marcella batalló para quitárselo.

—Debería ir a los baños hoy —dice—. Tienes razón, no puedo hacer que Rufo espere toda su vida. ¿Me darías dinero para arreglarme el pelo? Me vendría bien que me peinaran.

Félix entrecierra los ojos, la observa, claramente debatiéndose sobre si de verdad es un gasto necesario. Saca unas cuantas monedas de un cajón.

—Puedes ir en un par de horas —dice—. Cuando hayas revisado el resto de los archivos.

Amara sale a la calle, aliviada por tener a Félix un rato lejos. Las cuentas de sus clientes la hacen preguntarse qué notas podría tener sobre sus mujeres, qué observaciones podría tener ocultas sobre ella. Titubea al pasar frente a la puerta del burdel, indecisa entre su deseo de invitar a Dido a ir con ella y la angustia de que parezca que está restregándoles a las demás que tiene permitido ir a arreglarse el pelo. Gallus está en la puerta.

—¿Hay alguien dentro? —le pregunta.

—Solo Victoria —dice él—. ¿No la oyes? —Amara se da cuenta de que, en efecto, puede oír la voz de Victoria, que habla con un cliente y finge derretirse con su virilidad—. Las demás han salido a pescar. Salvo por la salvaje.

—Gracias. Dile a Berenice que le mando recuerdos.

—No soy tu maldito esclavo mensajero. —Gallus frunce el ceño—. Díselo tú.

Ir a los baños sola es otra experiencia nueva desde que vive en la bodega. Amara coloca su toga barata en uno de los casilleros en los vestidores y pasa junto a un par de amigas que conversan después de haber guardado su ropa también. Los muros de piedra hacen eco del cuchicheo de las voces de las mujeres, y de los chirridos y chapoteos de quienes entran a la piscinita del rincón para enfriarse. Encuentra a una estilista que busca clientela y cruza la sala caliente; se deja puestos los zapatos de madera para protegerse los pies del suelo abrasador.

La estilista es griega, pero no parece estar de humor como para intercambiar historias de la vieja patria. Trabaja con velocidad en el cuerpo de Amara: le arranca con pinzas el vello de debajo de los brazos, le embadurna las piernas con una resina y luego se la arranca hasta que le quedan lisas. Amara hace muecas de dolor. A su alrededor hay más mujeres a quienes pulen y arreglan, aunque otras han elegido un masaje relajante, y Amara alcanza a oír el golpeteo de las manos sobre la piel desnuda. Su estilista toma un tazón con agua, y Amara se limpia, quitándose de encima los últimos restos de la resina y la tierra de la bodega. Se siente exfoliada por el calor y todo lo que la han frotado.

Que le arreglen el pelo es una experiencia más relajante. Después de volver a vestirse, va con una estilista distinta a una pequeña habitación y toma asiento. Ahí hace más fresco. La estilista coloca las pinzas en un brasero.

—Con eso basta —dice Amara al ver las pinzas al rojo vivo—. Ya tengo el cabello rizado, solo quiero que me peines. —«Y que no me lo quemes», piensa.

—¿Cómo lo quieres?

—Para impresionar a un hombre.

—¿Tu marido?

—No.

La estilista sonríe. Como si la toga de Amara no se lo hubiera revelado ya. Mientras la mujer le acomoda el cabello en una cascada de rizos, ella piensa en Rufo. Es muy difícil saber qué le gustaría. ¿Preferiría que Amara se vea como es, que se muestre nerviosa, tímida incluso, o está esperando que lo llene de placeres y lo deleite con la experiencia de una cortesana? Quisiera poder pedirle consejos a Victoria.

—Como para follar con un emperador —dice la estilista al terminar—. Si me perdonas la expresión.

Amara se ríe y le da las gracias. Sale a la calle, ignorando los silbidos de un par de hombres que están frente a la entrada de los baños. Es un lugar que tiene fama de ser bueno para conseguir clientes. Se pregunta si alguna de sus amigas habrá pasado por ahí hoy.

El olor de la comida frita la tienta en el camino de vuelta a casa, pero pasa de largo. Comerá gratis por la noche y es mejor ahorrar dinero. Paris la deja pasar al apartamento; su expresión al verle el cabello es de malevolencia pura.

—El amo quiere verte —dice, dándose la vuelta en cuanto Amara está dentro.

Sube la escalera, preguntándose qué podría querer Félix, pero cuando entra a su estudio no le dice nada, solo señala con impaciencia una pila de tabletas sobre la mesa. Amara se sienta a trabajar. Poco después, uno de los clientes de Félix, Cedro, aparece. Discuten su préstamo, hablan de negocios y sobre el calor del verano. Félix le ofrece un descuento en el burdel si toma prestada una cantidad mayor, algo que Amara ha notado que hace con frecuencia. Cedro se vuelve para examinarla.

—¿Ella es...? —pregunta.

—Sí, pero suele estar reservada. Cuesta un poco más.

—Inteligente —dice Cedro—. Yo también me quedaría con esa, si fuera tú.

—Si vas a escoger a alguna de abajo, te recomiendo a Victoria —responde Félix.

—¿Todas tus putas llevan la contabilidad? —pregunta Cedro, divertido.

—Solo esta. Es hija de un doctor.

Cedro parece impresionado.

—Vaya, has invertido en mercancía de calidad, entonces. Supongo que no tienes vírgenes por aquí, ¿o sí?

Amara piensa en Dido, en el dolor que soportó al perder su inocencia en ese lugar, y casi rompe el punzón al presionarlo con demasiada fuerza sobre la cera.

Félix niega con la cabeza. Los hombres pasan a otros asuntos y, cuando Cedro se va, no le dirige siquiera una mirada a Amara, como si se hubiera olvidado de su existencia.

—No vuelvas a hacer eso —le dice cuando están a solas.

—¿Hacer qué?

—Escuchar.

Amara está a punto de protestar, pero se arrepiente.

—No recuerdo haberte contado que mi padre era doctor.

—Fue después de que te comprara —responde él—. Os di unos higos a ti y a Dido, y tú me contaste que eran los favoritos de tu padre. Yo te pregunté a qué se dedicaba.

El recuerdo le viene a la mente a Amara tan vívido que la quema como el suelo caliente de los baños. La forma en que Félix le sonrió, cómo le tocó el brazo con delicadeza y le ofreció la fruta. Casi con ternura. Y su propio alivio ingenuo. «Es un buen hombre.»

Se encoge de hombros.

—No lo recuerdo.

Amara pasa el resto de la tarde trabajando en silencio, con la mirada fija en las tabletas mientras una procesión de clientes entra y sale del estudio. Parece no prestarles atención, ni siquiera cuando uno de ellos llora y le ruega a Félix que le dé más tiempo, pero desobedece a su amo y aguza el oído, y el odio se le acumula en la boca del estómago. Al fin, Paris sube a decirles que Philos, el esclavo de Rufo, está esperándola. Félix lo deja ir y luego se acerca a Amara para observarla apilar las tabletas.

Cuando termina, Félix le da uno de los vestidos de Plinio, sin hacerse a un lado mientras se cambia. Su presencia la altera, por lo que le cuesta ponerse el broche. Félix la ayuda, y la sensación de su amo sosteniendo la tela y la expresión de concentración al acomodar el seguro la hacen pensar en la familiaridad de un esposo con su mujer. Cuando está vestida, se da la vuelta para salir, pero Félix la toma por la muñeca y la empuja hacia sí. No se trata de un momento de intimidad.

—Recuerda lo que le ocurre a quienes me traicionan —dice.

Le suelta el brazo y vuelve a su escritorio sin verla salir.

30

> Si alguien no ha visto la Venus pintada por Apeles, debería ver a mi novia; brilla con la misma intensidad.
>
> Grafiti en Pompeya

El restaurante es un peldaño más para Amara y uno menos para Rufo. Se imagina que debe de provocarle cierta emoción cenar en un lugar que no es del todo respetable. Cualquier persona de cierto valor come en casa, con la tranquilidad de saber que el lujo siempre está dentro y no fuera. Para ella, la experiencia es un deleite. Les sirven en una terraza, y el brillo rojizo del ocaso les da unas vistas agradables de los tejados de terracota, mientras que el oscuro pico de la montaña es una sombra lejana. De la celosía cuelgan lámparas mucho más ornadas que las de El Elefante, entretejidas con las enredaderas y rodeadas de uvas a punto de madurar.

Rufo ordena la comida, y a Amara le preocupa hacer un desastre al comer los erizos de mar.

—He pensado que podríamos ir al teatro de nuevo la semana que viene —dice Rufo mientras vierte salsa de pescado por todo el plato—. Van a montar una de mis obras favoritas. Y además es una compañía excelente, que viene de gira desde Roma. Me interesa mucho ver cómo lo harán.

—Sería maravilloso —responde ella, aliviada de que Rufo ya esté pensando en su siguiente encuentro—. ¿Has estado en Roma?

—No. Lo más lejos que he viajado ha sido a Miseno, donde me hospedé con el almirante, por cierto. Tiene una hermosa casa allí. —Amara sonríe, aunque no quiere pensar en que alguna vez deseó hacer de la villa del almirante su hogar.

»Me encantaría conocer Grecia —continúa Rufo—. Muchas de nuestras obras están basadas en otras escritas por sus poetas. ¿Llegaste a pasar tiempo en Atenas?

No se atreve a contarle que el único recuerdo duradero que tiene de la ciudad es el de haber pasado por ahí de camino al embarcadero de esclavos.

—No, la verdad es que no. El único lugar que conozco es mi ciudad natal, Afidnas. Creo que te gustaría nuestra estatua de Helena de Troya.

Rufo le toma la mano y la besa.

—Estoy seguro de que no es tan bella como tú.

Se miran. Amara reconoce la pregunta que Rufo hace con los ojos. «¿He esperado ya lo suficiente?»

—¡Rufo! —los interrumpe una voz conocida. Amara alza la mirada y ve a Quinto de pie junto a su mesa. Lo acompaña una hermosa mujer. Amara se da cuenta de que la ha visto antes. Es la cortesana a quien vio en el teatro, con el vestido que le caía de la espalda. Su belleza es aún más deslumbrante de cerca: tiene el pelo arreglado con trenzas que le dan vueltas por la cabeza, y su tono de piel es de una oscuridad inusual, como el de Zoskales. Un brazalete de oro brilla en su brazo—. Me parece que ya conoces a Drusila.

—Claro —dice Rufo—. Un placer, como siempre. —Mira a su propia acompañante con un orgullo inconfundible—. Y ella es Amara.

—¡Por supuesto! —responde Quinto, los labios fruncidos—. Eres afortunado. He sido testigo de su hermosa voz.

Amara siente una punzada de inquietud. La sonrisa burlona de Quinto es inconfundible.

—¡Ay! ¿Cantas? —exclama Drusila—. ¡Qué maravilla! Adoro la música. Tenéis que acompañarnos algún día a nuestra casa.

Le sonríe con calidez a Amara, quien le devuelve la sonrisa, agradecida por la distracción.

—A esta le encanta ser anfitriona —dice Quinto con una mueca sarcástica—. Apenas puedo poner un pie en casa, siempre está repleta de mujeres cuchicheando.

Drusila finge estar ofendida.

—Como si alguna vez te hubiera negado algo. —Camina de vuelta a su mesa, y Quinto la sigue tras encogerse de hombros a manera de disculpa.

Amara vuelve a mirar a Rufo, quien sigue sonriendo, pero su expresión la deja helada.

—Así que ya conoces a Quinto —dice.

—Ha asistido a algunas de las fiestas, en las que he cantado —responde, sacudiendo la cabeza y decidida a no mostrar su miedo y, menos aún, su sentimiento de culpa—. Mi compañera Dido lo conoce mejor.

—Tiene cierta reputación. —Amara no sabe si la ira en la voz de Rufo está dirigida a ella o a Quinto—. Espero que nunca te hayas acercado demasiado a él.

—¿Crees que tengo elección en esas cosas? —pregunta Amara, mordaz.

—Olvídalo. —Rufo agita la mano para desechar la conversación.

—No —dice ella con una voz gélida—. No lo voy a olvidar. Si vas a echarme en cara las partes más dolorosas de mi vida, no puedo ser tu amiga.

—No quería insinuar nada malo con eso... —Rufo parece volver a ser el mismo y frunce el ceño como suele hacerlo tras haberla ofendido.

—Espero que no —dice Amara—. Que tú me hayas dado la posibilidad de elegir no significa que alguien más lo haya hecho.

Amara siente una repentina fatiga. Es agotador mantenerlo interesado, intentar justificarse sabiendo que Rufo es incapaz de entenderlo. El recuerdo de Menandro, de aquella tarde que pasaron fuera de la arena hablando sobre el pasado, le viene a la mente. «Pero sigues siendo la misma persona. Yo aún te veo como la misma persona.»

Rufo reconoce su tristeza, a pesar de que no tiene forma de averiguar la causa.

—Soy un idiota. Lo siento. Sé que has... cantado en muchas fiestas. —Hace un gesto de arrepentimiento para demostrarle a Amara que el eufemismo es para burlarse de sí mismo y no de ella—. Es ridículo que me ponga celoso. Es solo que eres tan hermosa... Sé que podrías tener al hombre que quisieras. —Busca tomarle la mano de nuevo—. ¿Amigos otra vez?

—Lo ridículo es pensar que podría preferir a Quinto antes que a ti —responde Amara, estrujándole los dedos. Suena a una frase ensayada, pero lo dice en serio—. Drusila parece agradable. —Suelta su mano de nuevo.

—Ah, es de lo más divertida —exclama Rufo, pero luego se detiene, horrorizado—. No porque yo haya...

—tartamudea. Amara se ríe y Rufo se le une, aliviado—. Da igual. Organiza unas cenas maravillosas. Su antiguo amo le dejó su libertad y bastante dinero, claro está. Aunque creo que sus amigos la mantienen también.

Amara se vuelve para mirar a Drusila con aún más interés. Tiene el mismo porte que recuerda del teatro. Hasta el arrogante Quinto parece estar esforzándose por impresionarla.

—Deberíamos aceptar su invitación —dice Rufo, siguiendo la dirección de la mirada de Amara—. Si quieres.

—Sí, me encantaría. —Amara agacha la mirada, y su nerviosismo quizá puede confundirse con timidez—. Pero tal vez sea porque me gustaría ir a cualquier lugar contigo. —Vuelve a alzar la mirada y ve que Rufo entiende a qué se refiere.

El resto de la cena pasa sin que presten demasiada atención a la comida. Los dos están montados en una oleada de ansias anticipatorias. Cada roce de manos, incluso al pasarse el vino, se exacerba. Es algo parecido al amor.

Cuando emprenden la corta caminata hacia la casa de Rufo ya ha oscurecido. Philos y otro esclavo los acompañan y alumbran el camino. La casa ya le es familiar a Amara. El aroma del jazmín se ha desvanecido y ha sido reemplazado por el olor del arrayán. Recuerda su ofrenda a Venus en la Vinalia, el favor que le pidió. Le ayuda a tomar una decisión sobre cómo comportarse. Por la noche tratará de interpretar un papel.

Está agradecida cuando Rufo despide a los demás esclavos; prefiere estar a solas con él. Philos ha dejado las lámparas encendidas y, cuando su brillo se posa sobre las paredes, las escenas de las pinturas se iluminan, a pesar de que la mayor parte de la habitación está en penumbra. Amara se da cuenta de que nunca ha estado en casa de Rufo durante el día.

Está esperando que Rufo se le eche encima, como hizo la primera noche que estuvieron juntos. En cambio, lo ve renuente. Amara se desnuda —despacio, para que él pueda verlo todo— y comienza a actuar como el personaje que ha elegido para sí misma: la cortesana enamorada. Pone en práctica con Rufo todos los trucos que ha aprendido, todos los medios para dar placer. Descubre que incluso sus noches con Salvio le son útiles, no para sí misma, sino porque le enseñó cómo retardar las cosas en su propia e infructuosa búsqueda por complacerla.

Nada le es desagradable. Por primera vez siente incluso cierto gozo de hacer feliz a un hombre; se trata de un hombre que le gusta. Pero es imposible separar su afecto de la necesidad de hacer que Rufo la desee, no solo por esa noche, sino que anhele lo que le está dando una y otra vez.

Después se quedan recostados juntos, bañados en sudor. La piel de él se siente cálida sobre la de ella.

—Te quiero —dice Rufo, besándola—. Te quiero.

—Yo también te quiero —responde Amara, abrazándolo con más fuerza.

—Nunca había conocido a una mujer como tú. Nunca pides regalos. Lo único que me has pedido es que te dé tiempo.

Amara piensa en sus amigas, en Dido y Victoria. Sabe que hay más mujeres como ella, pero rara vez reciben la compasión que Rufo le da.

—Ya has sido muy generoso conmigo —dice—. Me escuchas. Me proteges, incluso cuando no estamos juntos.

—Por eso te quiero —responde Rufo, besándola de nuevo. Luego se sostiene sobre un codo y gira hacia su lado de los cojines para buscar algo debajo del sillón. Le da a Amara una caja de madera, con una expresión emocionada, como la de un niño.

—¿Qué es?

—¡Ábrela, ábrela!

Amara hace lo que Rufo ordena. Dentro hay un collar de plata del que cuelga una pieza de ámbar. Por un instante, está demasiado anonadada como para hablar.

—¡Es precioso!

Rufo le ayuda a cerrar el broche.

—Te queda perfecto. —Rufo está más que satisfecho con su elección—. Es del negocio de mi familia. Hice que uno de nuestros mejores artesanos lo forjara.

Amara ha visto la joyería y los talleres que rodean la casa de Rufo, alguna vez se ha escabullido con Dido para echar un vistazo. Toca la lisa gota de resina que le cuelga del cuello. El ámbar la hace pensar en Marcella, en el collar que ella y Fulvia llevaron al Foro, pero casi de inmediato saca a esas mujeres infelices de su mente.

—Es el regalo más hermoso que me han dado —dice—. Pero, amor, no puedo llevármelo. Mi amo jamás me dejaría quedármelo.

—¡Pero es un regalo personal! —replica Rufo, indignado—. No tiene derecho a quitártelo.

—Lo usaré siempre que estemos juntos —responde ella, tomándole la mano para reconfortarlo—. Puedes cuidarlo por mí, aquí. Te recordará que siempre estaré esperándote.

—Y ¿qué hay de ti? ¿Qué te hará pensar en mí?

Amara mira a su adinerado amante, con su interminable vida social, y se da cuenta de que de verdad le preocupa que lo olvide, como si pudiera hacer algo más que contar las horas en la bodega de Félix hasta que pueda volver a verlo.

—¡Ya sé! —dice—. Puedes comprarme unas cuentas baratas, de cristal, o de madera incluso, que usaré como brazalete. Félix no se tomaría la molestia de quitármelas, pero me recordarían a ti siempre que las viera.

—Qué idea tan romántica —opina Rufo, un tanto apaciguado—. Aunque quedaría como un avaro si les dices a tus amigas que eso es todo lo que tu novio te ha comprado. Sobre todo si saben del negocio de mi familia.

—Prometo que no lo haré —dice Amara, divertida con la idea de que Rufo tema tener mala reputación entre las putas del burdel. A menos que se imagine que tiene otras amigas más respetables.

—¿Intentará que dejes de verme? —pregunta Rufo—. ¿Tu amo? Si sospecha que me quieres.

Amara no comprende al principio a qué se refiere, pero luego recuerda la mentira que le dijo para asegurarse de que no fuera al burdel: que Félix es inmensamente envidioso de su felicidad.

—Ah —exclama—. Espero que no te moleste, pero le dije que te tenía miedo. Le gustó la idea de que pudieras ser cruel conmigo. —No hace falta añadir que lo que le gustó a Félix en realidad fue la posibilidad de cobrar más por la violencia.

—¡Suena a que es un horror! —comenta Rufo—. Pobrecita, mi niña. —Le da un abrazo tan fuerte que el collar se le clava en la piel—. Esperaba que te quedaras toda la noche. ¿Haría que tu vida fuera más difícil?

Está aferrándose a ella, instándola a que se quede, y Amara anhela aceptar. Pero sabe que, si cede a sus deseos y sacia todas las pasiones, se arriesga a que el enamoramiento de Rufo se extinga demasiado pronto. Es mejor negárselo de vez en cuando.

—Creo que es más seguro que no lo haga —dice en voz baja—. La próxima vez me quedaré.

Rufo la suelta. Luego le toma la cara con las manos y le da un tierno beso en la frente.

—Lo que tú consideres —le dice.

Su sinceridad le lastima el corazón.

31

El burdel y el grasiento mesón te infunden
la añoranza de Roma, lo veo.

HORACIO, *Sátiras*, II, 14

A Félix le alarma verla antes del amanecer. La está esperando en el pasillo mientras ella sube la escalera. Es evidente que ha oído a Philos dejarla en la puerta.

—No me digas que no has hecho lo que quería.

—Lo he hecho todo —dice Amara—. Es solo que no quería quedarme toda la noche. Ya te lo dije, me da miedo. Además... —responde a la fría mirada de Félix con una propia—, así mantengo el interés. Queremos prolongar esto tanto como se pueda, ¿no?

—Loba astuta —replica Félix. Amara comienza a desabrocharse la capa, esperando que Félix la envíe a la bodega. En vez de eso, la detiene—. No te la quites. Voy a salir. Puedes venir conmigo.

—¿Por qué? —pregunta Amara, sin poder esconder su sorpresa.

—Nunca está de más exhibir la mercancía —dice Félix. Le pasa un brazo por los hombros y, por un desconcertante momento, Amara cree que se trata de afecto. Luego siente los dedos de Félix duros que le pellizcan la cintura, como un panadero que revisa la calidad de su masa—. Pero no abras el hocico.

El bar está en una parte de la ciudad que Amara no conoce. Es bajo y estrecho. Apenas es un agujero en la pared que hiede a humo de pipa. Ella es la única mujer presente. Se sienta junto a la pared, con Félix y los hombres con los que va a reunirse. La mayoría están ebrios cuando llegan, pero Amara nota que Félix, a pesar de que hace toda la alharaca de pedir vino, se mantiene sobrio. Mantiene una mano sobre el muslo de Amara y ella comprende que se trata de una señal para los demás hombres: «No tocar».

No es la única en manifestar su sorpresa al ver que Félix ha traído a una mujer consigo.

—¿Qué ha hecho esta? —pregunta uno de los hombres, señalándola con su vino. Tira un poco sobre la mesa. Amara lo reconoce de la Palestra gracias a la cicatriz blanca que le recorre la cara, pero él no la reconoce—. ¿Es una pieza especial? ¿O ya se ha aburrido de tu verga y quiere venir a probar otras?

Los demás se le suman. Pero, a pesar de que todos están hablando de ella, solo se dirigen a Félix, como si Amara no estuviera ahí. No dice nada, solo baja la mirada y se queda mirando la mano de Félix sobre su pierna.

—Hay muchos más coños de donde ha salido este —dice Félix—. Id a probarlos luego.

Pierden el interés en Amara y pasan a hablar de negocios. Amara está tan exhausta que podría apoyar la cabeza en la pared y quedarse dormida, deben de ser ya altas horas de la madrugada.

—Creo que el zapatero está un poco renuente a pagar —dice uno de los hombres. Es delgado y nervioso, como una zarigüeya—. Todo el trabajo que hacemos manteniendo las calles seguras, para que el mugroso sea un ingrato.

El hombre de la cicatriz blanca se ríe, pero Félix se mantiene impasible.

—Tal vez necesita un pequeño recordatorio. Nada demasiado drástico. —Amara comprende que no están hablando de préstamos—. De preferencia, alguien a quien no conozca.

—Sé quién puede hacerlo —dice Zarigüeya, asintiendo.

La conversación brinca de negocios a bromas: quién está pagando, quién necesita un poco de persuasión, los pasados juegos en la arena, la mejor puta del muelle. A Amara no le sorprende que Félix forme parte de una extorsión, pero le inquieta que esté dispuesto a correr ese riesgo. ¿No gana suficiente ya? ¿Y si alguien quisiera vengarse? ¿Son todos los hombres en la taberna de fiar? Espera que cualquier posible vínculo con el burdel esté bien oculto.

El tiempo se arrastra y Amara se siente como un fantasma; solo la mano de Félix la ancla al presente. Recuerda lo que le ha dicho sobre exhibir la mercancía y no se atreve a quedarse dormida. En cambio, establece contacto visual de vez en cuando con los hombres y luego le lanza una mirada sugerente a Félix para asegurarse de que los hombres recuerden qué es, qué podrían tener más tarde.

Cuando Félix al fin se levanta y la empuja consigo, Amara siente que podría llorar de alivio. Un par de hombres caminan con ellos de vuelta al burdel, pero es inexplicable que estén lo suficientemente despiertos como para aceptar el descuento que Félix les ha ofrecido. Amara siente lástima por quien tenga que atenderlos. Al verlos entrar al oscuro pasillo del burdel y saber que no irán a su celda, se da cuenta de que el agotamiento le ha drenado cualquier sentimiento de culpabilidad. Sigue a Félix hacia la relativa seguridad de su apartamento.

Cuando terminan de subir la escalera, Félix la toma por la muñeca y se echa hacia atrás para observarla, como si sopesara la posibilidad que Amara representa. Luego la suelta.

—Manda a Paris a mi habitación —le dice antes de desaparecer en sus aposentos.

Amara corre a la bodega, donde mueve con el pie a Paris, que está dormido.

—Levántate. El amo quiere verte.

Paris se levanta como un gato, arrancándose las sábanas de encima.

—¿Ahora? —jadea—. ¿Quiere que vaya ahora?

—Lo siento —responde Amara, caminando hacia su rincón—. Eso es lo que ha dicho.

Paris suelta un sollozo ahogado, un sonido de miseria pura. Amara lo ve salir sigilosamente de la bodega, incapaz de sentir otra cosa más que gratitud porque será a él a quien Félix atormente y no a ella. Se queda dormida instantes después de apoyar la cabeza en el abultado saco de judías.

Cuando despierta, percibe que alguien se cierne sobre ella. Es Paris. Tiene la cara tan cerca de ella que sus narices están a punto de tocarse.

—Día de burdel, puta —susurra.

—¡Lárgate de aquí! —Amara le da un empujón. Paris cae de culo con un golpe seco—. ¿Qué te pasa?

Paris se expulsa el polvo, furioso de haber quedado como un tonto.

—Lo de anoche fue tu culpa —se queja—. ¿Por qué no pudiste follar con Félix? Ya estabas despierta. Y para ti no es nada. Nada. —Su voz se torna más estridente—. Para eso estás aquí. ¡Para eso existes!

Paris se detiene. Está al borde de las lágrimas. El raquítico pecho le sube y baja con el esfuerzo de contener sus emociones. Amara piensa en la tremenda crueldad que Paris debe de haber soportado: la confusión de crecer en el burdel, viendo la forma en que trataban a su madre, el miedo cuando él también se convirtió en un blanco. Y luego tener que sufrir el desprecio de otros hombres, incluso de Gallus, a quien está desesperado por impresionar.

—Siento que te haya hecho daño —responde Amara con voz ecuánime. No quiere humillarlo más siendo compasiva con él—. Pero sabes que no tuvo nada que ver conmigo. Nadie le dice a Félix qué hacer.

—Ni siquiera te toca, ¿verdad? Cuando te tiene en su estudio. —Paris toma su silencio como respuesta. Patea la pared, frustrado—. Todos estos años deseando que me confiara el negocio, y te escoge a ti. Como si yo fuera la mujer —escupe la última palabra como una maldición que fuera a profanarle la boca al decirla.

Amara no le dice a Paris que no le sería de mucha ayuda a Félix con sus cuentas: ni siquiera sabe leer.

—No será para siempre —dice en vez de eso—. No te tratará así para siempre. Estoy segura de que confía en ti.

Paris la mira, se muerde el labio. Amara se da cuenta de que quiere hablar, que toda la soledad que lleva dentro es como un pozo a punto de desbordarse. Pero el orgullo lo domina. Se encoge de hombros, como si se quitara de encima a Amara.

—Nadie está pagando para que te quedes aquí arriba hoy, ¿o sí? ¿Por qué no te largas a donde perteneces y me dejas en paz?

Amara se incorpora de forma cansina. Siente como si hubiera dormido solo un par de horas. Es evidente que Paris la ha despertado tan temprano como ha podido.

—Portarte como un pedazo de mierda no hará que tu vida sea más sencilla —dice. Pasa por su lado y cierra la puerta de la bodega al salir.

Apenas hay luz en la calle. Lo más probable es que todas en el burdel estén dormidas. La puerta trasera está entreabierta y Amara entra sigilosa, resignada a dormir en el suelo en vez de despertar a Dido. Se deja resbalar hasta el pavimento, con la espalda sobre la pared, y luego oye el sonido de un llanto ahogado. Británica nunca hace el esfuerzo de silenciar sus sollozos, por lo que Amara asume que se trata de Dido, pero, tras ponerse de pie y caminar por todo el pasillo, se da cuenta de que es Victoria.

Tarda unos segundos en dejarse convencer por sus oídos. Victoria nunca llora. Amara vacila antes de abrir la cortina, han pasado semanas desde su última conversación real con Victoria. Pero no soporta pensar que su amiga está sufriendo.

Se asoma por detrás de la cortina.

—¿Estás bien? —pregunta en voz muy baja para no despertar a las demás. Espera a que Victoria deje de llorar o que le diga que se vaya. Por el contrario, sigue enroscada en la cama, sollozando sobre las sábanas. Amara corre a su lado, temerosa. Se sienta en la cama y le pone una mano sobre el hombro—. ¿Qué pasa?

Victoria se levanta de golpe, secándose las lágrimas con un gesto furioso.

—¿Qué pasa? ¡¿Qué pasa?! —Mira a Amara, con los ojos enrojecidos y el pelo desaliñado—. ¡Como si no lo supieras!

Amara la mira, atónita.

—Como si no supiera ¿qué?

Victoria le da una bofetada en el rostro. Amara se queda sin aliento y se lleva una mano a la mejilla que le escuece. Está demasiado estupefacta como para responder.

—¡No te hagas la mosquita muerta! —le grita Victoria—. Como si con los viejos y los niños no te bastara, ¿te tienes que quedar con Félix también? Ni siquiera te gusta, ¡y mucho menos lo deseas! ¿Qué estás haciendo? ¿Restregándonoslo en la cara? ¿Haciendo que todas sintamos que no valemos nada?

—¡Como si tuviera opción! —Amara grita de vuelta—. ¿Crees que me gusta estar con Félix? ¿Y qué más te da? ¡Lo odias tanto como yo! —En cuanto lo dice, recuerda aquella tarde en la que Dido y ella oyeron a Victoria gemir su devoción: «Te quiero, moriría por ti». Mira el rostro angustiado de Victoria y comprende lo que debió haber visto hace mucho tiempo. Victoria no estaba fingiendo—. No es posible, no puedes quererlo —dice—. ¡Es un maldito monstruo! Ninguna de nosotras le importamos nada.

—¿Podéis bajar la voz? —Berenice está en la puerta, demacrada por el cansancio—. O resolved vuestras cosas fuera. Algunas queremos dormir. —Cierra la cortina con un brusco tirón.

La interrupción saca a Amara y a Victoria de su furia.

—Sé que es un desgraciado, lo sé —dice Victoria

en un tono más bajo—. No necesitas decírmelo. Pero no entiendes cómo puede ser a veces. Nunca lo has visto. —Las lágrimas hacen que le resplandezcan los ojos, y se tropieza con las palabras, abatida por los sentimientos que suele reprimir—. Puede ser muy amoroso y amable. Y siempre lo siente mucho cuando me hace daño. Me ruega que lo disculpe, lo ruega de verdad. Yo veo un lado de él que vosotras no podéis ver. —Victoria está casi irreconocible en su desesperación, Amara casi no soporta estar cerca de ella—. Está solo, como yo. Lo quiero tanto.

Amara piensa en cómo Félix le habló a Victoria después de que Paris la golpeara, en todas las veces que lo ha visto lastimarla, la forma en que —apenas la noche anterior— le ofreció su cuerpo a Cedro como si no fuera nada. Siente náuseas. Le toma la mano a Victoria y le estruja los dedos.

—Creo que te mereces algo mucho mejor —dice.

—¿Qué más hay?

—Alguien que no te golpee —comenta Amara—. Un hombre que no te venda.

—¿Qué crees que somos? ¿Dónde crees que vivimos? —pregunta Victoria, incrédula, señalando las paredes llenas de hollín—. No estamos en una puta obra de teatro. No somos diosas. ¿Cómo de alto quieres apuntar? ¿Al emperador?

Se oye el ruido de violentas arcadas. Victoria y Amara se miran, alarmadas.

—¡Cressa!

Berenice ha llegado a la letrina antes que ellas y está asomada por encima del murete.

—¿Estás bien?

—No, no estoy bien —se alcanza a oír la voz de Cressa antes de que vomite de nuevo.

Las tres mujeres esperan, impotentes, mientras a Cressa se le revuelve el estómago. Hay un silencio. Luego, Cressa sale de la letrina apoyándose en la pared para mantenerse de pie, como si estuviera en la cubierta de un barco.

—¿No crees que deberías comer algo? —dice Victoria.

Cressa asiente, destrozada.

—Pero no en El Gorrión.

—Es muy temprano, de todas formas —interviene Berenice, mirando a Amara y Victoria, aún molesta de que la hayan despertado—. No va a estar abierto.

—Podemos ir a una panadería. Un poco de pan te vendría bien —opina Amara.

Dejan a Dido y Británica dormir un poco más. Fuera, el cielo comienza a tornarse azul y las calles empiezan a cobrar vida. A Gallus le sorprende verlas a todas en la calle tan temprano. Mira con cautela los dos extremos de la vía, buscando a Félix, y luego besa a Berenice.

—¿No puedes dejarlas? —dice, metiéndole la mano por debajo de la capa para tocarla.

Berenice mira a sus amigas, indecisa, mientras Gallus le respira en el cuello.

—Os alcanzo —suelta, dejando que Gallus la lleve de vuelta al burdel.

Amara la ve alejarse, decepcionada.

—No sabe adónde vamos.

—Déjala —contesta Victoria mientras comienza a andar por la calle—. Siempre deja que el imbécil ese la pisotee.

Amara piensa en la devoción ciega de Victoria por Félix, pero no dice nada.

—No tan rápido —dice Cressa, aferrándose al brazo de Amara. Se ve aún peor bajo la luz del sol, con la piel cubierta por una capa de sudor—. Y no vayamos muy lejos.

Algunas tabernas cerca de los baños están abiertas. Escogen una y toman una mesa en vez de pararse en la barra. El pan está duro y rancio. Amara siente que le cortará las mejillas de solo masticarlo. Cressa pide un vino dulce para asentar el estómago. Está acomodada en silencio, sin alzar la mirada, sumergiendo el pan en el vino para ablandar la corteza.

—No puedes seguir ignorando lo obvio —le dice Victoria en voz baja, por si alguien más pueda oírlas—. Todas sabemos que estás embarazada. Solo dinos qué podemos hacer para ayudarte.

Cressa deja de sumergir el pan en el vino.

—Nada —dice, sin inflexión alguna en la voz—. No hay nada que podáis hacer.

—Pitane de El Elefante se hizo un aborto hace poco —revela Amara—. Y le fue bastante bien. ¿Quieres que le pregunte dónde consiguió las hierbas?

—No —responde Cressa, sin alzar la mirada aún—. Lo intenté la última vez, con Cosmo, y no funcionó. Solo me costó una fortuna y me hizo enfermar.

Victoria le frota el brazo, como si pudiera quitarle el dolor.

—Tal vez Félix te deje quedártelo esta vez —dice con una voz anormalmente alegre—. ¿No valdría la pena al menos preguntar?

Cressa comienza a agitar los hombros y Amara sabe que está llorando, a pesar de que no hace ningún ruido.

—¿De qué serviría? —susurra, llevándose las palmas de las manos a los ojos para detener las lágrimas—. ¿Qué vida puedo darle a un niño? ¿Otro Paris? ¿Una niña vendida como puta antes de que sea una mujer?

Me mataría verlo, preferiría morir. —Respira hondo para intentar controlarse—. Además —dice, de nuevo sin inflexión—, Félix ya me dijo que tiraría a cualquier otro bebé al basurero. No gana lo suficiente vendiendo niños.

—Quizá eso sería lo mejor —dice Victoria—. Y no significa que el bebé moriría. Mírame, yo sobreviví.

—No lo entiendes —responde Cressa—. No tienes idea. ¿Crees que porque nunca hablo de Cosmo no pienso en él? Lo extraño cada segundo de cada día. Lo añoro. Solo quiero ver su cara. Todo el tiempo, cada instante de mi vida. —Se lleva una mano al corazón, como para contener una herida—. Es un dolor constante y sin igual. No puedo perder a otro.

Amara y Victoria se miran, incapaces de pensar en alguna palabra reconfortante.

—Tal vez el embarazo no funcione —dice Victoria con una débil vocecita.

—Tal vez —responde Cressa, sorbiendo su vino—. Tal vez.

En el camino de vuelta, Cressa se separa de ambas, decide caminar sola. Victoria le toma la mano a Amara, apretándole los dedos como una mujer que teme ahogarse.

Septiembre

32

¡Llévame a Pompeya, donde el amor es dulce!

Grafiti en Pompeya

Amara toma uno de los higos de la mesa de Drusila, lo pela y saborea su suave dulzura en la lengua. Ya casi es octubre. Rufo está recostado a su lado, con el cuerpo cálido sobre el de ella. Han pasado más tiempo en casa de Drusila desde que los padres de Rufo volvieron de Bayas. Sus padres no saben nada de ella, según le ha dicho Rufo, pero quizá sea mejor que no se la encuentren un día en el atrio. La madre tiene ideas extrañas. Piensa que una esclava doméstica es más que suficiente para esas cosas, no entiende qué es estar enamorado.

Amara habría estado desesperada de no ser por la generosidad de Drusila de dejarlos quedarse en su casa. Rufo le paga, claro está. Amara piensa que debe de ser agradable alquilar habitaciones en lugar de alquilar el cuerpo. Toma otro higo de la mesa. Es la primera vez que Dido los acompaña, y aquello es lo más cercano a la felicidad que Amara podría sentir en la vida.

—Entonces ¿los dos sois púnicos? —pregunta Drusila, dirigiéndose a Dido y Lucio, el joven adinerado al que ha invitado para que Dido lo entretuviera.

Amara sospecha que quizá sea uno de los antiguos amantes de Drusila, pero no puede saberlo con certeza.

Lucio arquea una ceja al oír la pregunta, se vuelve para mirar a Dido y le dice algo en una lengua que nadie más entiende. Es, evidentemente, un chiste. Dido se ríe, encantada, y le responde en la misma lengua. Lucio le sonríe, complacido con lo que sea que le ha dicho. Se dirige a Drusila de nuevo.

—Eso parece.

—¡Qué maravilla! —dice Drusila con un aplauso—. Vaya coincidencia.

Quinto, que está sentado a su lado, suspira y hace una mueca. Amara querría lanzarle un higo a la cabeza. Sigue sin comprender por qué Drusila, la mujer más glamurosa que ha visto en la vida, tiene un novio tan ordinario. Seguro que es bastante más rico de lo que había pensado.

—Toda mi familia es de Cartago —dice Lucio. Su acento es similar al de Dido, pero no idéntico. Amara supone que debe de estar unos cien peldaños por encima de ella en la escalera social—. Me enviaron a Italia para supervisar el negocio. Tenemos varias bases aquí en Campania.

—Debes de echarlo de menos, estando tan lejos —dice Dido con una expresión de melancolía.

Lucio le responde en púnico. Dido sonríe de nuevo y baja la mirada. Amara sospecha que Lucio le ha lanzado algún cumplido.

—¿Te secuestraron? —le pregunta Rufo a Dido—. ¡Eso significa que tu venta no fue legal! Y estoy convencido de que la tuya tampoco lo fue —le dice a Amara—. Convencido. No es posible pasar de ser la hija de un doctor a ser una esclava, ¿o sí? —Mira a todos los demás—. ¿No creéis?

Amara podría retorcerse de vergüenza. Rufo está decidido a convertir su vida en una obra de Plauto en la que Amara resulte ser, en realidad, una mujer libre y casadera. Un mundo en el que la tragedia, y no el clasismo, es lo que los mantiene separados.

Lucio tose de forma discreta.

—Quizá no.

—Es muy posible —interviene Quinto, desinteresado—. Quiero decir que todo tipo de personas terminan siendo esclavas si no son ciudadanas de Roma.

Drusila cambia de tema antes de que Rufo pueda objetar algo.

—¿Nos cantaríais algo? Dido, Amara dice que tienes una voz maravillosa.

—Solo si tú tocas el arpa —dice Amara.

—Ay, sí, por favor —exclama Dido—. Me muero por escucharte tocar.

Las tres mujeres hacen una faramalla de falsa modestia y renuencia, se hacen pequeños cumplidos entre sí y coquetean con los hombres, mientras las criadas de Drusila sacan el arpa. Dido y Amara se cambian no muy lejos de la mesa. Se supone que debe parecer improvisado, a pesar de que lo llevan ensayando toda la tarde. Entonces, la escena se torna más vigorosa. Las tres se concentran en la música, prueban distintas melodías y la anfitriona hace bromas ocasionales, sin duda dirigidas a uno de sus amantes. Amara se ha preguntado por qué Drusila era tan amable, pero ahora lo entiende. Alquilarles habitaciones a un flujo constante de huéspedes mujeres le permite organizar esas veladas y mantener su reputación como una de las cortesanas más buscadas de Pompeya.

Drusila no tiene razones para temer que Amara y Dido la eclipsen. Es una arpista talentosa de elegantes brazos y dedos delicados, mientras su voz vibra con emoción y eleva el canto de las otras dos mujeres cuando intentan competir. Los hombres se relajan en los sillones, donde beben vino y ríen, más que satisfechos de ser los beneficiarios de tal devoción. A Amara la conmueve que Rufo casi no mire a sus compañeras. Los otros dos son bastante descarados cuando se trata de ojear a las mujeres de los demás de arriba abajo.

La velada transcurre de manera agradable. La comida es buena, si no opulenta, y hay vino suficiente. Los hombres organizan una sesión de lucha amigable —que a Rufo le parece divertida y que Quinto se toma demasiado en serio— y se recitan poemas entre sí, inventando rimas y embriagándose más y más. A Amara le alegra ver que Lucio se ha pegado a Dido, aunque sospecha que no es un hombre que esté buscando el amor de la misma forma que Rufo cuando se conocieron. Toca los pendientes nuevos que le regaló, sintiendo cómo se mecen contra sus dedos. En una caja de madera en su dormitorio hay una colección creciente de regalos para Amara. Le toma la mano a Rufo y le acaricia la palma, mientras él sonríe, afable, tras oír uno de los chistes de Quinto.

Amara sospecha que debería intentar compartir su buena fortuna con algunas más de sus amigas, pero le cuesta imaginar a Berenice y a Victoria comportándose de forma apropiada en una velada así. Se siente culpable al pensarlo. Victoria quizá sería demasiado popular; se la imagina bailando como hizo en la Vinalia, desnudándose. Pero eso, en sí mismo, afectaría al equilibrio y revelaría de golpe las verdaderas intenciones detrás de la velada.

—Creo que es hora de ir a la cama —dice Quinto, estirándose con un gesto señorial, como si él fuera el anfitrión y no Drusila—. De otro modo, no voy a estar en condiciones de hacer nada excepto dormir.

—Quiero creer que no te atreverías, al menos no en mi casa —responde Drusila—. No se me ocurre un insulto peor.

Todos se ríen. Los hombres se despiden y se retiran con su recompensa de la noche: las mujeres. La casa de Drusila no es tan grande ni opulenta como las casas de los clientes de Amara, pero es elegante y cómoda. Cada habitación que Amara ha visto está decorada con escenas mitológicas de amor. En la que suele quedarse hay un mural de Leda y el cisne. Está en la planta de arriba, por encima del pequeño patio y el comedor.

Rufo y Amara siguen a la criada de Drusila hasta el dormitorio. Rufo comienza a desvestirla cuando la criada ni siquiera ha terminado de encender las lámparas. Es algo que Amara ha notado: Rufo no suele ver a muchos de los esclavos que lo sirven. En su propia casa, Vitalio solía entrar en la habitación, sin siquiera llamar a la puerta, para servir vino o fruta, incluso cuando estaban en la cama, hasta que Amara le pidió que dejara de hacerlo.

—¡Le da lo mismo! —protestó Rufo.

Pero Amara no estaba tan segura. Fue la forma en que Vitalio la miró una vez, de un esclavo a otro, mientras Rufo parloteaba sobre una obra de teatro. En ese momento supo que ella no le gustaba, que servirle lo enfurecía, aunque Amara sigue sin saber por qué.

En esta ocasión, le alivia saber que no han llegado más allá de la desnudez antes de que la criada se fuera. De por sí, recordar que tiene que montar una actuación para Rufo ya le requiere un esfuerzo. Su afecto por ella parece muy genuino; Amara se pregunta qué sucedería si buscara satisfacer sus propios deseos o si sugiriera lo que le gustaría. Pero es más sencillo complacer a Rufo y fingir. Sabe que su incapacidad de disfrutar los esfuerzos de Salvio fue lo que le quitó el interés, a pesar de que fue él quien le pidió que no fingiera.

Es lo que ocurre después lo que más le gusta: cuando Rufo le dice cuánto la quiere, cuando la abraza como si nunca fuera a soltarla. No lo cree del todo, sabe que él no puede quererla, no de verdad, no como ella quería a su familia ni como quiere a Dido. No puede quererla como se quiere a quien consideras de igual valor que tú. De cualquier modo, nunca se cansa de escuchar las palabras de Rufo.

Después de darle un beso de despedida y salir a hurtadillas de la habitación, Amara lo oye en el patio, riéndose con los otros dos hombres. Rara vez pasa la noche en la casa de Drusila, pero Amara no tiene intención alguna de confesárselo a Félix. Es una de las ventajas de esta vida, poder quedarse como huésped, y no como esclava, en la casa de su amiga. Sonríe para sus adentros e imagina a Dido cerca, a salvo, estirándose entre las sábanas, igual que ella, sabiendo que tiene por delante una noche de sueño dichoso e imperturbable.

El fresco aire de la mañana está cargado de los aromas del otoño. Amara y Dido esperan a su anfitriona en el pequeño patio mientras disfrutan la tranquilidad. Drusila ha aprovechado el espacio de forma inteligente: ha colocado la fuente pegada al muro en vez de tenerla ocupando demasiado espacio en el centro. El agua cae en cascada sobre un mosaico de baldosas azules y salpica una estatua de Venus que se cierne desnuda en el borde de la piscina, como si estuviera lista para zambullirse.

—Es bellísimo —dice Dido, mirando a su alrededor.

—La fuente es perfecta —concuerda Amara.

—Me alegra que lo aprobéis. —Se dan la vuelta y ven a Drusila observándolas. Tiene puesta una túnica ligera y el brazalete dorado en el brazo. Lleva el pelo cubierto con una pañoleta de seda que Amara envidia de inmediato. Es la forma perfecta de ocultar el pelo desarreglado, como si tuviera a alguien a quien impresionar por la mañana—. ¿Por qué no tomáis un refrigerio conmigo antes de iros?

Aceptan más que animosas y la siguen al comedor. Ya está limpio después de la reunión de anoche, y sobre una mesita lateral las espera una bandeja con higos, peras y pan.

—¿Cómo estuvo Lucio? —pregunta Drusila, tomando un sofá para sí e indicándoles que se sienten en el que está enfrente—. Parecía bastante cautivado.

—Va a intentar encontrar a mi familia —dice Dido, mirando a Drusila y luego a Amara, sin duda emocionada por compartir la noticia—. Cree que puede lograrlo con el censo.

—¡Qué maravilla! —exclama Amara.

—¿Te lo dijo antes o después? —pregunta Drusila.

—Después —responde Dido—. Cuando estaba a punto de irse.

—Esa es buena señal —Drusila asiente—. Significa que lo dijo en serio. Aunque quizá tengas que recordárselo. Lucio no está acostumbrado a pensar en los demás. —Empuja la bandeja hacia ellas y espera a que tomen algo antes de servirse—. ¿Y si los encuentra? ¿Qué pasará entonces?

—No lo sé —dice Dido, con un poco más de incertidumbre—. Me conformaría tan solo con saber que están vivos.

—¿No te comprarían de vuelta? —Drusila le da un mordisco a su pera.

Amara mira a Dido, ansiosa. Han discutido esa misma cuestión varias veces.

—No —responde Dido—. No lo creo. No cuando..., no después de lo que he sido. No habría lugar en casa para mí. Si fuera libre, si tuviera algo de dinero ahorrado, tal vez podrían pasarlo por alto. Cuidar su reputación y guardar las apariencias. Pero no habría forma si... soy esto.

—¿Lucio lo sabe?

—Sí. Le dije que no había manera de volver.

—Tal vez así sea mejor. Menos trabajo para él. Y es más probable que te haga el favor si sabe que no habrá drama de por medio. A menos que Lucio haya encontrado su lado romántico, claro está.

—¿Lucio y tú alguna vez...?

—Fuimos amantes, sí —Drusila asiente—. Durante algunos meses. Aún me visita en ocasiones. Le tengo cierto aprecio. Aunque debo ser cuidadosa con Quinto, es más orgulloso de lo que os imagináis. —Mira a Amara y arquea una ceja—. Aunque no tengo que ser tan cuidadosa como tú. A Rufo no le sentaría nada bien tener un rival.

—No —responde Amara—. Pero no hay riesgo de ello. —Agacha la mirada mientras pela un higo y piensa en Menandro. Fue Dido quien insistió en que dejara de comunicarse con él, incluso por medio de grafitis. Amara no tuvo el valor para decirle a la cara que ahora tenía un «patrón» nuevo, así que tomó la salida cobarde y dejó que Dido fuera a la alfarería a decírselo. Le duele siquiera pensar en él. Deja de pelar el higo. La fruta yace pálida y desnuda en sus manos. Mira a Drusila—. ¿Rufo y tú fuisteis amantes alguna vez?

—¿La respuesta te importaría, fuera la que fuese?

—No —responde Amara—. Mis sentimientos no... —Hace una pausa, sin saber cómo explicar lo que siente. Se encoge de hombros.

—Solo por muy poco tiempo —contesta Drusila. Observa la reacción de Amara—. Veo que te molesta.

—No, en absoluto —dice Amara, sorprendida de estar tan perturbada—. Mejor dicho, no estoy celosa. Es solo que me dijo que no había estado contigo. Fue muy convincente.

Drusila se ríe.

—Todos los hombres son mentirosos natos. Tómalo como un cumplido. No quería herir tus sentimientos. Al menos se da cuenta de que los tienes.

—¿Quinto no? —pregunta Dido.

—Pues... —dice Drusila con un dejo irónico mientras toma un pedazo de pan y se recuesta en sus cojines—. Ni siquiera necesito preguntar si alguna de vosotras se ha acostado con él. Sé que sí. De otro modo, no dejaría de fastidiarme con que le diera la oportunidad de estar con vosotras. —Todas se ríen—. Quinto es justo lo que aparenta —continúa—. Pero es extraño cómo los hombres echan raíz en el corazón, hasta Quinto.

—Hay hombres que no —dice Amara.

—¿Tu amo? —pregunta Drusila.

Amara asiente, sin querer decir su nombre.

—No lo sé —comenta Dido, con un tonito burlón—. Félix y tú, sentados juntos, revisando las cuentas. Estoy segura de que has visto su lado más amable.

—Es un pedazo de mierda. —Amara estalla. La

fealdad de tales palabras conmociona la agradable mañana y trae consigo la sombra del burdel—. Mis disculpas —le dice a Drusila, sonrojada por la vergüenza—. No quería ser vulgar.

—Estoy segura de que a nadie aquí le escandaliza una palabrota. —Drusila se ríe—. Quinto también es un pedazo de mierda, aunque no me imagino que pudiera hacerme enfadar tanto como para decirlo en voz alta. —Su expresión se torna más seria—. Pero él es el que paga, y créeme que entiendo la diferencia.

«Porque ella es libre y nosotras somos esclavas», piensa Amara. Es fácil olvidarlo en presencia de Drusila; es tan cálida, tan amigable y, a la vez, casi tan distante como Rufo, dado el privilegio que tiene como liberta. Aun si tiene que ganarse el pan de la misma forma que ellas.

Pensar en Félix tensa el ambiente en el que antes ha habido solo regodeo.

—Tal vez deberíamos volver —murmura Dido tras la segunda pausa incómoda en la conversación.

Drusila no insiste en que se queden, aunque tiene el gesto de invitarlas a volver de nuevo, como si fueran huéspedes y no compañía pagada por los hombres. En el umbral de la casa, Dido y Amara se quedan paradas, codo a codo, mirando la vida transcurrir en la calle. Luego Dido baja al pavimento. Amara la sigue.

33

> No me importa tu embarazo, Salvilla;
> lo desprecio.
>
> Grafiti en Pompeya

El burdel parece todavía menos habitable ahora que Félix ha metido a más mujeres. Solo Berenice y Victoria tienen una celda para ellas solas, pues dos bailarinas hispanas se han instalado en la celda de Cressa hace una semana. Cressa duerme con Británica, y son quienes reciben menos clientes. Félix no se atreve a admitirlo, pero Británica fue una pésima inversión.

Ipstilla y Teletusa hablan muy poco latín, o quizá prefieren no mezclarse con ellas. Cuando Dido y Amara entran, se están riendo a todo volumen y gritan en su idioma, ocupando todo el pasillo. Fabia intenta barrer a su alrededor, pero ellas la ignoran y se niegan a mover los pies.

—Qué bien que hayáis llegado —dice Victoria, llamándolas a su celda. Dido y Amara se sientan en la cama—. Félix quiere que saquemos a las nuevas y les enseñemos a pescar.

—¿No pueden salir juntas? —pregunta Amara—. Estoy segura de que lo preferirían.

—No, quiere que las vigilemos. Y alguien tiene que

llevarse a Británica. Está harto de que no haga nada. —Amara sospecha que Victoria también está harta. Nunca le ha tenido especial cariño a la britana—. Si Dido y yo nos llevamos a las hispanas, ¿te puedes quedar con Británica?

—¿Por qué yo?

—No podemos pedírselo a Cressa, ¿no crees? Y Berenice no se encuentra muy bien. Tuvo un cliente brusco anoche. Además, pensaba que Británica te caía bien.

—Está bien —suspira Amara—. Yo me la llevo.

Deja a Dido y Victoria en una ruidosa negociación con las hispanas y arrastra los pies hacia su antigua celda. Dentro, Cressa está recostada en la cama, con los ojos cerrados, aunque Amara sospecha que no está dormida. Británica está sentada en un taburete, velándola como un pálido perro guardián.

—Británica. —Amara le tiende la mano—. Ven conmigo. Ven. —La britana mira a Cressa, indecisa—. Ven —repite Amara con más firmeza—. Vayamos a por hombres.

Británica se pone de pie, cerniéndose en toda su enormidad sobre Amara, y da zancadas hacia la puerta con una expresión parca. Amara no sabe cuánto latín entiende ya, aunque sospecha que es más de lo que muestra, a pesar de que no ha dicho una sola palabra que no sea el nombre de Cressa. Salen por la puerta trasera, pues los gritos y ademanes siguen en plena ebullición en el pasillo.

—Baños —dice Amara, y pastorea a su fornida acompañante hacia el pavimento.

Al salir con Británica, llaman bastante la atención, pero no la que a Amara le gustaría. Británica camina con movimientos nada femeninos y parece más gladiadora que prostituta. Establece contacto visual con todos los hombres, con mirada furiosa y retadora. Si alguno le devuelve la mirada, ella le enseña los dientes y bufa. Solo han caminado una calle y Amara empieza a temer que las golpeen antes de que lleguen siquiera a la esquina.

—¡Basta! —dice, exasperada—. Tú ganas. Volvamos. —Británica gira sobre sus talones y da enormes zancadas en el suelo, y Amara corre tras ella. El pasillo al fin está vacío, pero Amara sabe que no puede ceder y quedarse; tendrá que salir a pescar con alguien. Sigue a Británica hasta la celda donde Cressa continúa acostada, postrada en su miseria—. ¿Cressa? Sé que estás despierta —dice—. ¿Por qué no sales conmigo? El aire te hará bien.

—No quiero —responde Cressa.

—Sé que no quieres, pero no puedes quedarte dentro todo el día —le implora Amara. Británica está prestando atención a la discusión, con expresión preocupada, pero Amara la ignora—. Podemos caminar al muelle. Te puedo invitar a un vino.

Cressa se levanta muy despacio. El vientre ha comenzado a hinchársele, pero tiene el rostro vacío y demacrado.

—Está bien —dice, apesadumbrada—. Vamos.

—¡Cressa! —exclama Británica con voz suplicante—. ¡Cressa!

—Volveré pronto —le dice Cressa para tranquilizarla, y le da palmaditas en el brazo como si fuera una niña—. Descansa.

Amara sabe que Británica no descansará. Ya la ha espiado cuando está sola y la ha visto darles una infinidad de puñetazos y patadas a hombres imaginarios. Le lanza una mirada de advertencia mientras salen. «No des problemas.»

La caminata hacia el muelle es lenta y laboriosa. Es difícil creer que Cressa alguna vez se ha preocupado tanto por su apariencia como las demás. Ahora se la ve sucia y desaliñada, con el pelo descuidado. «Las putas envejecen el doble», piensa Amara, y la idea la deja helada.

—No sé por qué todas son tan crueles con Británica —dice Cressa, mirando por encima del hombro, como si de alguna forma la britana aún estuviera al alcance de su vista—. No ha hecho más que odiar estar atrapada aquí. Pero tiene buen corazón, ¿sabes? Diría que es más leal que cualquier otra. Y es inteligente. Sé que nadie más puede verlo, pero lo es.

—Pero no es fácil —dice Amara.

—¿Por qué habría de ser fácil? ¿Acaso su vida ha sido fácil? —La voz se le quiebra. Amara teme que comience a llorar.

—Lo sé —replica con tono compungido. Lo que menos quiere es importunar a su ya atormentada amiga—. Lo sé. Intentaré hacer un esfuerzo mayor con ella. Te lo prometo.

Siguen andando a un tortuoso paso hasta que Cressa se detiene por completo. Amara se da cuenta de que está mirando a un niño de unos tres o cuatro años. El agudo parloteo de la criatura inunda el aire, y su madre sonríe con indulgencia antes de notar a la extraña y destartalada mujer con la mirada fija en su retoño. Envuelve a su hijo con un brazo y, nerviosa, lo aleja de la vista de Cressa.

—Cressa —dice Amara, intentando llevársela.

Pero Cressa está llorando.

—No —dice. Se quita a Amara de encima cuando trata de reconfortarla.

Pasan bajo la Puerta Marina y frente a los baños de

Vibo, donde no han trabajado en meses, desde que Félix decidió que las propinas no valían la pena. Más abajo en la colina, el mar parece resplandecer. El aire es fresco; la sal, punzante. Cressa parece más tranquila una vez que llegan al puerto. En los muelles hay varios barcos descargando su mercancía. Los hombres corren y gritan, hacendosos como hormigas que llevan migajas al hormiguero. Amara le ofrece un brazo, nerviosa tras el último rechazo, y esta vez Cressa lo acepta.

—¿Quieres que paseemos un poco antes de ir a pescar?

Cressa asiente y se dirigen a la columnata que rodea el puerto. Amara siente que su ánimo mejora. La luz del sol, reflejada en el mar, ondea sobre los pilares y las estatuas pintadas, y los graznidos de las gaviotas y los gritos de los marineros tienen un toque casi musical. Ayuda a Cressa a sentarse en un sitio soleado a orillas del agua. Alcanzan a ver los peces plateados que surcan el agua transparente bajo sus pies.

—Félix nunca me dijo dónde vendió a Cosmo —dice Cressa. La mención de su hijo es tan inesperada que Amara no sabe qué contestar. Mira a Cressa, pero no puede interpretar su expresión, pues tiene el rostro girado hacia el mar—. Fabia intentó averiguar algo, pero nunca logramos encontrar nada.

—¿Fabia? —pregunta Amara, sorprendida. No se imagina que la madre de Paris tuviera el valor o la astucia suficientes como para intentar algo así.

—¿Por qué no? Fabia ve mucho más de lo que crees. Y todo el mundo la pasa por alto. Es lo que ocurre cuando envejeces. —La amargura en la voz de Cressa es inconfundible.

—Aunque haya sido muy duro para ti —dice Amara, desesperada por procurar que su amiga se sienta mejor—, ¿no crees que quizá fue lo mejor? ¿Que Cosmo no estuviera atrapado en el burdel?

Cressa se gira para mirarla. A Amara le impresiona lo exhausta y avejentada que se ve Cressa bajo el sol.

—Sé que ninguna de vosotras lo entiende —declara—, que creéis que es algo que debería superar, y ya. —Amara intenta protestar, pero Cressa levanta una mano para detenerla—. Si algún día tienes un hijo, Amara, entenderás lo que siento.

Amara no dice nada, consciente del vientre de Cressa, del nuevo bebé que lleva dentro. Se sientan en silencio hasta que Cressa comienza a ponerse de pie. Amara trata de ayudarla, pero Cressa le hace un gesto para que se quede sentada.

—¿Te molesta si me tomo unos momentos a solas? —pregunta—. Puedes esperarme aquí. No tardo.

A Amara no le gusta la idea. El puerto nunca es del todo seguro. Pero Cressa la mira con ojos suplicantes, así que no puede negarse.

—Está bien —acepta—. Pero no te alejes demasiado. No quiero estar aquí sola mucho tiempo.

Cressa se aleja a un paso veloz. Se ve más fuerte y decidida de lo que se ha visto en mucho tiempo. Al parecer, la brisa del mar sí que ha sido buena idea. Amara se apoya en la base de un pilar y arquea el cuello para ver adónde se dirige Cressa. La ve acercarse a los muelles y luego detenerse frente a unas ánforas que están descargando de un barco. Se apoya en una de ellas, quizá para aliviar un poco el peso de sus pies. Está contemplando el mar, el agua que va y viene. Amara hace lo mismo. La luz baila sobre las olas. Mira más allá, adonde se yergue la Venus Pompeyana y las olas rompen sobre la pesada base de piedra de su columna. La diosa del amor, la nueva patrona de Amara. La respeta más desde la Vinalia. Fue después de su oración a la diosa cuando su fortuna comenzó a cambiar. «No me olvides, Afrodita —piensa mientras mira la estatua—. Muéstrame la salida y el resto de mi vida será tuyo.»

Vuelve a mirar hacia donde estaba Cressa y se queda sin aliento. Se pone de pie a tropezones, alarmada. Un hombre le está reclamando que se aleje de su mercancía, pero Cressa se aferra neciamente al ánfora. Amara echa a correr. El hombre grita; parece que va a coger a Cressa. Amara grita para que la suelte y, para su tranquilidad, Cressa da un paso al lado. Pero entonces, con un agresivo movimiento, empuja una de las ánforas por el borde del muro del muelle. Cressa cae junto con el ánfora, que la arrastra con tal fuerza que la convierte en una simple mancha. Debe de haber atado su capa al asa.

Amara grita, conmocionada. Pasa corriendo entre la gente, apartándola de su camino en un intento desesperado por llegar a la orilla del agua. En el muelle cae de rodillas al suelo.

—¡Cressa! —grita, asomándose por el borde—. ¡Cressa!

El corazón le martillea el pecho, su mente es incapaz de procesar lo que acaba de ver. Mira hacia las olas, pero no hay señales de su amiga, solo espuma y una pequeña perturbación en el agua donde Cressa se ha sumergido. Amara se pone de pie, angustiada, buscando ayuda. El hombre que estaba gritándole a Cressa está a su lado, tan anonadado como ella. Lo toma del brazo.

—¿Sabes nadar? ¿Puedes entrar y salvarla? —Está sollozando, histérica, a punto de empujarlo al agua en su desesperación—. ¡Por favor, haz algo! ¡Por favor! ¡Va a morir!

El hombre la empuja, furioso.

—¡Esa perra maldita me ha robado mi mejor aceite de oliva! ¿Crees que voy a arriesgar mi vida por una puta sucia y ladrona? —Mira más de cerca a Amara y examina su toga—. ¿Ibas con ella? ¿Tenéis el mismo amo?

Amara vuelve a mirar hacia el agua. La superficie está casi calmada ya, como si Cressa nunca hubiera saltado, como si nunca hubiera existido. Con cada segundo que pasa, las posibilidades de que Cressa sobreviva menguan. Si no está muerta ya. Amara se da cuenta de que otros marineros y mercaderes se han comenzado a congregar detrás de ella, exclamando cosas entre sí, emocionados por la conmoción. El miedo se apodera de ella.

—No —dice, intentando ocultar su congoja y controlar el temblor de su cuerpo—. No la conozco. Solo la he visto por ahí.

Da media vuelta y camina tan rápido como puede sin correr, de regreso hacia la Puerta Marina.

34

Cuando estás muerta, no eres nada.

Grafiti en Pompeya

Está llorando tanto que apenas logra que le salgan las palabras. Amara se lo cuenta todo a Félix. Están solos, con Félix cerca de ella, tomándola de los brazos para mantenerla quieta. Amara quiere que la abrace, que la reconforte, que comparta su dolor. En cambio, Félix escucha la historia completa sin interrumpir, con expresión impasible.

—Hiciste bien en decirle que no teníais el mismo amo —dice cuando Amara termina—. Me habría hecho pagar el aceite. Cressa ya me había costado demasiado dinero. Llevaba meses ganando una miseria.

Aquello hace que Amara deje de llorar. Félix la está mirando, indiferente ante su aflicción. Su frialdad no debería sorprenderla, pero no deja de resultarle dolorosa, y con el dolor viene la rabia. Lo empuja, cegada por la furia. Félix da un paso atrás y Amara vuelve a golpearlo, no con una bofetada, sino con un puñetazo. Pero Félix es más rápido que ella; Amara no le golpea la cara y alcanza solo a rozarle el hombro.

—¡Te odio! —grita—. ¡Nadie te importa! Cressa

ha muerto por tu culpa y no te importa. No sientes nada. ¡Te odio! —Félix continúa esquivando sus golpes; Amara está demasiado alterada como para atinar—. ¡Ojalá estuvieras muerto! —grita, tomándolo de la ropa e intentando sacudirlo—. ¡Ojalá estuvieras muerto!

Félix le coge el brazo derecho y se lo retuerce por detrás de la espalda. Amara pega un grito y de inmediato cae de rodillas.

—No eres quién para decirme qué debo sentir —grita Félix. Tiene la boca tan cerca del oído de Amara que la ensordece. La suelta con un empujón. Amara se sujeta el brazo—. Puta estúpida. ¿Crees que yo escogí esta vida? ¿Eso crees?

Amara no dice nada. Nunca se ha preguntado cómo llegó Félix a hacerse cargo del burdel. Parece que haya nacido para ello. Se acuclilla a su lado, agitado, y ella retrocede.

—Nací aquí. No aquí. —Señala el estudio, como si su existencia lo impacientara—. Abajo. ¿Crees que no sé cómo es? ¿Crees que no lo entiendo? —El dolor hace que su rostro sea casi irreconocible—. Mi madre no era tan valiente como Cressa. Una maldita cobarde que no tuvo el coraje para matarse y ahorrarle esta vida a su hijo.

Amara no se mueve, no se atreve a decir nada. No concibe que Félix pueda perdonarla después de haberlo visto así, cuando se dé cuenta de lo que acaba de decir. Está encorvado y, por primera vez desde que Amara lo conoce, se ve derrotado. Al verlo en ese estado comprende que, sin importar cuánto lo odie, Félix siempre se odiará más a sí mismo.

—Mi padre, o el hombre que la puta de mi madre insistía en que era mi padre, estaba a cargo de este lugar —dice—. Me dio mi libertad, así que supongo que él la creía. Pero no sin antes tenerme como aprendiz durante un largo tiempo.

Está mirando hacia el escritorio —que debió de haber sido de su padre— mientras habla. Amara piensa en sus meticulosas cuentas, se lo imagina de niño, sentado ahí, vigilado por una versión mayor y más repugnante de sí mismo. Aprendiendo el oficio. Pero recuerda luego el grafiti en la pared de su celda.

Desvía la mirada, con la respiración entrecortada. ¿Es posible que su amo haya sido prostituido alguna vez? ¿Que haya llevado la misma vida que Paris? Tiene miedo de hablar, de recordarle que está ahí, pero el silencio creciente es igual de aterrador.

—¿Qué le ocurrió a tu madre? —pregunta, con una vocecita apenas perceptible.

—Murió cuando yo tenía diez años. —Está mirando la pared roja, con los ojos vidriosos.

Su dolor es tan palpable que Amara se olvida de sí misma. En ese momento, lo único que ve es al niño asustado que perdió a su madre, atormentado por su padre. El corazón le duele por él. Le toca el brazo con suavidad.

—Lo siento —dice.

Félix, sobresaltado, vuelve a la realidad.

—¡No me toques! —vocifera mientras se pone de pie. Amara se apresura a hacerse a un lado, temerosa de que Félix la patee. La mira a los ojos y ambos saben que Amara ya se ha percatado de sus lágrimas—. Lárgate.

Amara sale corriendo de la habitación.

Cierra la puerta del piso al salir y se detiene en el suelo con la espalda contra la madera. Se siente destrozada, casi tanto por la confusión en torno a Félix como por el dolor que siente por Cressa. No se atreve a entrar al burdel, enfrentarse a Británica, hacer que la muerte de Cressa sea real, verla caer de nuevo al agua cuando les cuente a las demás lo ocurrido. Comienza a caminar por la calle, deprisa pero sin rumbo. Rufo le viene a la mente, la forma en que la abraza y le dice que la quiere. Pero sería impensable molestarlo en su casa, durante el día, con su horrenda historia de putas, embarazos y muerte. Está a punto de tomar la calle que la llevaría a la casa de Drusila con el presentimiento de que la cortesana no la rechazaría. Sin embargo, en el fondo no la conoce. Los pies de Amara saben adónde la están llevando antes de que ella misma lo sepa: hacia la alfarería en la Vía Pompeyana. Hacia Menandro.

Se para fuera de la tienda y se asoma. Menandro está dentro, riéndose con otra esclava. Una mujer joven. No hay indicios de Rústico. Amara siente una punzada. Quizá sea su nueva novia. No tiene derecho a juzgarlo, se ha equivocado al ir ahí e imponerle su dolor. Menandro la ve justo cuando se da media vuelta y sale corriendo de la tienda.

—¡Timarete! —grita para detenerla. La alcanza; le ve el rostro bañado en lágrimas—. No puedo hablar fuera de la tienda —dice—. Espera aquí. Podemos caminar hasta la fuente.

Antes de que Amara pueda protestar, Menandro entra corriendo de vuelta a la tienda. Lo ve hablar con la esclava en el mostrador, quien lo mira con curiosidad, y luego le entrega un cubo.

—Vamos —dice Menandro cuando vuelve con ella—. Por aquí.

Avanzan por la calle a paso veloz.

—Lo siento —dice Amara—. Siento mucho lo que pasó entre nosotros.

Llegan a la fuente, donde un pequeño grupo de cotillas ya está pululando. La fuente es uno de los lugares favoritos de los esclavos para perder el tiempo.

—Eso no importa ahora —responde él empujándola a un lado para dejar pasar a un hombre impaciente—. Dime qué te pasa. ¿Alguien te ha hecho daño?

Su preocupación es tan evidente que la hace querer llorar de nuevo.

—Cressa está muerta —dice—. Estaba embarazada. Hemos ido juntas a los muelles. —Se detiene. No quiere describir los momentos finales de su amiga, el tirón de la capa, la espuma en el agua—. Se ha ahogado.

—¿Estabais las dos solas? ¿Os han dejado ahí solas? ¿En los muelles?

Amara asiente.

—Nadie me ha ayudado. Nadie. Y cuando un hombre me ha preguntado por qué estaba alterada, le he dicho que no la conocía.

Se cubre el rostro con las manos, abrumada por su acto final de traición. Menandro deja el cubo y la abraza. Amara se aferra a él, le llora sobre el hombro.

—No has hecho nada mal —la consuela Menandro—. Está bien. No es tu culpa.

—A nadie le ha importado; nadie la ha ayudado —explica ella—. Solo estaban molestos porque ha tirado un ánfora de aceite al agua. Ella no le ha importado a nadie. Y ahora no está, y es como si nunca hubiera estado. Como si no haya sido nada.

—Pero no es así —responde Menandro—. La querías, ¿no es así? Cressa importaba, te importaba a ti y a sus amigas.

—No la he ayudado, he dejado que se ahogara.

—No habrías podido ayudarla —dice—. Y ella ha decidido ahogarse.

Amara deja que Menandro la abrace hasta que de pronto se da cuenta de que han atraído a un grupo de mirones que sin duda han oído hasta la última palabra. Se endereza y se limpia la cara. Menandro, por su parte, se enfrenta a la pequeña multitud, todos con cubos en la mano.

—Dejadnos en paz, ¿vale?

—Vete al diablo —masculla uno de los esclavos.

De cualquier modo, los mirones se dan la vuelta para darles algo de privacidad. Nadie quiere peleas, no cuando sus amos están esperándolos.

—No has hecho nada mal —repite Menandro, tomándola de los hombros, haciendo que lo mire a los ojos—. ¿Me oyes? Nada.

Amara observa el rostro amable de Menandro, los ojos oscuros que tanto se ha esforzado en olvidar, y sabe que nunca amará a Rufo, no como ama a este hombre.

—Siento haber enviado a Dido —dice—. Lo siento mucho. Debí habértelo dicho a la cara. —En cuanto dice esas palabras se da cuenta de cuánto lo hirió—. No lo amo —confiesa—. Pero estoy en deuda con él.

—Te compró —dice Menandro mientras la suelta—. Lo entiendo.

Pero Amara no se refiere solo al dinero. Está en deuda con Rufo por más que eso. Le debe algo parecido a la lealtad, a no convertir cada palabra que dice en una mentira. Pero no quiere lastimar a Menandro más de lo que ya lo ha hecho. Menandro se agacha para llenar el cubo con agua, que no necesita más que para tener una excusa que darle a Rústico.

—No quería que desperdiciaras tus sentimientos en mí —dice mientras opera la bomba del pozo—.

Porque no tengo nada que darte. —«Aunque quisiera tenerlo», piensa—. Y siento haber venido aquí, sacarte del trabajo, agobiarte. No podía soportar lo que le ha ocurrido a Cressa y lo he olvidado. He olvidado que no debía hablar contigo, que debía dejarte en paz.

—Siempre puedes hablar conmigo. —Menandro levanta el cubo y la aleja del pozo—. Siempre. Y sé que tienes que velar por ti. Lo entiendo.

Amara agacha la mirada. Se siente como si Menandro estuviera dejándola ir, pero no quiere que lo haga.

—No hay nadie como tú —declara, incapaz de decirle que lo quiere—. No hay nadie como tú en mi vida.

—Ni como tú en la mía, Timarete. —Menandro se acerca y le da un beso en la frente. Luego toma el cubo y da media vuelta—. Ten cuidado, por favor. Y no te culpes.

Británica entiende, en cuanto ve a Amara, que algo no va bien.

—¿Cressa? —exige con una voz más preocupada de lo habitual—. ¿Cressa?

Mientras están solas, Amara no se atreve a decirle que Cressa está muerta. Ni siquiera está segura de que Británica lo pueda entender. Las demás, incluso Berenice, han salido, y tiene que hacer tiempo mientras Británica camina de un lado al otro del pasillo, mascullando en voz baja, a veces girándose para gritarle a Amara, quien solo sacude la cabeza.

Cuando Dido y Berenice regresan, ambas llevan clientes consigo. Sabe que su expresión afligida les habrá transmitido que tiene malas noticias en cuanto han cruzado la puerta, pero están obligadas a satisfacer a los hombres primero. Amara se sienta en su antigua celda y espera a que terminen.

—¿Dónde está? —pregunta Berenice, corriendo hacia la celda en cuanto está libre—. ¿Dónde está Cressa? ¿Qué le ha pasado?

Británica camina frente a la cama, mirando de Berenice a Amara y de vuelta, con los ojos llenos de miedo.

—Lo siento —dice Amara—. Lo siento tanto...

—No. —Berenice mueve la cabeza de un lado a otro. Lo entiende—. No, no es cierto. No puede ser cierto.

—Ha saltado al mar en el muelle —dice Amara, intentando que no se le quiebre la voz—. Se ha atado a un ánfora para asegurarse de que se ahogaría. No he llegado a tiempo para salvarla. No lo sabía.

—¡No! —aúlla Berenice—. ¡No!

Lo que Amara había temido era el dolor de Británica, pero en cambio es Berenice quien pierde el control. Golpea los puños contra la pared, se arranca el pelo, se araña la cara, grita y llora.

—¡La quería! —solloza—. ¡La quería! ¡No puede estar muerta!

Amara no se atreve a tocarla. Berenice está desquiciada. Británica se tira al suelo y se enrosca, tapándose los oídos. Dido entra a la celda. No necesita preguntar qué ha pasado. Se abalanza sobre Amara y se abrazan, meciéndose.

Siguen llorando y reconfortándose cuando Amara oye la charla clara de Victoria por encima del escándalo:

—¡Ay! ¡Puedo sentirlo! ¡Qué grande!

Se oyen risitas y chillidos de las dos chicas hispanas y los tonos más graves de voces de hombres. Amara se separa de Dido y sale al pasillo. Se queda en silencio; su sombra se alarga por el suelo.

Un hombre está tendido sobre Victoria, pero ella solo le presta atención a medias. Ha oído los lamentos y sollozos.

—¿Quién? —le pregunta a Amara—. ¿Quién ha sido?

—Cressa.

—¡Fuera! —Victoria se quita el brazo del hombre de encima. Él la mira, estupefacto con la puta que hacía unos segundos se derretía por él. Victoria lo empuja con fuerza—. ¡Fuera de aquí! —grita, el rostro enrojecido con rabia—. ¡Todos! ¡Fuera! ¡No quiero a ningún maldito hombre aquí!

Ipstilla y Teletusa se quedan paralizadas de miedo y sorpresa. Uno de sus clientes suelta una risita nerviosa.

—¿Qué demonios es esto?

—¡He dicho que fuera de aquí! —ruge Victoria, arrancándole el brazo de la cintura de Ipstilla. El hombre da un paso atrás, demasiado desconcertado como para pegarle. Su acompañante hace la seña del mal de ojo.

—¡Ya la habéis oído! —grita Amara—. No os queremos aquí. ¡Fuera!

Berenice corre a la celda detrás de Amara. Parece trastornada, con el rostro arañado y el cabello revuelto.

—¡Desgraciados! —chilla—. ¡Está muerta! ¿No podéis dejarnos en paz?

Los hombres no necesitan más motivación. No se toman siquiera el tiempo para contestar a los insultos. Deciden, en cambio, escapar de la casa de las mujeres furiosas, casi tropezándose al salir a la calle.

35

Por caso atenderás que la comparsa
de gaditanas niñas
con sus cantos y obscenísimos bailes
aplaudidos a provocar nuestra lascivia vengan.

JUVENAL, *Sátiras*, XI

Cualquier otra mañana, Félix habría bajado a despotricar sobre las ganancias de la noche anterior, pero la pena desenfrenada de las mujeres las ha vuelto intocables, al menos durante un día. Amara se pregunta si Félix también estará sufriendo, pero prescinde de su sentido de la compasión. Lo que sea que le haya pasado a Félix de niño no cambia nada sobre quién es hoy en día. Fabia le arregla el pelo, también con la cara enrojecida por el llanto. Amara recuerda que Cressa le dijo que la anciana había intentado encontrar a Cosmo y se pregunta de qué más habrían hablado ellas dos, qué secretos podrá saber Fabia sobre su amo.

Cuando están listas, dejan a Ipstilla y Teletusa en el burdel y caminan en una procesión silenciosa a El Gorrión. Las hispanas han pasado una noche miserable, en silencio para variar, amedrentadas por el frenesí del duelo por una mujer a quien apenas conocían.

Les queda claro en cuanto entran que a Zoskales ya le ha llegado la noticia. Amara sospecha que la mitad del barrio debe de saberlo ya, después de que echaran a los clientes del burdel. El posadero les sirve vino y comida, cortesía de la casa. Él mismo lo lleva todo a la mesa.

—En memoria de vuestra amiga —dice, dándoles a todas un apretón de manos, en un tono de absoluta sinceridad—. Por Cressa. Que su sombra encuentre descanso en el otro mundo.

Se lo agradecen. Berenice solloza. Y Amara teme que Cressa no vaya a descansar donde sea que esté su espíritu. No pueden siquiera enterrarla; no hay nada que puedan hacer para mitigar su pérdida.

—Por Cressa —dice Victoria, bebiéndose el vino de un trago. Las demás hacen lo mismo. Amara intenta darle un frasco a Británica, pero ella mira hacia otro lado. La britana no ha emitido un solo sonido desde que se enteró de que su única amiga había muerto. Su silencio perturba a Amara mucho más que el dolor desenfrenado que esperaba. Se siente ahora aún más responsable de Británica. Que la cuidaran fue, a fin de cuentas, la última voluntad de Cressa.

—Su dolor ha terminado —dice Victoria—. Fue su decisión. Deberíamos respetarla.

—Yo no lo llamaría decisión —responde Amara, recordando la expresión de Cressa bajo la severa luz del muelle, la pesadumbre en sus ojos—. No quería perder a su bebé. ¿De quién es culpa?

—No —interviene Dido, meneando la cabeza—. Por favor, no. No ayuda en nada.

—Pudo haber sido cualquiera de nosotras. —Amara la ignora y continúa—: Cualquiera. No le importamos a nadie.

Berenice rompe a llorar de nuevo, se desploma sobre la mesa con los hombros temblándole.

—Basta —pide Dido.

—Perdón —contesta Amara. Mira llena de culpa a Berenice, que está secándose las lágrimas e intentando recobrar la compostura, mientras Dido le pone un brazo en los hombros.

—Deberíamos marcar un lugar para Cressa —sugiere Victoria—. Usar sus ahorros para una ofrenda y que se realicen los ritos necesarios. Todas podemos poner algo de dinero si es necesario.

Las demás asienten.

—Y tenemos que cuidar a Británica —añade Amara—. Fue lo último que Cressa me pidió. Quería que fuéramos más amables con ella. —Esta propuesta es recibida con menos entusiasmo. Rendirle tributo a una sombra es una tarea más sencilla que hacerse cargo de una britana enorme y furiosa.

—Espero que Ipstilla y Teletusa estén bien —dice Dido—. Parecían muy calladas esta mañana. Todo debe de resultarles muy extraño.

—Menudo par de zorras esas dos —protesta Victoria—. Dudo que tengan sentimientos. Tendríais que haberlas visto fuera de los baños ayer. ¡Descaradas! Parecía que en cualquier momento se pondrían a follar con un hombre ahí, junto a la pared, a plena luz del día. —Mira a Amara con una expresión no del todo amable—. Les espera una noche muy divertida.

Amara y Dido se presentarán en casa de Cornelio, pero no irán solas. Ipstilla y Teletusa están contratadas para bailar.

—No creo que sean tan malas —dice Amara.

—Bueno —replica Victoria—, ya nos contaréis mañana qué tal la fiesta. Sé que todas estamos impacientes por saberlo.

Amara sabe que Victoria arremete así por el dolor, pero la mirada que intercambia con Berenice insinúa que la amargura que ambas sienten es muy profunda. Amara comprende, al observarlas, que han ventilado sus celos en conversaciones íntimas mientras Dido y ella no estaban. Quizá Cressa participara también. Amara se sirve más vino para ahogar esa imagen mental.

Amara nunca ha visto a Egnacio hacer tanta alharaca como la que monta frente a Ipstilla y Teletusa. Irrumpe en la fresca sala de espera, incapaz de contener su emoción por conocer a las chicas nuevas. Los tres parlotean en su idioma y Amara percibe la dicha pura que siente él al hablar en su lengua nativa. Amara recuerda ese sentimiento, la primera vez que habló en griego con Menandro, la sensación de identificación y comprensión mutua.

Dido y ella ensayan en voz baja en un rincón. Cantarán más Ovidio esa noche, pues han arreglado partes de *El arte de amar* con una melodía. Son versos sobre el baile que combinarán con la presentación de las hispanas. Egnacio les presta poca atención y Amara recuerda la primera vez que estuvieron ahí. En aquella ocasión todo el revuelo fue para Dido y ella, y las actrices de mimo tuvieron que valerse por sí mismas. No hay nada como el brillo de un objeto nuevo.

Después de un tiempo, Egnacio se acuerda de ellas.

Se acerca, medio compungido, para adornarles el cabello con guirnaldas.

—¡Estáis perfectas! —dice, efusivo, mientras le acomoda unas cuantas hojas detrás de la oreja a Dido—. Vuestro amo compró justo el tipo de muchachas que solicité.

—¿Que tú solicitaste? —Amara está atónita.

—Esclavas entrenadas en Gades —asiente Egnacio—. ¡Ay! Recuerdo haberlas visto en mi juventud. No existe baile así en otra parte del mundo. Toma años aprenderlo. —Arquea una ceja de forma sugerente—. Entrenadas en otras artes también, por supuesto. —Amara y Dido se miran entre sí, aterradas. ¿Quién se interesará en un par de gorriones cuando hay dos fénix presentes? Egnacio percibe la angustia de las mujeres, quizá al hacerse consciente de su propia falta de tacto—. ¡Pero nada como vuestra encantadora presentación! —exclama, sin un ápice de sinceridad—. ¡Mis dulces e inocentes ninfas!

Se aleja dando brincos, intercambiando lo que parece ser un chiste vulgar con las hispanas. Los tres se carcajean.

—Mierda —dice Amara.

—Ni siquiera tenemos canciones nuevas para esta noche —susurra Dido.

Es cierto. Salvio les enseñó todas las canciones que conocía, o tal vez todas las que quería compartir. Ahora no tienen más remedio que aderezar sus rutinas con letras frescas, aunque sea música familiar.

—Todo saldrá bien —comenta Amara, sin convencer a Dido ni a sí misma—. Solo somos diferentes. No pasa nada.

—¿Sabías que Félix hablaba directamente con Egnacio?

Amara niega con la cabeza. Ha pasado incontables días trabajando con él, en sus cuentas, y Félix nunca lo ha mencionado.

—No —dice.

Al principio, Amara piensa que todo irá bien. Le tranquiliza saber que Fusco está ahí, que ha vuelto a solicitar que pasara al menos parte de la cena en su sofá. Han transcurrido varias semanas desde que pagó por su compañía durante toda una velada. Conversan sobre sus hijos, su negocio e incluso su esposa, y Fusco la acaricia de una forma familiar e indolente. Pero ¿no es así como debería ser? No existe la misma urgencia cuando ya hace tiempo que conoces a tu amante.

Amara siente una persistente inquietud porque hay menos invitados que de costumbre, y no hay esposas presentes, ni siquiera Calpurnia, la anfitriona. A pesar de ello, la mayor parte de la cena tiene una previsibilidad reconfortante. Dido y ella cantan, a los invitados parece gustarles, y luego Egnacio las pasea por la habitación de forma cortés. Pero Ipstilla y Teletusa no quedan arrumbadas para el final de la comida, como las actrices de aquella primera noche. En cambio, Egnacio las presenta junto con el plato principal, justo cuando el ánimo de todos está en un ápice particular.

Amara está en un sofá con un hombre al que no ha reconocido al entrar. No se ha dirigido a ella, pero Amara cree que se llama Trebio. Tiene una peletería y está hablando sin parar de cuero con su amigo, que es igual de aburrido que él, cuando Cornelio alza la voz por encima del murmullo de los invitados.

—Amigos míos —exclama—, me parece que disfrutaréis el siguiente plato. Un manjar hispano muy bien especiado.

Se oyen risas expectantes. Amara comprende que han estado esperando esto. Dido y ella estaban ahí solo para abrir el apetito de los invitados. La velada está montada en torno a la presentación de las nuevas mujeres.

Ipstilla y Teletusa dan vueltas frente a la fuente de las ninfas, haciendo chasquear sus castañuelas. Hasta el tedioso Trebio ha dejado de hablar y de pronto se muestra interesado y atento. Las bailarinas están desnudas, aunque Amara se da cuenta de que han echado mano sin miramientos de la pasta de oro que Dido y ella han dejado en la sala de espera.

Terminadas sus florituras iniciales, las dos mujeres comienzan con su rutina en serio. Amara las mira fijamente. Nunca ha visto un baile así. Hace que la presentación de Victoria en la Vinalia se vea recatada. Ni siquiera está segura de cómo logran sacudirse y retorcerse tanto, bajando hasta el suelo sin tocarlo ni caerse. Y el canto es peor. Es una mescolanza de lamentos y gemidos sin sentido, la imitación del sexo menos sutil que Amara haya visto.

Trebio le coge la pierna; Amara se sobresalta. Se gira para verlo, pero el hombre no la mira a ella, ni siquiera parece ser consciente de su presencia. Su mano está tocándole el muslo solamente porque él quiere tocar el cuerpo de una mujer mientras observa el baile. Amara resiste el impulso de quitarle la mano de encima de la piel; en cambio, mira con desesperación todo el espacio en busca de Fusco. Él también está embelesado con el baile. Amara mantiene la mirada fija en él, como llamándolo para que le preste atención en una súplica silenciosa. Fusco se vuelve al fin. Cruzan miradas. Amara está decidida a que Fusco comprenda su mensaje. Él llama a Egnacio y señala el sofá en el que Amara está atrapada con Trebio.

Amara nunca ha estado tan agradecida por ver a Egnacio acercarse.

—Mis más sinceras disculpas —le murmura a Trebio—. Ha sido un descuido terrible, pero está reservada para otra persona...

Trebio mira a Amara, casi sorprendido de que su propia mano esté tocándola.

—Llévatela —dice con impaciencia, casi empujándola fuera del sillón—. Me tapas la vista.

Amara se sienta junto a Fusco, que tiene una expresión petulante.

—¿El baile te ha hecho ansiarme, gorrioncilla? —pregunta, empujándola hacia sí, respirándole con pesadez en el oído.

—¡No querría estar con nadie más!

Amara suspira. Mejor dejar que el hombre se imagine que estaba añorando su cuerpo y no su protección. Al menos lo conoce. Aunque en realidad no le tiene afecto, no la lastimará ni usará su cuerpo sin pensar que hay una mujer viva adentro.

Busca a Dido, avergonzada de que no se haya acordado de su amiga. La ve cerca de la fuente con un hombre al que no reconoce. Al menos parece estar dejándola en paz, pues está demasiado absorto en el baile de las otras mujeres como para prestarle atención a la que tiene al lado.

No es ninguna sorpresa que la cena sea un evento más breve que de costumbre. El paso hacia el burdel de Cornelio es más una estampida que una caminata. Otras mujeres ya están ahí esperando, sin duda contratadas por Egnacio para que ninguno de los invitados se quede de brazos cruzados. Amara está decepcionada de que Fusco no la lleve a una habitación privada; supone que ha hecho una excepción en su preferencia de no ser observado, convencido de que los demás hombres, al igual que él, estarán más interesados en ver a las bailarinas que en verse unos a otros. Ipstilla y Teletusa revolotean por las opulentas celdas, montando todo un espectáculo para los hombres mientras se hacen toda clase de cosas sexuales entre ellas. «Sin tener que aguantar que las usen», piensa Amara con amargura.

No le teme a Fusco, pero cuando él maniobra para colocarla en una posición dolorosa e incómoda, solo para poder ver mejor a Teletusa, comprende que la distancia entre Trebio y él no es tan grande como había creído. Su cuerpo, que es demasiado familiar como para ser emocionante por sí mismo, es solo un medio para exaltar su placer al ver a las bailarinas. Amara está atrapada, y el peso de Fusco, como las olas del mar, la hunde. Piensa en Cressa, perdida bajo el agua, y gira la cabeza hacia un lado, aferrándose a la costosa tela de la cama. Con el rabillo del ojo ve un destello de las piernas de Teletusa. «Félix ha puesto a esta mujer aquí», piensa. Ella ha ganado tanto oro para él... Y solo ha servido para que el desgraciado se lo gastara en disminuir su valor. Al final, Félix siempre destruye todo lo que toca.

36

Puede ponerse el sol, salir de nuevo,
pero la breve luz de nuestros días,
una vez que se apague, será noche
que habremos de dormir, interminable.

CATULO, *Poemas*, V

Amara puede oír a Thraso antes de verlo. Gallus está llevándolas de vuelta a casa en medio de la oscuridad, aunque esta calle, con sus tabernas y el burdel, nunca está tan oscura como las demás. Una pequeña multitud está reunida alrededor del pie de una escalera apoyada sobre una pared, al doblar la esquina de la puerta principal del burdel. Una mujer que chilla intenta sacudirla, mientras unos cuantos transeúntes ebrios la detienen. Arriba de la escalera, Thraso le grita, agarrado a un peldaño con una mano y blandiendo un martillo con la otra.

—¿Qué demonios...? —dice Gallus, y alza su lámpara para iluminar la escena.

Amara le toma la mano a Dido y se acercan más la una a la otra. Pero Ipstilla y Teletusa parecen emocionadas ante la posibilidad de una pelea; saltan y rebotan para ver mejor. Ambas siguen extasiadas tras su triunfo en la casa de Cornelio. Hasta Egnacio les ha dado una propina por su presentación, algo que Amara nunca lo había visto hacer.

—¿Qué es esto? —grita Gallus, abriéndose paso entre la gente. Toma a la mujer por los hombros—. ¿Quieres matarlo?

La mujer se vuelve, sin dejar de gritar. Amara la reconoce. Es María, la mujer menos valiosa de Simo. Deja de chillar cuando ve a Dido y Amara, luego retuerce la cara y les escupe a los pies.

—Por Drauca —dice. Los ojos le refulgen con odio. Vuelve a mirar a Gallus, agitando los brazos, furiosa—. ¡Haz que se detenga! ¡Míralo! ¡Está destruyendo la propiedad de mi amo!

Thraso está usando el martillo para golpear un pene de madera que ha aparecido sobre el muro. Amara no lo había visto, pero es que también hay cientos de ellos por toda Pompeya. María se aprovecha de que todos están mirando hacia arriba para zarandear la escalera con fuerza. Thraso logra agarrarse, maldiciéndola.

—¡No tienes derecho! —aúlla María—. ¡Basta!

—¡Perra! —exclama Thraso en respuesta, blandiendo el martillo—. ¡Tienes suerte de que no te lo tire en la estúpida cabezota!

Ipstilla da un paso al frente y tira de la toga a María para alejarla del peligro. Le grita en su idioma. Las dos mujeres luchan y el público lo celebra, encantado con el inesperado entretenimiento de la noche.

—Id a por Félix —les dice Gallus a Dido y Amara—. ¡Ahora!

Corren de vuelta al burdel. No está lejos, pero la juerga fuera de El Elefante es tan escandalosa que el ruido de la riña, a solo unas puertas de distancia, se pierde en el caos. Paris está en la puerta y se sorprende de verlas corriendo por la calle solas.

—Tienes que ir a por Félix —dice Amara—. Hay problemas con una de las putas de Simo. Él sabrá de qué se trata.

Paris corre al apartamento. Golpea la puerta y grita. La puerta se abre y Paris desaparece dentro. Unos momentos después, Félix sale armado con un tubo de metal. Paris va detrás de él, claramente con la orden de cuidar el burdel en lugar de unirse a la acción.

—¿Dónde están las bailarinas? —pregunta Félix, sorprendido de verlas solas.

—Se han quedado con Gallus —responde Dido mientras corren detrás de él.

Félix niega con la cabeza, irritado.

—Más os vale que las traigáis de vuelta.

Llegan a la escalera y el mar de gente se abre, más por respeto al arma que al hombre que la porta. María e Ipstilla siguen forcejeando y Gallus intenta interponerse entre ellas. Sin embargo, al ver a Félix, todos se separan. Gallus arrastra a Ipstilla.

—Malditas mujeres —masculla.

—¿Qué es esto? —pregunta Félix. Suena relajado, casi aburrido, apoyándose en el tubo de metal como si fuera un bastón.

María se le planta enfrente, agitada por el esfuerzo reciente.

—¡Tú dirás! —grita—. ¡Tu matón está destruyendo el negocio de mi amo! Simo alquila este cuarto, es suyo. No tienes derecho.

—¿Este cuarto? —repite Félix, apuntando con el tubo hacia la pequeña y oscura celda que da a la calle. Frunce la nariz, como si alcanzara a oler el rancio aroma del interior—. ¿Simo alquila este cuarto?

María se detiene frente a la puerta como para protegerla. Amara no puede más que admirar su valentía.

—Sabes que sí. Por eso este desgraciado está intentando destruir el letrero.

Félix le sonríe a Thraso, quien acaba de bajar de la escalera.

—Creo que podemos dejarle el letrero a la dama —dice—. Aunque es una verga bastante grande para un burdel tan pequeño, ¿no? ¿Qué espera tu amo? ¿Que los desechos de mi negocio caminen hasta aquí? —Se da la vuelta para mirar a los ebrios que observan la escena—. ¿Con quién preferiríais follar? ¿Con la gorda de ahí? —Señala a María—. ¿O con mis mujeres?

Algunos se ríen, Ipstilla incluida, pero Teletusa parece menos entusiasta. Amara sospecha que no ansía una noche con ninguno de los ebrios que la rodean. Por lo menos concuerdan en algo.

—Puedes hablar todo lo que quieras —dice María, alzando la barbilla—. No me intimidas. ¿Crees que es la primera vez que me llaman gorda? Pues este culo grande y gordo se va a quedar justo aquí.

Esta vez es María quien provoca las risas. Félix asiente y Amara reconoce en su sonrisa una expresión de crueldad pura.

—Aunque no hay portero, ¿cierto? —dice, mirando de un lado al otro de la calle, con un gesto exagerado, en busca de su protector inexistente—. Simo no debe de valorarte mucho si vende tu coño así en las calles. Cualquier cosa podría pasar. Dejas tu mercancía unos momentos y —chasquea los dedos— alguien se la roba. O la destruye. —Mira a María a los ojos mientras habla, de forma que ella entienda a la perfección a lo que se refiere.

Por primera vez, Amara ve que María tiene miedo, pero elige disimularlo con bravuconería.

—Si soy tan rematadamente fea, no vale la pena que me amenaces, ¿no crees?

Félix cede.

—Estoy seguro de que, con tu demostración de esta noche, podrás escoger a quien quieras de estos hombres. —En respuesta, dos de los hombres que hay alrededor de ellos avanzan a empujones hacia la pequeña y oscura celda de María. Félix ve su inquietud al darse cuenta de que no tendrá forma de limitar ni controlar a sus clientes.

«Debe de odiarla de verdad —piensa Amara—. Si está dispuesto a que Simo gane algo de dinero solo para amedrentarla.» Piensa en Drauca y teme por lo que podría ocurrirle a María. Félix se dirige al resto de los hombres.

—Si preferís el vino al agua, el burdel está por aquí.

La mayoría de los hombres está ahí solo para ver el espectáculo, así que comienzan a dispersarse, renuentes a pagar por diversión, aunque un par sigue a Félix. Caminan por el estrecho pavimento como en manada. Ipstilla y Teletusa intercambian miradas de preocupación. Su amo no puede estar esperando que atiendan a ebrios como esos después de su triunfal presentación en la elegante fiesta, ¿verdad? Ipstilla toma a Félix del brazo.

—¿Por qué ella se queda arriba? —Señala a Amara—. Es mejor en el burdel. Nosotras hemos ganado más dinero hoy.

Félix le da una bofetada en la nuca e Ipstilla chilla. Mira a Félix, perpleja; es evidente que no está acostumbrada a un amo sin favoritismos ni lealtades.

—Ella no se ha peleado en la calle como una perra

rabiosa —dice Félix—. No te atrevas a volver a cuestionarme. —Llegan al burdel y Félix le dice a Paris—: Asegúrate de quitarles la ropa primero. —Señala a las mujeres que acaban de volver de la fiesta—. No quiero que la rompan.

Le chasquea los dedos a Amara para que lo siga. Amara no se atreve a mirar a Dido, quien se queda atrapada con la muchedumbre.

—Perrita —le murmura Ipstilla al pasar—. Se cansará de ti.

Félix no le dice nada mientras suben la escalera, pero la detiene antes de que se dirija a la bodega.

—¿Las bailarinas han ganado más que vosotras hoy?

Es la primera vez que hablan a solas desde que Félix le hablara de su madre.

—Sí —dice Amara, intentando no revelar ninguna emoción con su respuesta.

Félix se apoya en la pared y la examina. Amara percibe el odio en sus ojos. Nunca la perdonará por verlo como lo hizo y siempre sentirá la necesidad de humillarla.

—Hoy tienes al niño rico, ¿cierto? Más vale que duermas un poco. Pareces cansada. Como Cressa. —Le pone un dedo sobre la mejilla para probar su suavidad, como si Amara fuera una fruta en el mercado—. Bonita cara. Nadie envejece más rápido que una puta.

El tocador de Drusila le recuerda a las lujosas mañanas que pasó con Sarah en la casa de Plinio. Amara es plenamente consciente de lo bondadosa que está siendo la cortesana con ella al permitirle estar en su espacio más íntimo. La criada favorita de Drusila, Thalía, le está arreglando el pelo. Tiene la piel morena, como su señora, y unos dedos ágiles y delicados. Drusila ya le ha explicado el valor de Thalía, lo complicado que fue encontrar a una mujer que supiera cuáles serían los mejores estilos para su pelo. Thalía lo escuchó todo en silencio, sin revelar sus emociones ni lo que significa para ella que la enviaran de Axum a Pompeya para hacer que una desconocida se viera hermosa.

—Era solo una niña cuando llegué aquí —explica Drusila—. No recuerdo casi nada de mi familia. Mi amo, Veranio, se volvió mi mundo entero.

Se pasa la mano por el brazalete dorado que lleva en el brazo. Es lo máximo que Amara le ha oído decir de sí misma.

—¿Fue un regalo de él? —pregunta. En respuesta, Drusila se saca el brazalete y se lo da a Amara. Es más pesado de lo que esperaba; tiene forma de serpiente con ojos de gemas resplandecientes. Tiene una inscripción por dentro. «Del amo para su esclava.» Amara lo admira y luego se lo devuelve a Drusila—. Debe de haberte amado mucho para darte un brazalete tan hermoso —dice.

Drusila vuelve a ponérselo.

—Fui la quinta mujer en su vida que lo usó —explica—. Conocí a algunas de las que lo tuvieron antes que yo. —Le sonríe a Amara al ver la expresión en su rostro—. Una lección valiosa y temprana sobre los hombres. La cuarta fue Procris, la criada de su esposa. Ella me crio. Cuando crecí, tuvo que darme el brazalete, junto con todos los privilegios que conllevaba. Le rompió el corazón.

Amara no sabe qué decir. Drusila acaba de contarle que Veranio era el mundo entero para ella, pero parece que era un ser tan monstruoso como Félix.

—Lo amaba —revela Drusila, como si le hubiera leído la mente—. Y lo detestaba. ¿Qué más puedes sentir por el hombre que te lo dio y te lo quitó todo?

—Tienes que haber sido su favorita —dice Amara—. Te quedaste con el brazalete y te dio tu libertad.

Drusila se ríe.

—¡Eres tan ingenua como Rufo! —suelta—. Viví más que él. Eso es todo. No fue más que suerte. Si hubiera muerto cuando Procris llevaba el brazalete, no tengo duda de que ella habría quedado libre y yo estaría peinando a su viuda.

Thalía se separa un paso de Amara y le ofrece el espejo para que vea su trabajo. Amara gira la cara y admira sus rizos.

—Hermoso, gracias —dice, colocando el disco plateado sobre la mesa con cuidado. Drusila le asiente a Thalía, quien sale de la habitación—. Gracias por dejarme venir —dice Amara cuando la criada ya no está—. De otro modo, no podría seguir viendo a Rufo.

—Nunca te querrá más de lo que te quiere ahora —responde Drusila. Amara se lleva una mano al cuello, contrariada, pues sabe que es cierto—. No lo digo por ser cruel —continúa Drusila—. Pero necesitas pensar muy bien qué quieres de él. No encontrarás un mejor momento para pedírselo.

—Siempre dice que se casará conmigo —admite Amara—. ¡Pero es imposible! Me arrestarían y anularían el matrimonio. Los ciudadanos romanos no se casan con putas de burdel. La vida no es una de las obras que tanto le gustan.

—¡No hablaba de matrimonio! —Drusila está entretenida—. Quizá debas apuntar un poco más bajo.

Amara se ríe con ella, avergonzada de haber expuesto el alcance de sus ambiciones.

—¿Puedo preguntarte algo? —dice con cierta timidez—. ¿Por qué no funcionaron las cosas entre Rufo y tú?

—Rufo quiere dárselo todo a una mujer. Podría incluso decirse que quiere hacer a la mujer. —Ahueca las manos, como si estuviera protegiendo algo delicado—. Lo que quiere es una avecilla herida a la que pueda sostener; quiere sentir sus alas revoloteando entre sus dedos. —Su voz es baja y melodiosa. Amara casi puede sentir el ave entre sus manos, el diminuto y asustado corazón que late debajo de sus plumas—. Yo no era lo suficientemente frágil para él. Tú sí. —Amara mira a Drusila, quien aún tiene las manos ahuecadas. No hay palabras para describir el dolor que siente al saber que Drusila está diciendo la verdad.

»Yo estuve en tu lugar —continúa la cortesana—. Veranio jamás me habría dejado ir, solo su muerte pudo liberarme. Pero Rufo podría ser distinto. Quizá puedas convencerlo de que no habría placer mayor que abrir los dedos y dejar al ave volar, sabiendo que cada aleteo y cada respiración se deben a él. —Abre las manos y ambas miran el aire vacío. Luego deja caer los brazos, con tristeza en los ojos—. Al menos tienes que intentarlo.

Amara cena a solas con Rufo. Les sirven en privado en la habitación con el fresco de Leda y el cisne. Amara sabe que Drusila está con Quinto en alguna otra parte de la casa. Le reconforta saber que Rufo se quiere acostar con ella antes de comer; al menos, hacerle el amor sigue siendo más emocionante que la comida. Pero Amara deja de sentir esa comodidad cuando Rufo la acaricia después de terminar. No deja de pensar en el ave, en lo que Rufo sentirá al tener en sus manos a la pequeña puta frágil y trágica.

—Quisiera poder pasar cada noche contigo —le dice mientras come el pescado a la parrilla y las judías de Drusila—. Si por mí fuera, pasaríamos cada instante juntos. —Le toma la mano y la besa, con una expresión sentimental en el rostro—. Lo sabes, ¿verdad, querida?

El corazón le late tan rápido y los nervios se le tensan tanto que Amara no puede siquiera tocar su comida. No le va a rogar, y menos después de lo que ocurrió con Plinio. Por encima de todo, no quiere cambiar una esclavitud por otra.

—Ojalá tuviera una casa, como Drusila —suspira—. Podrías visitarme cuando quisieras.

Rufo la besa, pero Amara se da cuenta de que no la está tomando en serio. Lo intenta de nuevo.

—Eres más generoso que cualquier otro hombre al que haya conocido —dice—. A veces lloro, cuando estoy sola, pensando en que estás dispuesto a casarte conmigo, porque sé que lo dices en serio. A pesar de que yo nunca aceptaría. Jamás deshonraría así a tu familia.

Rufo la besa de nuevo, de forma más apasionada esta vez, distraído de sus alimentos por la adoración de Amara.

—¡Cuánto te quiero! —murmura.

—Pero si me tuvieras en una casa como esta, podría ser una segunda esposa para ti —lanza ella—. Tu liberta. —Amara ve un destello de alarma en los ojos de Rufo, pero ya ha tirado los dados y tiene que jugar su mano—. Existiría solo para ti, sin tomar nada de tu familia. Ni ahora, ni en el futuro. No necesitaría otra cosa más que permiso para amarte.

—¿De verdad quieres eso?

—Más que nada en el mundo —responde. Los labios le tiemblan de miedo, no de amor, pero Rufo no nota la diferencia.

—Quizá sería posible —arriesga él, mirando hacia otro lado. Parece más distraído que emocionado con la idea—. Necesitaría hacer algo de trabajo. Esto que me pides no es cualquier cosa.

—Lo sé. Pero el nuestro no es cualquier amor —replica Amara—. Y, aunque jamás me atrevería a deshonrar a tu familia al permitirte que me tomes como esposa, podría amarte como tu manceba sin ocasionarle vergüenza a nadie.

—Sería maravilloso —concuerda Rufo, a quien comienza a convencerle la idea de un pozo inagotable de devoción—. Y entonces, incluso si me caso, si mi esposa no es... —Se detiene, quizá comprendiendo que especular sobre el atractivo de su futura esposa no es muy romántico—. Como fuera, siempre podría pasar tiempo contigo, cuando quisiéramos.

—Sí —acepta Amara—. Siempre estaría esperándote.

—Quizá Drusila podría enseñarte a tocar el arpa —responde Rufo, con el rostro esperanzado, como un niño—. Os lleváis bien, ¿verdad? Y no tienes ni idea de lo feliz que me hace verte perdida en la música. Creo que estarías incluso más hermosa tocando el arpa que la lira.

Amara sonríe, aliviada de que Rufo haya sucumbido con tal facilidad a la imagen de su amante cantando en una jaula de oro. Pero sus palabras llevan un eco indeseado. Sin querer recordarla, la fantasía de Menandro le viene a la mente. Se ve a sí misma como él la vio, esperándolo en la casa de su padre. Ve la vida compartida en Ática que nunca tendrán.

Se acerca y le da un suave beso en los labios a Rufo, mirándolo, no como Timarete, la mujer a quien nunca conocerá, sino como Amara, la mujer que es ahora.

—Lo que tú quieras.

—Lo haré —suena más decidido—. Debe haber una forma de lograrlo. Y no tendría que pagar por ti todo el tiempo después del desembolso inicial. —Se detiene y retuerce la cara, avergonzado—. Lo siento, querida, eso ha sonado de lo más vulgar. Lo que quiero decir es que, si tiene sentido económico, hasta mi padre vería que es una buena idea.

—Eres el mejor hombre del mundo —asegura Amara, entrelazando las manos.

Rufo le sonríe, pero Amara percibe la misma expresión distraída en su rostro. Apoya la cabeza sobre el hombro; la sangre le retumba en los oídos. Le invade la esperanza de que esté hablando en serio y de que esto no haya acelerado su descenso y su expulsión de la vida de Rufo.

Diciembre

37

> Ahora, amor mío, confíale tu felicidad al viento.
>
> Créeme, la naturaleza del hombre es veleidosa.
>
> Grafiti en Pompeya

Hace frío en el pequeño atrio de Balbina. Una capa de hielo cubre el agua de lluvia en la piscina central. Amara y las otras dos mujeres se apretujan bajo las capas de lana e intentan llegar a un acuerdo. Pagarle parte de los intereses de Terencia a Félix fue un gran gasto, pero ahora parece rendir fruto. La verdulera le presentó a otra clienta.

—Yo mantendré el contrato seguro para ambas —dice Terencia—. Me pareció que es justa, más que justa.

Balbina tiene deudas de juego y no quiere que su esposo se entere. Perfecto, en lo que respecta a Amara, siempre y cuando Balbina pueda dar una garantía que lo cubra.

—Déjame ver el collar —pide, y sonríe para aligerar el tono de la orden. La cadena suave y flexible le resbala entre los dedos. No tiene experiencia suficiente como para saber si vale lo mismo que el préstamo, pero sospecha que al menos el camafeo valdrá algo. Se pone la cadena alrededor del cuello y se la guarda bajo la capa de lana. Luego le entrega una bolsita a Balbina—. Puedes revisar si es la cantidad que acordamos.

Balbina cuenta las monedas dos veces mientras Terencia y Amara la observan. Terencia presenta las tabletas para que ambas las firmen.

—Una tasa mucho mejor de la que yo pagué —suspira.

—Lo sé —dice Amara—. Pero yo corro un riesgo mucho más grande con esto. —Lo que acaba de hacer es sumamente arriesgado, y lo sabe. Si Félix llega a descubrir su traición, las consecuencias serán inimaginables. Se convence de que arreglar este préstamo es una red de seguridad, una forma de ganar más dinero en caso de que Rufo no cumpla su palabra. Pero sabe también que solo es una de las razones por las que ha corrido un riesgo tan grande. La razón principal es el placer que le produce engañar a Félix, la alegría incontenible de burlarlo. Desde que Cressa murió, la hostilidad entre ellos ha sido incesante, una batalla de ingenios que ella está decidida a ganar. «Soy mejor que él para esto», piensa.

Se dirige a Terencia:

—Ambas te confiamos este contrato. Por favor, mantenlo a salvo. —Esa confianza se ha cimentado con cinco ases, lo que Balbina no necesita saber. Si la esposa apostadora es sabia, también habrá sobornado a la verdulera—. Cuando el interés esté pagado —le informa a Balbina, quien ya ha ocultado la bolsita con el dinero—, te devolveré el collar.

—Lo pagaré cuanto antes —promete Balbina, un tanto irascible—. He tenido mala suerte, eso es todo.

Nadie quiere permanecer ahí más de lo necesario,

por lo que, tras una hosca despedida, Amara y Terencia salen a la calle.

—Qué bien que tengas el collar —dice Terencia—. Necesitará mucha suerte con los dados para pagarlo todo de golpe.

—Gracias por arreglarlo —responde Amara.

—Espero recibir la misma tasa de interés la próxima vez —suelta Terencia mientras apresura el paso—. Tu amo es un tacaño.

Dido está al otro lado de la calle, parada fuera de la panadería, fingiendo formar parte de la fila.

—Gracias por esperarme —dice Amara al llegar donde está mientras da pisotones sobre el frío pavimento—. Supongo que deberíamos comer algo.

—No sé cómo lo haces —responde Dido—. Cómo no te ganan los nervios.

Es cierto que Dido parece más nerviosa que Amara. El riesgo al que se enfrenta es tan grande que ya ha trascendido el miedo. En cambio, está embriagada por las ansias de traición. Haber engañado a Félix es más satisfactorio de lo que había pensado.

—Todo debería ir como una seda —dice—. Rufo mantendrá la garantía a salvo. —También le ha dado la bolsita con el dinero, que es una muestra más de su amor. Ella le ha dicho que era para una amiga con la que estaba en deuda, y Rufo no la ha cuestionado. No necesita saber nada de esta otra faceta de su vida. Cuando esté instalada en la casa que alquilará para ella, no quiere depender de él para todo; es mejor que encuentre la forma de mantenerse por sí sola.

Dido la mira, extrañada.

—¿Qué pasa? —pregunta Amara. Se lleva una mano al cuello, preocupada por que el collar pueda estar a la vista—. ¿Algo va mal?

Dido niega con la cabeza, avergonzada.

—Nada. Es solo... —se detiene. Está claro que no quiere decirlo.

—¿Qué? —Han llegado hasta el principio de la cola y pronto será su turno en el mostrador. Amara está impaciente por saberlo.

—Sé lo mucho que sientes las cosas. Te conozco. Pero a veces te vuelves tan fría que pareces... —Dido vuelve a titubear.

La vacilación hace rabiar a Amara.

—Que parezco ¿qué? —estalla.

—Te pareces a Félix —escupe Dido—. Lo siento, pero es cierto.

Las palabras duelen, pero Amara no quiere que Dido lo sepa.

—Supongo que los esclavos terminan por parecerse a sus amos —dice, y echa la cabeza hacia un lado, como si no le importara—. Al menos es bueno para los negocios.

—No quería que te enfadaras —asegura Dido. La conoce demasiado bien como para no notar que está ofendida—. Nunca podrías ser tan cruel como él. No me refería a eso.

Las interrumpe su llegada al mostrador. Dido pide el pan y compra un poco más para Fabia y Británica, que no pueden pagar el suyo. Amara no dice nada, pues sigue molesta con la comparación. Piensa en el trato con Balbina, en lo diferente que fue al primero que hizo, el de Marcella, y lo poco que le ha importado esta vez. «No tengo opción —se dice—. Él es libre; yo no.»

Cuando salen de nuevo a la calle, cae aguanieve. Se aferran a las capas para protegerse del frío y la humedad y aceleran el paso sobre el suelo resbaladizo. Amara le toma el brazo a Dido para darle a entender que ya la ha perdonado.

—No sé cómo vamos a pescar algo con este clima —masculla.

—¿No vas a ver a Rufo esta noche?

—No importa. Félix dice que tengo que empezar a ganar dinero en estos días también o le cobrará el doble a Rufo. No puedo arriesgarme a costarle más dinero.

Amara siente una pesadez, y la euforia del préstamo comienza a desvanecerse. Rufo le prometió que la compraría, pero siempre parece tener una excusa para retrasar las cosas. Ahora dice que será en las Saturnales, que eso hará que el trago sea menos amargo para sus padres, si su indiscreción se pierde entre las celebraciones. Ella espera que lo diga en serio. Cada día que pasa al servicio de Félix es como una piedra más en la montaña que le oprime el corazón. Por inteligente que sea, sin importar cuántas veces pueda aventajarlo, Félix tiene todo el poder.

—Los baños serían nuestra mejor opción. Por lo menos los clientes no tendrán que caminar tanto. —Dido parece estar cansada también. La culpa punza a Amara. Sin importar qué cosas la agobien, las preocupaciones de Dido sin duda son mayores. Egnacio las contrata cada vez con menos frecuencia; Aurelio y Fusco fueron solo clientes ocasionales, y el amigo y antiguo amante de Drusila, Lucio, ha resultado ser una gran decepción. Aún paga por la compañía de Dido en casa de Drusila, pero con la misma constancia con la que Rufo lo hace. Y nunca ha vuelto a decir nada sobre la posibilidad de encontrar a su familia.

—Si Rufo cumple su palabra —dice Amara mientras la toma por el brazo—, te prometo que no te dejaré ahí. Te voy a sacar.

Es una promesa que le ha hecho mil veces ya.

—Si Félix te lo permite —responde Dido con expresión triste. Ambas saben que comprar su libertad está fuera del alcance de Amara, salvo que Rufo la llene de riquezas.

La plaza fuera de los baños está mucho menos concurrida que de costumbre, pues nadie quiere estar bajo el aguanieve. Se apretujan cerca de la entrada de los hombres y se guarecen bajo del balcón de una vinatería. Conforme los hombres salen, aún sonrojados por el calor del vapor, les desean un buen día e intentan establecer contacto visual. Dido lleva ya más de un año en Pompeya, por lo que queda poco de la tímida niña de Cartago. Al menos cuando está concentrada en conseguir clientes. «Es un terrible desperdicio de sus talentos como actriz», piensa Amara, y recuerda la forma en que baila, la dulzura de su voz al cantar, su capacidad para encarnar cualquier personaje. Todo ese talento desperdiciado en ser una puta callejera.

La mayoría de los hombres sigue su camino sin responder al saludo; otros se detienen a insultarlas o a intentar robarles un beso. Dido es la primera en conseguir un cliente serio, pero vacila un poco antes de llevarlo a casa. No les gusta trabajar así, separadas, pero el burdel está lo suficientemente cerca como para correr el riesgo. Amara asiente para darle a entender que está bien. No quiere esperar a ver a Dido alejarse con su pesca, un hombre mayor y regordete. No puede darse el lujo de no esforzarse por vender, pues una prostituta rival ya se ha instalado también en la puerta. La otra mujer va mucho peor vestida y tiene las mejillas hundidas por el hambre. «Nada como una competencia barata», piensa con amargura. Cualquiera que vea la escuálida figura supondrá que no debe de cobrar mucho.

Lo dicho; a la mujer famélica la levantan casi de inmediato. Sin duda, llevará a su pretendiente a un lugar no más salubre que un callejón. Amara alza la voz y sus proposiciones se vuelven más agresivas. Interrumpe las conversaciones de los hombres y se les pega con el cuerpo.

Dos jóvenes se detienen a devolverle el saludo; se toman su tiempo, a pesar del frío, con las mejillas rosadas y sudorosas.

—¿Necesitas que te calienten? —pregunta uno de ellos mientras la mira de arriba abajo.

Amara se ríe, fingiendo estar entretenida.

—No solo yo —afirma, y da un paso atrás, invitándolos a que la sigan—. Muchas mujeres solitarias.

—Te dije que el burdel estaba a la vuelta de la esquina —le dice el otro hombre a su compañero—. Está cerca de un bar también. Lo recuerdo de la última vez que estuve aquí. Podríamos tomar algo después.

Amara camina deprisa, y los hombres se apresuran para seguirle el paso. «Falta poco —se dice—. Solo haz lo que tengas que hacer.» Pasa frente al burdel de una sola celda de Simo, que tiene la puerta entreabierta. Verlo siempre le produce una cierta inquietud, pero, hasta ahora, Félix parece haber decidido ignorar el insulto; María sigue con vida.

Félix no especificó cuántos hombres necesitaba conseguir Amara ese día. Pero, si logra traer a dos a la puerta del burdel, eso debería bastar. Gallus está en la puerta, mojado y miserable. Alza tres dedos: hay tres mujeres dentro.

—Asegúrate de que sepa que los he traído yo —murmura Amara al pasar.

Berenice espera en el pasillo, aburrida y con frío pese a la capa. Uno de los hombres se apresura a reclamarla como suya. Dido debe de seguir ocupada. Amara no tiene que preguntarse quién será la tercera mujer, ya sabe que es Británica.

La celda de Victoria está disponible, así que Amara lleva a su hombre ahí. Como Félix ha comprado a tantas mujeres, han tenido que volverse menos quisquillosas con respecto a dónde reciben a sus clientes. «No quiero hacerlo», piensa Amara mientras cierra la cortina. Ha perdido todo el sentido del horror, el terrible pánico que solía abrumarla. En cambio, ahora siente una profunda aversión, siente que ha llegado al límite, más de lo que su cuerpo puede resistir. «Piensa en el dinero.»

Se da la vuelta y le sonríe al hombre. Ya está casi desvestido.

—Contra la pared —dice el cliente.

Amara espera a que Philos la recoja. Está sentada a solas sobre el duro saco de judías de la bodega, con la cabeza apoyada en la pared y los ojos cerrados. Intenta imaginar que está de nuevo en el jardín de Plinio, recrear la sensación de tranquilidad, el sonido de la fuente. Han pasado horas desde que el hombre de los baños la tocó, pero aún lo siente. Cuando el hombre terminó, Amara se fue andando bajo la lluvia hasta el pozo, regresó dando tumbos con un cubo de agua helada y se desnudó. Intentó borrar cualquier rastro del hombre; el agua estaba tan fría que le dolía la piel. Quizá cuando Rufo le diga más tarde que la quiere la sensación comience a desvanecerse.

—Espero que no tengas esa maldita cara de miseria cuando veas al niño rico.

Abre los ojos. Félix está en el umbral y la observa. No lo ha oído acercarse. Se resiste al impulso de llevarse una mano al cuello y asegurarse de que el collar de Balbina siga oculto.

—Ya te dije que es violento —dice, sin tomarse la molestia de ponerse de pie—. Verme miserable lo hace feliz.

—Siempre y cuando no deje de pagar —responde Félix.

Ella lo mira, ahí de pie, con una sonrisa socarrona en el rostro, como si aún pudiera fingir que es mejor que ella. «Tu madre era una puta y tú también.» Las palabras son demasiado potentes como para arriesgarse a decirlas en voz alta, pero el simple hecho de poseer ese secreto la hace sentir más poderosa. Amara ha intentado descubrir más cosas a través de Fabia; ha tratado de sobornarla con comida para preguntarle qué recuerda de la infancia de su amo. Fabia abrió la boca y sacó la lengua entre dos dedos. «Me dijo que me la cortaría», contestó, sin más.

—¿Ya te ha contado Gallus que he traído a dos clientes hoy? —pregunta Amara.

Félix asiente.

—Lo dejaré pasar esta vez. La próxima quiero que traigas al menos tres. —Amara no dice nada ni demuestra su ira. Espera que se vaya, ya que Félix ha terminado de burlarse de ella. Pero no lo hace—. El niño rico no deja marcas. Los amantes violentos suelen hacerlo.

—Tú no.

Se miran. Su silencio es como el de dos tigres que se merodean. El odio que siente Amara por ese hombre es más feroz que cualquier posible deseo que pudiera experimentar.

Un fuerte golpeteo en la puerta anuncia la llegada de Philos. Félix se hace a un lado para dejarla pasar, pero Amara siente que su hostilidad la sigue, incluso cuando sale de su vista y baja la escalera. Abre la puerta. Philos, con su alegre sonrisa y su saludo amigable, parece un visitante de otro mundo.

Philos no habla hasta que están en la calle, caminando juntos, y se han alejado lo suficiente del burdel. Se dirige a ella cuando están a una distancia segura y Amara percibe la sonrisa en su mirada, a pesar de su expresión de solemnidad.

—Iremos a un lugar nuevo esta noche.

—¿No iremos al teatro?

—Es una sorpresa. —Philos se ríe de su expresión de curiosidad—. Mi vida vale menos de lo que me costaría arruinarlo.

Amara siente que la esperanza le acelera el pulso.

—¿Es...?

—¡Ya me he ido demasiado de la lengua! —exclama Philos, pero su sonrisa de oreja a oreja sin duda es una respuesta en sí misma—. Tú asegúrate de hacerte la sorprendida. Eso es todo lo que voy a decir.

Amara se ríe. Philos le gusta; con ella es amable y despreocupado. Rufo depende de él para todo, así como Amara recuerda que Plinio dependía de Segundo. Sospecha que Philos es bastante más inteligente que su amo, pero demasiado discreto como para demostrarlo.

—¿Has tenido algo que ver con ello? —pregunta.

—Es posible.

—Entonces sé que será maravilloso.

Philos parece complacido por el halago. Amara sabe de primera mano lo poco que se les agradece a los esclavos su labor. Caminan hacia la parte más humilde de la ciudad y la emoción de Amara se intensifica.

—Hemos llegado —anuncia Philos al detenerse frente a un portón oscurecido.

Amara se detiene cerca de él, ansiosa por verlo todo; Philos la empuja un poco, como si fueran dos niños que compiten por un juguete, y le da la lámpara para que la sostenga mientras busca un pesado juego de llaves. Luego se toma su tiempo para abrir el cerrojo, hasta que Amara le da un golpecito juguetón en el brazo. Philos gira la llave y abre la puerta de madera. Dan un paso hacia el interior. El pequeño atrio está frío, iluminado solo por unas cuantas lámparas de aceite en el suelo, cuyo parpadeo se atenúa bajo la luz de la luna que entra por la apertura en el techo. Amara se gira para preguntarle a Philos dónde están, pero él ya ha desaparecido entre las sombras.

—Bienvenida a casa, querida. —Rufo está de pie bajo el arco que lleva al jardín, y su silueta es aún más negra en la oscuridad.

Amara se le abalanza con un gemido. Apenas puede pronunciar las palabras; todo su amor, alivio y miedo se revuelven, como hilos que se enredan demasiado como para desenrollarlos.

—¡Estás temblando! —exclama Rufo. La toma entre sus brazos y saborea el dramatismo del gesto.

Amara quizá pesa un poco más de lo que él esperaba, pues tropieza con el primer paso, pero recobra el equilibrio y avanza hacia una de las habitaciones oscuras. Está fría y solo tiene un par de muebles, un sofá y una lámpara en el rincón. Más que suficiente.

La felicidad de Amara no tiene pretensiones. Ese lado de su actuación, al menos, es genuino. Y, después de haberle dado todo el placer que su cuerpo podría soportar, Rufo por fin tiene la oportunidad de decirle que la quiere. Amara ya se lo ha dicho una y otra vez.

El frío es demasiado punzante como para quedarse acostados en la cama mucho tiempo.

—Me temo que la casa solo es de alquiler por el momento —dice Rufo mientras se viste a toda prisa—. Quizá podríamos comprarla si nos gusta lo suficiente. —Una esquirla de miedo le atraviesa el corazón a Amara, tan fría como el sudor que se seca sobre su piel. Tirita. La casa debe ser una prueba más que suficiente de que la liberará, ¿cierto? Rufo se acerca, la besa de nuevo. Amara se relaja poco a poco y Rufo le toma la cara entre las manos—. Podemos decidirlo cuando no seas de nadie más que mía.

38

Una misma noche nos espera a todos,
y todos hemos de pisar una vez
el camino de la muerte.

HORACIO, *Odas*, I, 28

Amara está sola en el pasillo del burdel; nadie más se ha despertado aún. Examina el espacio, las paredes llenas de hollín, las pinturas encima de las puertas. Todo le resulta familiar. Una mujer encima de la de Victoria. Un hombre con dos vergas para Berenice. Esas mujeres en las paredes nunca pueden tomarse un descanso del sexo, ni siquiera mientras las putas de verdad duermen. Se pregunta cuántas noches más tendrá que pasar ahí. Se abraza y piensa en la casa vacía. La espera.

Está segura de que Rufo la liberará pronto. Tiene que hacerlo. Pero, aun si no lo hace, si solo la compra, será mil veces mejor ser su esclava que pertenecerle a Félix. La punzada de miedo regresa, pero Amara se frota el brazo con furia, como si pudiera quitarse la ansiedad de encima. Un golpe en la antigua celda de Cressa la distrae. Británica.

La cortina de la celda se mueve un poco, ondeada

por el movimiento que hay detrás. Aprieta la tela entre sus manos. Huele mal.

—Soy Amara —se anuncia antes de entrar.

Británica no se gira. No es la primera vez que a Amara le desconcierta su rareza. Es demasiado alta para ser mujer, y ahora su cabello rojo está demasiado corto. Le creció tan enmarañado que no tuvo más opción que cortárselo. Es casi fea por lo mucho que descuida su apariencia, pero aun así Amara siente cierta admiración por el cuerpo de Británica, por su fuerza incuestionable. Todo el esfuerzo que las demás ponen en verse deseables las hace parecer endebles en comparación.

Amara observa los brazos pálidos que se agitan en el aire. Se pregunta cuándo fue la última vez que Británica salió de la celda y vio la luz del día. Piensa en la promesa que le hizo a Cressa.

—Deberías salir un poco —dice—. Ven al pozo conmigo.

En un principio, la otra mujer no da señales de haberla oído, pero Amara espera. Ha aprendido que, a la larga, Británica siempre responde. La ve dar golpes que se detienen justo frente a la pared. Si no frenara a tiempo, sin duda se rompería la mano. Luego, se detiene de repente. Británica hurga entre las sábanas sobre la cama, encuentra su capa y se la pone encima antes de tomar una jarra del suelo. Ladea la cabeza y mira a Amara, impaciente. «¿Qué esperas, pues?»

Amara toma el cubo compartido del burdel del lugar que ocupa junto a la puerta trasera. Caminan juntas por la calle, pero el silencio es todo menos amigable. Británica irradia agresividad: mira fijamente a cualquiera que se atreve a girarse para mirarla. Amara se pregunta si se alegraría de que alguno de los hombres se les acercara; Británica parece tener más ganas de pelea que Paris.

Llegan al pozo. Ya hay dos hombres allí, quizá esclavos de otras casas, que aprovechan la oportunidad para conversar. Amara espera paciente, a pesar de que los hombres no hacen más que estorbar; en realidad, ninguno da indicios de siquiera querer llenar su cubo. Después de un rato, se dignan a mirar a las mujeres y dan un paso al lado, pero la forma en que contemplan su cuerpo es inconfundible. No le sorprendería descubrir que la han hecho esperar adrede.

Amara no dice nada, sino que camina hacia delante. Columpia el cubo hacia el pozo y choca contra la piedra. Amara comienza a hacer funcionar la bomba, consciente de que los hombres están demasiado cerca. Uno de ellos le pone una mano en el culo y la empuja.

—¿Necesitas ayuda?

Antes de que tenga tiempo de darse la vuelta y decirle que la deje en paz, Británica lo agarra. Amara deja caer el cubo y se salpica. Británica lo levanta del suelo por la nuca. El hombre intenta pegarle, pero ella bloquea el golpe, le toma el brazo y se lo tuerce. Él grita; Británica sonríe. Le falta uno de los dientes centrales, un recuerdo de un cliente violento.

—¡Ya, ya! ¡No es necesario alterarse! —grita el segundo hombre mientras corre hacia su amigo—. Mira. —Señala a Amara—. ¡Nadie la está tocando!

Británica no responde. Observa al hombre al que tiene agarrado, sin dejar de sonreír, victoriosa. Lo baja al suelo. Espera un momento, como un gato que juega con un ratón, antes de soltarlo. Los dos hombres la miran y luego se miran entre ellos. Es evidente que ninguno tiene las agallas como para pelear con la desconcertante desconocida. Se echan a correr por la calle y Británica solo los ve alejarse.

—Salvaje —dice. Su voz, por la falta de uso, es rasposa.

—¿Qué? —Amara se sorprende—. ¿Qué has dicho?

—Sal-va-je —Británica repite la palabra en latín muy despacio, como si saboreara sus ríspidos bordes. Vuelve a esbozar su feroz sonrisa desdentada.

—¿Hablas latín? —exclama Amara—. ¡Puedes hablar! —Británica agacha la cabeza. Un mínimo de reconocimiento. Es lo más cerca que Amara y ella han estado de comunicarse de verdad—. ¡Sabía que podías entenderme! ¡Lo sabía! —Británica no parece disfrutar su efusividad. Pasa a un lado de Amara y comienza a llenar el cubo abandonado. Amara la sigue, incapaz de contener el entusiasmo—. Por favor, habla conmigo. Puedes confiar en mí. Por favor. —Británica no responde, solo señala con impaciencia el recipiente que ha dejado en el suelo. Amara se lo da—. Le prometí a Cressa que sería tu amiga. Se lo prometí.

Británica se tensa al oír el nombre de Cressa. Saca el cubo del pozo de un tirón y lo suelta sobre los brazos de Amara con tal fuerza que ella trastabilla y está a punto de caérsele. Británica toma entonces la jarra y vuelve al burdel dando zancadas. Amara no tiene más opción que trotar tras ella. El cubo está demasiado lleno y es tan pesado que le cuesta alcanzarla. Para cuando llega, Británica se ha escondido en su celda.

—¿Aprovechando el tiempo? —Victoria sale de la letrina. Se apoya en la diminuta pared y se frota el vientre—. Lo único bueno del periodo es saber que no estás embarazada.

—¡Británica acaba de hablarme! —dice Amara y asienta la cubeta en el suelo—. ¡Ha hablado en latín!

Victoria está sorprendida.

—¿De verdad? ¿Qué ha dicho?

—¡Salvaje!

—¿Salvaje? —Frunce la nariz—. ¿Nada más?

—Sí, eso es todo.

—Eso no es hablar. Solo ha repetido sonidos que ha oído.

—Pero lo entiende. —Amara mira hacia la antigua celda de Cressa y baja la voz—. Se ha enfadado cuando he mencionado a Cressa.

El nombre de la mujer fallecida tiene un efecto de desaliento en ambas.

—Deberíamos visitar su tumba —dice Victoria, y baja los escalones hacia el pasillo—. Llevamos una eternidad sin ir.

—¿Quieres ir ahora?

Victoria mira a ambos lados del pasillo y ve todas las cortinas cerradas.

—Supongo que sí. ¿Por qué no? Podemos pasar por El Gorrión y comprar un vino como ofrenda. —Entra en su celda y sale de nuevo con la capa puesta y una vasijita de barro en las manos. Era de Cressa—. Vamos.

Recorren el corto camino hasta la taberna que está en la plaza. Amara intenta ignorar el muro con todos los grafitis. Le duele recordar a Menandro y lo que le escribía ahí; no quiere ver los rastros de su último mensaje. Nicandro está ocupado en la barra, preparándose para el día, y las recibe con una sonrisa.

—¿Cómo está Dido?

—Bien —dice Amara, un tanto incómoda.

—No te das por vencido, ¿verdad? —suspira Victoria.

—Lo haría si hubiera otro hombre —asegura él—. Pero no lo hay. —Las mira con nerviosismo—. ¿O sí?

—No —responde Amara.

—Queríamos comprar un poco de vino para Cressa. —Victoria le entrega la vasija—. ¿Cuánto es?

Nicandro la llena y mira por encima de su hombro para asegurarse de que Zoskales no esté cerca. Mueve la cabeza de lado a lado. El significado es claro. «Cortesía de la casa.»

—Gracias. —Amara está conmovida por el gesto.

—Cressa era una buena mujer —dice Nicandro—. Todos la echamos de menos.

Salen del bar y avanzan por la calle hombro con hombro para no separarse.

—No entiendo a Dido —suelta Victoria, las manos firmes sobre la vasija—. Es guapísimo. ¡Imagina el esfuerzo que haría! Por fin podría pasarlo bien.

—No quiere romperse el corazón al amar a un hombre al que no puede tener —responde Amara. Victoria guarda silencio. Sabe que ambas están pensando en Félix.

Las calles se llenan conforme se acercan a la puerta que lleva al pueblo de Nola. La mayor parte del tráfico va en dirección contraria; los comerciantes llegan al Foro a vender o a entregar mercancía a las tiendas. Quienes tienen la fortuna de llevar una carreta arman un escándalo al pasar sobre las piedras; los demás avanzan con dificultad, cargando a cuestas cestas rebosantes de productos apilados. Una piara de cerdos chillantes corre entre las ruedas de la carreta de su dueño. Amara los ve escabullirse, con las colas erguidas, como si les entusiasmara llegar al matadero. Victoria le da un empujoncito y señala un carro tirado por una mula que se acerca en dirección contraria. Le toma el brazo a Amara y se detiene de puntillas para admirar los rollos de tela de colores brillantes. El arriero las ve y restalla su látigo; luego se ríe al ver que ambas mujeres se sobresaltan.

Amara se siente menos segura en los límites de la ciudad. Hay demasiados desconocidos que se dirigen a Pompeya y se desvanecen como el humo. Esperan a que pase una hilera de carretas cargadas con bloques de mampostería —sin duda parte de las interminables obras en la ciudad— y luego pasan por debajo del alto arco de piedra para cruzar de la ciudad de los vivos a la ciudad de los muertos. El sendero está bordeado por enormes tumbas coloridas, algunas casi tan grandes como el burdel en el que trabajan. Solo los ricos pueden costear que se les recuerde tan cerca de la puerta. En las puertas de sus propias tumbas, quienes algún día fueron poderosos miran hacia fuera y sus brillantes estatuas contemplan a los vivos pasar.

Las lobas jamás podrían haberle comprado un mausoleo así a Cressa, pues hasta el más pequeño de todos tiene un precio inimaginable. Por lo tanto, Victoria y Amara se alejan cada vez más de la ciudad, hasta que el camino se ensancha y la multitud se diluye. Pasan frente a un grupo de dolientes congregados alrededor de una urna de mármol, vestidos con sus mejores prendas, que queman ofrendas para apaciguar a los muertos. Amara piensa en sus padres, en todo lo que les debe a sus sombras, pero no puede darles. Desvía entonces la mirada.

Victoria recuerda el camino. Un estrecho sendero que pasa por la brecha entre dos monumentos. Cuanto más se alejan del camino principal, más pequeñas se tornan las tumbas. Pasan junto a un viñedo, cuyas ramas deshojadas trepan por los muros de piedra. Amara se pregunta si es uno de los viñedos que Plinio visitó en su gira, pero supone que no es lo suficientemente magnífico. Se da la vuelta y mira hacia el Vesubio, la montaña cuyas plantas el almirante quería estudiar. Las nubes cubren su estrecha cima.

Llegan al fin al lugar que buscaban: el campo de los mendigos. Se extiende con una horrenda mezcolanza de montículos de tierra, pilas de rocas y cuellos rotos de ánforas. Estas últimas salen de la tierra como bocas abiertas. De un basurero cercano sale un fétido olor y Amara se pregunta si fue ahí donde encontraron a Victoria cuando era niña, pero no lo dice en voz alta.

—¿Cómo vamos a saber dónde está? —susurra Amara, como si los infelices muertos pudieran oírla. El único otro doliente que está por ahí es un anciano que llora sobre un montículo de tierra recién escarbada.

—Sé cuál es el lugar —afirma.

Avanza con seguridad por el campo irregular, se detiene frente a una pequeña tumba, apenas una losa de piedra, aunque es majestuosa en comparación con lo que está a su alrededor. En su base hay una pila de rocas. Lo único que queda para recordar a Cressa. No tenía sentido enterrar un frasco, pues no tenían cenizas que poner dentro ni restos humanos que recibieran las ofrendas del vino. Victoria toma el frasco que Nicandro ha llenado y derrama la cosecha más barata de El Gorrión sobre las piedras de Cressa.

—Siempre le gustó beber —sentencia Victoria.

Miran la pila empapada y recuerdan a su difunta amiga. A Amara le parece que las piedras se asemejan a todas las bondades que Cressa acumuló en vida, insignificantes y a la vez conmovedoras para quienes eran cercanas a ella. Intenta no recordar el último día de Cressa, la imagen de su amiga de pie en la orilla del agua con la mirada puesta en las olas.

—¿Cuánto?

Es una voz diminuta y zalamera detrás de ellas. Ambas se sobresaltan. Es un hombre encorvado, con una postura medrosa, como un pordiosero, pero tiene algo en la mirada que aterra a Amara.

—No tenemos vino para venderte —dice, y se cubre con la capa.

—¿Cuánto para que me la chupéis? —El hombre se agarra la entrepierna.

—¡Un poco de respeto! —estalla Victoria e intenta ahuyentarlo—. ¿No ves que estamos llorando a alguien?

El hombre busca tocarla.

—¿No os doy pena? —gime.

Amara siente el miedo de Victoria cuando la toma del brazo. Corren por el campo de cenizas de regreso hacia el sendero estrecho. Pero el hombre es demasiado veloz y se les adelanta.

—¿Por qué no folláis conmigo? —suplica—. ¡Por favor!

Aceleran el paso. Pasan por encima de los labios rotos de las ánforas. El pordiosero no cesa de acercarse y su voz se torna más profunda y pierde su endeble lloriqueo. Amara le pide ayuda al doliente anciano, que sigue agazapado sobre el montículo de tierra, pero el hombre la ignora. Debe de haber oído que el otro les ha pedido sexo y no tiene intención de ayudar a un par de putas a ahuyentar a un cliente.

El pordiosero comienza a correr. Amara piensa que sus gritos al fin lo han ahuyentado, pero luego se da cuenta de que se ha adelantado para bloquearles el paso. A un lado están las paredes del viñedo, y al otro, una enorme tumba. Es casi imposible rodearlo. Se acercan mientras tratan de decidir por dónde pasarán.

—Venid conmigo —les dice.

Mira a Amara a los ojos. Es como una serpiente lista para atacar. Ella le devuelve la mirada, demasiado asustada como para evitarlo. El hombre se lanza hacia delante e intenta cogerla por el brazo, pero ella se adelanta a sus movimientos. Victoria le toma la mano y corren de vuelta hacia el campo, hacia donde está el anciano. El pordiosero las flanquea de nuevo y las obliga a ir hacia las tumbas y hacia la entrada de un sendero desconocido. No tienen adónde ir.

Huyen, con el perseguidor pisándoles los talones. Las obliga a atravesar la necrópolis entera. Amara tropieza; mira hacia abajo y nota que el barro sale de entre las piedras del suelo. Con una oleada de terror, comprende que aquel no es solo un sendero silencioso, sino que está desierto. Las tiene acorraladas. Amara resuella y avanza, pero vuelve a tropezar. En el último momento logra recobrar el equilibrio.

—No te detengas —grita Victoria.

No tiene idea de dónde se encuentran. Las tumbas están cada vez más juntas, así que es más difícil correr entre ellas. Mira hacia atrás y chilla. El hombre está casi encima de ella; la toma por la cintura y la arrastra. Amara cae al suelo de golpe. Él se le monta encima, con un cuchillo en la mano. Victoria le toma el brazo y grita, pero él la empuja lejos. Amara ve cómo Victoria se golpea la cabeza con el lado de una tumba y cae al suelo, aturdida.

—Tu amo cree que puede hacer lo que él quiera. —El hombre la tiene tomada por el cuello y le respira entrecortadamente sobre el rostro. Amara está tan aterrada que no puede moverse—. Trata de borrar su maldito rastro, como si Simo no fuera a enterarse. —Le acerca más el cuchillo; se lo apunta al ojo—. Esto es por Drauca.

El estallido de la cerámica al romperse los sobresalta a ambos. El atacante se da la vuelta justo cuando Victoria le clava una esquirla en la profundidad del cuello. Se araña el lugar de la herida con desesperación, con las manos bañadas en sangre, pero Amara sabe que, haga lo que haga, ya está muerto. Mira la arcilla que tiene enterrada en el cuello y logra escaparse de donde la tiene atrapada, pues no quiere mancharse con los borbotones de sangre. Da un paso atrás, sin quitarle los ojos de encima, con Victoria a su lado y los restos de la vasija de Cressa a sus pies.

El hombre se retuerce en el suelo. La muerte le llega apenas un instante después. Amara le toma la mano a Victoria y juntas echan a correr.

39

Quien no sabe protegerse no sabe vivir.

Grafiti en Herculano

Se esconden detrás de una lápida mientras intentan recuperar el aliento y la cordura y tratan de entender lo que acaba de ocurrir. Victoria está conmocionada; se estremece tanto que Amara teme que se le romperán los dientes de tanto castañear. La abraza con fuerza para ayudarla a entrar en calor.

—Iba a matarme —susurra mientras le frota los hombros a Victoria—. Me has salvado la vida. Me has salvado.

—He matado a un hombre —murmura Victoria. El horror de esa verdad comienza a asentarse—. ¡Lo he matado! ¡Soy una asesina!

—Nadie lo sabrá —responde Amara—. Nadie se va a enterar. Estás a salvo. Las dos estamos a salvo. —Piensa en el cuerpo del hombre tendido en el suelo y siente una cierta calma. Está muerto. Lo único que importa ahora es que no despierten sospechas. Se revisa la cara, le examina el rostro a Victoria y luego se mira los dedos. Tienen suerte de no tener más sangre encima. Toma un poco de lodo entre las manos y lo frota sobre todas las manchas rojas que hay en las capas—. ¿Tengo algo? —Gira la cara, como para pedirle a su amiga que le revise el maquillaje. Victoria niega con la cabeza—. Bien. Entonces deberíamos volver.

—Tenemos que decírselo a Félix. —Victoria no ha dejado de temblar—. ¿Has oído lo que ha dicho?

—Que Félix mató a Drauca.

—¿Crees que lo habrá hecho? —Los ojos de Victoria reflejan su profunda desesperación. Una cosa es sospechar que el hombre a quien amas es capaz de asesinar a alguien, pero otra es saberlo.

—Sí, sí que lo creo —afirma Amara. Victoria desvía la mirada; está demasiado perturbada como para hablar—. Te lo debo todo —dice. Le toma la mano—. Y Félix también. Sin ti, no tendría ni idea de qué es lo que le espera.

—¿Cómo vamos a volver a casa? ¿Y si alguien nos reconoce?

—Nadie lo hará. No somos nadie. Volveremos a paso lento, con la cabeza agachada. Pasarán días antes de que alguien encuentre el cuerpo, si es que ocurre.

Victoria se pone de pie, apoyándose en la lápida.

—Supongo que ser insignificante también tiene sus ventajas.

Emprenden el camino de vuelta por la necrópolis sin tomar la ruta por la que han llegado. Tardan bastante en encontrar el sendero de nuevo y, cuando lo hacen, la caminata es aún más larga. Victoria está alterada, pero Amara le toma la mano y evita que ande demasiado rápido. Se ponen las capuchas, como para protegerse del frío, y se cubren la cara. Ninguna de las dos dice una palabra.

Para cuando llegan al burdel, después de la que les ha parecido la caminata más larga de su vida, ambas están a punto de desplomarse por el agotamiento. Amara llama a la puerta de Félix.

—¿Qué? —Paris las fulmina con la mirada por la rendija de la puerta. Amara golpea la madera con una mano.

—Hoy no te metas conmigo. Esto es importante. Paris da un paso atrás para dejarlas pasar.

—¡Pero Félix está con un cliente!

—Entonces dile que lo esperamos en la habitación.

Amara siente como si estuviera fuera de su propio cuerpo mientras mira a Victoria contar lo ocurrido. Nunca ha visto a alguien llorar tanto. Victoria solloza mientras narra todo el asesinato y Félix la abraza, le besa el rostro y le toma las manos para calentárselas. Félix es capaz de una ternura que Amara no habría creído posible. Los observa, con un dolor en el pecho que no puede nombrar. Félix nunca ha sido así con ella, ni siquiera cuando le contó lo de Cressa, cuando habría hecho lo que fuera con tal de que la reconfortaran. Nadie más que Menandro la ha abrazado de la forma en que Félix abraza a Victoria. Le molesta solo pensarlo. No está segura de si el hecho de que Félix sea capaz de amar lo hace peor persona.

Félix mira a Amara por encima de la cabeza agachada de Victoria, con su habitual frialdad. Es como si él también se hubiera salido de su propio cuerpo para hablar con ella.

—Cuéntame otra vez qué dijo sobre Simo.

—Dijo que no ibas a salirte con la tuya. Que no borraste tu rastro. Simo se enteró de lo que ocurrió. —Amara hace una pausa para hacer memoria, como si aquella agresión le hubiera ocurrido a otra persona—. Luego me puso un cuchillo sobre el ojo y dijo: «Esto es por Drauca».

—¿Alguien lo ha visto?

—No. El cuerpo está en un lugar desierto. Solo había un hombre en el campo de los mendigos y no hemos vuelto por ahí. He cubierto todos los rastros de sangre que he encontrado. —Se encoge de hombros—. ¿Quién se fijaría en un par de mujeres?

—No pareces muy perturbada después de haber visto a un hombre morir. ¿Estás segura de que está muerto?

—Lo ha apuñalado aquí. —Amara se señala el cuello—. Nadie sobrevive a una herida así. Aunque nunca hubiera leído un libro de anatomía, sabría que está muerto. —Victoria rompe a llorar otra vez sobre Félix. Él le toma la cabeza y se la pone sobre el pecho y la mece. Amara los mira a ambos, incapaz de comprender la culpa que siente Victoria e irritada de que aún llore por un hombre tan despreciable—. Quería matarme y ahora está muerto. No hay motivos para alterarse.

—Ya lo sentirás —dice Félix—. Todo el mundo lo siente la primera vez. Incluso si eres una perra con el corazón de piedra.

—¿Qué vas a hacer ahora? —pregunta Amara—. Ahora todos estamos en peligro. Todos. —Sigue demasiado asustada como para expresar su furia, pero la siente. «Por tu culpa», quiere añadir. «Estamos en peligro por tu culpa.»

—En primer lugar, no se lo contéis a nadie. Ni siquiera a Dido. Y, si valoráis vuestra vida —agrega, mientras acaricia a Victoria—, no volveréis a mencionarlo jamás, ni siquiera entre vosotras. —Amara asiente. Sabe que el asesinato los ha unido a los tres; ahora comparten un secreto y ella se ha ganado una deuda de sangre con Victoria. No es un lazo que querría tener—. Y de Simo me encargo yo.

—No podemos darnos el lujo de dejarlo así.

—No —corrobora él—. No podemos.

—No quería matarlo. —Victoria mira a su alrededor, profundamente desesperada—. Solo quería que se detuviera. No quería que nadie muriera.

—Lo sé —asegura Félix. Vuelve a mecerla. Le besa la frente y le susurra con los labios rozándole el pelo—. Has sido muy valiente.

Amara mira a su amiga, aferrada a su amo como una niñita desolada, irreconocible como la mujer fuerte a quien conoce. ¿Será esa la verdadera Victoria? La idea la enfurece.

—No es algo por lo que valga la pena llorar —dice Amara con voz estruendosa—. Ese mal nacido se lo merecía.

—¡Cierra el hocico! —le grita Félix. Amara ve que Victoria retrocede con la furia de su amo, aunque no esté dirigida a ella. Félix se acerca a Amara, la toma por los hombros y pega su cara a la de ella—. Acaba de salvarte la vida. Ten un poco de puta gratitud. No todas las mujeres son unas perras desalmadas como tú.

La suelta y toma a Victoria de nuevo, como si la protegiera de Amara.

Amara no espera a que la echen de la habitación, sino que sale por cuenta propia. En el pasillo, las piernas le flaquean. Logra llegar hasta la bodega, donde se deja caer sobre su cama de sacos en el rincón. Su tranquilidad comienza a desmoronarse. Piensa en la vasija de Cressa, en todas las piezas en el suelo. La esquirla en el cuello del hombre, la sangre. Las emociones vuelven a inundarla como la marea, y esta vez traen terror consigo.

Se aferra a los sacos, siente la áspera tela en sus dedos e intenta imaginar que entierra su miedo, que lo sumerge. No quiere sentirse asustada; no quiere sentir nada. Mañana verá a Rufo, se sentará con él en la hermosa casa de Drusila, se reirán y conversarán sobre la casa que compartirán. No será una mujer que estuvo a punto de morir, que se sintió impotente con la amenaza de un cuchillo en el ojo. Será como si nunca hubiera ocurrido.

La calma comienza a asentarse en su corazón, como el hielo en la piscina de Balbina. Amara exhala, relaja los dedos, suelta la tela. Nadie la tiene entre sus brazos, pero no importa. No necesita a Félix ni a nadie más para que la reconforten. Puede superar cualquier miedo si se esfuerza lo suficiente.

Amara pasa el resto del día dentro de la bodega. Se supone que debería ganar más dinero en los días en que Rufo paga por ella, pero Félix no insiste en que salga. Llega la noche y ella sigue enroscada en la misma posición. Paris intenta provocarla; cree que debe de estar celosa de que Victoria vaya a pasar la noche con Félix, del favor que el amo le muestra a su rival. Pero Amara mantiene la mirada firme, como si no lo hubiera oído. De alguna manera, logra quedarse dormida.

La mañana siguiente le parece un sueño. Se obliga a bajar la escalera, pasa un rato con Dido en los baños y la escucha manifestar sus miedos con respecto a Ipstilla y Teletusa. Es la segunda vez que Egnacio contrata a las hispanas y se olvida de ellas. Amara se da cuenta de lo alterada que está Dido, pero, por alguna razón, no logra alcanzarla. A pesar de que están sentadas juntas, siente como si estuviera lejísimos de ella.

—¿Estás bien? —pregunta Dido—. ¿Fue Félix?

—Sí —responde Amara.

Dido parece tan preocupada que Amara quiere contarle qué ocurrió en realidad, advertirle que debe tener cuidado, pero no se atreve a traicionar a Victoria. Además, no es mentira. Félix sí que es la causa de su malestar. Si no hubiera matado a Drauca, a ella no la habrían atacado. Le ruega a Dido que se mantenga cerca de Británica, fingiendo que es por cumplir la última voluntad de Cressa, cuando en realidad es porque espera que la britana las mantenga a salvo a ambas.

Cuando sus amigas salen a pescar, vuelve a esconderse en la bodega. Aun si Félix decide cobrarle el doble a Rufo por ese día, no es capaz de salir a buscar hombres. La idea de acercarse a un extraño la lleva de vuelta a la necrópolis, al cuchillo, a las manos del hombre sobre su cuello. ¿Cómo sabría si alguno de sus clientes quiere matarla?

El esfuerzo de sobrellevar el día es tal que Philos nota su aflicción cuando la recoge. Cuando están a una distancia segura del burdel, le ofrece su brazo.

—¿Necesitas un momento? —le pregunta—. Para recuperarte un poco. —Amara asiente. Cruzan la calle hacia una zona menos abarrotada. Amara apoya la espalda en la pared—. ¿Estás bien? —le dice Philos—. Sé que no es fácil.

—Gracias —responde ella. Exhala despacio e intenta deshacerse del miedo. Mira a Philos. Sus ojos verdes solo reflejan bondad. Y su calidez, al estar de pie cerca de ella, es reconfortante—. Le estoy muy agradecida a Rufo.

—Lo sé —dice él—. Y sé lo difícil que es todo esto. He estado en la posición en la que estás ahora. —Mira la calle por la que han andado—. No digo que haya trabajado en un burdel —añade en voz más baja—. Pero no creo haberme sentido seguro ni un solo minuto cuando era más joven.

Amara le aprieta el brazo con más fuerza.

—No necesitas decírmelo —asegura—. Lo entiendo.

—¿Quién querría ser esclavo? Cuando eres joven, te follan; cuando eres vieja, te joden.

—Pero Rufo te valora.

—Sí, lo hace. —Philos aleja la mirada—. Ahora no tengo queja alguna.

—El hombre que... —Amara se detiene. No quiere decir la palabra ni humillar a Philos—. No fue el padre de Rufo, ¿o sí?

—No fue Hortensio, no. No le interesan los niños. A su padre, por otro lado, le interesaban bastante.

Amara se pregunta qué edad tendrá Philos. Tal vez diez años más que ella, o quizá un poco más. Es bien parecido, se da cuenta, a pesar de que nunca lo había visto así. Debió de haber sido muy atractivo cuando era joven. La idea de que hubiera vivido atemorizado, incapaz de defenderse, la enfurece. Que el responsable fuera el abuelo de Rufo es aún peor.

—¿Cómo es Hortensio? —pregunta Amara. Philos no responde, y Amara se da cuenta de que no quiere ser desleal—. Puedes confiar en mí —le dice—. Pero no me ofenderé si no lo haces.

—Ojalá me lo hubieras preguntado antes —dice Philos mientras se pasa una mano por la cara. La mira; es evidente que se siente en un compromiso—. No debería decírtelo, pero Rufo lo traerá esta noche. Para conocerte. Se supone que será una sorpresa. Hortensio ha insistido en que Rufo no te dijera nada, quiere saber cómo eres «en realidad», verte al natural, por así decirlo.

—Ah —responde Amara. No le gusta el tono de Philos—. Supongo que quiere proteger a su hijo.

—Si fueras mi esposa —dice Philos, y la toma por sorpresa al referirse a ella de esa manera—, no te dejaría a solas con él. Lo evitaría a toda costa.

—Tendré cuidado —promete Amara, consciente de que aún está tomando a Philos del brazo y de que quizá debería soltarlo—. Gracias.

Hortensio se parece tanto a su hijo que Amara tiene que hacer un esfuerzo por no mirarlo demasiado. Incluso los gestos, los exagerados gestos de la mano que son tan particulares de Rufo, son idénticos a los de su padre. Está agradecida de que Drusila sea parte de la velada y que pueda, en ocasiones, desviar el foco de su atención. Es la única diferencia obvia entre padre e hijo. Mientras que Rufo es amable y carece de malicia, Hortensio parece sagaz y calculador.

—Rufo me cuenta que ayudaste al almirante con sus investigaciones —le dice—. Debes de estar muy bien educada. ¿Fue tu primer amo quien te instruyó?

—Fue mi padre —responde Amara—. Cuando era una mujer libre. Mi padre era doctor en Ática.

—Ya te lo conté —dice Rufo, azorado.

Hortensio alza las manos y la invita a reírse con él de su hijo.

—¡Me dijiste que era concubina en Afidnas!

—Eso fue después —insiste Rufo.

—No tiene nada de malo ser concubina —dice Hortensio. Se vuelve hacia donde está Drusila y le besa la mano. Drusila le sonríe, como si estuviera cautivada.

Pero Amara sabe que tiene un gran talento para disimular lo que siente y que podría estarle deseando la muerte a Hortensio sin que él se enterara—. Así que tu padre era doctor. Luego saliste disparada hacia la tragedia y terminaste como una puta con el corazón roto. ¿Es correcto? —Amara agacha la cabeza, disgustada con el sarcasmo, aunque esté acompañado de una sonrisa—. Pareces demasiado joven como para que tu amo se hubiera aburrido.

—Su esposa no estaba muy contenta.

—Si el idiota no podía controlar a sus mujeres, es mejor que te hayas ido —dice Hortensio, como si Amara hubiera tenido algún poder de decisión—. ¿Bailas? ¿Tocas música? ¿Cantas?

—Te dije... —comienza a decir Rufo.

—Pero le estoy preguntando a ella.

—Mi padre me enseñó...

—¡Ay, por favor! —la interrumpe Hortensio con una carcajada—. Sabes que eso no es a lo que me refería. Estoy seguro de que tu padre no te enseñó a cantar en compañía de hombres. No si de verdad era doctor. ¿Qué te enseñó tu primer amo?

—Aprendí a tocar la lira en casa de mi padre —sostiene Amara, ignorando la insinuación de que es una mentirosa—. Luego, como concubina, aprendí varias canciones de Safo y otros poetas griegos. Continué con mi educación musical en Pompeya.

—¡Educación musical! —Hortensio arquea las cejas, entretenido—. Por lo menos tienes algo de ingenio.

—Quizá nos permitirías tocar algo —sugiere Drusila. Su túnica de seda cruje cuando se pone de pie. Mira a Hortensio de reojo, como si le resultara irresistible.

—¿Por qué no? —Hortensio se reclina en el sofá y la mira.

Amara no trae su lira, pero Drusila la llama hacia el arpa.

—Tocaré el *Himno a Afrodita* de Safo —murmura—. Pero cantarás sola.

—Gracias —susurra Amara, agradecida de no tener que competir con la voz superior de Drusila.

Se mece al ritmo de la música, con los elegantes movimientos de mano que aprendió en la casa de Chremes. Vuelca todo el corazón en la canción. Ver a Hortensio observarla, calificarla, es como estar de vuelta en casa de Chremes, como si todos los cambios en su vida como esclava la hubieran llevado de vuelta al lugar donde comenzó. Piensa en Philos. «Si fueras mi esposa, no te dejaría a solas con él.» Rufo también la mira, lleno de orgullo. Pero eso no la tranquiliza. ¿Cuánto tiempo pasará antes de que la vea con los ojos de su padre?

—Muy bien —le dice Hortensio a Rufo cuando termina la canción—. Es encantadora. Tú ganas. —Se dirige a Amara—. Pero sigo sin entender esas tonterías de alquilar una casa. Cuando te compre, podrás venir a la casa familiar.

—Por favor, padre, ahora no. —El rostro de Rufo está color carmesí. Mira preocupado a Amara.

—Ya, ya. Tened vuestro pequeño romance —suspira Hortensio. Sacude la cabeza en dirección de Drusila y Amara—. Hombres. No puedo imaginar cómo vosotras dos los soportáis.

—Rufo es el hombre más amable que he conocido —responde Amara.

—No lo dudo —dice Hortensio con un resoplido—. Bien, supongo que debería dejaros disfrutar de vuestra noche de amor juvenil. —Todos se ponen de pie al mismo tiempo que él. Hortensio se acerca a Drusila y le da un beso—. Encantado, como siempre. —Camina hacia donde está Amara, pero, en vez de besarla también, le pasa una mano por todo el cuerpo, como si estuviera en el mercado de esclavos. Amara está tan desconcertada que se queda sin palabras—. Nada mal. —Le sonríe, aunque no hay calidez en sus ojos—. No es una mala inversión, para nada. —Nadie llena el silencio—. ¿No vas a acompañarme a la salida, muchacho?

Rufo se apresura y lleva a su padre hacia la puerta. No mira a Amara. Cuando los hombres salen, Drusila le hace la seña del mal de ojo.

—¿Qué ha querido decir? —murmura—. ¡Me dijiste que Rufo te iba a liberar!

—¡Eso fue lo que él me dijo a mí! —Amara está temblando.

Drusila le pellizca el brazo.

—¡No te alteres! ¡No! Esto es demasiado importante. Usa la cabeza. Haz que le sea imposible no cumplir con lo que prometió. Usa su culpa, todo lo que puedas. ¡No puedes permitir que crea que estarás satisfecha como esclava! —Cuando Rufo vuelve, da un paso atrás, con una sonrisa serena, como si su conversación con Amara hubiera sido una mera formalidad—. Estoy un poco cansada —dice, con un bostezo—. Espero que no os moleste que os abandone.

Ven a Drusila alejarse con paso lánguido y sin esfuerzo, a pesar de que Amara sabe que no está cansada.

—Pues ha ido bastante bien, me parece —dice Rufo. Se acerca para besarla.

Amara lo aleja con un empujón.

—¿Qué ha querido decir con que puedo ir al hogar familiar?

—Así es él —suelta Rufo—. Sabe lo de la casa que he alquilado. Ya se hará a la idea.

—¿Sabe que vas a liberarme?

Rufo no la mira a los ojos, pero ella percibe el rubor que se le sube hasta la frente.

—¿Sería muy terrible si no lo hiciera? —Le toma ambas manos y la empuja hacia sí—. Estaríamos juntos. Y no estarías en el burdel. Eso es lo importante, ¿no es así?

—No puedo creer que no comprendas la diferencia —dice Amara. Se suelta de él—. ¿Cuántas veces me has dicho que entiendes lo difícil que fue para mí perderlo todo? Me perdí a mí misma cuando me vendieron. ¿Por qué me tendrías como esclava si tienes el poder de liberarme? ¿Por qué?

—No es tan sencillo. A mi padre no le gusta la idea. No sé si puedo desafiarlo. —Rufo se deja caer con pesadez en el sofá—. Para liberarte... tendría que darte el nombre de la familia. Y eso es algo que no me pertenece.

Amara se sienta a su lado. Aún siente las manos de Hortensio sobre su cuerpo. Piensa en Philos, en Chremes, en todo lo que les ocurre a los esclavos que se convierten en objetos familiares en la casa de sus amos. Rufo la envuelve con los brazos y la besa con dulzura en la frente, la mejilla, los labios.

—Te prometo que, si me perteneces, nunca dejaré que nadie te haga daño. Te lo prometo.

40

> Quien odia la vida repudia a dios sin problemas.
>
> Grafiti en Pompeya

Victoria y Amara esperan en la habitación de Félix. Ninguna de las dos cree que las haya mandado llamar por sexo. Victoria se sienta cruzada de piernas sobre la cama, como si ese fuera su lugar, pero Amara no quiere tocarla ni recordar la noche que pasó ahí con Félix. Se sienta en un taburete.

—Se trata de Simo, ¿verdad? —susurra Victoria—. Tiene que serlo.

—Pensé que él se iba a hacer cargo de eso —responde Amara—. No sé por qué nos necesitaría a nosotras.

—Me dijo que yo le salvé la vida y que te la salvé a ti también —contesta Victoria—. Nunca se había portado así conmigo. —Parece intoxicada de amor; no se da cuenta de que la repentina devoción de Félix debe de ser tan manipuladora como genuina. Un preámbulo para la horrenda misión que tiene preparada para ambas—. Dijo que nadie le ha demostrado una lealtad como la mía.

Amara piensa en su propio engaño, en el préstamo secreto con Balbina y sus planes con Rufo. Es imposible imaginar que alguien pueda serle leal a un amo, mucho menos si es Félix. Intenta que la estupidez de Victoria no la haga enfadar.

—Debería estarte agradecido —dice—. Si tuviera algo de decencia, te daría tu libertad por lo que hiciste. —Victoria palidece. Amara casi se arrepiente de haber hablado con tanto rencor, pues ambas saben que eso nunca ocurrirá.

Félix abre la puerta. Amara se sobresalta y espera que su amo no las haya oído, pero parece distraído. No pierde el tiempo con saludos.

—No podemos esperar más —dice, sentándose al lado de Victoria en la cama—. Simo ya se habrá cansado de buscar a su hombre. Tenemos que atacar ahora, antes de que él lo haga. Tenemos que asegurarnos de que esté acabado.

—¿Qué necesitas que hagamos? —pregunta Victoria, como si quisiera que Félix le pida que se ponga en riesgo.

—Tengo amigos que se encargarán del bar y de Simo. Necesito que vosotras dos seáis una distracción y que hagáis de vigías.

—¿Vigías de qué? —pregunta Amara.

—Paris también estará vigilando —dice Félix, ignorando la pregunta—. Simo no lo reconocerá con tanta facilidad como a Thraso o a Gallus.

—¿Paris sabe lo que pasó en la Necrópolis?

—No. Nadie lo sabe —confirma Félix—. Es más seguro así. —Victoria lo mira, agradecida; Félix le pone una mano sobre la rodilla—. Tendréis que llevar velos. Recoged a un par de hombres en la calle frente al bar, eso distraerá un poco la atención.

—¿Quieres que follemos con hombres en la calle? —pregunta Amara—. ¿Solas? ¿Sin protección?

—Paris estará por ahí.

—Pero no va a estar ahí para cuidarnos, ¿a que no? —protesta Amara—. Va a estar vigilando el bar.

—Vais las dos juntas —dice Félix—. No veo cuál es el problema.

—¿Qué le van a hacer al bar? No quiero ir si no lo sabemos.

Félix pierde la paciencia.

—No os estoy dando a elegir —le grita—. ¿Desde cuándo tú me dices qué hacer? Si te quiero vender en la maldita calle o en el burdel, la decisión es mía y tú no tienes voz ni voto.

—Por favor —comienza Victoria, con los ojos suplicantes—. Por favor. Tenemos que hacerlo. ¿Y si Simo vuelve a atacarnos?

Amara los mira a ambos, sentados juntos como una pareja casada, unidos en contra suya. Piensa en lo mucho que le debe a Victoria y sabe que no tiene escapatoria, aunque no estuviera obligada por Félix. Asiente.

—Lo mejor será que os quedéis arriba hasta la noche —dice Félix. Las mira de una en una, con expresión ladina—. Tú puedes irte a la bodega ya —le dice a Amara—. Déjanos.

Sale deprisa; no quiere ver a Félix empujar a Victoria a la cama. Cierra la puerta. Paris está fuera, en el balcón, fregando el suelo con bastante más vigor que de costumbre. Amara intenta no pisar el agua con jabón y darle un poco de espacio, pero Paris la detiene. Su enjuto rostro está lleno de expectativa.

—¿Te lo ha contado Félix? —pregunta, mientras se pone de pie y mira de un lado al otro del pasillo—. ¿Te ha contado que me va a enviar a una misión? A Thraso no; a Gallus tampoco. A mí.

Amara asiente. Piensa en el razonamiento de Félix de que Paris es menos reconocible. Sin duda también es más prescindible. Le tiene poco aprecio a su compañero de bodega, pero sabe también que el miserable hijo de Fabia será el único responsable de su seguridad esta noche.

—Le dije que tenía que empezar a usarte más —miente para halagarlo—. Te ha dado un trabajo importante.

—Vais a tener que seguir todas mis órdenes —dice Paris, sin saber si Amara está burlándose de él—. Yo soy el hombre, estoy al mando.

—Por supuesto. —Amara baja la cabeza para demostrarle que lo entiende. Paris traga saliva y mira hacia la habitación de Félix. Independientemente de su bravuconería, Amara se da cuenta de que tiene miedo—. Aunque no tienes que hacer nada de lo que pudieras arrepentirte —dice, pensando en Fabia y en lo mucho que el joven significa para su madre—. No necesitas ponerte en peligro.

Paris se estira para verse más alto y echa los hombros hacia atrás, como Gallus.

—Para esto nací —asegura—. No lo entenderías, eres solo una mujer.

El día parece interminable, pero Amara quisiera que se alargara aún más. No quiere que llegue la oscuridad. Amara no está del todo segura de qué tiene planeado Félix para Simo, pero sabe que piensa matarlo. ¿De qué otra forma podría terminar esa disputa? Amara piensa en lo cerca que está de salir de ahí; faltan apenas unos días para las Saturnales. No puede morir ahora, en el momento en que su escapada está casi garantizada.

Piensa en la posibilidad de intentar enviarle un mensaje a Rufo, o a Philos incluso, para rogarles que vayan a por ella. Pero ¿en quién podría confiar para que se lo entregara? Paris la vería si intentara salir. Y la furia de Félix sería incontenible.

Victoria va a recogerla a la bodega. Está envuelta en un velo, como una mujer casada, aunque parece más un sudario que un velo real. El miedo le acelera el corazón a Amara.

—No creo que debamos hacerlo —dice, sin querer tocar el velo que Victoria le ofrece—. ¿Y si alguien del bar de Simo nos reconoce? ¿Y si María o Attice salen?

—Nos ha prometido que estaríamos a salvo —recuerda Victoria, echándole la tela sobre la cabeza—. Y, como sea, ¿qué otra opción tenemos? Hagámoslo y ya está.

—¿Simo no estará vigilando el burdel? ¿Y si uno de sus espías nos ve salir así?

—Paris está en la puerta —responde Victoria, acomodándole la tela para que Amara quede cubierta por completo—. Él se va a asegurar de que esté despejado antes de abrir. Félix dijo que, cuando eso suceda, tenemos que caminar tan rápido como podamos hacia el pozo de la esquina y luego dar la vuelta por detrás hacia el bar de Simo.

Amara se pregunta si Victoria estará disfrutando al gozar de la confianza de Félix. Pensarlo le produce cierta amargura. No debe olvidar que le debe la vida a su amiga, aun si esta la obliga a arriesgarla de nuevo.

La calle está sombría, y la oscuridad empeora cuando se cubre la cara con la tela que tapa la poca luz que hay fuera. Arrastran los pies con las manos en la pared, avanzando a tientas. Se supone que Paris debería estarlas siguiendo, pero no hay señales de él ni de su lámpara para alumbrar el camino. Rodean a un grupito que está en el pozo, logran pasar sin llamar la atención y se dirigen a una parte que conocen menos de la ciudad.

—Ni siquiera sé dónde está el bar —susurra Amara—. ¡No sé adónde vamos!

—Félix me ha dicho el camino varias veces —responde Victoria—. Estoy segura de que sé cómo llegar. Y no tenemos que vigilar nada; somos más bien una distracción.

—¿No crees que eso es peor? —pregunta Amara.

Victoria no responde.

El bar de Simo se halla bajo un haz de luz. Un Príapo de bronce ilumina la puerta con su enclenque brillo. Simo debe de haber reparado el lugar desde el último ataque de Félix. Parece estar lleno; hay varios clientes en la calle, a pesar del frío. Amara está demasiado asustada como para acercarse más.

—Vamos —murmura Victoria mientras le tira del brazo—. Vamos a hacer esto para poder volver a casa.

Se quedan de pie juntas bajo el refugio de un pequeño arco al otro lado de la calle. Por el olor, Amara sospecha que no son las primeras putas en trabajar ahí. Victoria se sube la capa y la toga para enseñar sus piernas desnudas. Tras una pausa, Amara hace lo mismo. En un principio, nadie repara en ellas, hasta que unos cuantos hombres ebrios las ven. Las señalan y se ríen. Un par de ellos cruza la calle.

—¿A qué vienen las caras cubiertas? —pregunta uno—. ¿Demasiado feas como para que os vean?

Amara da un paso atrás. Ambos apestan a alcohol.

—Estamos casadas —dice Victoria, su voz un gimoteo lastimero—. Tenemos que alimentar a nuestros hijos.

—Todas decís lo mismo —responde el hombre. Le sube la falda un poco más.

Un tercer hombre pasa frente a ellas y se detiene a ver qué sucede.

—Dejad algún coño para mí.

Amara reconoce la voz. Entrecierra los ojos para ver a través del tejido del velo. Es el hombre de la cicatriz blanca, al que vio en la Palestra con Félix y de nuevo en el bar. Él se da la vuelta y atraviesa la calle. Se detiene a hablar con los hombres que siguen fuera del negocio de Simo mientras señalan a las mujeres y les gritan improperios. Se oyen risas. Los hombres se acercan, las rodean a ambas; se mofan y las incitan. Amara comienza a entrar en pánico.

Uno de los hombres la tiene contra la pared y le tira de la ropa. Ella mira por encima del hombro en un intento por ver entre las caras de los mirones que hay alrededor. A través de la tela, todo se ve gris y distorsionado. El hombre de la cicatriz está solo fuera del bar de Simo. Amara lo ve estirarse, bajar el Príapo llameante y encender una antorcha con la llama. Comienza a prender el marco de madera de la puerta; espera unos momentos a que el fuego se avive. Luego lanza la antorcha por la puerta y echa a correr por la calle.

Al principio, los hombres que las rodean no parecen percatarse del ruido. Los clientes salen del bar entre gritos, señalando el edificio en llamas. Los borrachos comienzan entonces a darse cuenta de lo que ocurre. Uno de sus amigos empuja al hombre que tiene arrinconada a Amara y la furia de que lo interrumpan se transforma casi de inmediato en alarma. Victoria y Amara se quedan solas mientras sus hostigadores se dispersan, sumándose al caos.

—Deberíamos irnos —dice Amara—. ¡Ya!

—Félix me ha pedido que me asegurara de que Paris terminara el trabajo —revela Victoria. Le toma el brazo para evitar que escape—. Simo no puede salir vivo de aquí.

Amara se siente aprisionada, demasiado temerosa como para volver sola y a ciegas, pero aún más aterrada de quedarse. Se aferra a Victoria. Se apretujan bajo el arco y observan. A la luz de las llamas, la pandilla de hombres estorba más de lo que ayuda. Algunos corren con agua que han sacado de un pozo cercano, pero unos cuantos cubos no salvarán el bar. Ve a otro conocido, el hombre que parece una zarigüeya y que ayuda a Félix con las extorsiones. Paris está ahí también. Reconocería su cuerpo raquítico donde fuera, a pesar de que lleva una capucha. Ambos están de pie cerca de la puerta; parecen mirones ociosos, pero sin duda están vigilando quién sale del lugar. El interior debe de estar ya casi vacío; el rugido del fuego se hace más fuerte y el calor es abrasador incluso hasta en el otro lado de la calle.

Amara nunca ha visto a Simo, pero, por la forma en que Paris y el otro hombre dan un paso al frente, sabe que debe de ser él. Tose, casi de rodillas por el humo. Paris lo toma, como si fuera a ayudarlo, pero Simo cae en sus brazos instantes después. Paris lo coloca en el suelo con delicadeza. Otros corren hacia ellos. Paris da unos pasos hacia atrás, hasta que llega al final de la multitud. Entonces se da la vuelta y camina deprisa en dirección al pozo.

—Tenemos que irnos ya —apremia Amara—. Debe de haberlo apuñalado. Esto va a ir a peor.

No corren, sino que andan tan rápido como se atreven a hacerlo. Las personas de los edificios circundantes han comenzado a salir a la calle para intentar evitar que el fuego se esparza. Se oye en ese momento un ruido como un trueno, un horrendo crujido, cuando el techo del bar colapsa y las llamas salen disparadas hacia arriba. Amara mira horrorizada la violenta hoguera. Si alguien sigue dentro, no sobrevivirá.

Victoria le tira del brazo. Continúan andando y dejan atrás la luz y el ruido mientras se sumergen de vuelta en la oscuridad.

41

> Las dos estuvimos aquí, amigas queridas para siempre.
>
> Grafiti en Pompeya

Después del incendio, Félix mantiene a Victoria con él y la traslada a su habitación. Una recompensa por ayudarlo a matar a Simo. Apenas reconoce el papel que ha desempeñado Amara. Ella intenta convencerse de que no importa, de que su frialdad no puede herirla si ella lo odia. Es más difícil, en cambio, ver a Victoria, quien se abre como una flor que acaba de encontrar el sol. Por las mañanas, Amara la oye cantarle a Félix, se la imagina entre sus brazos, mirándolo con devoción y todo el amor de su corazón. Se enfurece de tan solo pensarlo.

Le ha resultado más fácil de lo que creía no decirles nada a las demás sobre lo que ha ocurrido. Cuando van juntas a los baños, inventa la historia de que ha ido con Victoria a entretener a unos clientes a un bar, sorprendida por la naturalidad con la que la mentira se le resbala de la lengua. Aun si mentir no le hubiera resultado tan fácil, la historia del bar se olvida pronto al ser eclipsada por el mucho más interesante chisme de que Félix ha tomado a Victoria como una especie de esposa.

Cuando la noticia de la muerte de Simo al fin llega

a sus oídos por medio de Gallus, Amara continúa sin revelar nada; finge sorpresa, como las demás. Pero, si bien es capaz de enterrar sus sentimientos durante el día, tiene problemas para dormir por la noche, pues el corazón acelerado y cada fibra de su cuerpo se tensan de miedo. Su cuerpo revive los terrores que su mente no soporta. Sabe que Paris sufre también, pues lo oye llorar en un rincón de la bodega. Pero, cuando llega la mañana, él se niega a decirle una palabra. Sea cual sea la culpa que siente, es evidente que está decidido a ocultarla.

Tres días después del incendio, Félix la manda llamar. Sigue a Paris hasta el estudio de su amo y espera a que abra la puerta. Dentro, encuentra a Victoria sentada en el regazo de Félix, con él detrás del escritorio, abrazada al cuello de su amo. Lo suelta en cuanto Amara entra a la habitación y Amara la ama por ello, pues sabe que Victoria no quiere hacerla sentir menos.

—Es hora de que vuelvas al burdel —suelta Félix. Amara agacha la cabeza y se dispone a salir de nuevo, pero él la detiene—. Tú no —dice—. Es hora de que tú te vayas. —Se quita a Victoria de encima. Ella se baja del escritorio y apenas alcanza a mantenerse en pie. Por un momento, ambas mujeres piensan que es una broma. Luego entienden que no lo es.

Amara sabe que algo acaba de quebrarse dentro de Victoria; se le ve en la cara. Se da la vuelta y sale de la habitación, con los ojos secos, sin dirigirles ni una ojeada a ninguno de los dos. Cuando se va, Félix y Amara se miran el uno al otro.

—Te he echado de menos —dice él. Amara no responde. Por primera vez desde que lo conoce, tiene la sensación de que Félix no sabe qué decir. Señala la pila de tabletas amontonadas en su antigua mesa—. ¿Quién más puede llevar mis cuentas?

Amara se sienta, sin hablar, y abre la primera tableta.

Para cuando llega la víspera de las Saturnales, Rufo no le ha dicho aún si la comprará. La tensión de esperar es tal que teme desmoronarse y comenzar a rogárselo la próxima vez que lo vea. Sabe que no hay punto al que no llegaría por escapar de Félix, aun si eso implicara pasar el resto de su vida bajo el mismo techo que Hortensio.

Se sienta a una mesa en El Gorrión a beber con sus amigas, mientras discuten qué regalos podrían comprar. Toda la ciudad vibra y los vendedores ambulantes ocupan las calles en un intento por vender unos cuantos cachivaches más antes de que comience el festival.

—¡Me muero de ganas de ver qué me ha comprado Gallus! —grita Berenice tras darle un enorme beso en la mejilla a Dido. Ha bebido más que de costumbre—. ¡Tres días enteros con él! ¡Ay! ¡Imagináoslo!

—Una noche más y podremos descansar de los clientes —dice Dido, con un suspiro—. ¿Vamos a comprarle algo a Británica? Deberíamos hacerlo.

—No hace nada —resopla Ipstilla.

—Ese no es el espíritu de las Saturnales —dice Berenice, con el ceño fruncido—. No me molestaría contribuir en algo. Aunque no sé qué le gustaría.

«Un cuchillo, probablemente», piensa Amara. Pero no lo sugiere.

—¡¿Y a mí van a darme algo, señoritas?! —grita Zoskales desde la barra. Está de un humor fantástico, sin duda también ansioso por descansar de sus clientes por un día.

—¡Un beso, si tienes suerte! —aúlla Berenice. Todas, salvo Victoria, se ríen. Berenice nota su silencio—. Quizá Félix te compre algo —añade con delicadeza.

A pesar de que Victoria lleva metiéndose todo el año con ella por estar con Gallus, Berenice no ha sido más que comprensiva con el desamor de su amiga. «¿Te imaginas? —le dijo a Amara cuando Victoria volvió al burdel—. Qué dolor pensar que un hombre se va a casar contigo y luego te mande de vuelta. ¡Imbécil de mierda!»

—Siempre nos da un denario a cada una —responde Victoria—. Me da igual. Que se vaya al demonio.

—¿Qué podemos hacer? —le pregunta Amara a Berenice—. Tal vez Dido y yo podamos comprar algo para ti, Británica y Victoria; luego, tú y Victoria podéis comprarnos algo a Dido y a mí. —Luego se dirige a las hispanas—: ¿Vosotras queréis compraros algo la una a la otra o preferís una sorpresa?

—Nosotras compramos —dice Teletusa, enfática, mientras mira de reojo las cuentas de madera de Amara, el regalo simbólico de Rufo. Es evidente que no confía en el gusto de las demás mujeres.

—No más de cinco ases cada una —dice Berenice—. No hay que volvernos locas. Luego dividimos el coste de todo.

Se toman su tiempo para terminarse el vino y luego se separan para ir de compras. Amara y Dido caminan hacia el Foro.

—¿Qué le gustaría a Británica? —pregunta Dido—. No querrá cuentas ni nada bonito.

—Se me ocurre algo —responde Amara—. Vi a un

vendedor que ofrece amuletos con sangre de gladiadores. Sirven para transmitir su valentía.

Les lleva un tiempo encontrar el puesto, el vendedor debe de haberse movido desde la última vez que Amara lo vio. Es difícil caminar entre la multitud; por todas partes, la gente se empuja frente a los puestos y regatea a voces. Parece que todo Pompeya haya dejado sus compras para el último momento. Al fin, Amara encuentra al hombre con sus espeluznantes trofeos: una amplia gama de productos bañados en la sangre de gladiadores caídos en la arena. Los precios varían según la fama del difunto. Amara y Dido tienen suficiente solo para comprar la sangre de un guerrero desconocido, finado en su primera aparición en los juegos, a pesar de que Amara intenta regatear para conseguir algo mejor. El amuleto de cuero que escogen no es nada bello, aunque tiene grabada una espada a medio desenvainar. Amara sospecha que a Británica le gustará.

El entusiasmo que tenían por ir de compras se agota después de haber dado vueltas y vueltas para buscar al vendedor de los amuletos, pero por suerte es más sencillo comprar cosas para las demás. Un prendedor de cabello para Victoria, una pulsera de tobillo para Berenice.

—Me alegro de que Rufo vaya a comprarte —dice Dido cuando emprenden el camino de vuelta a casa—. Pero te voy a echar mucho de menos.

—No estoy segura de que vaya a hacerlo —revela Amara—. No me ha dado una fecha. No entiendo por qué no lo ha hecho ya, si de verdad tiene la intención de hacerlo.

Dido es muy amable al querer reconfortarla, pero Amara percibe que está desconcertada. Se odia a sí misma por no ser más considerada ni prestarles más atención a los sentimientos de Dido en los últimos días. Estaría devastada si la situación fuera a la inversa.

—Haré todo lo que pueda por sacarte —dice—. Todo. Te lo prometo. Te quiero. Lo eres todo para mí.

—Yo también te quiero —responde Dido. Está al borde de las lágrimas.

Dido es la única persona a la que Amara le ha contado sus planes, aunque ni siquiera ella sabe dónde está la nueva casa. Le preocupaba el riesgo de que las siguieran, pero ahora comprende que eso dejaría a Dido sin una forma de localizarla ni de transmitirle algún mensaje.

—¿Quieres saber dónde está la casa? —dice en voz baja, aunque es muy poco probable que alguien las esté escuchando—. Si Rufo cumple su palabra, podrás visitarme.

Dido asiente.

Caminan en fila, con Amara al frente, hacia el otro extremo de la ciudad. Recuerda la primera vez que Philos la llevó a la casa. Nunca ha recorrido el camino de día. A pesar de ser la víspera de las Saturnales, hay relativamente silencio. Vivir ahí será un cambio considerable en comparación con la ruidosa intersección del burdel. La idea de escapar le provoca una oleada de emociones y, cuando se detienen frente al alto edificio con el marco dorado en la puerta, llega incluso a pensar que la vida será bondadosa con ella. Golpetea la madera de la puerta, sin esperar que alguien esté ahí, pero Philos abre el portón. Está sorprendido de verla.

—¡Pasad! —exclama antes de darles un gentil empujón hacia dentro. Cierra la puerta tras de sí—. ¿Pasa algo? ¿Estás bien?

—Quería que Dido supiera dónde encontrarme

—dice Amara—. Si Rufo de verdad piensa tenerme aquí.

Philos señala el atrio que tienen detrás. Vitalio pasa con una mesa en las manos.

—Sí que piensa hacerlo, como puedes ver. ¿No ha dicho nada?

Amara niega con la cabeza.

—No quería adelantarme.

—No tienes de qué preocuparte —responde Philos—. Tiene la intención de comprarte. No te angusties.

—Te dije que todo iría bien —agrega Dido con una sonrisa—. ¡Y qué lugar tan hermoso!

Vitalio vuelve a caminar hacia el atrio, ya sin su carga. Mira a Amara con desprecio.

—Veremos cuánto dura esta —grita mientras sube la escalera a pisotones.

Amara lo mira fijamente.

—¿A qué se refiere?

—Ay, nada. Ya conoces a Vitalio; siempre está de mal humor. —Philo sonríe, pero parece incómodo. El exabrupto de Vitalio ha sido demasiado extremo como para que esa sea una explicación razonable, y todos lo saben.

—No —dice Amara, un tanto nerviosa—. Ha querido decir algo en particular. ¿Qué? Dímelo, por favor. ¡Por favor!

Philos no la mira a los ojos.

—Rufo mostró algo de afecto por la hija de Vitalio durante un tiempo.

—¿Su hija? ¿Es parte también del servicio de la casa? —Dido le toma la mano para alejarla de ahí, para calmarla, pero Amara se la quita de encima—. Dímelo. —Mira a Philos a la cara, instándolo a obedecer, y la tristeza en sus ojos grises le llena el corazón de terror.

—La has visto unas cuantas veces —confirma—. Faustilla, la criada.

Amara no logra identificar a quién se refiere. La única criada a la que recuerda es una jovencita tímida con quien nunca ha hablado.

—Pero no puede ser la niña a quien conocí; es muy joven —dice—. Y Rufo no parecía prestarle atención. Incluso estaba ahí algunas veces que... —Amara se lleva una mano a la boca, demasiado impactada como para continuar. Dido la rodea con el brazo; esta vez, Amara no se deshace de él.

—Rufo no es distinto a cualquier otro hombre de su clase —comenta Philos, un tanto a la defensiva de su amo—. Sabes que todos se acuestan con sus esclavas. Lo que haya pasado entre ellos no dice nada sobre lo que siente por ti.

—¡Eso no es lo que me molesta! —dice Amara, aunque es mentira. Había creído que Rufo era distinto. Piensa en su sonrisa encantadora, en la forma en que parece siempre ser del todo honesto. La forma en que le dice que la quiere—. Me molesta la niña —insiste—. Con razón Vitalio me odia. Su hija tiene que servirle a la mujer que ha tomado su lugar. ¿Lo quería? —Philos no responde, pero no necesita hacerlo—. Claro que lo quería. Debe de haber pensado que era el hombre más generoso que conocía. —Amara piensa en cómo Félix trata a Victoria y su crueldad intencionada. Pero Rufo no es menos cruel con Faustilla, aunque esas no sean sus intenciones—. ¿Habían al menos terminado las cosas entre ellos cuando Rufo me conoció?

—Amara —replica Philos en voz muy baja—, solo

quiero que recuerdes que tienes que vivir con mis respuestas. Y yo también.

—Sigue acostándose con ella —afirma Amara, tras comprender lo que Philos le dice—. Claro. Debes de creer que soy una idiota.

—No lo creo. —Philos tiene la ensayada expresión vacía de un esclavo acostumbrado a disimular lo que siente. Amara recuerda lo que le dijo cuando estaban a solas: «Cuando eres joven, te follan; cuando eres vieja, te joden.»

—Bueno —le dice a Dido con falsa alegría—. A ella no le alquiló una casa. Así que, con suerte, tendré un poco de tiempo antes de que me toque servirle vino a su siguiente amante.

—Piensa en Félix —responde Dido—. Piensa lo segura que estarás aquí. En comparación, esto es un paraíso.

—Tiene razón —concuerda Philos, ansioso por reparar el daño—. Y de verdad pienso que te quiere. Nunca lo he visto hacer tantas cosas por una mujer.

Amara piensa en Hortensio, en cómo la hirió y la ofendió, sin que Rufo dijera nada.

—El amor de un amo por su esclava —concluye, con los ojos clavados en Philos, quien se estremece con la amargura en su voz—. Supongo que es lo máximo a lo que alguien como nosotros puede aspirar para construir su vida.

42

Este día de los Saturnales, el mejor de los días.

Catulo, *Poemas*, XIV

El estudio de Félix está abarrotado; toda su variopinta casa de putas y malhechores apoltronados en taburetes y mantas. Es como la familia más peculiar de Pompeya. Félix mismo está sentado a su escritorio, un improbable paterfamilias, mientras que Thraso y Gallus les sirven a Paris y a las mujeres panes dulces y vino. De acuerdo con el espíritu de las Saturnales, debería ser Félix quien les sirviera a todos, pero nadie cuestiona su desvío de la tradición.

—¡Quiero otro! ¡O dos más! —declara Fabia, antes de saquear el cesto de Gallus para servirse más. Gallus suspira, pero deja que la anciana coja lo que quiera con su raquítico brazo.

—¡Suficiente! —estalla Paris. Fabia retrocede al oír a su hijo y deja el quinto pan de nuevo donde estaba.

—Pórtate bien con tu maldita madre —dice Félix—. Estoy seguro de que puedes estar todo un día sin ser un completo imbécil.

Paris le devuelve el pan a Fabia, con las mejillas

color carmesí. Luego se levanta y va a sentarse al otro lado de la sala.

—¡Regalos! —dice Ipstilla con un aplauso—. Hora de los regalos, ¿no?

Todos se someten al ritual de los regalos de Félix: un pequeño bolso circula por la habitación, del que todos sacan un denario. Félix se hastía pronto de los agradecimientos y los desecha con un gesto con la mano. Para cuando llega el turno de Amara para sacar el dinero, Félix ni siquiera la mira. Está sentada en un rincón con Dido y tiene el estómago demasiado revuelto como para probar el pan. Le han dicho a Philos que todo el burdel iría al Foro entrada la tarde. Amara no puede relajarse, no deja de preguntarse si hoy será el día en que Rufo la compre. Lleva todo el rato esperando a que alguien llame a la puerta, con el temor a que no ocurra.

—¡Ahora, los demás! —Berenice saca el bultito de regalos, todos envueltos en una sábana. Las mejillas le brillan por el vino y se ve, de largo, que es la persona más alegre del lugar. Gallus se sienta a su lado, tan cerca de ella como puede, y parece nervioso como un niño. «Quizá sí que la quiera después de todo», piensa Amara. O tal vez solo quiere un regalo.

—¡Aún no! ¡No seas impaciente! —le dice Berenice, con un beso.

Amara mira a Félix, pero el arrebato de afecto parece no haberlo perturbado. Piensa en lo que dijo Cressa en la Vinalia, que a un amo nunca le molesta un amor que mantenga a sus sirvientes a raya. La idea de su amiga difunta, su corta y brutal vida, le provoca una punzada en el corazón.

—Bien, este es tuyo, Fabia —dice Berenice mientras le entrega unas cuantas monedas envueltas en tela.

Han decidido que la anciana preferiría cinco ases en efectivo en vez de alguna frivolidad demasiado cara—. Esto es para ti, y esto para ti... —Berenice reparte los demás regalos, deleitada en su papel de maestra de ceremonias.

Amara desenvuelve la tela que cubre su regalo. Es un broche para el cabello, parecido al que Dido y ella han comprado para Victoria. El regalo de Dido es el mismo. Británica mira su regalo con el ceño fruncido; se lo pasa entre los dedos.

—Está bañado en la sangre de un gladiador, de un guerrero, para darte fuerza —le explica Amara. Sabe que Británica la entiende, aunque no se lo agradece ni la mira.

La britana se cuelga el collar y se lo esconde debajo de la toga; luego, se lleva una mano al pecho. Al final mira de reojo a Amara y Dido y asiente por un brevísimo instante en señal de reconocimiento.

Los hombres se han comprado vino, más caro que el vino endulzado que las mujeres tienen enfrente. Thraso lo sirve y deja la porción más generosa en su propio frasco. Con una punzada de arrepentimiento, Amara se da cuenta de que nadie se ha acordado de Paris. Está sentado lejos del resto del grupo, con los brazos alrededor de sus diminutas rodillas y la cara fruncida por la decepción. Fabia agita los brazos desde el otro lado de la sala, quiere indicarle que puede quedarse con sus cinco ases. Paris la ignora. Como siempre, lo que quiere no es la atención de su madre. Gallus le da un codazo a Thraso mientras sirve más vino y señala al esclavo olvidado.

—¿Es un hombre? —pregunta Thraso—. ¿No pudo alguna de las chicas comprarle un prendedor o algo?

Se ríe a expensas de Paris y espera que Félix se sume a las burlas. Pero el jefe ni siquiera sonríe.

—Dadle algo de vino al chico —ordena—. Se lo ha ganado este año.

Gallus vuelve a sentarse a un lado de Berenice. Le da un beso apurado.

—Esto es para ti —dice, tras presentarle un paquete.

Berenice lo toma y Gallus se cierne sobre ella, estorbándole, a punto de desenvolverlo él mismo en su desesperación por ver la reacción de su querida.

Berenice se queda sin aliento.

—¡Es hermoso! —Lo alza para que todos lo vean. Es un collar de camafeo, diminuto, pero de sobra el regalo más caro del día—. ¡Ay! ¡Te quiero! —exclama ella mientras se lo cuelga del cuello para abrazarlo. Luego se separa—. ¡Y yo solo te he comprado un poco de cera!

Victoria está atascada a un lado de los amantes, que comienzan a besarse sin pudor. Agacha la mirada, con los hombros encorvados. A pesar de las burlas, Gallus ha hecho más por Berenice de lo que cualquiera podría haber imaginado. Félix sale de atrás de su escritorio y se acuclilla a un lado de Victoria.

—Para mi puta favorita —dice.

Le ofrece a Victoria un paquete. Ella lo mira con los ojos cargados de esperanza y desliza el contenido de la bolsa entre sus dedos. Es un collar de cuentas de madera. Victoria se vuelve hacia Félix; su expresión amorosa es casi insoportable de presenciar. Le sonríe a todo el mundo, orgullosa de haber sido señalada por encima de las demás y delante de todo el mundo. Amara le sonríe en respuesta; no quiere arruinar su felicidad. Berenice mira a Amara de reojo. Victoria no tiene ni idea de que sus amigas sienten lástima por ella, de que donde ella imagina amor las demás ven solo crueldad.

El día transcurre y todos están cada vez más ebrios. Salvo Félix y Amara, claro está. Ninguno de los dos está dispuesto a perder el control de sí mismo, ni siquiera durante las Saturnales. Amara sabe que Félix la está observando y se pregunta si sospechará algo, aunque no hay forma de que sepa nada sobre Rufo ni sobre el préstamo a Balbina. Ha sido muy cuidadosa. Si se tratara de cualquier otro hombre, habría dicho que la miraba con lujuria, pero sabe que con Félix eso es imposible.

Los hombres insisten en cocinar el estofado de judías; declaran que las Saturnales son una festividad de descanso para las mujeres. Pero hacen un desastre, derraman la comida sobre el brasero y casi apagan el fuego. Teletusa los hace a un lado y se encarga de la comida. Se ríen de ella y siguen con sus intentos por estorbar mientras cocina.

—¡Lo estáis echando a perder! —grita, irritada—. ¡Fuera! ¡Aire! —Fabia se ofrece a ayudarla, pero Teletusa insiste en que se quede sentada—. No tenemos que sufrir todas —dice. Le lanza una mirada a Thraso.

—Me alegro mucho por Berenice —le comenta Dido a Amara—. ¡Gallus sí que debe de quererla! —Amara sonríe en respuesta, demasiado tensa como para hablar—. No lo olvidará —le asegura Dido—. Sé que no lo olvidará.

Amara percibe que Félix está observándolas de nuevo, así que le toma la mano a Dido.

—Te quiero —le susurra—. Todo lo que te prometí lo dije en serio.

Después del estofado quemado y pastoso, Félix anuncia que es buen momento para salir y pasear hacia el Foro. Berenice y Gallus se separan a regañadientes. Estaban acurrucados en un rincón tras haber abandonado cualquier pretensión de ser parte de la fiesta.

—¿Por qué no te quedas a follar con ella? —le pregunta Félix, exasperado—. Ya nos alcanzarás cuando te quites las ganas.

Salen a la calle cubiertos con sus capas. Las tiendas están cerradas para el festival, pero otras casas y familias han salido a pasear y aprovechan la oportunidad de tomar un poco de aire antes de que oscurezca demasiado. Amara le toma el brazo a Dido mientras caminan hacia el Foro. En las calles, todo el mundo aparenta estar de buen humor; hasta Paris escolta a su madre, quien parece como si ese hubiera sido el regalo que ansiaba recibir en las Saturnales. Amara recuerda la forma en que Paris sacó a Simo del bar en llamas, como si lo estuviera ayudando, para clavarle mejor el cuchillo. Se estremece.

Dido le aprieta el brazo.

—¿Tienes frío?

Amara niega con la cabeza.

Las multitudes comienzan a arremolinarse fuera del Foro. Beben y se ríen mientras miran a los músicos y a los artistas callejeros. Se detienen frente a un hombre que hace malabares con antorchas. Amara observa cómo las llamas crecen y se encogen, y cómo el hombre las atrapa con las manos enguantadas.

—Esperaba poder verte hoy. —Su voz es como un recuerdo de su hogar. Amara no ha visto a Menandro en meses, pero, al oírlo, siente como si hubiera estado en sus brazos apenas ayer. Se da la vuelta. Por primera vez, Menandro no parece muy seguro de sí mismo.

—Dijimos que nos veríamos en las Saturnales. Sé que fue hace mucho tiempo —añade al ver la expresión nerviosa de Amara—. Vengo solo como tu amigo. Te he traído un regalo.

Le ofrece un objeto envuelto en un trozo de tela. Amara lo toma y lo desenvuelve. Dentro hay una hermosa lámpara de barro con un barniz verde. La figura le es familiar. Es una reproducción de la Helena de Troya de Afidnas, la estatua de su ciudad natal: le encantaba verla cuando era niña. Su padre la señalaba lleno de orgullo. Menandro la ha hecho para ella. Amara mira la lámpara, sin poder decir una palabra. Luego lo abraza por el cuello.

—Es preciosa —asegura—. Es el regalo más bonito que me han dado jamás.

Dido la tira con fuerza del brazo y Amara suelta a Menandro, pero él logra tomarle la mano.

—Sé que tienes un benefactor, Timarete. Lo entiendo —dice—. Pero, si fuera un hombre libre, si pudiera comprar mi libertad, ¿sentirías otra cosa?

Amara le retira la mano; al fin entiende qué es lo que Dido ha visto.

—¿Qué es esto? —Nunca ha visto a Rufo tan enfurecido. El terror casi le detiene el corazón. Empuja a Menandro a un lado para ir hacia su novio, pero él evita que lo abrace—. ¿Quién es este?

Por un momento, Amara teme que la pegue. Vacila. No duda de qué es lo que debe hacer, pero no sabe si tiene el valor para hacerlo.

—¿Él? —Se da la vuelta para mirar a Menandro como si acabara de darse cuenta de que estaba ahí—. ¡No es nadie! Un chico que quería darme un regalo por las Saturnales porque dice que tengo una cara muy bonita. Ni siquiera sé cómo se llama. —Se ríe—. ¿Por qué estás tan molesto? —exclama mientras le toma la mano a Rufo—. ¡No seas ridículo! No puedes pensar que tienes motivos para sentir celos. Es un esclavo cualquiera. —Amara sabe que Philos está a un lado de su amo, pero lo ignora. No es a Philos a quien tiene que convencer.

»Mira, te lo demuestro —ofrece, como si estuviera complaciendo a un niño—. Puedo devolvérselo y dejar que se lo dé a alguien más. —Inclina la cabeza de forma burlona y mira a Rufo desde abajo—. Aunque siento que creas que no soy la mujer más hermosa de las Saturnales, porque a ella es a quien quería darle el regalo.

Amara casi se deja llevar por su propia actuación, hasta que vuelve a mirar a Menandro. Él la contempla como si estuviera frente a una desconocida. Amara le tiende la lámpara y lo mira a los ojos, casi suplicándole que comprenda.

—Lo siento, pero no puedo aceptarla.

Menandro no se mueve. Amara se obliga a dar un paso más hacia él, aún con el regalo en las manos, para devolvérselo. Las manos le tiemblan y el barniz se le resbala entre los dedos. La lámpara queda destrozada a los pies de Menandro.

La sorpresa la hace gemir. Ambos se miran a los ojos. Amara comprende en ese momento que cualquier afecto que existiera entre ellos también se ha quebrantado. Mira al suelo. Los pedazos de barro barnizado están esparcidos a sus pies. Todo ese trabajo, el grabado hecho con tanto amor, marcado con recuerdos de su hogar y de quien fue alguna vez, hecho trizas. Recuerda la maceta rota de Cressa en la necrópolis, la muerte del hombre, el sacrificio de Victoria para salvarle la vida. La única decisión que puede tomar es sobrevivir.

—Ay, qué boba —dice, mirando a Rufo y mordiéndose el labio, como si todo fuera un chiste—. ¡Parece que se me ha roto!

Es quizá el insensible desprecio lo que termina por convencerlo. Rufo se acerca y le pone un brazo sobre los hombros a Amara.

—Lo siento, muchacho —le dice a Menandro. Mete una mano en su bolso para sacar unas cuantas monedas—. Mi novia no quería ser tan torpe. Espero que esto compense la lámpara.

Menandro toma el dinero, sin mirar a Amara.

—Eres muy generoso —dice.

Rufo mira a Amara y la lleva hacia donde están Philos y Dido, claramente impaciente por olvidar el incidente.

—Qué ridículo soy —dice. Le da un beso—. Siento haberme puesto celoso.

—Me halaga que lo hayas hecho —responde ella. Lo mira con dulzura. Sabe que Menandro se aleja poco a poco, a pesar de que no lo ve irse.

Llegan adonde está Philos. Amara nota que Quinto y Lucio también están ahí, junto con sus séquitos de esclavos. Son un público bastante grande.

—Pero al menos te tengo un regalito, querida —dice Rufo. Su tono es teatral, dirigido a sus amigos tanto como a ella. La esperanza le acelera el corazón. Rufo baja la voz—. ¿Dónde está el mal nacido de tu amo?

Amara sabe que Félix no puede estar lejos. Lo ve casi de inmediato. Debe de haber visto toda la escena, incluyendo cómo ha tratado a Menandro. Oye la voz de Félix en su cabeza. «No todas las mujeres son unas perras desalmadas como tú.» Félix se acerca en cuanto intercambia una mirada con Amara.

—Un honor —dice, con una reverencia para Rufo, quien retrocede.

—Quiero hacerte una oferta —comienza Rufo con volumen suficiente como para que el resto del burdel se acerque a escuchar—. Quisiera comprar a esta mujer en nombre de un amigo.

Amara lo mira, desconcertada.

—¿Un amigo?

Rufo alza una mano para silenciarla.

—Quisiera comprarla en nombre de Cayo Plinio Segundo, almirante de la Flota romana.

Amara suspira al oír el nombre de Plinio, pero Rufo no lo nota. Está demasiado metido en el drama, en su papel de héroe frente a una multitud.

—El almirante ha considerado su precio y está dispuesto a ofrecerte más de lo que vale. Sin regateos; eso sería indigno de él. Debes tomar o dejar la oferta. —Rufo le hace una seña a Philos, quien le entrega un sobre sellado—. Esta es la garantía del almirante. Podrás quedártela si aceptas llevar a cabo la venta. Te ofrece seis mil sestercios por la esclava conocida como Amara.

Son dos mil más de los que Félix pagó por ella. Amara ve que Dido y Victoria se toman de las manos, boquiabiertas, sin quitarle los ojos de encima a Rufo. Ella observa a Félix, pero su expresión es inescrutable. No podría negarse.

Félix hace una reverencia. No la ha mirado ni una sola vez.

—Acepto la oferta del almirante.

Amara no dice nada mientras su amo firma el acuerdo y cede su propiedad. Todos los observan en silencio, sin poder creer lo que acaban de presenciar. La sorpresa la ha drenado de cualquier emoción. Rufo le da el sello a Félix y la contempla, radiante con su poder.

—Amara, en nombre del almirante y en la presencia de testigos y bajo la mirada de los dioses, te concedo tu libertad. Ahora eres Caya Plinia Amara, Liberta.

Amara lo mira fijamente, estupefacta. Luego, rompe a llorar.

43

A muchos a quienes Fortuna ha elevado,
de pronto los tira y lanza de cabeza.

Grafiti en Pompeya

Amara no puede parar de llorar. Rufo tiene que detenerla para que no se lance a sus pies mientras solloza su amor y gratitud eterna. Rufo la besa hasta que para de llorar, pues sin duda disfruta con la adoración. Amara abraza a Dido y Victoria una y otra vez; llora sobre sus hombros, les coge la cara con las manos, sin poder expresar todo el amor que siente. El dolor por lo que le ha hecho a Menandro y el éxtasis de la libertad no se parecen a nada que haya sentido antes. Se ríe con Quinto y Lucio, profesa su amistad fiel hacia Ipstilla y Teletusa —quienes no parecen alegrarse de su buena fortuna— y sorprende a Paris dándole un huesudo abrazo. Cuando es el turno de Fabia, la anciana se aferra a ella, llorando; Amara le promete que la ayudará si alguna vez lo necesita. Thraso, sin embargo, ya sería demasiado. Asiente hacia él, como haría una reina para reconocer a un plebeyo. Es más de lo que merece.

Es la primera vez que ve a Félix sorprendido de verdad. Debe de haber comprendido que las historias sobre Rufo y su violencia eran mentiras. Quizá se esté preguntando sobre qué más le habrá mentido. Amara le da la espalda. «Que se rompa la cabeza», piensa. Ya no puede hacerle daño.

Amara quiere esperar a Berenice, ansiosa por compartir la noticia con ella, pero Rufo se muestra menos entusiasmado.

—Querida —le dice—. Creo que ya he visto a suficientes putas y proxenetas por un día. Aunque estoy seguro de que la otra muchacha es encantadora. —Mira a sus compañeros del burdel, amigas y enemigos, y frunce la nariz con disgusto. Quinto y Lucio se ríen, claramente impacientes por volver a casa también.

Amara siente una sacudida. Por supuesto, este es el otro lado de la moneda. Las Saturnales sin Dido, sin ninguna de las mujeres a las que ama. Quiere volver, abrazarlas una última vez, pero Rufo la aleja con firmeza. Logra cruzar una mirada con Dido; espera que lo entienda como un recordatorio de la promesa que le ha hecho.

Pasar en medio con la presión de la multitud no es fácil. Philos y los demás esclavos intentan adelantarse, abrir el camino, pero nadie parece propenso a la deferencia durante las Saturnales. Mientras pelean por abrirse paso, un corpulento hombre disfrazado como el Señor del Desgobierno baila con campanas entre ellos. Lleva puesta una máscara de sátiro con cuernos y ropa roja de pies a cabeza. Se acerca haciendo cabriolas, agitando las campanas en la cara de Amara. Rufo la rodea con el brazo para alejarla. Por un momento, parece que el hombre enmascarado será un problema, pero Quinto, Lucio y el séquito de esclavos son una barrera demasiado formidable.

El sátiro se aleja. La gente grita y se empujan unos

a otros para hacer espacio. Amara observa. Se da cuenta, mientras el sátiro se pavonea por ahí, deteniéndose de vez en cuando para hacer reír a la gente, de que no está moviéndose al azar. Está acercándose a Félix poco a poco. La inquietud de Amara se transforma en miedo.

Le da un tirón a Rufo, lo cual lo obliga a detenerse. Victoria está cerca de su amo. Amara le grita, pero su voz se pierde entre el estruendo de la multitud. Félix es consciente del peligro. Conforme el sátiro se acerca a él, desenfunda su cuchillo. El sátiro rojo hace lo propio. Es el doble de grande que Félix, pero Amara sospecha que no tiene la agilidad ni la velocidad de su otrora amo. El sátiro se abalanza sobre Félix, pero este lo hace fallar con una finta; el ataque casi golpea a Victoria, quien retrocede y desaparece en la seguridad de la muchedumbre.

Los dos hombres se lanzan estocadas; si no fuera por los mortales destellos plateados, casi parecería que están bailando. La multitud no parece darse cuenta de lo que está sucediendo, o quizá piensan que la pelea es una parte coreografiada de las celebraciones. Han abierto un pequeño escenario y están todos apretujados, animando a los combatientes.

—Deberíamos irnos —sugiere Rufo—. Ya no es nadie para ti.

—¿Dónde está Dido? —pregunta Amara—. ¡No la veo! ¿Dónde está?

—Las demás la cuidarán —dice Rufo, que comienza a perder la paciencia—. Este no es un lugar adecuado para ti.

Amara se da la vuelta para mirar de nuevo, demasiado asustada como para obedecerlo. Ve a Ipstilla y Teletusa con los brazos entrelazados, logrando escapar.

—¡Ahí está! —grita—. ¡Por allí!

Dido está atrapada, sola, sin poder desaparecer entre la gente como Victoria, obligada a ver a Félix y al sátiro atacarse, incapaz de poner suficiente distancia. Un borracho la tiene cogida del brazo e intenta besarla, inconsciente del peligro que los acecha a ambos. Thraso ronda cerca de Félix; no quiere provocar la muerte de su jefe al intervenir. Amara ve a Británica al otro lado del círculo, cerca, mirando la pelea con avidez, sin darse cuenta del riesgo de Dido. No ve a Fabia ni a Paris por ningún lado.

Amara mira con desesperación a Lucio, el hombre que prometió encontrar a la familia de Dido y que ha pasado tantas noches con ella en la casa de Drusila.

—¿No puedes ayudarla? ¡Por favor! —Lucio parece incómodo, pero no responde. Amara siente una oleada de furia ante su cobardía. Se libera de Rufo y avanza a empujones hacia la pelea—. ¡Británica! —grita—. ¡Británica, ayúdame! —Por un momento, Amara siente que va a ahogarse en el mar de brazos y codos, aplastada por el caos, pero la enorme mujer se agacha y la levanta por la capa—. ¡Dido! —grita, señalando hacia donde su amiga está atrapada.

Británica abre los ojos como platos. Suelta a Amara y saca a un hombre de su camino a empujones; como él no se aparta de inmediato, le da un golpe en la garganta.

Británica intenta embestir a la multitud, pero su fuerza no es suficiente para mover a tantas personas. Amara la ve luchando, rodeada de gente. El espacio de la pelea es cada vez más pequeño y arrastra a Dido hacia la violencia. Debe de haber más y más gente dirigiéndose al Foro, comprimiendo la procesión. Amara intenta abrirse paso hacia Dido, pero todo el mundo está demasiado ebrio o no le interesa lo suficiente como para dejarla pasar.

Cae de rodillas y comienza a gatear hacia delante, casi sofocada por el miedo a que la aplasten. Llega al final de la multitud. La pelea se desarrolla casi encima de ella y el sátiro está a punto de pisotearle los dedos, pero Amara está demasiado abajo como para alcanzarla. Logra ver a Británica, gritando, detenida por un grupo de hombres borrachos y furiosos. A una corta distancia, Dido batalla por alejarse, de espaldas a Amara, intentando manotear y arañar para esquivar los cuchillos, con el hombre ebrio aún tomándola de la cintura.

Los hombres casi se han quedado sin espacio para pelear. Félix está tan cerca que Amara podría estirar el brazo y tocarlo. No hay miedo en su rostro, pero parece vulnerable, con el cuerpo más expuesto que el sátiro, cuyo pesado disfraz lo protege. Amara lo observa todo, deseando que Félix mate a su rival, que termine con todo. En cambio, Félix se da la vuelta y tropieza con el pie de alguien; casi se estrella contra Dido. El sátiro rojo ve su oportunidad y embiste a su oponente mientras está desequilibrado. Félix se aparta para esquivar el ataque. El sátiro apuñala a Dido en la espalda, enterrándole el cuchillo entre los omóplatos. El borracho que la tenía cogida la suelta, sorprendido. Ahora que ya es demasiado tarde, la gente retrocede para dejarla pasar. Dido da dos pasos antes de desplomarse.

Una persona entre la marabunta grita, luego otra. Al fin, la multitud comienza a darse cuenta de que no se trata de un espectáculo. Un grupo de hombres avanza y agarra al sátiro rojo antes de arrancarle la máscara. Su rostro le es familiar. Se trata de Balbus, el liberto de Simo. Desaparece entre la gente, con la boca abierta por el pánico, enterrado bajo un frenesí de patadas y puños. La multitud comienza a dispersarse. Algunos se abren paso hacia delante para ver a Balbus morir; otros escapan de la violencia. Amara llega hasta donde está Dido; Británica ya la tiene entre sus brazos.

—¡Aquí estoy! —grita Amara, arrodillándose junto a ella. Le toma la mano—. Todas estamos aquí. Estás a salvo.

Dido no responde. Le sale sangre de la boca. Mira a Amara, con dolor y terror en los ojos. Tantas veces han intercambiado mensajes sin palabras, solo con miradas, que Amara sabe que es incapaz de ocultar su propia angustia. Le da un beso en la frente a Dido. Oye la voz de su padre en la cabeza. «Nadie debería morir con miedo.»

—He visto a gente recuperarse de cosas peores —asegura—. Todos los pacientes de mi padre. Vas a ponerte bien; ya verás. —La mano de Dido está fría, así que Amara se la lleva al pecho para calentarla—. Vas a estar bien, te lo prometo. —Victoria llega a donde están, sin aliento, y se sienta a su lado—. Y Victoria está aquí también. Cuando Berenice llegue, podrá decirle a Gallus que vaya a por un doctor.

—Estamos contigo —interviene Victoria—. No estás sola. Estamos aquí.

Dido cierra los ojos.

—Puedes descansar —dice Amara—. Será mejor que descanses un poco.

Le pone una mano sobre la mejilla para que su amiga la sienta, aunque no pueda verla. Sigue tomándole la cara con los dedos aun después de que sepa que ha muerto.

—Se ha ido —afirma Británica.

Nadie comenta el hecho de que Británica pueda hablar. Amara le hace callar.

—Solo un momento —pide. No quiere soltar a Dido—. Todavía no. No se ha ido aún.

—Está muerta, cariño —confirma Victoria, poniéndole una mano sobre la rodilla—. Se ha ido.

Amara no puede verlo; está cegada por las lágrimas. Victoria se pone el brazo de Amara sobre los hombros y la levanta. Amara nota que un hombre está mirándolas. Félix.

—¡Tú has hecho esto! —grita. Sabe que, en medio de tanto dolor y furia, sería capaz de matarlo, de hacerlo pedazos ahí mismo, pero Victoria la detiene, se lo impide—. Ese cuchillo era para ti. ¡Tú la has matado! ¡Tú la has matado!

Félix guarda silencio mientras Amara le grita, lo amenaza y aúlla su odio hasta que la voz se le quiebra. Entonces, un hombre la levanta y se la echa al hombro. Amara cree que es Rufo; lo golpea en la espalda, sollozando, ordenándole que la baje, que la deje volver. Termina por rendirse, rindiéndose sobre él. Cuando llegan a los límites del Foro y ve a Rufo esperándola, se da cuenta de quién está cargándola: Philos.

44

Empezamos entonces a aprisionar a animales a los que la naturaleza les asignó como elemento el cielo.

Plinio el Viejo, *Historia natural*, «Compendio e historia de las aves»

Las Saturnales han terminado. Amara se sienta a su escritorio, vestida de negro. El sonido de la fuente no llega hasta la habitación, pero ella sabe que está ahí, murmurando con delicadeza en el jardín de abajo. Está a salvo en la casa con la puerta de oro. Tiene su libertad. Y tiene el corazón roto.

La caja de madera ya no está bajo la cama de Rufo; está frente a ella. La abre. Doblada encima de las joyas hay una carta de Plinio para Rufo. La toma. Las palabras le saltan de la página: «El *attagen*, también de Iona, es un ave famosa; aunque tiene voz, en otras ocasiones guarda silencio al estar en cautiverio». Y así continúa. No hay casi referencias a Amara en la carta. Plinio construyó el argumento en favor de la libertad de Amara haciendo alusión a una infinidad de aves, pues quizá se sentía más cómodo arguyendo en términos abstractos. Pero Amara sabe qué clase de regalo le ha ofrecido. No solo porque ha pagado para comprarla, sino porque le ha dado su nombre.

Ha sido el nombre y no el dinero lo que más ha importado al final. Atrapado entre las negativas de su padre y la desesperación de Amara por obtener su libertad, Rufo le escribió al almirante para pedirle consejo. Fue Plinio quien le había presentado a Amara, así que él sabría qué hacer. Plinio respondió con una generosidad inimaginable.

—Nunca le pedí el dinero —le ha dicho Rufo una y otra vez—. Y yo he pagado la mitad, así que no es que no me hayas costado nada.

Amara ha comenzado a sospechar que, para Rufo, el placer de abrir las manos para ver al ave volar nunca será tan satisfactorio como sentir su fragilidad bajo sus dedos.

Rufo no disfrutó el duelo de Amara tras la muerte de Dido. No fue una bonita cascada de lágrimas que pudiera secar con un par de besos, sino un frenesí de dolor e histeria que ahogó la gratitud de ella y la gloria de él. Dejó que Philos la llevara de vuelta a la casa para que se recuperara. Pasó los primeros dos días de las Saturnales a solas, salvo por la compañía de unos cuantos esclavos. Rufo se los «prestó». Philos es el único al que conoce.

No recuerda mucho de esa primera noche, fuera de la agonía. Pero el día siguiente está grabado en su memoria. Estaba acurrucada en el estudio, envuelta en un montón de sábanas, cuando Philos le llevó vino caliente. El único consuelo que podía ofrecerle era una bebida. Se quedó parado en el umbral de la habitación sin acercársele demasiado, nada como el hombre que alguna vez le ofreció su brazo en la calle. Era como si la imagen de Amara lo asustara.

—No puedes estar así cuando venga a por ti —dijo, sin mirarla a la cara—. Llevaba planeando esta noche durante meses, imaginándose tu alegría, toda la adulación. Ha recibido, en cambio, dolor y decepción. Sé que la amabas. Pero Rufo nunca lo entenderá. Para él no era más que una bonita esclava. Tendrás que llorarla en privado.

Amara estaba demasiado alterada como para responder. Ha evitado a Philo desde entonces, aunque sí ha seguido su consejo. Cuando Rufo volvió, tenía puesto su vestido blanco y lo bañó de afecto, profesó su lealtad infinita, se entusiasmó con la casa. Incluso se disculpó por su duelo, temerosa de que hubiera estropeado todo lo que Rufo había hecho por ella. Rufo se mostró bondadoso; le dijo que lo entendía. Nunca mencionó el nombre de su amiga, y Amara tampoco lo hizo.

Amara no necesita nombrar a Dido para pensar en ella. Cuando está sola, pasa su tiempo en el atrio, en el mismo lugar donde ella se detuvo, intentando reconfortarse al saber que estuvo allí, en la casa; la vio, la tocó. Amara recuerda sus conversaciones, la bondad de Dido, su sorprendente audacia al cantar, su voz con una gracia sin igual. Pero por las noches no puede deshacerse del último recuerdo: la sangre en el rostro de Dido, el dolor y el horror.

Amara nota que las manos le están temblando. Guarda la carta de Plinio. Dido se merece más que un duelo privado. Del cajón del escritorio saca una burda estatuilla de madera, una efigie de la diosa Diana, armada con su arco. Envuelve la figura en un pedazo de tela y le ata la nota que ha escrito. «Soy un regalo de Gaia Plinia Amara, Liberta.»

Se pone de pie, baja la escalera y mira hacia el espacio abierto. En el jardín, los pintores pronto comenzarán a trabajar en un enorme fresco. A Rufo le pareció encantador que Amara estuviera fascinada con la casa, que quisiera convertirla en un lugar especial para ambos y un lugar apropiado para que él se quede. Menos convencido estuvo con el mito que Amara eligió. Será Acteón convirtiéndose en ciervo mientras sus perros lo devoran. ¿No preferiría escenas de las leyendas de Venus en vez de Diana? Quizá la diosa virgen no sea la mejor opción para un nido de amor. Pero Amara se rio, burlándose un poco de él. «Siempre podemos tener a Venus en el dormitorio.»

Baja al atrio. Una joven está esperando junto a la piscina. Amara se le acerca deprisa. La joven ha llegado temprano y Amara sabe que tiene poco tiempo para sí misma. Es Pitane, la camarera de El Elefante, quien tiene una deuda con Amara por su aborto.

—Es preciosa —dice Pitane, mirando a su alrededor—. ¡Qué bien te va! ¡No me lo puedo creer!

—Siento que no puedas quedarte a tomar un poco de vino conmigo —responde Amara—. Pero lo entiendo. Agradezco que te hayas tomado el tiempo para venir.

—No es molestia —asegura Pitane—. He salido a por víveres. Nunca se darán cuenta.

Amara le entrega la estatuilla de madera envuelta en la tela.

—¿Podrías darle esto a Paris por mí, por favor? Es para su amo. Paris debería decirle a Félix que me disculpo porque el regalo llegó demasiado tarde para las Saturnales, pero la intención es la misma. ¿Lo podrás recordar todo?

—Por supuesto. —Pitane asiente—. Eres mucho más amable que yo, debo decir. Si un nuevo amo comprara mi libertad, nunca le mandaría a Sittio ningún maldito regalo.

Pitane gira sobre sus talones, cruza el atrio y sale por la pesada puerta de madera. Amara se queda sola, tiritando un poco con la brisa. Todo está en silencio. Se imagina a Pitane volviendo al ruido y al caos con la Diana en las manos mientras recorre las calles de Pompeya. Y Amara sabe que cuando el regalo llegue a su destino, Félix entenderá su significado.